客家委員會補助出版

概說臺灣客家勸世文

楊寶蓮　著

目次

序一

　　講唱文學是通俗文學當中重要的一支，它是用韻散兩種文體交織而成的民族形式的敘事詩，敘述時既有說也有唱，所以又稱之為說唱藝術。臺灣從民國八〇年代推動鄉土教學以來，說唱藝術與鄉土語言、歌謠、童謠、俗諺，乃至令仔、故事等，一時間都成為眾所注目的焦點，教育界將它們納入教材、舉辦比賽，學術界的研究成果也如雨後春筍，不斷地湧現。

　　寶蓮博士由於個人生活背景和興趣所在，一向對說唱藝術投入很多的關注，在任職小學教師期間，即經常在鄉土教學師資培訓營中，擔任說唱藝術課程的教學。民國九〇年代以後，在母語支援教師培訓營中也奉獻很多心力。投入愈多，興趣愈濃厚，故其就讀臺北市立大學研究所時，即決定以《客語說唱藝術研究》為論文題目；隨後又將論文修定為《臺灣客語說唱》一書，在新竹縣文化局出版，並獲得國史館臺灣文獻館獎勵。其後因有感於臺灣客家說唱的內容，要以唱「勸世文」為多，故又以流行最廣、感人極深的勸世文〈娘親渡子〉為研究主題，完成博士論文，並先後應聘到國立臺灣戲曲學院、大同大學等校講授有關課程。

　　這幾年來，其研究熱忱似乎未減，先是有感於二十年來蒐集到的大量資料，都是受到許多師友的指點，尤其是各位藝人及其後嗣無私的奉獻，逐漸累積得來的，包括手抄本、學堂筆記、各類刊本及珍藏多年的唱片等，本來就是客家先民傳下來的社會文化珍寶，允宜公諸於世，讓更多需要的人利用，才更符合提供者的初心，所以又緊接著進行兩件工作：一是選擇重要的資料，逐項撰寫介紹文字，刊印發行，《大家來唱勸世文》就是代表之作。二是應用這些資料繼續撰寫專書，本書可視為她在這方面的頭一本具體成果。

　　本書共為七章，除敘論、源流之外，鸞書和說唱材料是其取材的兩大類；深入分析的部分則在於探討其分類及修辭、體製及規律，並論列其價值所在。內容包羅甚廣，差不多把相關的問題都概括在內，也許這就是作者把書名加上概說的用意所在。其實書中討論的每一個問題，無論是源流、分類、體製，還是鸞書、修辭或鸞書之外的說唱材料，都是很專門的問題，可提供給不同需要者做參考。此外書中也有許多極寶貴的資料，像第四章所錄《新埔鎮志》中的〈花燈勸世文〉，其形式為七言體下接五言體或四

言體，很像是宋元人的詞曲；從文詞看，也頗似文士的作品。而「好景一時觀不盡，新聞記者列二通，全島人稱贊，名聲上廣東，迎來百福，掃去邪風，迎燈謝燈，有始有終。」這樣的詞句，又是如此的通俗上口和貼切，作者的才情，確實令人讚佩。

看了這些勸世文，令我回憶起臺灣光復那年，大約是九、十月天，地方民眾舉行慶祝，主動上街「迎古董」，除了舞龍舞獅之外，還有騎布馬打涼傘、公揹婆、金童玉女等齣事，把日本人禁忌的各種民俗活動幾乎都搬了出來。遊行隊伍穿過大街小巷，我和兄姊們也跟著跑了大半天，那種「今日恢復漢朝天」的歡欣，連小孩子也似乎能感受得到。此後，聽到江湖藝人唱山歌、小調或勸世文的機會就更多了，其中有一聯章式的〈臺灣光復歌〉，依稀記得有兩首：「日本來臺五十年，臺灣百姓真可憐；講到奉工即時愛，無錢無米也著行。」「想起日本心肚涼，點著青年過南方；過在南方無轉屋，丟了家中老爺娘。」說到日本徵調軍伕，還有「三丁抽一五抽二，單丁獨子也著行」的句子，經常聽到大人們在談論，因為這都是最近的痛苦經驗。像鄰居的許、胡二位大哥，被徵到南洋，就是一去無回。胡姓這位大哥為了報到沒有一件穿得出去的衣服，還到處借錢，買了幾尺布請人做衣服，然後踽踽涼涼的出發，從此音信全無；而許姓的那位，最後也只留下孤兒寡婦。最難堪的是，親人始終都沒敢為他招魂超度。

這些富於情調的勸世文，都是出自藝人之口，代表了群眾的吶喊，是百姓悲喜的心聲，極富社會史的意義，作者把它整理論述，誠屬有心。個人有機會先睹文稿，聊記所得，書此為序。

古國順　　民國第二甲午四月

序二

　　寶蓮老師是我的「學生老師」，我們在客家戲曲裡結緣，是一段「師生緣」，也是一世的「戲曲緣」。欣聞她的論文《概說臺灣客家勸世文》即將要出版，格外歡喜，傳揚客家戲曲又添一主力大將了。

　　她是小學教師，平日積極用功、努力上進，二十餘年前就是我「客家戲曲班」的「學生」；她又熱心公益，教學相長，學了客家山歌後，除了應用於課堂上，並且在各級學校學生社團指導學生唱山歌，也到客家廣播電台主持客語節目，在參與客家事務與辦理客家鄉親活動上，成了我的「老師」。因此，說寶蓮是我的「學生老師」，實不為過，且分外有緣。

　　很榮耀的是個人與寶蓮都是客家子弟，也同樣都以弘揚客家文化為職志。大家都瞭解：客家戲曲源遠流長，從大陸到臺灣，落地生根，百餘年來儼然已成客家文化的特有表徵了。因為戲曲是文學、音樂、歌唱、舞蹈、雜技、繪畫、雕塑等組合而成的綜合藝術。客家戲曲更蘊含著客家民俗、戲劇、山歌、音樂、服飾、工藝等傳統藝術。因此客家戲曲之美，就美在她獨特的質樸、率真、活躍；美在她綜合的多元、包容與和諧。而「客家山歌」與「客家勸世文」正是「客家戲曲」這豐富寶藏裡不可少的兩顆「珍珠」！

　　客家戲曲演出時，少不了「客家山歌」的演唱與「客家勸世文」穿插其中。經過寶蓮用心鑽研，發掘臺灣客語勸世文形式上：其篇章結構，常見分聯章型式及不分篇章的。其用字有用北方官話書寫，或用底層客家口語書寫的。其體裁有韻文和韻散夾雜兩大類，韻文又分齊言體和雜言體，有三言詩、四言詩、五言詩和七言詩與長短句。其押韻，有一韻到底，或有換韻者。總之，客語勸世文的句式和音步，語言音韻給人跳動的立體感，或舒展的平面感。她蒐羅齊全，研析透徹，宏論讜言，令人欽佩。

　　同時寶蓮也從文學、語言、風俗史料、政教、宗教治療等不同價值，去探討臺灣客語勸世文的緣起、流傳、內容與意義，讓勸世文的社教功能與存在價值更為彰顯昭著。勸世文保留了先民對生活最純樸、自然、原始的體悟。

　　臺灣客語勸世文的內容，範圍廣闊，寶蓮有心由此處「開挖」，相信繼續「鑽探」，深入探討，擴及其他，將必有助於客家傳統文化的傳揚，也促使我們世世代代呵護傳承的文化根源，更為富麗燦爛。以上特為此序。

鄭榮興　　二〇一四年七月序於內湖

第一章
緒論

第一節　研究動機

　　臺灣客語說唱是臺灣客家的重要曲藝之一，所以筆者曾於二〇〇四年以《臺灣客語說唱研究》為題完成碩士論文。不久，再將它稍加增修為《臺灣客語說唱》一書，由新竹縣文化局於二〇〇六年八月出版，並獲得二〇〇七年，國史館臺灣文獻館舉辦的「獎勵出版文獻書刊暨推廣文獻研究」獎。

　　典型的臺灣客語說唱應該是藝人自拉自唱的在說唱故事。不過，筆者在研究過程中發現：臺灣客語說唱內容中，真正說唱故事的不多，反而是大量的唱「勸世文」。這種「勸世文」通常有三種情況：一為無故事情節、只是單純勸說世人行善或止惡反覆詠唱的歌謠；二為說唱勸孝的故事；三為文人寫作讓人傳閱的勸世詩文。如此單調的歌謠，昔日為何如此風行？深深引起筆者的好奇與興趣。

　　和客語勸世文相關的碩士論文有逢甲大學邱春美《臺灣客語說唱文學傳仔的研究》、政大黃菊芳《渡子歌研究》和國立新竹師院曾學奎《臺灣客家〈渡臺悲歌〉研究》、林光明《蘇萬松勸世文研究》。和臺灣客語勸世文相關的期刊論文或研討會論文，有竹碧華〈臺灣北部說唱音樂之研究〉、楊寶蓮〈客家民間藝人洪添福之研究〉、楊寶蓮〈臺灣客語說唱及其藝人初探〉、楊寶蓮〈客家民間藝人黃連添之研究〉、楊寶蓮〈客家民間藝人邱阿專之研究〉、楊寶蓮〈客語說唱-說恩情初探〉等。不過這些資料，對於臺灣客語勸世文研究，仍有不足之處。

　　其實，勸世文早已深入一般常民生活，說到蘇萬松的勸世文、【蘇萬松調】，誰人不知？各廟口也有不少的所謂「鸞書・勸世文」，任人自由索閱。農民曆中，也常夾雜有一些勸善的詩文。勸世文到底是什麼？它的源流、內容與形式如何？它所代表的意義又是什麼？它有何特色和價值？這大家耳熟能詳的名詞，上述的諸多文章還是說得不夠清楚。於是，更加深了我以「概說臺灣客家勸世文」為題作研究的決心。

　　在昔日臺灣的客家社會中，曾長時間地流傳過傳唱、抄寫、編作「勸世文」的風潮，它不但是客家先民的瑰寶，也具有教化、娛樂和穩定社會秩序、提升善良風俗的作

用。查國內外的碩博士論文，尚未有人以「臺灣客語勸世文」為題作深入研究。故筆者將對「概說臺灣客家勸世文」做全面研究。希望除了能建立「臺灣客語勸世文」的理論和目錄外，而且能引起大家重視老祖宗留下的文化財，並使讀者從研讀文本中，欣賞客家俗文學之真善美，附帶地心靈也得到陶冶、淨化作用。

第二節　研究目的

一　探究臺灣客家勸世文的淵源

二　探究臺灣客家勸世文的手抄本、刊本

三　探究臺灣客家勸世文的分類與修辭

四　探究臺灣客家勸世文的體製與規律

五　完成臺灣勸世文重要的唱本整理及編目工作

六　探討臺灣客家說唱藝人及其「勸世文」作品

七　提出臺灣客家勸世文的價值和後人研究方向

第三節　研究範圍和方法

一　研究範圍

　　臺灣客家地區的鸞堂出版的鸞書中有不少的勸世詩文，如樹杞林明復堂一八九九年五月出版的《現報新新》中即有〈警世戒淫歌〉、〈警世人勿演滛戲歌〉、〈戒酒過多歌〉等；新竹縣芎林鄉飛鳳山代勸堂一八九九年十一月出版的《慈心醒世新篇》也有〈勸孝歌〉、〈警世文〉、〈醒世歌〉；苗栗縣南庄鄉獅山勸化堂一九六八年八月重刊的《警世玉律金篇》也有不少的〈勸世歌〉、〈勸孝曲〉等。這些勸世詩文亦可算是廣義的客家勸世文，筆者打算用一章去概略介紹。

　　其他篇章主要以日治時期（1895-1945）至今七〇年代的客語民謠、說唱系列的「勸世文」為主，包括客語勸世文的手抄本、刊本、唱片以及編著者。手抄本主要有：一、〈徐阿任手抄本〉；二、呂阿親學堂筆記；三、廖清泉手抄本；四、何阿信手抄本；五、陳子良手抄本。

刊本主要有：

　一、黃塗活版所刊本；二、嘉義和源活版所刊本；三、「中原苗友雜誌社」中的勸世文；四、劉清琳《勸世文》；五、劉添財《最新客家民謠集》；六、新竹竹林書局出版品；七、方志中的勸世文；八、黃榮洛《臺灣客家傳統山歌詞》。

唱片主要有：

　一、日治時期蘇萬松的作品；二、臺灣光復後之美樂唱片、遠東唱片、鈴鈴唱片。

人物主要有：

　一、蘇萬松；二、邱阿專；三、楊玉蘭；四、賴碧霞；五、黃連添。

二　研究方法

（一）田野調查法

　　田野調查是社會科學蒐集實際資料最普遍而最有效的方法，主要的工作包括訪問、問卷、電話、觀察以及投射等方法。因為「客語勸世文」仍是個剛開發的「處女地」，現成文獻不多，調查更有必要。筆者在碩士論文《臺灣客語說唱研究》中，即藉助此方式大量找到許多說唱老藝人資料。筆者目前已訪問了徐兆禎、何阿信、黃榮洛、林春榮等先生，得到不少藝人手稿。彭文銘先生亦無條件地提供筆者許多勸世文的有聲資料，在此獻上萬分謝意。

（二）文獻分析法

　　文獻分析法主要指搜集、鑑別、整理文獻，並通過對文獻的研究，形成對事實科學認識的方法。內容分析法通過對文獻的定量分析，統計描述來實現對事實的科學認識。這兩種方法有共同的物件，都不與文獻中記載的人與事直接接觸，因此，又稱為非接觸性研究方法。二者的區別是在分析的重點與分析的手段上有不同。

　　在臺灣政府正式出版的書籍中，大多不重視客家的文學，難得的是《新埔鎮志》中有〈花燈勸世文〉，《西湖鄉誌》有收錄蘇萬松〈勸青年眾後生〉、〈勸人兄弟〉、〈勸話少年哥〉、〈道歉耕田苦〉、〈勸人後哀〉、〈勸人莫食鴉片煙〉及彭華恩〈孝親歌〉、〈現代文明歌〉、〈勸世文〉、〈奉勸諸君色莫貪〉，這些資料是筆者重要參考文獻。除此之外，尚有下列重要的參考書籍，概述於後：

1 客家研究方面

王 馗 〈梅州佛教香花的結構、文本與變體〉 《民俗曲藝》第一五八期 二〇〇七年十二月

　　本文主要是對廣東梅州客家香花佛事的歷史梳理，認為「香花」是一個悠久的佛事傳統，其文本結構大概在嘉應建州之後得到最終確定。「香花」已有三　四百年的歷史，是用客家話來唱的佛教超度儀式，其中有許多的詞文如〈勸善歌〉、〈五更〉、〈十嘆〉、〈十二月〉、〈伏以〉、〈切以〉、〈勸世文〉、〈十二歸空〉、〈十月懷胎〉、〈十嘆二式〉、〈十哀兮十別〉等，無論形式或內容都深深影響臺灣的客家勸世文。

楊寶蓮 《臺灣客語說唱》 二〇〇六年

　　臺灣客語勸世文為臺灣客語說唱重要的唱本來源。作者在此書中探討了阿浪旦、梁阿才、蘇萬松、賴碧霞、邱阿專、黃連添、林春榮等十六人的生平事蹟以及說唱作品。這些作品大都屬勸世文，如蘇萬松的〈大舜耕田〉、〈勸孝歌〉；黃連添的〈百善孝為先〉、〈勸世惜妻〉、〈勸世貪花〉；林春榮的〈醒世修行歌〉等。不論是說唱藝人或作品有許多是本論文需引用的。

鄭榮興 《臺灣客家音樂》 二〇〇四年

　　作者主要從戲曲音樂、客家八音、客家民謠和道教音樂來說明客家音樂的內涵，尤其對山歌腔、採茶腔、小調的源流和區別，有詳細的解說，破除一般客家人將老山歌、山歌子和平板統稱為「三大調」的說法。另外，道教音樂和科儀影響客家人甚深，舉凡齋醮、喪事皆需用到，可惜一般人常忽視，這章的論述乃此書特殊之處。

劉 楨 〈從日治時期出版的客家唱片看當時客家音樂的發展〉 《客家民間文學研討會論文集》
　　　　二〇〇三年十一月二十九日

　　一般人可能誤以為五、六〇年代，美樂、鈴鈴、遠東等唱片行出版的客家唱片，即是最早的一批客家唱片。作者此篇論文的出土，加上李坤城先生「臺灣音樂資料庫」收藏日治時期客家唱片總目錄的出現，使學者對臺灣客家勸世文或戲曲的研究向前推進一大步。此篇論文中的目錄和蘇萬松、梁阿才等的生平及其客語勸世文作品，是筆者重要參考資料。

鄭榮興 《臺灣客家三腳採茶戲研究》 二〇〇一年

　　此書主要是探討一、三腳採茶戲的歷史考源；二、三腳採茶戲入臺成班的情形以及相關藝人的師承關係；三、三腳採茶戲「十大齣」齣目的形成；四、光復後三腳採茶戲

的發展歷程，分為「賣藥期」、「隱沒期」、「再出發期」；五、三腳採茶戲「十大齣」唱腔音樂分類與特色；最後並附有「十大齣」的劇本。著者出生在客家戲曲、八音世家，學經歷皆相當豐富，故此書乃是他實踐、觀察戲曲長期的記錄，許多都是第一手的資料，相當珍貴。臺灣客語勸世文和臺灣客家三腳採茶戲關係密切，故此書是一重要參考。

2　宗教、史地方面

肖群忠　《中國孝文化研究》　二○○二年

「在中華民族的優良傳統文化和優良傳統道德中，『孝』可以說占有著特殊的地位」、「它（孝）在一定時期內，有力地維護著中華民族的和諧發展，凝聚著以血緣為紐帶的宗法氏族關係，為維繫家庭團結和保持社會穩定起著特殊重要的作用」（肖群忠：《中國孝文化研究》〈序〉，頁 1）臺灣客家勸世文中，為何勸「孝」的文章特別多？該書第四章〈封建社會的孝道教化及其特徵──傳統孝行錄與勸孝詩文研究〉值得重視。

黃秀政、張勝彥、吳文星　《臺灣史》　二○○三年

明、清兩代臺灣乃成為閩、粵兩省移民的新天地，是近代漢民族殖民成功的特例。臺灣從十七世紀開始，便受荷、西、日本的統治，主權、政權變動頻仍。說唱、戲曲和政經、文教政策關係密切。此書將臺灣分為荷據時期（1624-1662）、鄭氏據臺時期（1661-1683）、清領時期（1683-1895）、日治時期（1895-1945）、光復初期（1945-1949）、中華民國在臺灣時期（1949-），對每一時期的政經、文教政策皆說明甚詳。從日治時期至今的環境，是影響臺灣客家勸世文興衰的重要因素。

王世慶　《清代臺灣社會經濟》　一九九四年

任何文學、藝術的產生不會憑空出現，一定有其時空背景及經濟、政治的因素。臺灣客家勸世文中有〈鴉片烟歌〉和戒烟的詩文，跟日治初期臺灣的降筆會以及戒烟活動有關。它提供了豐富的清代社會經濟的訊息。

丘秀強、丘尚堯　《梅州文獻彙編》第六輯　一九七七年

書中〈客族文化之來源與發展〉介紹客族人之所自來、客籍人之特質與文化、客籍人的革命精神，並指出客籍人今後發展的途徑。另外，值得留意的是《梅州天籟集》，收錄了一系列的所謂〈佛曲──客話懺文〉，包括〈關燈一段〉、〈受齋主燃燈供養〉、〈嘆亡魂懺文〉、〈嘆亡〉、〈老正月〉（男用）、〈新正月〉（女用）、〈舊正月〉（男用）、

〈嫩正月〉（女用）、〈十二歸空〉、〈十別〉、〈嘆五更〉、〈又嘆五更〉、〈十哀兮〉、〈十嘆〉、〈春夏秋冬〉、〈起懺一段〉、〈血盆〉、〈十殿〉、〈十懺〉、〈十三月〉、〈把酒曲〉、〈又嘆十哀兮〉、〈沐浴曲〉、〈繳錢曲〉、〈讀牒曲〉、〈拜灶〉、〈解厄〉、〈豎幡〉、〈十大願〉。不論從其內容與形式來看，這些懺文和臺灣客家勸世文都有密切關係，所以是筆者重要的參考素材之一。

3 文學方面

中央研究院歷史語言研究所叢刊編輯小組 《俗文學叢刊》 二〇〇四年

《俗文學叢刊》第三六二冊至三六六冊收錄了各朝代故事的閩南說唱，如〈大舜耕田歌〉、〈文明勸改歌〉、〈新編二十四孝歌〉、〈勸善戒淫歌〉和臺灣客家勸世文內容大同小異，正可藉此作一比較。另外還有一些臺灣客家勸世文，如〈最新勸世文歌〉（〈新刊勸世文歌〉）（臺北市北門町三黃塗活版所三六六發行人王金火）〈最新嬌連嘆五更歌〉（嘉義和源活版所三六六發行人黃淡）等都是臺灣早期重要的勸世文素材。

鄭康宏 《醒世詩歌》第一集 一九九七年

中國文學中早有著豐富的勸世詩文。本書中收錄歷代的勸世詩文，如邵康節的〈孝悌歌〉、白居易的〈戒殺詩〉、黃庭堅的〈戒殺詩〉和王陽明的家訓、唐伯虎〈警世詩〉等。書中的勸世詩文分類以及諸多的詩文，可為探討勸世文學源起及其流變之參考。

鄭阿財 《敦煌文獻與文學》 一九九三年

中國的說唱文學的鼻祖，一般學者多指敦煌文學。此書中的〈敦煌寫卷定格聯章『十二時』研究〉、〈敦煌寫卷定格聯章『百歲篇』研究〉、〈敦煌寫卷定格聯章『父母恩重經』研究〉，可指導筆者了解臺灣客家勸世文聯章的淵源與特色。

高國藩 《敦煌民俗學》 一九八九年

敦煌民俗學不但是敦煌學中的組成成分，也是中國史的重要成分，亦為研究中國社會史的必需，不管從哪方面來看，都是一門極有價值的學科。

《太公家教》是唐代敦煌民間童蒙課本。它同《百家姓》、《千字文》、《開蒙要訓》等童蒙課本一起，在敦煌民間廣泛流傳。《太公家教》和臺灣客家勸世文的內容有許多相似之處。此書第八章——民間童蒙課本《太公家教》與敦煌民間風俗觀，其分析手法可作為筆者分析臺灣客家勸世文與臺灣客家風俗觀的參考。

4　音樂、戲劇方面

葉龍彥　《臺灣唱片思想起》　二○○一年

　　臺灣客語勸世文書面資料不多，幸好從日治時期（1895-1945）開始即留下不少的留聲機和曲盤，為臺灣歷史留下活見證。這些有聲資料包含南管音樂、客家戲曲、北管、京調、勸世文等，是研究臺灣本土音樂重要的素材。此書共分六章，其中第二章〈日治時期臺灣唱片史〉和第四章〈戰後臺灣唱片史〉，是筆者論文中重要參考資料。

國立傳統藝術中心籌備處　《聽到臺灣歷史的聲音》　二○○○年

　　這是一套十張的光碟和一本說明書，主要是日治時期臺灣所流行各種傳統戲曲的七十八轉的留聲機唱片，經過整理，重新複製出版。其內容包括了南北管、客家戲曲、勸世歌、文化劇、文化歌劇、滑稽笑劇、京劇等，內容相當豐富。

　　第九輯即是專門介紹客家戲曲，包含八音、三腳戲、相褒歌、勸世文、鼓吹樂廣東調。蘇萬松為重要的客語說唱藝人，本輯中即收錄了三首蘇萬松唱的〈耕作受苦歌〉、〈夫婦相愛〉、〈小兒勤讀勸改〉，是研究蘇萬松勸世文的重要資料來源。

徐亞湘　《日治時期中國戲班在臺灣》　二○○○年

　　「日治時期臺灣戲劇的變遷，是戲劇史，也是社會史。就戲劇史觀點來看，五十年的戲劇發展，自然是臺灣戲劇史的重要部分；而就社會史來看，臺灣戲劇反映的是最基層的民間文化型式，也是民眾日常生活史。」（徐亞湘：《日治時期中國戲班在臺灣》，頁 xxvii）臺灣客家勸世文和採茶戲、歌仔戲、亂彈戲，甚至和商業劇場、女優班的興起皆有關聯。此書第二章〈日治前及日治時期臺灣戲劇的歷史發展〉是本論文重要參考資料之一。

第四節　標音體例

本書標音主要以苗栗的四縣腔、臺灣客語音標為主。茲列對照表於後[1]：

表一　聲母音標對照表

臺灣客語	注音符號	臺語音標	通用音標	例　字
b	ㄅ	p	b	寶貝 bo` bi
p	ㄆ	ph	p	批評 pi´ pinˇ
m	ㄇ	m	m	買賣 mai´ mai
f	ㄈ	f	f	發福 fad` fug`
v	万	v	v	文武 vunˇ vuˇ
d	ㄉ	t	d	顛倒 dian´ do
t	ㄊ	th	t	態度 tai tu
n	ㄋ	n	n	能耐 nenˇ nai
l	ㄌ	l	l	理論 li´ lun
g	ㄍ	k	g	結果 gied` go`
k	ㄎ	kh	k	缺虧 kied` kui´
ng	ㄫ	ng	ng	語言 ngi´ ngienˇ
h	ㄏ	h	h	好漢 ho` hon
j（i）/zi	ㄐ	c（i）	zi	精進 jin´ jin
q（i）/ci	ㄑ	ch（i）	ci	親情 qin´ qinˇ
ng（i）	ㄫㄧ	ng（i）	ngi	軟弱 ngion´ ngiog
x（i）/si	ㄒ	s（i）	si	修心 xiu´ xim´
zh	ㄓ	z	jh	珍珠 ziin´ zu´
ch	ㄔ	zh	ch	車隊 ca´ cui
sh	ㄕ	sh	sh	收成 su´ siinˇ
r	ㄖ	j	y/zh	養育 iong´ iug`
z	ㄗ	c	j	祖宗 zu` zung´
c	ㄘ	ch	c	粗茶 cu´ caˇ
s	ㄙ	s	s	生產 sen´ san` 恩愛 en´ oi

1　何石松、劉醇鑫《現代客語詞彙彙編》，頁15-20。原書的例字用四縣、海陸調號兩種標音，例字的標音，筆者一律改用四縣調類標音。又臺灣客語音標，係根據漢語拼音加以增補。海陸腔四個聲母 zh、ch、sh、r，四縣腔入 z、c、s 和零聲母。四縣腔 iim、iin、iib、iid，海陸腔歸為 im、in、ib、id。

表二　韻母音標對照表

臺灣客語	注音符號	臺語音標	通用音標	例　字
ii	ㄥ	ii	ii	師資 sii′ zii′
i	｜	i	i	知己 di′gi`
e	ㄝ	e	e	細姊 se ze˘
er	ㄜ	er	er	鳥仔 diau′ e`
a	ㄚ	a	a	茶花 ca˘ fa′
o	ㄛ	o	o	報告 bo go
u	ㄨ	u	u	路途 lu tu˘
ie	｜ㄝ	ie	ie	計 gie，蟻 ngie
eu	ㄝㄨ	eu	eu	走漏 zeu` leu
ieu	｜ㄝㄨ	ieu	ieu	箍狗 kieu′ gieu`
ia	｜ㄚ	ia	ia	斜崎 qia˘ gia
ua	ㄨㄚ	ua	ua	誇 kua′；瓜 gua′
ai	ㄞ	ai	ai	大溪 tai hai′
uai	ㄨㄞ	uai	uai	乖 guai′；快 kuai
au	ㄠ	au	au	吵鬧 cau˘ nau
iau	｜ㄠ	iau	iau	撩刁 liau˘ diau′
io	｜ㄛ	io	io	茄 kio˘ 靴 hio′
oi	ㄛ｜	oi	oi	海外 hoi` ngoi
ioi	｜ㄛ｜	ioi	ioi	○kioi′
iu	｜ㄨ	iu	iu	琉球 liu˘ kiu˘
ui	ㄨ｜	ui	ui	歸類 gui′ lui
ue	ㄨㄝ	ue	ue	○kue˘
iim	（ㄥ）ㄇ	iim	iim	深沉 ciim′ ciim˘
im	｜ㄇ	im	im	琴音 kim˘ im′
em	ㄝㄇ	em	em	砧 zem′，森 sem′
iem	｜ㄝㄇ	iem	iem	○kiem˘
am	ㄚㄇ	am	am	藍衫 lam˘ sam′
iam	｜ㄚㄇ	iam	iam	檢驗 giam` ngiam
iin	（ㄥ）n	iin	iin	神聖 siin˘ siin
in	｜ㄣ	in	in	命令 min lin
en	ㄝㄣ	en	en	叮嚀 den′nen˘
ian	｜ㄢ	ian	ian	縣 ien，圓 ien˘
ien	｜ㄝㄢ	ien	ien	天年 tien′ ngien˘
uen	ㄨㄝㄢ	uen	uen	耿 guen`
an	ㄢ	an	an	半單 ban dan′
uan	ㄨㄢ	uan	uan	關 guan′，款 kuan`
on	ㄛㄣ	on	on	轉碗 zon`von`
ion	｜ㄛㄣ	ion	ion	軟 ngion′，全 qion˘

un	ㄨㄣ	un	un	論文 lun vunˇ
iun	ㄧㄨㄣ	iun	iun	軍訓 kiunˊ hiun
ang	ㅊ	ang	ang	棚頂 pangˇ dangˋ
iang	ㄧㅊ	iang	iang	姓名 xiang miangˇ
uang	ㄨㅊ	uang	uang	莖 ginˊ
ong	ㆆㄥ	ong	ong	長江 congˇ gongˊ
iong	ㄧㆆㄥ	iong	iong	良將 liongˇ jiong
ung	ㄨㄥ	ung	ung	東風 dungˊ fungˊ
iung	ㄧㄨㄥ	iung	iung	龍宮 liungˇ giungˊ
iib	（ㄩ）ㄅ	iip	iip	濕 siipˋ，汁 ziib
ib	ㄧㄅ	ip	ip	立急 lib gibˋ
eb	ㄝㄅ	ep	ep	○澀 sebˋ
ieb	ㄧㄝㄅ	iep	iep	○kieb
ab	ㄚㄅ	ap	ap	合法 hab fabˋ
iab	ㄧㄚㄅ	iap	iap	接帖 jiabˋ tiab
iid	（ㄩ）ㄉ	iit	iit	失職 siidˋ ziidˋ
id	ㄧㄉ	it	it	一日 idˋ ngidˋ
ed	ㄝㄉ	et	et	獲得 fed dedˋ
iad	ㄧㄚㄉ	iat	iat	熱烈 ngiad liad
ied	ㄧㄝㄉ	iet	iet	熱烈 ngied lied
ued	ㄨㄝㄉ	uet	uet	國 guedˋ，幗 guedˋ
ad	ㄚㄉ	at	at	發達 fadˋ tad
uad	ㄨㄚㄉ	uat	uat	刮 guadˋ
od	ㆆㄉ	ot	ot	說 sodˋ，捋 lod
iod	ㄧㆆㄉ	iot	iot	喔 zog
ud	ㄨㄉ	ut	ut	不 budˋ，出 cudˋ
iud	ㄧㄨㄉ	iut	iut	屈 kudˋ
ag	ㄚㄍ	ak	ak	伯 bagˋ，石 sag
iag	ㄧㄚㄍ	iak	iak	壁 biagˋ，錫 xiagˋ
uag	ㄨㄚㄍ	uak	uak	○kuad
og	ㆆㄍ	ok	ok	拍桌 pogˋ zogˋ
iog	ㄧㆆㄍ	iok	iok	腳 giogˋ，钁 giogˋ
ug	ㄨㄍ	uk	uk	祝福 zugˋ fugˋ
iug	ㄧㄨㄍ	iuk	iuk	六畜 liugˋ hiugˋ

表三　成音節輔音表

臺灣客語	注音符號	臺語音標	羅馬拼音	例　字
m	ㄇ	m	m	毋
n	ㄋ	n	n	你
ng	ㄫ	ng	ng	魚、五

表四　聲調符號對照表

	調類	調值		調號		例字
		四縣	海陸	四縣	海陸	
陰平	1	24	53	′	｀	春天
陰上	2	31	13	｀	′	海水
陰去	3	55	11	一★	ˇ	見面
陰入	4	32	55	｀	一★	約束
陽平	5	11	55	ˇ	一★	人民
（陽上）	6					
陽去	7	（55）	33	（一）	＋	內外
陽入	8	55	32	一★	｀	學術

第二章
客家勸世文的源與流

第一節　勸世文名義考釋

「勸世文」是什麼？在臺灣客家裡，完全以「勸世文」或「勸世歌」為題名，依筆者所見：

一　最早灌錄唱片的是林劉苟和新埔樂團合作，於一九二七年由特許唱片金鳥印出版的兩張〈勸世文〉（編號 6506-6507）。

二　蘇萬松在日治時期及戰後初期錄製約二十張唱片，如〈孝子堯大舜〉、〈青年行正勸改〉、〈兄地骨肉親〉、〈大舜耕田〉……等，儘管曲目多樣，但是唱片公司皆把它標明「類別曲種」為「勸世文」、「廣東茶歌・勸世文」或「廣東茶歌・勸世歌」。[1]「勸世文」和「勸世歌」，假使不考慮音樂，在文學上是指相同的東西。蘇萬松第一張〈勸世文〉在一九二九年出現。

三　最早的兩批手稿，一是一九〇〇年，新竹縣關西鎮藝人徐阿任的〈上大人勸世歌〉、〈積德勸世歌〉、〈囑郎勸世歌〉等；另一是一九三三年，桃園人何阿信手稿〈奉勸世文〉、〈勸世文〉、〈十勸行孝勸世文〉等。

四　在方志中，新埔鎮誌紀錄有〈花燈勸世文〉；臺灣省文獻委員會《苗栗鄉土史料・耆老口述歷史叢書21》有記敘民國二十四年三月二十九日的〈震災勸世文〉[2]；陳運棟《西湖鄉誌》收錄有彭華恩〈孝親歌〉、〈現代文明歌〉、〈勸世文〉、〈奉勸諸君色莫貪〉以及蘇萬松〈勸青年眾後生〉、〈勸人兄弟〉、〈勸人子嫂〉、〈勸話少年哥〉、〈道歎耕田苦〉、〈勸人後哀〉、〈勸人莫食鴉片煙〉[3]。

五　第一本以「勸世文」作為書名出版的專書，是一九六五年花月由新竹縣北埔鄉劉連勝發行、劉青琳著的《勸世文》。

1　有關林劉苟、蘇萬松唱片，可參閱楊寶蓮：《臺灣客語說唱》，頁 416-423，（附錄四：李坤城「臺灣音樂資料庫」收藏日治時期客家唱片總目錄。）

2　臺灣省文獻委員會：《苗栗鄉土史料（耆老口述歷史叢書 21）》（南投縣：臺灣省文獻委員會，1999年 6 月），頁 198。

3　陳運棟：《西湖鄉誌》（苗栗縣：西湖鄉公所，1997 年），頁 544-548。

前述一、二、三、四項都是單篇文章或單首唱詞，第五項是專書。「勸世文」是大家耳熟的名詞，它到底是什麼？以下筆者將作一探究。

一　「勸」、「世」、「文」的意義

（一）「勸」的意義

《康熙字典》說：

> 《說文》：勉也。……。《廣韻》：獎勉也。助也。教也。《書》〈禹謨〉：勸之以九歌，俾勿壞。又悅從也。《論語》：舉善而教，不能則勸。又《戰國策》：京王大悅，許救甚勸。註：勸，猶力也。[4]

《王力古漢語字典》說：

> ㊀鼓勵，獎勵。與「懲」、「沮」相對。《書》〈禹謨〉：「勸之以九歌。」孔穎達《疏》：「勸帝使長為善也。」《左傳》成公三年：「所以懲不敬而勸有功也。」又成公十四年：「懲惡而勸善。」引申為受到鼓勵。《論語》〈為政〉：「舉善而教，不能則勸。」《莊子》〈胠篋〉：「雖有軒冕之賞弗能勸。」又〈逍遙遊〉：「且舉世而譽之而不加勸，舉世而譽之而不加沮。」又為受到鼓勵而做事。《管子》〈輕重〉〈乙〉：「若是則田野大闢，而農夫勸其事矣。」㊁勸阻，規勸（後起義）。《後漢書》〈彭寵傳〉：「建武二年春，徵召寵，……而其妻素剛，不堪抑屈，固勸無受召。」㊂勸說，說明道理使人聽從（後起義）。唐・王維〈渭城曲〉：「勸君更盡一杯酒，西出陽關無故人。」[5]

《正中形音義綜合大字典》說：

> 勸，《說文》：「勉也，從力雚聲。」《廣韻》：「獎勉也、助也、教也。」《書》〈禹謨〉：「勸之以九歌俾勿壞。又悅從也。」《論語》：「舉善而教，不能則勸。」《戰國策》：「荊王大悅，許救甚勸。」《注》：「勸，猶力也。」[6]

4　漢語大辭典編纂處整理：《康熙字典（標點整理本）》（上海市：漢語大辭典出版社，2006年，2版），頁79。

5　王力主編：《王力古漢語字典》（北京市：中華書局，2000年），頁83。

6　淩紹雯等纂修，高樹藩重修：《正中形音義綜合大字典》（臺北市：啟業書局，2005年），頁0121。

可見「勸」的本義是鼓勵、獎勵，目的在使人受到鼓勵而做事，在《尚書》、《左傳》、《論語》、《莊子》諸書中都有記載。至於勸阻、規勸、勸說皆是後起的引申義。例如：黃連添在一九六八年曾替鈴鈴唱片行灌錄《勸世惜妻歌》、《勸世養子歌》、《勸世貪花》等三首勸世文[7]，前兩首的「勸」，即是正面的鼓勵、獎勵；後一首的「勸」，即是貶義的勸阻、規勸。依筆者經驗，在一般客家人的認知中，大多把「勸」當作正面的鼓勵、獎勵，負面責備大多用「醒」、「戒」、「勿」、「莫」、「毋好」。

（二）「世」的意義

《說文》：「世，三十并也，古文省。……三十年為一世。《論語》：『如有王者，必世而後仁。孔子曰：三十年曰世。』按：父子相繼曰世，其引伸之義也。」[8]

《王力古漢語字典》說：

世：一、三十年為一世。《論語》〈子路〉：「如有王者，必世而後仁。」引申為相繼的世代。《孟子》〈離婁下〉：「君子之澤，五世而斬。」二、人世、當代。《楚辭》〈戰國屈原九章〉〈懷沙〉：「舉世皆濁，而我獨清。」《史記》〈項羽本紀〉：「力拔山兮氣蓋世。」三、時代。《詩》〈大雅〉〈蕩〉：「殷鑑不遠，在夏後之世。」四、一生。《論語》〈魏靈公〉：「君子疾沒世而名不稱焉」。[9]

《正中形音義綜合大字典》說：

世：一、代也。《詩》〈大雅〉：「本支百世。」又《論語》：「必世而後仁。」《註》：「三十年為一世。」《左傳》〈宣三年〉：「王孫滿曰：『葛世三十，葛年七百，天所命也。』」二、《維摩經》：「大千世界。」《註》：「世，同居天地之間；界，謂各有彼此之別。」三、姓。《風俗通》：「秦大夫世鈞。」四、與生同。《列子・天瑞篇》：「亦如人自世至老，皮膚爪髮，隨世隨落。」《註》：「世與生同。」[10]

《國民常用標準字典》說：

7　有關黃連添生平及作品，可參考楊寶蓮：《臺灣客語說唱》。

8　段玉裁：《說文解字註》（臺北市：藝文印書館，1999年），頁90上。

9　王力主編：《王力古漢語字典》（北京市：中華書局，2000年），頁3。

10　凌紹雯等纂修，高樹藩重修：《正中形音義綜合大字典》（臺北市：啟業書局，2005年），頁4。

世：名。一、後嗣曰世。……二、人之一生曰世。……三、時代曰世。……四、
世界略稱世。……五、世人略稱世。……六、量詞；三十年曰一世。……七、量
詞；父子相繼曰一世。八、姓。[11]……

綜上可知「勸世文」的「世」既包括時間，也包括空間。人的一生，古人強調「三
十而立」，祖、父、子每世代相隔大約三十年，乃是指對象和時間而言；而人所居住的
世界是一個「大千世界」，同居天地之間，又是指空間而言。

(三)「文」的意義

《康熙字典》說：

> 《說文》：「錯畫也。」《玉篇》：「文章也。」《釋文》：「文者，會集眾綵以成錦繡，
> 合集眾字以成辭義，如文繡然也。」《周禮》〈天官〉〈典絲〉：「供其絲纊組文之
> 物。註：畫繪之事，青與赤謂之文。《禮》〈樂記〉：「五色成文而不亂。」[12]……

《王力古漢語字典》說：

> 文：一、彩色交錯。《說文》：「文，錯畫也。」《易》〈繫辭下〉：「物相雜，故
> 曰文。」《禮記》〈樂記〉：「五色成文而不亂。」引申為文采，常與「質」或「野」
> 對稱。《論語》〈雍也〉：「質勝文則野，文勝質則史。」……二、紋理，花紋。……
> 三、文字，文辭。《孟子》〈萬章上〉：「故曰詩者不以文害辭。」《韓非子》〈五蠹〉：
> 「儒以文亂法，俠以武犯禁。」四、禮樂制度。……五、法令條文。……六、美、
> 善。《禮記》〈樂記〉：「禮減而進，以進為文；樂盈而反，以反為文。」[13]……

《正中形音義綜合大字典》說：

> 文：《說文》：「錯畫也。」《玉篇》：「文章也。」《釋名》：「文者合集眾絲，以
> 成錦繡，合集眾字，以成辭，義如文繡然也。」《易》〈繫辭〉：「物相雜故曰文。」
> 《周禮》〈天官〉〈典絲〉：「供其絲纊組文之物。」《註》：「畫繪之事青與赤，謂

---

11 高樹藩編纂，高明等訂正：《國民常用標準字典》（臺北市：正中書局，1985 年），頁 6。

12 漢語大辭典編纂處整理：《康熙字典》（標點整理本）（上海市：漢語大辭典出版社，2006 年，2 版），
頁 425。

13 見王力主編：《王力古漢語字典》（北京市：中華書局，2000 年），頁 413-414。

之文。」《禮》〈樂記〉：「五色成文而不亂。」[14]

綜上可知，所謂「文」乃指合集眾字而成的優美文辭、文章。由「勸」、「世」、「文」三字組成的複合詞「勸世文」可解釋為「鼓勵、獎勵或警告居住在天地之間的人類，在一生中應該謹言慎行的一切優美文辭、文章。」不過翻閱各種辭典或《古今圖書集成》的資料，「勸世」一詞甚少見，卻是相當弔詭的事。

增修《詞源》上冊有關「勸」的詞條有：勸化、勸分、勸相、勸善、勸率、勸進、勸農、勸酬、勸罰、勸駕、勸誘、勸賞、勸課、勸講、勸懲、勸蠶、勸酒胡……。[15]《漢語方言大詞典》第一卷有關「勸」的詞條有：勸分、勸耳、勸交、勸來、勸針、勸間、勸和、勸起、勸諫、勸蠻、勸煞、勸相打。[16]《古今漢語詞典》有關「勸」的詞條有：勸止、勸化、勸導、勸進、勸戒、勸告、勸阻、勸駕、勸勉、勸誘、勸說、勸教、勸諭、勸募、勸懲、勸解、勸慰。[17]此三本詞典中並無「勸世」一詞。

二　中國廟堂文學中「勸」的內涵以農桑、學問爲主

《古今圖書集成》中有關「勸」的資料及內容，其中透露出幾項重要的訊息：勸「農桑」，勸「學」的內容特別多。

中國自古以農立國，所以為政者非常注重勸農，勸桑。書中有關勸「農」的如束皙的〈勸農賦〉[18]，（晉）陶潛〈勸農〉[19]，（宋）朱熹的〈勸農文〉[20]，前人的〈勸農文〉[21]，（宋）陳靖的〈勸耕荒田疏〉[22]。勸「學」的內容，例如〈勸學篇〉：

> 君子之學也，入乎耳，著乎心，布乎四體，形乎動靜。端而言，蝡而動，一可以為法則。小人之學也，入乎耳，出乎口，口耳之間，則四寸耳，曷足以美七尺之

---

14 見淩紹雯等纂修、高樹藩重修：《正中形音義綜合大字典》，頁667。

15 臺灣商務印書館編審委員會：《增修詞源》上冊（臺北市：臺灣商務印書館，1989年），頁299。

16 許寶華、宮田一郎主編：《漢語方言大詞典》第1卷（上海市：中華書局，1996年），頁951-952。

17 商務印書館辭書研究中心編：《古今漢語詞典》（北京市：商務印書館，2004年），頁1195-1196。

18 國家圖書館電子資料庫http://dblink.ncl.tw：《古今圖書集成》〈經濟彙編食貨典第三十六卷〉〈農桑部〉第678冊，頁61之2。

19 《古今圖書集成》〈博物彙編藝術典第十一卷〉〈農部〉第423冊，頁53之1。

20 《古今圖書集成》〈經濟彙編食貨典第三十七卷〉〈農桑部〉第680冊，頁3之2。

21 《古今圖書集成》〈經濟彙編食貨典第三十七卷〉〈農桑部〉第680冊，頁3之2。

22 《古今圖書集成》〈經濟彙編食貨典第九十五卷〉〈荒政部〉第684冊，頁24之2。

軀哉。古者之學為己，今之學者為人。君子之學也，以美其身；小人之學也，以為禽犢。[23]

又《理學彙編字學典第八十九卷》亦有前人寫的〈勸學篇〉：

自古賢哲勤乎學而立其名，若不學即沒世而無聞矣。且會稽之竹箭湛盧之斷割，不括而羽之，不淬而礪之，終不見利用之材耳。羲之雲耽翫之功積如丘山，張芝學書池水盡墨，……夫道者，學以致之，飽食終日，無所用心則去之愈遠矣。不得其門而入，雖勤苦而難成矣。……[24]

由此可知，從前的人非常注重為學。先秦時，《六經》即是學子的教材內容。書中有關勸「孝」的只收錄前人的〈泉州勸孝文〉[25]，王元弼〈勸民孝友說〉[26]，佚名〈勸世〉：「一毫之善，與人方便。一毫之惡，勸君莫作。衣食隨緣，自然快樂，算是甚命，問什麼蔔，欺人是禍，饒人是福。天眼昭昭，報應甚速，諦聽吾言，神欽鬼服。」[27]

可證，在清代以前的正統文學中，「勸」的內涵以實用的農桑、學問為主，較少有說教輪迴、因果的「勸世」、「勸善」內容，「勸世」、「勸善」內容大都出現在俗文學中。袁嘯波《民間勸善書》〈序〉中認為「善書一般語言俚俗簡陋，且多涉因果之說，故一向受到正統文人和上層人士的鄙視和抨擊，被排斥在經、史、子、集四部之外，公私藏書家大多不予收藏，歷代書目也罕有記載。」[28]

任半塘《敦煌歌辭總編》曾出現許多「勸」字，如〈失調名〉：「勸君學道莫言說。言說性恆空。」（頁 512）；〈十恩德〉：「……報恩十月莫相辜。佛且勸門徒。……勸君問取釋迦尊。慈母報無門。」（頁 748）；〈孝順樂〉：「人生一世大堪傷。浮生如似電中光。道場今日苦相勸。是須孝順阿耶娘。……並勸面前諸弟子。是須孝順阿耶娘。」（頁 772-774）；〈求因果〉：「一一勸君學好事。孝義存終始。立身禮讓最為先。……詞中奉勸苦叮嚀。」（頁 776-778），這些都是勸世詩文。

唐代敦煌通俗文學中的一類作品通稱敦煌曲子詞，包括敦煌遺書中的敦煌曲、曲子

---

23 《古今圖書集成》〈理學彙編學行典第二百九十三卷〉〈君子小人部〉〈總論〉第 620 冊，頁 23 之 1。
24 《古今圖書集成》〈理學彙編字學典第八十九卷〉〈書法部〉第 650 冊，頁 8 之 1。
25 《古今圖書集成》〈理學彙編學行典第二百二十六卷〉〈孝弟部〉第 615 冊，頁 29 之 1。
26 《古今圖書集成》〈理學彙編學行典第二百二七卷〉〈孝弟部〉第 615 冊，頁 34 之 1。
27 《古今圖書集成》〈明倫彙編人事典第八十三卷〉〈禍福部〉。
28 袁嘯波：《民間勸善書》（上海市：上海古籍出版社，1995 年），頁 2。

調、俗曲、小曲、曲子、詞等。它們符合倚聲定文、由樂定辭的原則，又托於曲調，能被之管弦發聲歌唱，所以統稱為敦煌歌辭。敦煌歌辭的創作時代不可詳考，只能依據敦煌藏經洞的歷史推測這些歌辭大約為唐五代期間所作，沒有晚至北宋的歌辭。可見在唐五代期間就有不少勸世之類的俗曲民歌，它們即是臺灣客家勸世文的血緣先祖。

三 勸世文即是善書、勸善書、因果書

袁嘯波《民間勸善書》認為：「勸善書」就是宣說倫理道德、以勸人為善為宗旨的書籍，古時候稱作「善書」。善書起源何時，難以考訂。被《左傳》、《國語》頻繁徵引的先秦《語書》可視為善書的雛形。而《孝經》可視為儒家善書的鼻祖。秦漢以後，這類作品越來越多，只是絕大部分都散失。在敦煌文獻中，保留了一部分晚唐五代時期勸善性質的作品殘篇，如《太公家訓》、《古賢集》。現存最早、最完整的著名善書是宋代的《太上感應篇》。宋代的善書已相當多。[29]

陳霞《道教勸善書研究》也說：

> 「勸善書」是以因果報應的說教宣傳倫理道德、勸人從善去惡的通俗化書籍，簡稱「善書」，民間也將這類書籍稱為「勸世文」或「因果書」。[30]

她認為：早在先秦、漢代就有《孝經》、《女戒》等具有勸善性質的倫理道德教化書。但作為一種特殊的、自成一家的道德教化作品——《勸善書》（簡稱《善書》）卻正式形成於宋代，以《太上感應篇》的出現為標誌。宋代就出現了特指教化性書籍《善書》這一專用名詞。在封建社會後期，它在社會上非常流行和普及，直到明代出現了《勸善書》這一專門名詞。《中國叢書綜錄》有教化書籍《善書》這個分類。[31]

「勸世文」為何又稱為「勸善書」或「因果書」呢？筆者認為「勸世文」的主要性質就是要勸人行善、行孝，尤其強調「百善孝為先」；並講究佛教的「善有善報，惡有惡報」的因果報應之故。汪家熔《善書》〈古代秩序的規範〉說：「章學誠說：『六經皆史』。而三百年前有學者說：『六經皆勸善之書也。』這裡我們對『善』字不能僅看作『善舉』，要回到其本義。『善』字在《說文》中在『誩』部，古文『善』字，許慎說：『吉

---

29 袁嘯波：《民間勸善書》（上海市：上海古籍出版社，1995 年），頁 2-3。
30 陳霞：《道教勸善書研究》（成都市：巴蜀書社，1999 年），頁 2。
31 陳霞：《道教勸善書研究》（成都市：巴蜀書社，1999 年），頁 1。

也，此與義、美同意』；在『我』部『義』字說：『義與善同意』。《段注》：『按：羊，祥也，故此三字從羊。』回到善的本義吉、美、義，就能理解六經皆勸善之書也。」[32]可知以「勸世文」命名，是強調勸說的對象人所居住的時空；以「勸善書」命名，是強調勸說的性質以「善」、「美」、「吉」為主；以「因果書」命名，是強調人類行為「種豆得豆」的必然結果。命名者著眼點不同，故有不同名稱，三者其實是相同的。

鄭康宏曾蒐集中國歷代的勸世詩歌編成《醒世詩歌》一、二、三集，如（宋）邵康節〈孝悌歌〉、（宋）蘇軾〈戒殺詩〉、（元）優曇〈警悟詩〉、（元）余忠宣公闕〈慎交銘〉、（明）李東陽〈四知歌〉、（明）王陽明〈家訓〉、（明）憨山大師〈勸世歌〉、（明）誌公〈萬空歌〉、（明）唐解元〈戒賭歌〉、（清）薩哈岱〈苦樂無常歌〉、（清）順治〈感嘆一律〉等，百分之八十是宋、明、清人的作品。[33]

由此可證，中國的善書源遠流長，早在先秦、漢代就有勸善性質的倫理道德教化書。它正式形成於宋代，以《太上感應篇》的出現為標誌。但是真正以「因果報應的說教宣傳倫理道德、勸人從善去惡」為企圖的通俗化書籍，大量出現應該是在宋、明、清三代。

自勸善書在宋代產生以來，上至帝王嬪妃、達官顯宦、文人學士，下至鄉紳、民間藝人和黎民百姓都參與了善書的制作、推廣、閱讀、講唱和欣賞。在儒、釋、道三教以及明清時代的諸多民間宗教裡均產生大量勸善書籍。酒井忠夫、包筠雅將這場幾乎全民參與的勸善潮流稱為「善書運動」。直到二十世紀五〇年代以後才漸趨消弱。[34]

四　勸世文面貌多元

在臺灣，如果在佛堂或寺廟等公共場所，讓人自由取閱的勸善書籍，一般人習慣稱之為《勸善書》或《善書》、《鸞書》。假使是曲藝人士鼓勵人們修德積善的曲藝唱本，一般人習慣稱之為〈勸世文〉或〈勸世歌〉，它有時是指一首唱詞、單篇文章，也有人編成一本小冊子出現。為了區別起見，在本論文中，凡是以〈　〉則代表一首唱詞、單篇文章；以《　》則代表集結成冊的書籍。

---

32 汪家熔：《善書》〈古代秩序的規範〉，《出版科學》第 15 卷第 4 期（2007 年），頁 79。有關「善」之解釋，可參閱商務印書館：《說文解字注》，頁 102 下。

33 鄭康宏：《醒世詩歌》（臺北市：揚善雜誌社，1997 年再版），一、二、三集。

34 陳霞：《道教勸善書研究》（成都市：巴蜀書社，1999 年），頁 2-3。

　　蘇萬松是臺灣唱客語〈勸世文〉最有名的人，他以帶有「-ni」鼻音的【平板・蘇萬松調】嗓音唱出許多膾炙人口的勸世歌謠。日據時代（1895-1945）他錄製許多這類作品，如〈孝子堯大舜〉、〈阿片歌〉、〈兄弟骨肉親〉、〈耕作受苦歌〉等，唱片公司在「類別曲種」項皆標「勸世文」或「勸世歌」。所以，提到臺灣「客家勸世文」，一般人幾乎把它等同【蘇萬松調】，也會想起蘇萬松這個人。[35]

　　並不是所有勸世作品皆以「勸」為題名的。

　　徐阿任《阿任手抄本》中的〈十勸郎歌〉、〈十勸姐歌〉、〈十勸朋友〉、〈十想勸小姐〉、〈十勸吾郎〉、〈十勸世間人〉、〈上大人勸世歌〉、〈囑郎勸世〉、〈勸世間〉；劉添財編纂《最新客家民謠集》中的〈奉勸青年郎歌〉、〈褒忠亭勸化歌〉、〈奉勸男女在世間歌〉、〈勸世文〉等，都用「勸」字。也有的勸世文會用「醒」的字眼，如林貴水（本名林春榮）唱的〈醒世修行歌〉。[36]也有用「警」、「戒」、「訓」或其他用字的，如新竹明復堂出版的《現報新新》的〈警世戒淫歌〉（頁 36）、〈警世人勿演淫戲歌〉（頁 9-10）、〈戒婦女勿入廟燒香歌〉（頁 6-7）、〈戒婦人勿上街買賣歌〉（頁 8-9）、〈訓士/訓工/訓商〉（頁 24-25）等。[37]陳運棟主編的《洗甲心波》（第四集）亦收錄有〈警世文〉（頁 1275-1279）、〈報應文〉（頁 1280-1284）、〈憫世文〉（頁 1286-1291）、〈懲惡文〉（頁 1299-1305）、〈渡世文〉（頁 1307-1314）、〈賞善罰惡文〉（頁 1315-1322）、〈因果文〉（頁 1324-1328）、〈回輪文〉（頁 1330-1336）、〈敬信玉曆文〉（頁 1337-1345）、〈戒延巫士保運文〉（頁 1385-1389）。

　　劉添財《最新客家民謠集》中還有所謂〈水災歌〉（頁 9-12）、〈遊臺灣車站歌〉（頁 27-56）、〈日本統治歌〉（頁 89-102）、〈十大建設歌〉（頁 63-66）、〈食強力膠歌〉（頁 122-123）、〈新大建設歌〉（頁 173-178）、〈零生歌〉（頁 143-162）……等。又如徐阿任手抄本中的〈說恩情〉（頁 123-125）、〈十想渡子〉（頁 151-153）、〈夫妻不好〉（頁 162-165）、〈安慰寡婦〉（頁 188-190）、〈百般難〉（頁 190-193）等，它們名中並無用到「勸」、「醒」、「戒」等動詞，但是其內容，仍是不折不扣的「勸世文」。

　　可見勸世文的面貌多元，有的在名稱中即用「勸」或「醒」、「警」、「訓」等用字，表達強烈的教育意味的明勸；也有不用「勸」或「醒」字，而用其他題名如〈說恩情〉、〈零生歌〉、〈新大建設歌〉等，寓教於唱詞中的暗勸，名異實同，殊途同歸，其最終目

---

35 有關蘇萬松生平及作品，可參考楊寶蓮：《臺灣客語說唱》，本論文後章亦會有論述。

36 有關林貴水生平及作品，可參考楊寶蓮：《臺灣客語說唱》。

37 彭殿華：《現報新新》（新竹縣：樹杞林明復堂，1899 年）

的不外「懲惡勸善」、「眾善奉行」。

第二節　勸世文的思想來源

一　儒家「孝道」思想

根據肖群忠《中國孝文化》的研究：在中華民族優良傳統道德中，「孝」佔有特殊的地位，「它在一定時期內，有力維護著中華民族的和諧發展，凝聚著以血緣為紐帶的宗法氏族關係，為維繫家庭團結和保持社會穩定起著特殊重要的作用；同時，在長期等級社會中，主要是自宋明到五四運動這段時期，它被統治階級及其思想家們加以扭曲，把『愚孝』當作道德楷模，把犧牲子女的基本權利作為道德教條，把壓抑人性作為『孝』的必然歸宿。」[38]

孔子是儒家孝道理論的鼻祖；曾子集其大成；後經孟、荀的繼承發展，《孝經》一書即是儒家孝道理論創造的成品。漢朝開始以孝治天下；魏、晉、隋、唐對孝文化有崇尚、有變異；到了宋、元、明、清已是達到登峰造極的地步。[39]

「萬惡淫為首，百善孝為先」，「孝」是中國傳統倫理的元德。能做行孝的人，也必能謹守「三綱」、「五常」、「八條目」。所謂「三綱」就是「君為臣綱」、「父為子綱」、「夫為妻綱」。「五常」者，「仁」、「義」、「禮」、「智」、「信」。「八條目」是「格物」、「致知、」「誠意」、「正心」、「修身」、「齊家」、「治國」、「平天下」。

為了對儒家經典理論的宣教與通俗化，自古以來，有心人就編著了許多孝行傳和勸孝詩文。孝行傳主要表現為兩種形式：一是歷代史書中設有專類專章記述的；二是專門的書籍加以記述的。在歷史上影響最大的仍然是「二十四孝」。

「二十四孝」的名稱，以敦煌〈故圓鑑大師二十四孝押座文〉最早，二十四孝的故事是什麼？一般的講法是指：

1.大舜耕田	2.曾參痛心	3.閔損拖車	4.鹿乳供親	5.負米養親
6.戲彩娛親	7.漢文帝賞藥	8.背母逃難	9.為母埋兒	10.賣身葬父
11.行傭供母	12.姜詩進鯉	13.丁蘭刻木事親	14.扇枕溫衾	15.聞雷泣墓
16.哭竹生筍	17.懷橘遺親	18.打虎救父	19.吳猛飼蚊	20.臥冰求鯉

38 肖群忠：《中國孝文化研究》〈序〉（臺北市：五南圖書公司，2002 年），頁 1。
39 肖群忠：《中國孝文化研究》〈目錄〉（臺北市：五南圖書公司，2002 年），頁 3。

21.嘗糞憂心　　22.乳姑不怠　　23.棄官尋母　　　24.滌親溺器[40]

這些作品在鈴鈴唱片廠和遠東唱片廠的出版品中都有[41]，在客家說唱中佔了很重的份量。

勸孝詩文主要包括民間勸孝專文以及道教與佛教的勸孝文獻。民間勸孝專文又可分為署名的和佚名的。署名的，如（宋）邵康節〈孝悌歌〉：

> 子孝親分弟敬哥，休殘骨肉起風波，劬勞恩重須當報，手足情深最要和；公藝同居今古罕，田真共處子孫多，如斯遐邇皆稱美，子孝親分弟敬哥。……子孝親分弟敬哥，丈夫休聽婦人唆，眼前金帛毋嫌少，膝下兒孫不厭多；但得家和貧也可，若教不義富如何？王韓孝友垂青史，子孝親分弟敬哥。……[42]

在蘇萬松的〈勸人兄弟〉中則說：

> 一來勸化（世間做人個）兄弟人，做人（就）兄弟（正來就）骨肉親。大家（個）兄弟（就來就）同協力，真正家和無不興。勸化（世間做人個）兄弟人，兄弟骨肉血脈親，同胞娘親來載世，大家愛同心。打虎並捉賊，也愛親兄弟，出陣也愛父子兵。兄弟小爺來協力，真正贏過來他人。一等毒，蛇咬到；二來毒，黃蜂尾下針；三來毒，婦人心。爺哀兄弟面前莫說假，妻子面前莫說真；說真言，連累誤自身。愛想下把星子光，愛想下把月光明。大家同協力，魚幫水，水幫魚，兄弟做成人。老古言語有講起：兄弟一儕一面一樣心，俚想黃金堆棟也閒情。大家兄弟同協力，實在（時）黃泥正會變成金。[43]

可見〈孝悌歌〉和〈勸人兄弟〉內容大致相同，為人要做到父慈子孝，兄友弟恭，自然可家和萬事興。又如佚名〈醒世歌〉：

> 父母不親誰是親？不重父母重何人？你重父母十六兩，你兒重你還一斤。千兩黃金萬兩銀，有錢難買爹娘身，父母那有百年壽，要在生時順親心。在生之時不敬重，死後空勞拜孤墳，父母恩重難報答，必盡孝道才是人。和顏悅色並聽話，要使父母長歡欣。回想養你到成長，千辛萬苦皆親恩。勸君趁早行孝道，定保兒孫

---

40 高國藩：《中國民間文學》（臺北市：臺灣學生書局，1999 年），頁 13-24。

41 六〇年代出版客家有聲資料的重要廠商有鈴鈴、美樂、遠東、文華等。

42 鄭康宏主編：《醒世詩歌》（臺北市：揚善雜誌社，1997 年），頁 2-3。

43 楊寶蓮：《臺灣客語說唱》（新竹縣：新竹縣文化局，2006 年），頁 92。

世代馨。[44]

在黃連添〈百善孝為先〉可找到這首〈醒世歌〉的精神。以下是〈百善孝為先〉一段唱詞：

偲个爺哀在生佢都毋曉想，
死忒時節正來哭斷腸，
靈前跪等正來斯哀哀哭，
千跪萬拜一爐香！
偲个爺哀在生毋曉來孝順，
死忒時節正來該哭靈魂，
家鶴你就想轉實在斯有忒慢，
毋得爺就娘再相逢！
爺哀在生偲俚斯毋曉愛，
死忒正來哭哀哀，
家鶴你就想轉實在斯有暢慢，
毋得偲个爺哀還生來！

大家聽轉確定有孝心，
愛知爺娘恩義深，
誰人聽轉曉得斯行孝順，
世代斯子孫和睦深！
大家就男女愛孝心，
行孝之人福祿深，
男男女女也一體，
行孝的確子孫出賢人！[45]

「孝」是中國傳統倫理的元德，能盡孝的人，其人品也不會太差。在唐代以後，「孝」和佛教的因果觀念緊緊結合，更加穩固了統治者的政權。客家人自古流傳的家

---

44 鄭康宏主編：《醒世詩歌》（臺北市：揚善雜誌社，1997年），頁3-4。

45 楊寶蓮：《臺灣客語說唱》（新竹縣：新竹縣文化局，2006年），頁275。

訓：「一等人忠臣孝子」，故在臺灣客家勸世詩文中，勸孝是大宗。

二　道教「積善成仙」思想

　　道教是以長生不老之道為最高信仰的中國本土固有的宗教，它用神仙不死之道教化信仰者，勸人通過養生修煉和道德品行的修養而長生成仙，最終解脫死亡，求得永恆。道教的思想主要包括：

（一）神學禁忌及宗教戒律思想

　一　道教善書叫人禮敬神明。
　二　許多善書附帶道教神仙的誕辰和成道紀念日。
　三　道教善書勸人們禮敬神所造之物，如文字、經文之類。
　四　道教徒應守清規戒律。

（二）社會人倫規範思想

　一　勸人應竭忠盡孝。
　二　提倡仗義輸財、誠實、勤勞、謙虛、儉樸。
　三　含有豐富的職業道德內容。
　四　勸戒當時溺女、吸鴉片、賭博等陋習。
　五　假借神仙之口反應勞動群眾的願望。

　　《徐阿任手抄本》〈十勸世間人〉：「六來奉勸世間人，為人買賣要公平，秤斗出入要平正，天上鑑察有神明，各人存心守本分，不可枉來欺騙人。」又《何阿信》〈勸世文〉：「奉勸諸君，聽我言因。士農工商，各立經營。唯有花街，不可去尋。」即是告訴生意人，要公平交易，不可偷斤減兩。不論士、農、工、商都要各在崗位上打拼。這些誠實、勤勞的職業道德內容，很明顯地就是來自道教的思想，也是中華民族優良傳統習性的一部份。

（三）自然生態保護思想

　　主張回歸自然、反樸歸真，把自然看得很高。道教徒的修煉也講求與自然的和諧才

有可能成仙證道。所以要求對自然的重視、愛護，甚至崇拜。[46]臺灣昔日的客家莊常設有「聖蹟亭」（字紙亭）來焚燒廢紙，就是注重環保以及尊敬造字的倉頡的做法。又老一輩的客家人往往不吃牛肉，是因為不忍看到為農人耕種的牛隻，辛苦半輩子，還被人宰來當桌上珍饈的緣故。這些都是客家人重視自然、尊重生命的體現。《徐阿信手抄本》〈十勸行孝勸世文〉：「三勸大家愛想長，賺有錢銀敬爺娘，父母恩義都不知，不孝父母罪難當。四勸大家愛聽真，賺有錢銀敬雙親，父母言語都不順，雷公專打歪心人。五勸大家聽分明，百件頭路愛認真，父母面前愛行孝，一點孝心上天庭。……八勸大家子嫂儕，莫作是非亂冤家，無影無跡你莫講，死到閻君割舌嫲（嘛）。」即是勸人要盡孝，否則會遭雷神、閻王懲罰。其中的雷神、閻王屬於道教神祇。

三 佛教「因果報應」思想

「佛」，全稱「佛陀」，意思是覺悟者。佛教重視人類心靈的進步和覺悟，人們的一切煩惱都是有因有緣的，「諸法因緣生，諸法因緣滅」。人和其他眾生一樣，沉淪於苦難之中，並不斷的生死輪迴。惟有斷滅貪、嗔、痴的聖人（佛陀、辟支佛、阿羅漢）才能脫離生死輪迴，達到涅槃。佛教的基本思想為：

（一）六道輪迴

佛教認為一切未解脫的有情眾生都在天道、人道、阿修羅、畜生、餓鬼和地獄這六道裡生死流轉，無有止境。在六道之外，已經解脫的眾生在四聖界，這裡的眾生已經不再有生死流轉、處於不生不滅的狀態。而處於六道的眾生、通過修行，可以進入到四聖界、擺脫生死輪迴之苦。

（二）四諦

佛陀一生所教的內容主要就是知苦與滅苦。四諦學說是佛教義的核心。

1 苦諦

佛教認為人生在世，誰也免不了生老病死等諸多苦難。這些苦難不會因為人的死亡而結束，因為人死之後並不是徹底的消失，仍然會在六道中輪迴不息，不論在天堂、地

---

46 陳霞：《道教勸善書研究》（成都市：巴蜀書社，1999 年），頁 112-119。

獄還是人間，苦總是存在的，只是程度不同罷了。佛教還認為，世間的萬物都是變化不定的，沒有永恆，這叫做無常。對眾生來說，這種永無止歇的變化本身就是一種苦。

2　集諦

集諦是講苦產生的原因。佛教認為世上沒有無因之果，也沒有無果之因。有情眾生之所以會受苦，皆是由於在無盡的輪迴過程中，在貪、嗔、痴這三毒的驅使下造下很多的業，這些業積累起來成為未來的苦因。

3　滅諦

佛教認為只要是在六道中輪迴，就無法避免受苦。有情眾生要想從苦中真正的、徹底的解脫出來，只有脫離輪迴這一個辦法。

4　道諦

為了脫離輪迴，必須進行修行。佛陀給出的方法主要為戒、定、慧三學。經過從四念處到八正道，一共三十七道品的次第修習，便可以達到涅槃，永遠從輪迴中解脫出來，證得阿羅漢。

（三）十二因緣

佛教認為世間萬法都是依因緣而生，依因緣而存在。世上沒有不依靠其他事物而獨立存在的東西，任何事物都是因緣和合而成；沒有什麼東西能夠不受其他事物的影響，也沒有什麼東西能夠不影響任何其他事物；任何事物都有前因，也有後果，而這種因果關係構成了一個無始無終的鏈條。[47]

《徐阿任手抄本》〈十勸世間人〉：「一來奉勸世間人，愛知父母恩義深，細細食娘身上血，苦心養大得成人，此个深恩若不報，定然天地不容情！」、「十來奉勸世間人，人家一定要耐心，為人不可做惡事，做惡之人罪惡多，自己那是無報應，日後兒孫也奔波。」即是說凡事皆有因果報應，不可不慎。又《羅蘭英》〈劉不仁不孝回心歌〉：「奉勸諸君愛聽真。莫學廣東個（个）劉不仁。又講孝順還生孝順子，不孝還生不孝人。」、《何阿信》〈曹安行孝〉結尾辭：「夫婦曹安多孝順，許（忤）逆還生許（忤）逆兒，孝順還生孝順子，曹安孝順夫婦身。」也都是強調因果報應。

---

47 維基百科 http://zh.wikipedia.org/wiki2009/02/12。

　　除了「因果報應」觀念外，臺灣客語勸世文直接受佛教「香花」[48]詞文影響最深。所謂「香花」是大陸梅州客家佛教度亡儀式的代稱，普遍流行梅縣、蕉嶺、興寧、大埔等地，是梅州客家喪葬禮儀中的重要組成成分。 根據王馗〈梅州佛教香花的結構、文本與變體〉研究：在大陸梅州的僧侶中，香花佛事一般被認為是明代何南鳳編訂，距今已有三　四百年的歷史。但是，梅州僧人、齋嫲認為何南鳳只是為香花創作了很多文采的詞文，例如〈十哀兮〉。香花的歷史另有起源：

> 客家有很多的大德高僧，把經書的內容翻譯成白話詞句，這個辦法讓很多的群眾能夠聽聞佛法。二千年來，各朝各代大德高僧都翻譯經書和創作香花。所謂香花，就不是毒草，香花對人民有利，所有香花都是超生度死的詞句，以空破執著，要人們不要爭名奪利，勸化生人，度化亡人……香花不是佛經，而是「懺」。經，是釋迦牟尼說出來的；懺，是歷代高僧寫出來的，是代表佛經的意思譯出來的白話，香花是將佛經「複白話」來。佛經從印度來，普通人聽不懂，如般若波羅蜜，是印度來的，翻譯成中文是：妙智慧登彼岸，普通人就聽不懂，香花是用客家話唱出來。[49]

　　王馗又認為：「香花文本，彙集了中國傳統中的歷史風物、傳說典故，以及流行於閩、粵、贛三省的民間勸善書、地方說唱文學，用通俗的教化，把傳統倫理道德與宗教義理結合起來，以彰顯出宗教安撫無助、道德維繫人生的意義。而香花儀式，則綜合了唱念做打、講說誦白，以及諸多非文字形態的民眾藝術，並結合地方社會中廣為流行的喪葬儀軌，用形象生動的行為表現，傳達了行動改變現實的積極態度。」[50]他又說：

> 《梅縣香花一日兩霄全集》目錄中著錄了〈雜唱〉、〈勸善歌〉、〈偈子〉、〈論三喪〉、〈算空亡〉等關目，其實不是獨立演出香花的套路，只是提供可供選擇的詞文，例如〈雜唱〉也稱為〈雜嘆文〉包括了〈五更〉、〈十嘆〉、〈十二月〉等詞文，實際是「救苦」、「關燈」的備選內容。而在《香花》本目錄中，除香花儀式段落外，尚有〈伏以〉、〈切以〉、〈佛號〉、〈香花〉、〈勸世文〉、〈十二月古人七式〉、〈十二歸空〉、〈五更三式〉、 〈十月懷胎〉、〈十嘆二式〉、〈十哀兮

---

48 「香花」另有許多其他名稱：做香花、做齋、做佛事、做好事、做功德、做和尚、半夜光。

49 王馗：〈梅州佛教香花的結構、文本與變體〉，《民俗曲藝》第 158 期（2007 年 12 月），頁 104-105。

50 王馗：〈梅州佛教香花的結構、文本與變體〉，《民俗曲藝》第 158 期（2007 年 12 月），頁 105。

十別〉……這些內容亦不是獨立段落，但普遍出現在香花佛事的文書和唱念中。[51]

個人認為「香花」詞文是臺灣客家說唱類勸世文的血緣母親，如楊玉蘭以及洪添福唱的〈十歸空〉即脫胎於詞文〈十二歸空〉，而其遠祖即是敦煌曲子詞。楊玉蘭唱的〈十歸空〉是這樣：

> 第一釋迦梵王宮，修行探道雪山中，丈六金身為高足，涅盤到處也歸空。
> 第二孔子魯國公，四書五經盡皆空，教訓三千徒弟子，臨終無子也歸空。
> 第三壽高彭祖公，八百餘年在世中，九妻還有四五子，臨終無子也歸空。
> 第四孝子董永公，天差仙女結成雙，織起綾羅還復在，騰雲駕霧也歸空。[52]……

而敦煌曲子辭〈十空讚〉是：

> 三皇五帝立先宗。伏羲少昊與神農。造化世間多少事。古往今來也是空。
> 羲之善寫筆神蹤。善財童子世間聰。多留草創人傳說。世間尋論也是空。
> 宋玉每每誇端正。西施一笑值千金。潘安尚總歸於土。美貌尋思也是空。
> 無鹽貌陋心賢女。說盡漸臺萬萬功。宣王遂納為皇后。豹變多榮也是空。[53]

這首〈十空讚〉有十一首，其中八首以「也是空」作結。而楊玉蘭唱的〈十歸空〉共十首，以「也歸空」作結，很明顯可看出其關聯。〈娘親渡子〉亦脫胎於「香花」詞文〈十月懷胎〉。臺灣客家說唱類的勸世文的文章形式，常常採取數字聯章，也是受到香花文本的影響，待後面第六章〈臺灣客家勸世文的體製和規律〉節再詳細討論。

第三節　勸世文的內容

臺灣是一個移墾社會，漢人大多是在明清時代，大量移民臺灣。黃秀政、張勝彥、吳文星的《臺灣史》即認為「由於與中國大陸僅一水之隔，明、清兩代臺灣乃成為福建、廣東兩省移民的新天地，是近代漢民族殖民成功的特例。」[54]自然而然也將中國傳統文化帶來臺灣，包括勸世文學在內。

---

51 王馗：〈梅州佛教香花的結構、文本與變體〉，《民俗曲藝》第 158 期（2007 年 12 月），頁 120。

52 楊寶蓮：《臺灣客語說唱》（新竹縣：新竹縣文化局，2006 年），頁 364-366。

53 任半塘：《敦煌歌辭總編》（上海市：上海古籍出版社，1987 年），頁 32。

54 黃秀政、張勝彥、吳文星：《臺灣史》（臺北市：五南圖書出版公司，2002 年），頁 1。

故要了解臺灣客家勸世文，須先了解中國傳統的勸世文。中國傳統的勸世文，陳霞《道教勸善書研究》把它分為：

一　宗教性的道德勸化書籍：如道、佛的《太上感應篇》、《自知錄》。

二　非宗教性的訓俗小冊子，如《了凡四訓》、《迪吉錄》。

三　政府為人民制定的規章，如明太祖的《修身大誥》、清康熙的〈聖諭十六條〉、清雍正的〈聖諭廣訓〉。

四　民間用於說唱鼓勵人們積善修德的曲藝唱本，如〈躋春臺〉、〈珍珠塔〉、〈巧姻緣〉等。[55]

袁嘯波《民間勸善書》則收錄了：

一　勸世文：如〈太上感應篇〉、〈文昌帝君陰騭文〉、〈關聖帝君覺世真經〉、〈了凡四訓〉、〈關聖帝君覺世寶訓〉、〈文昌帝君勸孝文〉、（宋）楊萬里〈勸人教子弟說〉、（清）朱蕉圃〈勸戒鴉片文〉、（清）尤侗〈戒賭文〉……等。

二　格言、箴銘：如（宋）趙令衿〈六法圖〉、（宋）司馬光〈我箴〉、〈他箴〉、（唐）孫思邈〈覺世百字銘〉、（唐）呂岩〈百字箴〉、（明）董其昌〈醒世恒言〉、（明）陳獻章〈忍字箴〉……等。

三　勸善歌：如（晉）佚名〈勸賑歌〉、（晉）許遜〈警富歌〉、（宋）邵康節〈養心歌〉、（宋）司馬光〈勸學歌〉、（唐）呂岩〈百字箴〉、（明）呂坤〈好人歌〉、（明）王守仁〈訓兒篇〉、（清）佚名〈戒溺歌〉、（清）佚名〈早回頭〉（勸戒貪淫、勸戒洋烟、勸戒賭博）……等。

四　善相・功德例：例如（清）周文煒〈觀宅四十吉祥相〉、（清）沈捷〈增訂心相百二十相〉、（清）李日景〈醉筆堂三十六善〉（包括〈居官三十六善〉、〈紳宦三十六善〉、〈士行三十六善〉、〈農家不費錢功德〉、〈商賈不費錢功德〉）……等。

五　功過格・勸戒單式：如（金）又玄子〈太微仙君功過格〉、（明）袾宏〈自知錄〉、〈文昌帝君功過格〉、〈勸戒食牛犬无鱗魚單式〉、〈勸戒淫邪單式〉……等。

六　紀事・寶卷：如〈范文正公義田記〉、〈楊寶黃雀〉、〈灶君寶卷〉……等。另外還有附錄〈幾希錄〉和〈勸善圖說〉。[56]

臺灣客家勸世文對中國傳統的勸世文有傳承，有發展。目前臺灣客家勸世文，依筆

---

55 陳霞：《道教勸善書研究》（成都市：巴蜀書社，1999 年），頁 2。

56 袁嘯波：《民間勸善書》〈目錄〉（上海市：上海古籍出版社，1995 年），頁 1-11。

者所見，一般包括：

一　宗教性的道德勸化書籍

　　這一類的勸世書籍，在臺灣客家勸世文佔很大的份量，和民謠說唱藝人的曲藝唱本及有聲書，不分軒輊。此種書籍，有的是中國就原有的，如《玉曆寶鈔勸世文》、《關聖帝君救劫文/覺世真經》、《關聖帝君戒淫經》、《舜帝勸孝經》、《四十二品因果錄》、《勸世寶鑑》、《龐公寶卷》等。

　　《玉曆寶鈔勸世文》在市面上流傳甚廣，它有異名，如《玉曆鈔傳》、《玉曆至寶鈔》、《玉曆寶鈔》、《慈恩玉曆》，全名是《玉帝慈恩纂裁通行世間男婦悔改前非准贖罪惡玉曆》，亦簡稱《玉曆》，版本繁多。它在該書前後附有靈驗故事、勸世文和地獄十殿的圖像，屬於道教勸世書籍。《玉曆》最早在宋代已經出現。澤田瑞穗先生認為作於南宋，但該書廣為人知卻是在清代。[57]

　　《覺世真經》簡稱《覺世經》，是明代託關帝之名的道教扶鸞書籍。它主張：敬天地，禮神明；奉祖先、孝雙親；守王法，重師尊；愛兄弟，信朋友；睦宗族，和鄉親；別夫婦，教子孫。反對存惡心，不行善事；淫人妻女，破人婚姻；壞人名節，妒人技能；謀人財產，唆人爭訟等。是一勸善和懲惡參半的勸世書籍。

　　另外有一些是臺灣本土桃、竹、苗等客家地區鸞堂的扶鸞作品，如新竹縣竹東鎮樹杞林明復堂的《現報新新》、新竹縣九芎林文林閣復善堂的《化民新新》、新竹縣芎林鄉飛鳳山代勸堂的《慈心醒世新篇》、苗栗南庄獅山勸化堂的《宣音普濟》和《警世玉律金篇》、苗栗南庄員林崇聖宮的《正字譜》、苗栗四湖庄修省堂的《洗甲心波》。此類數量龐大，且產生於臺灣本土，對臺灣客家有相當影響，將在第三章〈臺灣客家勸世文簡介──鸞書方面〉專章介紹之。

二　非宗教性的訓俗小冊子

　　這類在臺灣客家地區較少見，有黃子堯編的《客語童蒙書》，詹益雲編的《海陸腔客語童蒙書》，臺北縣板橋正一書局出版的《昔時賢文註解》、《格言集錦》和《綱常倫理從德合編》，臺北市佛教書局出版的《賢良詞》，桃園龜山鄉全真道院出版的《賢良

---

57 陳霞：《道教勸善書研究》（成都市：巴蜀書社，1999 年），頁 44-45。

詞句解》，臺北市平陽印刷有限公司出版的《光明畫集》，佚名《人生觀》等。比較特殊的還有一九六四年由臺中瑞成書局再版的《繪圖改良女兒經》，臺中明神宗御製、一九八一年由臺北萬有出版社出版的《女子四書讀本》[58]。

《繪圖改良女兒經》特別之處是：一、前二百五十二句是三言體，後二十八句轉五言；二、依筆者所見，一般非宗教性的勸世文大多只有文無圖，此書圖文並陳，故稱「繪圖」、「改良」；三、三言在勸世，五言在舉中國歷史上的賢妻良母以及她們的懿德。

圖一：《女兒經》部分內容

下面是《繪圖改良女兒經》開始的一部份內容（標點乃筆者所加）：

女兒經，仔細聽。早早起，出閨門。燒茶湯，敬雙親。勤梳洗，愛乾淨。

學針線，莫懶身。父母罵，莫做聲。哥嫂前，請教訓。火燭事，愛小心。

穿衣裳，舊如新。做茶飯，要潔淨。凡笑語，莫高聲。人傳話，不要聽。

初嫁後，公姑敬。丈夫窮，莫生嗔。夫子貴，莫嬌矜。出仕日，勸清政。

撫百姓，勸寬仁。我家富，莫欺貧。借物件，就奉承。應他急，感我情。

積陰德，貽子孫。夫婦和，家道成。妯娌們，要孝順。鄰舍人，不可輕。

……[59]

這一部份，主要在告訴女子出嫁前，要孝順雙親，修養品德，學會本事；出嫁後要孝順公婆，相夫教子，行善積德。最後部份，則舉周姜、太姒、緹縈等例子，勉勵女子人人皆能成為賢妻良母：

周姜正母儀，國人盡被格。太姒和眾妾，子孫甚多廣。

緹縈朝上書，願婢贖父身。盧氏不避盜，冒刃宥衛姑。

……

仲妻止夫召，灌園自食力。少君更短衣，提甕出自汲。

御妻能激夫，晏薦遂得封。唐氏乳邁姑，孝名嘖嘖稱。[60]

---

58 此兩本書皆是住新竹縣竹東鎮的客籍大老黃榮洛先生從竹東市集買來的，感謝黃老先生提供。

59 許炎墩發行：《繪圖改良女兒經》（臺中市：瑞城書局，1964 年），頁 1-3。

60 許炎墩發行：《繪圖改良女兒經》（臺中市：瑞城書局，1964 年），頁 14-15。

　　《女子四書讀本》，首頁是明神宗的〈御製女誡序〉，可見此書在明代已有。上卷有〈曹大家女誡〉、〈仁孝皇后內訓〉，下卷有〈女論語〉和〈女範〉。其內容大致一樣，不外是告誡女人要懂得三從四德。三從四德是中國古代宋明以降女子的行為規範，四德也成為男性選擇妻子的標準。三從是指未嫁從父、出嫁從夫、夫死從子；四德是指婦德、婦言、婦容、婦功。

　　「三從」最早見於周、漢儒家經典《儀禮》〈喪服〉〈子夏傳〉，在討論出嫁婦女為夫及為父服喪年限時，說「婦人有『三從』之義，無『專用』之道，故未嫁從父，既嫁從夫，夫死從子」。「三從」從服喪制演化成人際間主宰服從的關係，與漢朝倡導的「三綱」呼應，將家庭中的「父為子綱」、「夫為妻綱」，延伸至「從父」、「從夫」的觀念。

圖二：《女子四書讀本》封面

　　「四德」初見於《周禮》〈天官〉〈內宰〉，內宰是教導後宮婦女的官職，教導後宮婦女「陰禮」（婦女遵守的禮儀）和「婦職」（婦女擔負的職責），當中較高職位的「九嬪」則教導婦學之法，如「婦德」、「婦言」、「婦容」、「婦功」。

　　從《繪圖改良女兒經》、《女子四書讀本》，可知此兩書精神相似，同時，臺灣在六〇、七〇年代，在某些人的心目中，女子的「三從」、「四德」修養，還是有必要的。

　　據郭惠端《呂坤的蒙書及其童蒙教育之研究》指出：中國在「漢朝即有『蒙學』，一般稱之為『書館』或『書學』。而歷代『童蒙教育』因受學制、行政制度、國勢興衰……等影響，使其不在國家學校系統之內，而寄存在私人講學之中。至宋元明清，在其官學系統中，始設置『小學』或『社學』，對兒童進行啟蒙教育。但因官立小學興廢無常，實際上承擔教育兒童的教育組織，則仍是私人設立的『學塾』（即『私塾』）」。[61] 在臺灣早期，不論閩客籍子弟在私塾學習漢文，大都從〈三字經〉、〈弟子規〉、〈名賢詞〉、〈朱子治家格言〉、〈增廣昔時賢文〉等開始。閩南學生用河洛語發音，客家學生用客語發音。這些啟蒙教材也是廣義的勸世詩文。

61 郭惠端：《呂坤的蒙書及其童蒙教育之研究》（臺中市：國立中興大學中國文學系碩士論文，2001 年 7 月），頁 11。

三　勸世山歌

明清以來，中國的平民百姓就流行唱小曲、小調，其內容中有許多就是屬於「勸世山歌」。在傅斯年圖書館善本室中，即可找到它的影子。例如上海中國第一書局《新鮮歌唱大觀》中即收錄有〈勸人要勤儉山歌〉[62]。上海時新書局《時調大觀》〈二集〉（1932）也有一首〈勸世山歌〉：

> 世上為人，一言難盡。事事學好，件件歸正。靠天靠地，良心擺平。
>
> 敬重大人，孝順雙親。有大有小，本本分分。規矩正道，切莫欺人。
>
> 常事行善，方方正正。正直無私，有人尊敬。一點歪扯，人人看輕。
>
> 良心勿好，自己倒運。若有私心，處處揚名。人人要傍，最難為情。
>
> ……
>
> 陰謀暗算，大斗小秤。算計劃拆，真正黑心。搬弄是非，夜察日巡。
>
> 灶君奏本，一本上呈。奏上天庭，上蒼大怒，天降災星，七煞進門。
>
> ……
>
> 古今書上，現報分明。昔日秦檜，謀害忠良，至今夫妻，同跪岳墳。
>
> ……
>
> 聽我良言，福祿高升。奉勸輕（青）年，傍早歸正。莫走邪路，不可私心。[63]
>
> ……

這是一首四言、二八四句的勸世山歌，但是和一般勸世文的內容，無多大差別。

根據胡希張、余耀南《客家山歌知識大全》指出：客家山歌是起源中國古代民歌。因為客家先民多次的遷徙，再與各地的民歌交流、滲透、影響，尤其是吳歌對客家山歌的形成，影響最多。在其最後形成的過程中，又融化了畬、瑤、黎的民歌。由唐至明這一段時間，梅州市是多民族雜住的地方，那時民歌已非常盛行。[64]

書中把客家山歌的種類和體裁分為：（一）山歌號子；（二）愛情山歌；（三）抒情

---

62 上海中國第一書局：《新鮮歌唱大觀》〈目錄〉（上海市：中國第一書局，未註明出版年月）收錄於傅斯年圖書館善本室。

63 上海時新書局：《時調大觀》〈二集〉（上海市：時新書局，1932年），頁1-3。收錄於傅斯年圖書館善本室，標點乃筆者所加。

64 胡希張、余耀南：《客家山歌知識大全》（廣州市：花城出版社，1993年），頁11-20。

山歌；（四）習俗山歌；（五）敘事山歌；（六）尾駁尾；（七）逞歌；（八）虛玄歌；（九）猜問山歌；（十）拆字山歌；（十一）疊字山歌；（十二）拉翻歌；（十三）竹板歌；（十四）廟堂山歌；（十五）戲曲山歌。其中的「廟堂山歌」即是「勸世山歌」，僧尼唱的稱「佛曲」，道士唱的稱「道教歌曲」。[65]

客家勸世山歌會和其他族群的勸世山歌交流、滲透，並受到影響是當然的事，並成為臺灣客家勸世文的部份內容來源之一。新竹市的竹林書局是四〇、五〇年代出版「歌仔」冊非常有名的書局，並曾和大陸廣東、廈門的書局往來，一九五六年，曾出版全三本的《勸世修行歌》，即是客語勸世文。內容有來自大陸廣東的〈勸世修行歌〉，也有來自臺灣本土的作品。下面是廣東語《勸世修行歌》〈上本〉部分內容：

> 第一要中（忠），忠者忠君愛國根本。
>
> 第二要勇，勇者勇力奉公根本。
>
> 第三要信，信者信實無私根本。
>
> 第四要義，義者急公好義根本。
>
> ……
>
> 立主國父孫中山，天下為公第一名。
>
> 萬里山河設民國，子民百姓得安然。
>
> 為任總統有民心，定國安邦保臺灣。
>
> 孔子教民傳天下，忠良報國孝為先。[66]
>
> ……

又廣東語《勸世修行歌》〈中本〉亦說：

> 奉勸諸君色莫貪，正是閻王第一關；
>
> 紅羅帳內真地獄，鴛鴦枕上活刀山。
>
> 眉來眼去招魂鬼，八补羅裙引路幡；
>
> 一點靈光消散去，萬兩金銀買不還。[67]
>
> ……

---

65 胡希張、余耀南：《客家山歌知識大全》（廣州市：花城出版社，1993 年），頁 99-139。

66 竹林書局：《勸世修行歌》〈上本〉（新竹市：竹林書局，1956 年），頁 1。收錄於傅斯年圖書館善本室。標點乃筆者所加。

67 竹林書局：《勸世修行歌》〈中本〉（新竹市：竹林書局，1956 年），頁 1。

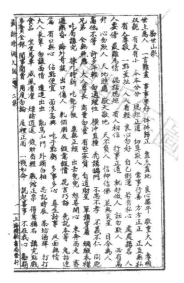

圖三：上海時新書局〈勸世山歌〉

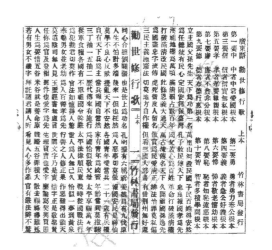

圖四：新竹竹林書局〈勸世修行歌〉

客家人愛唱山歌，尤其近年來，臺灣島上更是山歌班到處林立。山歌班的老師，如賴碧霞、胡泉雄、李秋霞、邱玉春、曾明珠等，也會經常教唱一些勸世山歌，或教唱〈娘親渡子歌〉等。

四　說唱的曲藝唱本及有聲書

客家勸世文往往是臺灣客家說唱藝人賴以賣唱的腳本之一。有關臺灣客家說唱的源流、藝人及作品，讀者可參閱楊寶蓮《臺灣客語說唱》。

臺灣客語說唱是指清末民初正式出現在臺灣，流行於客家聚落的民間曲藝，它往往是江湖藝人賣藝兼賣藥、盲胞人士賣藝兼算命的一種謀生技能。它是臺灣客家民間文學、客家音樂、戲曲藝術的綜合體。它的題材和內容，筆者把它分為歷史傳說或故事類、勸人行孝類、勸世勸善類、說唱時事類和演繹佛經類。鄭師榮興認為：

> 客家說唱就是客家說與唱的藝術表示形式。「唱」本為純粹以坐唱方式演唱戲文，所用曲調主要是【平板】和【山歌子】。它的題材廣泛，如〈大舜耕田〉、〈姜安送米〉、〈抗日歌〉……等。整齊句唱曲戲文常常曲意難盡，實際需要乃加入了「說」的部分，曲調亦加入了【什唸子】，變成了「又說又唱」的表演形式，例如〈賢女勸夫〉。而在客家說唱藝術之「說」的形式中最重要的是「棚頭」演出和「唱戲文」的表演形式，對客家戲的發展有很重要的影響，是孕育客家戲的血

緣母親。

要定義「客語說唱」很簡單。第一，一定是唱戲齣或是一個故事，裡面有唱也有講；原則上，它無鑼鼓或大型的伴奏，用一支絃或彈的東西。還有一種狀況，他可能自鋸自唱，一個人解決這個問題，這樣就叫做「典型」的說唱。今天談到『客語說唱』，除了『客家話』之外，它有它的腔頭、腔韻，一般以【採茶】或【山歌】為主，【山歌】、【採茶】本身有發展至【平板】、【山歌子】、【什唸子】，這就是它最基本的方式。除此之外，像峨眉的洪添福，他會自編，拿【緊中慢】來編唱亦可算是說唱，就像陳達一樣，用一首【思想起】就能演唱所有的故事連伴奏，亦可轉換成【什唸子】，這種方式亦可算是說唱。像賴碧霞將《趙五娘》這戲齣，也用這種方式自己一個人演唱。但是她把它當作歌仔戲來唱，用【七字調】來演唱，比較不是客家說唱的精神。她會這樣處理，是觀眾有此需求，最重要的是銷售的考量，有它商業上利潤的問題，她才會如此創造。從廣義方面來看，它可以算是客語說唱的一種。不過，最具有代表性的人物是阿浪旦、蘇萬松、劉蕭雙傳，他們會唱許多的戲齣，而不單單會唱「段子」或「勸世文」而已。[68]

典型的臺灣客語說唱是用四縣腔的【平板】、【山歌子】、【什唸子】來連說帶唱一齣故事。而說唱類的客家勸世文的內容主要是指勸人行孝類和勸世勸善類的文學，大部分無故事情節，主要針對「孝」、「煙」、「毒」等主題，反覆勸說世人要行善戒惡。這類勸世文，雖然在楊寶蓮《臺灣客語說唱》中已討論過范洋良的〈娘親渡子難〉；黃連添的〈百善孝為先〉、〈銀票世界〉、〈勸世惜妻歌〉、〈勸世貪花〉和〈勸世養子歌〉；蘇萬松的〈勸孝歌〉；羅石金的〈石金勸孝歌〉；林春榮的〈醒世修行歌〉等。還有數量相當龐大的勸世文手抄本、刊本、唱片、卡帶以及 CD 內容，值得去研究。故此篇論文以研究民謠說唱類的勸世文為主，其他類為輔。

第四節　臺灣客家勸世文的歷史

黃秀政、張勝彥、吳文星《臺灣史》中認為「明、清兩代臺灣乃成為福建、廣東兩

---

68 楊寶蓮：《臺灣客語說唱》（新竹縣：新竹縣文化局，2006 年），頁 61。

省移民的新天地，是近代漢民族殖民成功的特例。」[69]既然有移民，自然也會將原居地的文化等帶入臺灣。為了說明起見，筆者把它分成下列幾個時期敘述之。

一　日治時期（1895-1945）

臺灣客家勸世文和臺灣客家三腳採茶戲、臺灣客語說唱有極密切的關係，鄭榮興《臺灣客家三腳採茶戲研究》中認為「臺灣三腳採茶戲，從大陸傳至臺灣的年代，由目前所知的資料及其出現年代關係，臺灣關於三腳採茶戲的活動，至少在清光緒年間（1871-1908）就有記錄，可見臺灣三腳採茶戲，至少應該在清朝中晚期當時候，就已傳入。」[70]而片岡巖在一九二一年所著《臺灣風俗誌》〈臺灣的雜念〉中也列舉了〈瑤仙問覡〉、〈董仲尋母〉、〈妓女從良〉、〈唐明皇遊月宮〉等曲目，其中的「雜念」即包括勸世文、戲文。

因為年代久遠，文本難求，故昔日耆老的手稿就彌足珍貴。目前，筆者田野調查所得的手抄本，重要的有：一、徐阿任手抄本（1910）；二、呂學親學堂筆記（1921）；三、廖清泉手抄本（1921）；四、何阿信手抄本（1933）；五、陳子良（1933）。這些手稿，有的是藝人的表演腳本，有的是個人雅好，私下抄錄傳頌。

在一九三四至一九三六年間，嘉義市黃淡的和源活版所，亦先後發行了〈十勸世間人〉、〈上大人勸世〉、〈最新二十四孝姜安送米全集〉、〈十想渡子〉、〈最新地震勸世歌〉、〈劉不仁不孝回心歌〉等二十二首勸世文，目前收入王順隆「客家語俗曲唱本資料庫」（http://www32.ocn.ne.jp/~sunliong/hakka.htm）。這二十二首中有十五首和徐阿任手抄本幾乎一模一樣。

日治時期客家人曾灌錄許多勸世文、勸世歌唱片。一九二七年林劉苟、新埔樂團出版了第一張〈勸世文〉唱片，是海陸腔發聲的。一九三〇年開始，蘇萬松共錄了〈兄弟骨肉親〉、〈青年行正勸改〉、〈孝子堯大舜〉等。蘇氏在日治時期共灌錄了十六張，臺灣光復後錄了三張唱片，他可說是客語說唱的大師，也是客語勸世文的大師。「客語說唱的大師」是指他在客語說唱表演藝術上的成就，他自創【蘇萬松調】，到處賣藝賣藥，在日治時期，風靡整個客家地區。「客語勸世文的大師」是指他演唱的內容幾乎是自編的勸孝、勸善的唱詞，他的個人產量，無人能出其右。

---

69 黃秀政、張勝彥、吳文星：《臺灣史》（臺北市：五南圖書出版公司，2002年），頁1。

70 鄭榮興：《臺灣客家三腳採茶戲研究》（苗栗縣：慶美園文教基金會，2001年），頁44。

　　一八九五年臺灣割讓予日本，臺灣人即掀起抗日保臺運動。日本為了要長治久安，故初期採取「無方針主義」和「漸進政策」，有效地籠絡和利用臺人社會精英。[71]但是，有志之士卻紛紛組織鸞堂，藉宗教活動傳揚孔孟思想，保存漢文，並在鸞堂推行戒烟活動。

　　這時期的鸞堂大約有二百個。新竹竹東的客家人彭殿華、楊福來都扮演著引領風騷的腳色。明復堂彭殿華所編造的《現報新新》（1899）；苧林飛鳳山代勸堂楊福來、溫德貴所編的《慈心醒世新篇》（1899）；九苧林文林閣復善堂所編的《化民新新》〈仁部〉（1902）；竹南一堡獅山勸化堂所編的《宣音普濟》（1912）。甚至光復後，獅山勸化堂所編的《警世玉律金篇》（1968 年 8 月重刊）；南庄員林崇聖宮所編的《正字譜》（1974）；沙坪信善堂所編的《春秋遺恨》，收入《沙坪飛龍洞雜記》（2002）；修省堂編纂、陳運棟整理《洗甲心波》（2005）等都是重要的勸世文集。它不但用於對信徒宣講，也作為私塾的漢文教材；不過，一般人沒去注意它，甚是可惜。筆者為了要表彰客家先賢在戒烟活動，以及「善書」運動中的貢獻，故特闢第三章加以介紹。

二　臺灣光復（1945）至六〇年代

　　光復初期民生艱苦、經濟蕭條，於是「音樂」成為抒發苦悶的良藥之一，「唱片」又慢慢流行起來。說唱「勸世文」乃是客語唱片重要內容之一，唱片公司、製藥廠、藝人往往和電臺合作打歌。六〇年代中葉，臺灣廣播與唱片事業可說達到空前興盛期。[72]那時的「中廣苗栗臺」、「中廣竹南臺」、「先聲桃園臺」、「臺聲新竹臺」、「臺聲苗栗臺」、「天聲新竹臺」、「天聲竹南臺」等對客家人影響更甚[73]。

　　此時期的重要唱片廠有：鈴鈴唱片[74]、美樂唱片[75]，另外還遠東唱片廠[76]、月球唱片廠[77]、惠美唱片廠[78]；重要的說唱藝人有黃連添、賴碧霞、羅石金、邱阿專、楊玉蘭、

---

71 黃秀政、張勝彥、吳文星：《臺灣史》（臺北市：五南圖書出版公司，2002 年），頁 175。

72 葉龍彥：《臺灣唱片思想起》（臺北市：博揚文化專業公司，2001 年），頁 133-143。

73 鄭榮興：《臺灣客家三腳採茶戲研究》（苗栗縣：慶美園文教基金會，2001 年），頁 111。

74 當年廠址在臺北縣三重市正義北路一九〇巷三十三號。

75 當年廠址在苗栗鎮中正路六四四號。

76 當年廠址在桃園縣中壢市中正路一六八號。

77 廠址在臺北縣五股鄉四維路一二五號。

78 當年廠址在臺北縣三重市重新路三段八十五號。

徐木珍、邱玉春。

　　六〇年代中期以後，因為電視、電影的風行，工商的繁榮，農村的沒落，小家庭的興起，人們已大大失去聽唱「勸世文」的耐心，所以又沒落下來。目前世面上可買到的客語有聲資料，大部分都是當時的唱片翻製品。

　　除了說唱藝人和唱片行老闆、廣播電臺大力推展之外，自一九六二至一九八二之間，另有謝樹新（約 1923-）負責的《中原苗友雜誌》，集合了羅香林、陳槃等學者，將客家歌謠作一研究，也有不少傳統及創新的勸世文作品。

三　七〇年代以後

　　「回歸鄉土」或「回歸現實」文化潮流的出現大約可從七〇年代算起，從八〇年代正式進入「本土化」。所謂本土化就是要求重視臺灣歷史、文化、社會的特殊經驗，並從臺灣本身的觀點銓釋這些經驗，作為臺灣的知識建構與文化再現的參考架構。[79]音樂方面，許常惠、史惟亮等於民國五十五年（1966）發起「民歌採集運動」。

　　客語說唱勸世文脫離了電臺和賣藥的方式，兼以電視、電影、健保的衝擊，幾乎很難存活；幸虧，「榮興團」[80]、「苗栗陳家北管八音團」[81]和「慶美園文教基金會」[82]做了許多補救。七〇年代起，「苗栗陳家北管八音團」即積極從事「客族曲藝」的推廣；「榮興團」曾多次舉辦活動，請黃鳳珍演唱〈親娘渡子〉、林春榮演唱〈勸世文〉，並製成有聲資料。[83]

　　私人方面，徐木珍亦曾在民國九十二年（2003）出版《徐木珍──東山再起》[84]，

---

79 蕭阿勤：〈臺灣文學的本土化典範：歷史敘事、策略的本質主義、與國家暴力〉，臺北市中央研究院文哲所演講稿，二〇〇四一月十二日。

80 民國七十六年創團，現任團長為鄭月景女士。該團曾五度在國家劇院演出客家採茶戲，劇目分別是《婆媳風雲》、《相親節》、《花燈姻緣》、《喜脈風雲》、《楚漢相爭》〈霸王虞姬〉。

81 由陳招三創團，迄今已有一百多年的歷史，在一九三〇年至一九八三年間，由第三代繼承人陳慶松指導，是「八音」的鼎盛期，陳慶松更是八音界公認的一代大師。目前之團長為陳慶松之孫鄭榮興。

82 成立於八十七年八月。董事長鄭榮興先生為苗栗地區著名的傳統客家八音演奏家，為推廣客家文化，集合了各方面人才共同創立。

83 收錄於行政院客家委員會二〇〇二年出版之《傳統客家歌謠及音樂─採茶腔系列》中。

84 徐木珍：《徐木珍──東山再起》（新竹縣：木珍出版社，2003 年）。內容包括一、山歌子。二、老山歌。三、西皮平板・交情歌。四、小調・食酒歌。五、小調・下南調。六、綜合小調說唱・算命並勸世。七、苦情平板。八、現場記錄一・大戲。九、現場記錄二・說唱・三大調・客家思想起。十、現場記錄三・說唱、平板。十一、現場記錄四・卜人。

裡頭有三首勸世文新作。勸世文〈親娘渡子〉在山歌班也一直傳唱不絕[85]。

　　總之，說唱客家勸世文的活動，正如臺灣客家三腳採茶戲，至少在清光緒年間已隨漢移民帶入臺灣。日治時期至五〇年代是全盛時期，幾乎是一種全民運動，鸞堂、唱片行、廣播電臺、藝人是勸世文的創造者、傳播者；觀眾、聽眾是欣賞者、傳播者。

第五節　小結

　　勸世文即是善書、勸善書、因果書，它的面貌多元。它是以因果報應的說教宣傳倫理道德、勸人從善去惡的通俗化文章或書籍。早在先秦、漢代就有《孝經》、《女戒》等具有勸善性質的倫理道德教化書。但作為一種特殊的、自成一家的道德教化作品——《勸善書》正式形成於宋代，以《太上感應篇》的出現為標誌。在封建社會後期，勸世文在社會上非常流行和普及，士農工商常參與其中，或制作，或推廣，或閱讀，或講唱，或欣賞，於是「善書運動」風行於宋、明、清三代，直到二十世紀五〇年代以後才慢慢退燒。

　　「勸」的本義為正面的獎勵、鼓勵。中國自古以農立國，以儒為本，故在早期「勸」的內涵大多以勸農桑、勸為學為主。宋、明、清之後，統治者往往藉著勸世文勸戒百姓，以便鞏固其基業，故貶義性的「勸」世文才應運而生。

　　臺灣的客語大致可分四縣腔、海陸腔、詔安腔、大埔腔、饒平腔等，還有許多其他的次方言。唱勸世文一般都採用四縣腔，假使是用朗讀或吟唱，則無此限制。

　　臺灣客家勸世文，主要流行於日治時期（1895-1945）至五〇年代的臺灣客家庄，它有的以漢文書寫，有的以客語白話書寫、說唱，有的單純以客語口語傳播，用以宣揚倫理道德、勸人從善去惡的通俗化書籍或單篇文章。

　　這時期，客家族群曾經熱烈地參與了這場「善書運動」，如蘇萬松、黃連添不但自創唱詞，並且灌錄許多客語勸世文唱片；一般民眾熱烈收聽或購買勸世文唱片；獅山勸化堂或飛鳳山鸞堂也出版許多鸞書，作為宣講或幼童啟蒙教材；也有許多人樂於傳抄或助印，可說是一場「全民運動」。

　　《民間勸善書》認為「善書中的善惡報應思想成分複雜，既有來自儒家的，也有來

---

[85] 根據黃菊芳：《〈渡子歌〉研究》（臺北市：政治大學中國文學系碩士論文，1998 年），目前世面至少可找到十三種〈渡子歌〉有聲資料。

自道、佛二教的。《尚書》〈伊訓〉曰：『作善降之百祥，作不善降之百殃。』《易》〈坤〉的〈文言〉曰：『積善之家必有餘慶；積不善之家必有餘殃。』《孟子》〈公孫丑〉曰：『禍福无不自己求之者。苟為善，后世子孫必有王者矣。』這種天道福善禍淫的思想顯然不是儒家學說精華所在，或許只是在儒家經典中反映的民俗思想，但它卻始終是民間倫理的一個重要理念。」[86]

　　袁嘯波的說法，筆者是贊同的。臺灣客家勸世文的思想成分複雜，既有來自儒家的，也有來自道、佛二教的。尤其是說唱類勸世文，不但形式和內容直接受到佛教「香花」詞文的影響，而且「說」和「唱」時用客家「複白話」來說唱、來敷演，使得一般客家人耳熟能詳，喜見樂聞，這些都是臺灣客語勸世文在日治時期至六〇年代，普為客家族群歡迎的重要原因之一。

---

[86] 袁嘯波：《民間勸善書》（上海市：上海古籍出版社，1995 年），頁 8。

第三章
客家勸世文──鸞書方面

第一節 客家鸞堂及其推手

　　降筆會原稱鸞堂，或稱鑾堂、乩堂、鸞生堂、善堂、感化堂、仙壇、仙堂、勸善堂、飛鸞降筆會，日本人通稱為降筆會。「扶乩，又叫扶鸞，是中國一項古老的道術。由乩手（正鸞生）經過『請鸞』儀式後，進入『失神』狀態，用桃枝做成的『Y』形鸞筆，在沙盤上寫字。旁邊有唱鸞生逐字報出，由錄鸞生寫下，就成為一篇乩文（鸞文）。累積到一定數量之後，便可以集結成書。」[1]日治初期臺灣之鸞堂常有宣講勸善的活動以及勸善的書籍、作品，對臺灣客家勸世文以及臺灣社會有莫大影響，客家人彭殿華[2]、楊福來可說是重要的推手。

　　根據王世慶《清代臺灣社會經濟》〈日據初期臺灣之降筆會與戒烟運動〉研究認為：

　　一　鴉片似在明末清初已從爪哇傳入臺灣。清代臺灣民間吸食鴉片之風甚盛。至光緒二十年（1894）割臺之前年，每年鴉片為最大宗之進口貨品，每年幾乎佔臺灣進口總金額之一半。在割臺前後，鴉片癮者之人數約有十七萬餘人，占全臺總人口二六〇萬之百分之六點五四。

　　二　鸞堂係咸豐三年（1853），由閩傳入澎湖，然後傳入臺灣本島。當初之鸞堂係只宣講勸善，扶鸞降筆藥方治癒病人。而至光緒十九年（1893），始從廣東惠州陸豐縣傳入扶鸞戒烟的方法。新竹辦務署參事彭殿華（1843-1917）更在光緒二十四年（1898）冬，從廣東陸豐縣邀請鸞生彭錫亮等五人來臺，傳授扶鸞祈禱戒烟的方法，二十五年春起盛行於全臺。彭殿華可說是將鸞堂降筆戒烟運動，付諸實踐成功，宏揚光大之最大功勞者。

　　三　自光緒二十五年春興起鸞堂降筆戒烟運動，初以客家部落為隆盛，後其流傳由北

1　宋光宇：〈解讀清末在臺灣撰作的善書『覺悟選新』〉，《雲起樓論學叢刊4‧宋光宇宗教文化論文集》（宜蘭縣：佛光人文學院，2002年），頁251。

2　黃卓權：《跨時代的臺灣貨殖家─黃南球年譜》（臺北市：國立中央圖書館臺灣分館，2004年），頁128：「樹杞林富戶彭清亮，生子錦球（按：一八八一年）。彭錦球的先祖彭殿華，為『樹杞林墾戶金惠成』的主要創始人。」

而南，除東部臺東廳外，普及臺灣西部之三縣二廳。從光緒二十六年冬至二十七年（1901）夏，其盛況達到最高潮。日治（1895-1945）之初，全臺鸞堂發起扶鸞降筆戒烟活動，日本人最初只認為鸞堂是迷信行為的嬈祠，後來看到戒烟運動形勢熾烈，且有排日的動向，於是懷疑是一種秘密結社，而加以注意、偵察、監視。故鸞堂自光緒二十七年初為全臺日警注意、偵察、監視，至二十七年冬幾乎被迫關閉。[3]

又根據黃榮洛〈橡棋林頭人〉說：

新竹縣竹東鎮的現今竹東、東華、商華、南華、榮樂、榮華、忠華等幾個里，昔時客語稱「象棋林」，官方稱「樹杞林」，日本領有臺灣之後也續稱「樹杞林」，因為象棋樹日本人也稱樹杞樹，寫成「樹杞林」。後來這個「樹杞林」名稱代表竹東鎮的前身「樹杞林庄」（鄉），竹東鎮（街）之總稱。

象棋林（樹杞林）的開發，在於嘉慶十一年，彭乾和、彭乾順兄弟和新竹市閩族黃、王、許、何等姓人士合組金惠成墾號，從事開拓竹東地方，開墾有成，以後彭家就成為竹東地方的豪富代表人物。彭乾和、彭乾順兄弟是彭姓第二十四世，二十六世彭殿華擁有清廷頒發的「欽加五品同知賞戴花翎」官位。

彭殿華熱心公益，對於扶鸞戒烟也出錢出力。樹杞林地區的鸞堂，舉行降筆戒烟最隆盛，最有勢力者為九芎林復善堂。主唱者除彭殿華外，尚有九芎林秀才學源，這些人大都是上流社會有信用者。復善堂之鸞生為邱潤河、彭阿健二人，在地方被稱為學者，在清代曾任教師。其次為大肚莊及燥坑飛鳳山之鸞堂。大肚莊鸞生劉家冀、彭阿石二人，當時均被日本政府任命為地方稅調查委員，劉家冀被稱為學者，彭阿石被尊稱為醫生。燥坑莊鸞堂之鸞生為楊福來、溫德貴二人，均為書房教師。[4]

又鄭森松主編的《竹東鎮志》〈歷史篇〉〈歷代名人列傳〉亦指出：

光緒二十五年，彭殿華在自宅設鸞堂（勸人為善的善堂），以及受其主導的九芎林復善堂，帶動了全臺的戒烟運動，使吸食鴉片者免於家庭破碎，也促成各地建立「鸞堂」的風潮。他所出版的「現報新新」這本書成為客家人的第一部鸞書。又因為這種降鸞祈禱戒烟方法是透過協天聖帝，即關聖帝「關公」蒞臨下的恩賜，後來關公在臺灣很自然地被尊為「恩公」、「恩主公」。[5]

3　王世慶：《清代臺灣社會經濟》（臺北市：聯經出版社，1994 年），頁 415-462。原載《臺灣文獻》37卷 4 期，1986 年。

4　黃榮洛：〈橡棋林頭人〉，《新竹文獻》第 1 期（2000 年 12 月），頁 13-19。

5　鄭森松主編：《竹東鎮志》〈歷史篇〉〈歷代名人列傳〉（新竹市：竹東鎮公所，2005 年），頁 159。

　　清末日治初期，臺灣的鸞堂至少有三大系統。一是宜蘭喚醒堂分香而出的新竹宣化堂，淡水行忠堂系統；二是新竹復善堂系統；三是澎湖─新社系統。這些鸞堂雖然淵源各不一樣，最明顯的共同點是，當時的鸞堂都是由士子，讀書人所組成的。這些知識份子，認為扶鸞活動是孔子聖道的表現，他們藉著鸞書，宣揚儒家倫理道德，以補宣講之不足。可以說是儒家通俗化，宗教化的表現。在昭和十二年（1937）已有人以「儒宗神教」一詞，來稱呼鸞堂。[6]陳運棟《洗甲心波》〈導讀〉中指出：

　一　在臺灣最具代表性的儒教結社是「鸞堂」，其淵源有三：（一）清代的宣講制度；（二）明清的文人箕壇；（三）明代以來的民間教壇。創建或參與的人多是地方上極富聲譽的仕紳文人，他們受到儒家文化的深厚教養，加上傳統士紳有教化百姓的責任，因此，他們成立鸞堂的目的就是為了以儒家義理來教化百姓，使儒家走向宗教化、民間化。明清的文人箕壇對民間鸞堂儒宗神教尤有密切的關聯。「扶箕又稱扶乩或扶鸞，是一種古占法，卜者觀箕底動靜來斷定所問事情的行止與吉凶；後來漸次發展為書寫，或與觀亡術混合起來，不藉箕底移動，直接用口說出或用筆寫出。本來是唐宋年間的婦女遊戲，僅看它跳動的次數來占卜一事的吉凶；後來演化成能書畫，能作文和詩詞，成為舉子們最喜利用的玩法，常用它來作詩、對對、猜謎，甚至辯論文體、談論國事、請示問題等。據許地山的考證，扶箕成為文人官僚的信仰，大概起於宋代，而最流行的時期是在明清科舉盛行的時代，幾乎每村每縣的都市都設有箕壇，尤其是在文風最盛的省份如江、浙等省，簡直有不信箕仙不能考中的心理。科舉時代的扶箕活動大約有下列幾點：（一）問試題；（二）問功名；（三）問命運生命；（四）問國事；（五）箕仙與人酬唱詩詞文章，其風格可分為遣興、唱和、猜謎、對對、論文等五類；（六）箕仙與人談道及教訓勸人為善；七、箕仙示人醫藥及技藝。」[7]

　二　苗栗縣在清末、日治初期出現不少鸞堂。屬於新竹復善堂系統有沙坪宣善堂；屬於新竹宣化堂系統有頭份感化堂、南庄育化堂；屬於新竹苗林飛鳳山代勸堂系統有西湖的修省堂、西湖的重華堂、西湖樂善堂龍德宮、銅鑼勸善堂。新竹苗林飛鳳山代勸堂的核心人物為正鸞楊福來，是鸞堂戒烟活動往苗栗、臺中等地蔓延的主導者。[8]

6　黃卓權：《跨時代的臺灣貨殖家》〈黃南球年譜〉（臺北縣：國立中央圖書館臺灣分館，2004 年），頁128：「樹杞林富戶彭清亮，生子錦球（按：一八八一年）。彭錦球的先祖彭殿華，為『樹杞林墾戶金惠成』的主要創始人。」

7　修省堂編纂、陳運棟整理：《洗甲心波》（一）〈導讀〉（苗栗縣：苗栗縣文化局，2005 年），頁 4-5。

8　修省堂編纂、陳運棟整理：《洗甲心波》（一）〈導讀〉（苗栗縣：苗栗縣文化局，2005 年），頁 1-35。

三　清末及日治時期，有許多鸞堂脫胎自書房，許多鸞生本身就是書房教師。如宜蘭鑑民堂源於登瀛書院；淡水行忠堂源於明倫閣；基隆正心堂源自社滾臣書齋；苗栗修省堂源自雲梯書院……。有些鸞堂更直接從書房中選任優秀的學生擔任鸞手。許多鸞書上的詩文也往往作為幼童啟蒙的教材或當作家庭教育的讀物。

四　日治時期臺灣鸞堂所著造出版的鸞書近二百種，雖然在明治三十四年（1901）鸞堂戒鴉片運動與大正四年（1915）「西來庵事件」兩次嚴厲的打擊取締，但著作鸞書的現象幾乎年年不絕。一般認為一九三七年，日本總督府展開「皇民化運動」後，取消公學校漢文課和廢止報紙的漢文欄，使得臺灣的漢文傳統被阻斷；然而，從鸞堂的鸞書著作，可以發現這種認識是有問題的。雖然，日本當局在強力的同化政策下禁止漢文的使用，遍佈臺灣南北各地的鸞堂及地方仕紳仍不改其志，成為一處處傳播漢學宣揚儒教的據點，其經年累月的教化庶民之功對於我傳統文化的傳承與普及實難以計數。

綜上可知：清末日治時期，客家人在歷史舞臺上曾經扮演過重要角色。竹東客家人彭殿華、楊福來以及各鸞堂的漢文先生，由於他們的出錢出力，促進了日治時期的鸞堂設立風潮，以及帶動了全臺的戒鴉片烟運動，並附帶的出版不少勸世鸞書。彭殿華出版的《現報新新》就是為客家人的第一部鸞書，深具研究價值。同時，由於戒烟活動的成功，連帶地使關公成為家喻戶曉的神祇，後期才會產生「恩公」、「恩主公」[9]的封號，在道教史上亦是值得記載的事。[10]

第二節　客家鸞書及其體製

一　客家鸞書

客家地區最早的一批飛鸞降筆的鸞書為明治三十二年（1899）竹東仕紳彭殿華出資刊行，明復堂所編造的《現報新新》，以及同年由芎林飛鳳山代勸堂所編的《慈心醒世救劫文》。

苗栗縣最早編造鸞書是在明治三十三年（1900），有兩部：一是南勢坑警世堂所編的《齊省寶鑑》，今已佚；一是沙坪信善堂所編的《春秋遺恨》，已收入民國九十一年

9　大部分鸞堂不止供俸關公，而是加上孚佑帝君呂洞賓、司命真君灶君所組成的「三恩主」；另有再加上王天君、岳武穆王，形成「五恩主」。

10　黃榮洛：〈橡棋林頭人〉《新竹文獻》第 1 期（2000 年 12 月），頁 13-19。

苗栗文化局所出版的《沙坪飛龍洞雜記》中。明治三十四年（1901），四湖修省堂出版《洗甲心波》；南湖村育化堂編造《一聲雷》；頭份感化堂編造《喚醒新民》；中港驚醒堂編造《警世木鐸》；四湖崇德堂編造《牖民覺路》。這些書大都遺失或剩殘卷，只有《洗甲心波》保存完整，且在二○○五年經過陳運棟整理，由苗栗縣文化局出版。

目前筆者手中所見客家庄制作、客家人編纂的早期鸞書有：

一　「明復堂」，彭殿華所編造的《現報新新》（1899 年 5 月）。

二　芎林飛鳳山「代勸堂」，楊福來、溫德貴所編的《慈心醒世新篇》（1899 年 11 月）。

三　九芎林文林閣「復善堂」所編的《化民新新》〈仁部〉（1902 年春）。

四　竹南一堡獅山「勸化堂」所編的《宣音普濟》（1912 年仲夏）。

五　獅山「勸化堂」所編的《警世玉律金篇》（1968 年 8 月重刊）。

六　南庄員林「崇聖宮」所編的《正字譜》（1974 年梅月）。

七　沙坪「信善堂」所編的《春秋遺恨》，收入《沙坪飛龍洞雜記》（2002 年，苗栗文化局所出版）。

八　「修省堂」編纂、陳運棟整理《洗甲心波》（2005 年 12 月，由苗栗文化局出版）。

圖五：《現報新新》鸞生名單

圖六：《慈心醒世新篇》部分內容

圖七：《宣音普濟》封面

圖八：《正字譜》封面

圖九：《洗甲心波》封面

二 鸞書體製

鸞書是善書的一種，也是屬於勸世文範疇。有關過去善書的分類，根據王志宇〈台灣鸞書的收集、分析與研究〉，大致有下列幾種：

一　鄭喜夫把鸞書分為最廣義（一切對閱讀者之身心有益之圖文）、廣義（有宗教色彩與無宗教色彩的有益圖文）、狹義（有宗教色彩的有益圖文）。

二　蔡懋棠把鸞書分為舊型（明末清初以來民間流傳的善書在臺灣翻印）與新型（臺灣各宗教結社扶鸞著作的鸞書）。

三　宋光宇把鸞書分為古典善書、現代善書，將鸞堂的「作善書」視為狹義的善書。

四　李世偉著重在內容的區分，認為鸞書固定的幾個內容為：（一）仙佛序文；（二）寶誥、咒語；（三）行述故事；（四）詩歌訓文；（五）功過格。

五　王志宇本人把鸞書分為：（一）遊記類；（二）主題式；（三）解事類；（四）幼教啟蒙類；（五）行述按證類；（六）醫藥類；（七）玉律類；（八）家書類；（九）經咒類；（十）雜論類。[11]

陳運棟則認為鸞書的體例包括一、仙佛序文；二、寶誥、咒語；三、行述故事；四、詩歌訓文；五、功過格；六、鸞生職務與名錄等。[12]

上列各種的分類，隨研究者研究重點的不同而有差異，很難取得一定的共識。李世偉和陳運棟的看法，基本上是相似的。依個人所見所聞，筆者也傾向李世偉和陳運棟的方式，尤其詩歌訓文和臺灣客家說唱類的勸世文相當神似。茲將鸞書的體製概說如後：

（一）仙佛序文

一本書的完成，作者大都會在全書之後或全書目次之前，表達自己的意趣，這就是「序」，後序又稱「跋」。有些「序」、「跋」往往也由朋友來贈送、代筆。在鸞書中，大都會有仙佛現身寫序、跋。如《慈心醒世新篇》即有〈朱聖天子序〉：「嘗思杏壇設教以來，文風不振，禮樂浸興，三綱俱正，五倫克敦。舉凡士、農、工、賈，莫不共沾

---

11 王志宇：〈台灣鸞書的收集、分析與研究〉，《國立中央大學客家學院電子報》第 46 期（2005 年 12 月）。

12 修省堂編、陳運棟整理：《洗甲心波》（一）〈導讀〉（苗栗縣：苗栗縣文化局，2005 年），頁 6。

教澤，履矩蹈規。……」[13]、〈南天文衡聖帝序〉：「嘗思唐虞之勝也，忠貞者，昭如日月；節孝者，凜若冰霜。雖愚夫愚婦亦能恪遵規矩焉。迨至爾年來，世道日非，人心日下，姦貪讒佞，結黨欺良，習俗相沿，不可救藥。……」[14]、〈九天司命真君序〉：「曠觀當今之世，聖道衰微，異端蜂起，人心多變，末劫流行。士尚驕奢，詩書不能勤讀；農尚淫逸，田地任其荒蕪；工不殷勤，無遵輸子之藝；商不從實，俱費陶朱之規。……」[15]另外，還有南宮孚佑帝君作「跋」，藍仙翁作「頌」，李仙翁作「讚」。

（二）寶誥、咒語

所謂「寶誥」道教經文格式之一。在道教經典中，「誥」是諸尊神、仙真、祖師對道教徒的訓誡勉勵文告。在《洗甲心波一》記載有〈九天馬天君寶誥〉、〈南宮柳天君寶誥〉、〈南天廖天君寶誥〉、〈豁落靈官王天君寶誥〉、〈文昌應化張仙大帝寶誥〉、〈周將軍寶誥〉、〈關太子寶誥〉、〈九天司命真君寶誥〉、〈南宮孚佑帝君寶誥〉、〈南天文衡聖帝寶誥〉。〈九天司命真君寶誥〉說：「一家之主，五祀之神。司喉舌於北斗之中，察善惡於東廚之內。賜福赦罪，移凶化吉。安鎮陰陽，保佑家庭。……」[16]

巫術者之祈禱詞或佛經誦辭稱為「咒」。在《洗甲心波一》中即刊載有〈淨三業咒〉、〈淨壇咒〉、〈淨天地咒〉、〈安神咒〉。〈淨壇咒〉說：「太上說法時，金鐘響玉音。百穢藏九地，群魔護騫林。天花散法雨，法鼓振迷沉。……」[17]〈淨天地咒〉說：「天地自然，穢氣氛散。洞中元虛，晃朗太元。八方威神，使我自然。靈寶符命，普告九天。……」[18]

（三）行述故事

所謂「行述故事」就是成仙、成佛的現身述說自己生前的事蹟，是如何行善修行才得以得到善報。如《現報新新》中，新竹城隍黃、新竹聖母姜、上公館國王、樹杞林國王、涼傘頂觀音、臺北聖母陳、金山面觀音、頭份街義民、慈天宮觀音等都曾經涖臨說

---

13 楊福來、溫德貴編：《慈心醒世新篇》（新竹縣：芎林飛鳳山代勸堂，1899 年），頁 1-3。標點乃筆者所加。
14 楊福來、溫德貴編：《慈心醒世新篇》（新竹縣：芎林飛鳳代勸堂，1899 年），頁 3-4。
15 楊福來、溫德貴編：《慈心醒世新篇》（新竹縣：芎林飛鳳代勸堂，1899 年），頁 5。
16 修省堂編纂、陳運棟整理：《洗甲心波》（苗栗縣：苗栗縣文化局，2005 年），頁 78-79。
17 修省堂編纂、陳運棟整理：《洗甲心波》（苗栗縣：苗栗縣文化局，2005 年），頁 68-69。
18 修省堂編纂、陳運棟整理：《洗甲心波》（苗栗縣：苗栗縣文化局，2005 年），頁 69-70。

自己的故事。如：〈上公館國王行述〉：

> 吾乃漳州人，姓周，名子華。生平為人，毫非不染。自幼攻書，兼習武藝。行年
> 二十，即中武舉，後乃投筆從戎，身為國家效力疆場。至甲申，西番攻打臺灣之
> 際，吾即在基隆陣亡。……凡為人，須以忠孝為本，方便為門。廣行陰騭，是為
> 神為聖之本也。（問：為國效勞，身居何官？）吾乃無名小卒，前日不過為哨長
> 耳！何足道哉！[19]

又〈樹杞林三山國王行述〉說：

> 吾乃廣東石仔林鄉人，姓李，名有青。世為忠厚生涯。吾自幼讀書識字，頗知大
> 義。後為國效勞，身居十長之職。因隨劉爵帥來臺，陞為營汛之任。當日進征竹
> 頭角內山生番，吾亦戰（按：歿）身亡。……恩主陞吾為樹杞林三山國
> 王。[20]……

（四）功過格

　　最初是道士逐日登記行為善惡以自勉自省的簿格，及後流行於民間，泛指用分數來
表現行為善惡程度、使行善戒惡得到具體指導的一類善書。

　　這類善書分別列有功格（善行）和過格（惡行）兩項，並用正負數字標示。奉行
者每夜自省，將每天行為對照相關項目，給各善行打上正分，惡行打上負分，只記其
數，不記其事，分別記入功格或過格。月底作一小計，每月一篇，裝訂成本，每月如此
進行，年底再將功過加以總計。功過相抵，累積之功或過，轉入下月或下年，以期勤脩
不已。

（五）鸞生職務與名錄

　　鸞生職務一般分堂主、正鸞、鈔錄、謄真、校正生、總理、董事、香茶迎送生。扶
鸞的過程可分請神（接駕）、扶鸞與送神（送駕）。請神時男女鸞生分班排列候駕，恭
誦寶誥，接著接駕生獻香，獻茶，獻果，正副鸞生、唱鸞生、紀錄生行三跪九叩禮後進
入候駕，聖神降臨後即停唸神咒，此時就開始扶鸞。扶鸞時正鸞生於沙盤上寫出文字，

---

19 彭殿華：《現報新新》（新竹市：明復堂，1899 年），頁 26。
20 彭殿華：《現報新新》（新竹市：明復堂，1899 年），頁 27。

由唱鸞生唱出，紀錄生在旁記下。聖神退駕時，全體鸞生跪地俯伏送駕，鳴鐘鼓，在內殿之鸞生退出內殿成三跪九叩禮，扶鸞儀式完畢。有些鸞堂在扶鸞完畢後，會就降鸞文，再舉行宣講。

　　一般鸞書皆有登錄鸞生職務與名錄。以《現報新新》來說，在第二頁即記載：「堂主備資建壇總理鸞務彭殿華、總理鸞務兼抄錄彭清河……淨壇兼司果品彭奎、恭迎兼禮誦彭樹滋、貝海澄……」。再以沙坪信善堂所編的《春秋遺恨》為例，在第一四二頁至一四四頁即記載：「派正堂主黃紫雲、派副堂主麥登秀……派正鸞兼校正生陳文藻、派正鸞兼抄錄生謝普乾……」等職務分配；三〇四頁至三〇七頁也登錄「黃克寬壹佰元、麥登秀參拾元、江雲生伍拾元、黃色雲參拾元……」等捐款者名單。

（六）詩歌訓文

　　陳運棟《洗甲心波》導讀中認為「鸞書上的詩文相當典雅，非有一定的漢學根底不為功。因此鸞堂絕不能單純視為提供信眾祈福求方之所在，它更是一個宣揚儒教、提倡漢文的場所。」[21]這些詩文，往往被書房老師拿來當作書房的教材，或被藝人當作說唱的腳本，所以相當重要，也可以說是「狹義的勸世文」。這一部份內容相當豐富。茲舉出早期鸞書中的重要詩文篇目：

1　彭殿華：《現報新新》

上卷

（一）〈臺北天上聖母歌〉（雜言），頁 34-35。

（二）羅浮山清道人〈警世戒淫歌〉（雜言），頁 36。

下卷

（一）〈李仙翁太白歌〉（雜言），頁 6。

（二）〈韓仙翁湘子・戒婦女勿入廟燒香歌〉（七言），頁 6-7。

（三）〈漢鍾離仙翁・戒婦人勿上街買賣歌〉（七言），頁 8-9。

（四）〈呂仙洞賓・警世人勿演滛戲歌〉（雜言），頁 9-10。

（五）〈曹仙國舅・又勸男女有別老幼有序歌〉（散文），頁 11-12。

---

21 楊福來、溫德貴編：《慈心醒世新篇》（新竹縣：苗栗飛鳳代勸堂，1899 年），頁3-4。

（六）〈藍仙翁采和・戒酒過多歌〉（雜言），頁 13。

（七）〈張仙翁果老・又戒未孝歌〉（雜言），頁 14。

（八）〈何仙姑・又戒婦女勿挾私奩歌〉（散文），頁 15。

（九）〈梓童文昌帝君・訓士文〉，頁 16-18。

（十）〈辛天君・戒嫖賭食著四症〉（七言律詩），頁 18-19。

（十一）〈廖天君・戒庸醫誤殺詩〉（散文），頁 19-20。

（十二）〈鬼谷仙師・戒惡詞／戒星士／戒堪輿〉，頁 23-24。

（十三）〈孚佑帝君・訓士／訓工／訓商〉（七言），頁 24-25。

（十四）〈南海觀音佛祖・出家偈/戒酒偈/戒葷偈〉，頁 25-26。

（十五）〈馬天君・勸父教子／勸子孝親／勸兄愛弟／勸弟敬兄〉（七言），頁 30-31。

（十六）〈魁斗星君・教書賦〉，頁 32-33。

（十七）〈訓誥五條・父子主恩／君臣主敬／兄弟宜和／夫婦有別／朋友有信〉（散文）
頁 34-36。

（十八）〈協天聖帝・訓戒烟弟子詩〉，頁 48。

（十九）〈協天聖帝・戒烟賦〉，頁 57-58。

2　楊福來／溫德貴：《慈心醒世新篇》

（一）〈三字經〉，頁 33-34。

（二）〈本府城隍・戒姦淫詩〉（七言），頁 35。

（三）〈景山翁・勸忠文〉（散文），頁 56-57。

（四）〈烏衣道人・勸孝歌〉（雜言），頁 58。

（五）〈披裘公・勸廉箴〉（四言），頁 58-59。

（六）〈虞凌子・勸節論〉（散文），頁 59-60。

（七）〈李仙翁太白歌〉（三言），頁 65-66。

下面者乃是只剩存目，筆者尚無紙本且未知頁次者。

（八）王天君〈吉祥獲福歌〉

（九）司命真君〈勤儉懈怠歌〉

（十）述聖子思〈善惡報應文〉

（十一）孚佑帝君〈警世文〉

（十二）蒞任孚佑帝君沈〈警世文〉

（十三）王天君〈警世文〉

（十四）文衡聖帝〈警世文〉

（十五）朱夫子〈警世歌〉

（十六）廖天君〈醒世歌〉

（十七）關太子平〈警世修道文〉

（十八）柳天君〈警世失信文〉

（十九）孚佑帝君〈警世誤交奸友文〉

（二十）亞聖孟夫子〈戒淫修善文〉

（二十一）宗聖曾夫子〈戒人心未古論〉

（二十二）王天君〈戒淫四字金〉

（二十三）王天君〈戒妯娌詩文〉

（二十四）王天君〈戒男女好淫〉

（二十五）孚佑帝君〈戒賭博〉

（二十六）孚佑帝君〈戒烟歌〉之一、〈戒烟歌〉之二、〈戒烟歌〉之三

（二十七）孚佑帝君〈戒詭譎朋友文〉

（二十八）孚佑帝君〈戒殺生諂媚鬼神文〉

（二十九）廖天君〈戒洋烟歌〉

（三十）何仙姑〈戒淫詞〉

（三十一）蒞任關聖帝君〈戒淫曲〉

（三十二）廖天君〈戒童乩文〉

（三十三）崑崙大仙〈戒童乩詩／文〉

3　九芎林文林閣復善堂：《化民新新》（仁部）

此書可能有其他部，筆者只見到仁部。此部中收錄許多詩和文，較重要者：

（一）〈辛天君・詩／誓善厚報文〉，頁 42。

（二）〈鄧天君・詩／殘淫速報文〉，頁 43。

（三）〈趙天君・詩／分別顯報文〉，頁 46。

（四）〈孚佑帝君詩〉，頁 49。

（五）〈殷天君・詩／淫罰變豬文〉，頁 50。

4 竹南一堡獅山勸化堂：《宣音普濟》

卷首 天部

（一）〈李太白仙翁・十大訓十遵從〉（散文），頁 24-29。

（二）〈正風俗論〉（散文），頁 37-38。

卷二 上部

（一）〈訓翁阿安入鸞〉（七言），頁 10。

（二）〈訓黎統離妻〉（七言），頁 12-13。

（三）〈訓陳阿科入鸞〉（七言），頁 13。

卷三 定部

（一）〈訓鍾維富入鸞詩〉（七言），頁 9-10。

（二）〈訓吳明興詩〉（七言），頁 11。

（三）〈蓬萊島修道真人詩〉，頁 12。

（四）〈孚佑帝君詩〉（七言），頁 21。

（五）〈訓鸞下彭生詩〉（七言），頁 21-22。

卷四 佳部

（一）〈戒嫖賭烟花詩〉（七言），頁 10。

（二）〈戒人未可輕上慢下詩〉（七言），頁 10。

卷五 期部

共有四十餘首有關勸世的詩文

卷六 金部

（一）〈訓曾道崇詩〉（七言），頁 9。

（二）〈勸兄弟和氣歌〉（雜言），頁 22。

（三）〈警世文〉（散文），頁 26。

（四）〈戒畏妻歌〉（七四言），頁 27。

（五）〈克慾傳〉（散文），頁 28-29。

卷七　鑑部

（一）〈士農工商〉（七言），頁 13。

（二）〈酒色財氣盜〉（七言），頁 14。

卷九　麟部

共有十四首有關勸世的詩文，其他都是五殿閻羅天子和十殿獄史的判案過程〈卷十・兒部〉共有七十餘首有關勸世的詩文，其他都是五殿閻羅天子和十殿獄史的判案過程。其中較重要的有〈五訓婦女〉（四言），頁 36-37。

5　勸化堂編輯部：《警世玉律金篇》

卷一　天部

（一）〈五常八德論〉，頁 3。

（二）〈醒世論〉，頁 4。

（三）〈吃素歌〉，頁 4-5。

（四）〈避凶趨吉論〉，頁 5。

（五）〈勸世歌〉（七言），頁 5。

（六）〈勸孝曲〉（三言），頁 6。

（七）〈李太白仙翁咏敬天地外十八為人要則〉（十八則，七言四句），頁 38-39。

卷二　地部

（一）〈論世修行〉（七言詩），頁 38。

（二）〈洋烟論〉（七言），頁 41。

（三）〈大白仙翁勸世詩與會話論〉，頁 41-43。

卷三　人部

（一）〈勸化歌〉（三七雜言），頁 54。

（二）〈勸世詩〉（三言），頁 57。

（三）〈本堂正主持大上道德天尊詩〉（七言），頁 57-58。

（四）〈醒世歌〉（三七雜言），頁 35。

卷四　皇部

（一）〈藍仙翁詩／曲〉，頁31。

（二）〈韓仙翁詩／歌〉，頁31。

（三）〈何仙翁詩／歌〉，頁32。

（四）〈李仙翁詩／辭〉，頁32。

（五）〈曹仙翁詩／辭〉，頁32-33。

（六）〈呂仙翁詩／辭〉，頁33。

（七）〈張仙翁詩／辭〉，頁33。

（八）〈鍾仙翁詩〉，頁34。

（九）〈清閑無窒歌〉（雜言），頁45。

（十）〈生死脫俗詞〉（問答體詩文），頁52-55。

6　南庄員林崇聖宮：《正字譜》

（一）忠部共收錄將近八十首由桃、竹、苗各地神佛所降的詩，引證忠勇的故事。

（二）國孝部共收錄有三十餘首由桃、竹、苗各地神佛所降的詩，引證孝順的故事，國美惡兼收。

（三）節部共收錄有三十六首由桃、竹、苗各地神佛所降的詩，引證婦女的故事，美惡兼收。

（四）義部共收錄有四十六首由桃、竹、苗各地義民、土地公等所降的詩，引證仁義的故事。

7　沙坪信善堂編：《春秋遺恨》，收入《沙坪飛龍洞雜記》（苗栗縣：苗栗縣文化局，2002年）

（一）〈大漢隱士徐元直先生・末劫流行論〉（散文），頁154-156。

（二）〈文昌帝君・遏慾文〉（散文），頁160-161。

（三）〈李太白仙翁・百善孝為先賦〉（賦），頁161-164。

（四）〈苗栗文昌帝君・萬惡淫為首賦〉（賦），頁164-166。

（五）〈南宮孚佑帝君・覺世歌〉（詩），頁174-175。

（六）〈九天司命真君・戒酒歌〉（詩），頁175-176。

（七）〈黃石公・古風〉（詩），頁195-196。

（八）〈大漢大中大夫東方朔・古風〉（詩），頁 195-196。

（九）〈妙道真人・酒氣財氣歌〉（詩），頁 202-203。

（十）〈子院仙翁黃・戒酒歌〉（歌），頁 207-208。

8　修省堂編纂，陳運棟整理《洗甲心波》

原書為苗栗縣四湖莊修省堂於一九〇一年葭月所刊行，共分十卷，陳運棟整理成四冊。

（一）〈張仙果老・勸世詞〉（三三七言），頁 958。

（二）〈韓仙翁湘子・勸世歌〉（雜言），頁 959-960。

（三）〈曹仙翁國舅・勸世歌〉（雜言），頁 960-962。

（四）〈劉仙翁海・勸世曲〉（雜言），頁 962-963。

（五）〈瀛洲閬苑名仙・勸世歌〉（六七言），頁 1001-1002。

（六）〈岳天君・勸忠文〉（散文），頁 1017-1022。

（七）〈張仙大帝・勸孝文〉（散文），頁 1023-1028。

（八）〈辛天君・勸節論〉（散文），頁 1030-1034。

（九）〈鄧天君・勸義論〉（散文），頁 1035-1040。

（十）〈晁天君・戒烟詩〉（七言古體），頁 1041。

（十一）〈許天君・戒嫖詩〉（五言古體），頁 1044-1046。

（十二）〈周天君・戒賭行〉（七言），頁 1047-1049。

（十三）〈溫天君・戒酒銘〉（四言），頁 1050-1052。

（十四）〈齊天大聖・勸事繼親並諭螟蛉文〉（散文），頁 1054-1059。

（十五）〈第一殿秦廣王・警世文〉（散文），頁 1269-1273。

（十六）〈第二殿楚江王・勸善文〉（散文），頁 1275-1279。

（十七）〈第三殿宋帝王・報應文〉（散文），頁 1280-1284。

（十八）〈第四殿伍官王・憫世文〉（散文），頁 1286-1291。

（十九）〈第五殿閻羅王・救劫文〉（散文），頁 1293-1297。

（二十）〈第六殿卞城王・懲惡文〉（散文），頁 1299-1305。

（二十一）〈第七殿泰山王・渡世文〉（散文），頁 1307-1314。

（二十二）〈第八殿平等王・賞善罰惡文〉（散文），頁 1315-1322。

（二十三）〈第九殿都市王・因果文〉（散文），頁 1324-1328。

（二十四）〈第十殿轉輪王‧回輪文〉（散文），頁 1330-1336。

（二十五）〈酆都大帝‧敬信玉曆文〉（散文），頁 1337-1345。

（二十六）〈至聖先師孔夫子‧薪傳論〉（散文），頁 1360-1366。

（二十七）〈南海觀音佛母‧戒延野僧粧唐僧取經文〉（散文），頁 1379-1384。

（二十八）〈太上道君‧戒延巫士保運文〉（散文），頁 1385-1389。

（二十九）〈梓童文昌帝君‧斯文論〉（散文），頁 1391-1396。

第三節　鸞書文體和內涵

　　本節主要探討的是鸞書中的勸世詩文，其他的寶誥、行述、功過格、職務分配及捐款芳名，不作討論。由上節可知，在《現報新新》等鸞書中，勸世詩文相當多，且體裁多樣。茲整理成下表，並概略分析、說明：

體裁 ＼ 書名		現報新新	慈心醒世新篇	化民新新‧仁部	宣音普濟	警世玉律金篇	正字譜	春秋遺恨	洗甲心波
散文		∨	∨	∨	∨	∨	∨	∨	∨
韻文	詩、偈	∨	∨	∨	∨	∨	∨	∨	∨
	歌	∨		∨	∨	∨		∨	∨
	賦	∨						∨	
	詞、辭		∨			∨			∨
	曲		∨			∨			∨
	古風							∨	

　　可知鸞書基本形式是韻散夾雜，正符合唐代變文的模式，以便於宣講、說唱。韻文又包括詩、偈、歌、賦、詞、辭、曲和古風，其中又以詩、偈、歌占多數。

一　文體

（一）散文

　　如《宣音普濟》卷捌〈賀部〉之〈勸孝文〉：

　　且夫孝為天經地義。固古聖賢所躬行而勿怠也。自天子而至庶人。歷一生而及百
　　世。莫不奉此道為兢兢。故寢門修問視之儀。鷄鳴致懍。王事疎食嘗之敬。鴞羽

興嗟。他如小弁寫怨。蓼莪生哀。其載於詩書者。不勝記。無如人心之日下也。其在少時，啼饑呼寒。惟岵峐之是賴。牽裾抱膝。尚出入之必隋。……將相公侯。外此別無經濟。聖神仙佛。舍是曷有梯航。語本至性至情。道宜是則是效。吾身之從來。急反躬而自省。[22]

此篇是以散文形式論述孝的重要。「孝為天經地義」的事，自天子而至庶人，歷一生而及百世，莫不奉此為兢兢。因為，打從母親懷胎開始，即受盡艱難困苦。生下之後，一把屎、一把尿把孩子撫養長大。既要供給他讀書，又怕他不學好。故父母對子女之恩可說山高海深。

又《慈心醒世新篇》〈勸節論〉：

且夫節之為義大矣哉！其氣養于平時，其志見於臨事。此不獨忠臣義士為然也，奇男子鼎鑊不屈，女丈夫鐵石居心。故熱血忠肝，足以挽世道；淒風苦雨，可以振綱常。無如人心之日下也，一鋒稍挫，輒叩首于馬前；一掊未乾，思執巾于異姓。是誠何心，安忍出此？試觀松有筠而耐寒，栢為舟而重載。風吹葵朵，終向日而不移；雪壓梅林，猶吐芬于歲晚。草木無知，何錯節如斯？……[23]

這一篇是在論說男女守節的重要。可惜世風日下，男人一朝不順，往往改仕他人；女人新遭夫喪，急急找尋新歡。松柏、梅樹皆能遇冷而不改其志，何況是萬物之靈的人類呢？

又《洗甲心波》〈第十殿轉輪王〉〈回輪文〉：

且古來有回輪之事，而四生六道從此分焉。蓋今生之生，即前世之死。今世之死不明，即後世之生難保。本殿居十殿之終，所有善惡亡魂到吾此處，皆判決分明，行將發還陽世。或富貴壽考，或貧賤夭折，或胎卵濕化，隨他善惡多少，功罪輕重，酌量而行。……[24]

這是地獄第十殿轉輪王對鬼魂所說的勸戒文。所有鬼魂到了第十殿，皆會依照他們在世時的功過，予以判決。

---

22 獅山勸化堂：《宣音普濟》卷八賀部（苗栗縣：獅山勸化堂，1912 年），頁 6-7。
23 楊福來、溫德貴編：《慈心醒世新篇》（新竹縣：芎林飛鳳代勸堂，1899 年），頁 59-60。
24 修省堂編纂、陳運棟整理：《洗甲心波》（苗栗縣：苗栗縣文化局，2005 年），頁 1330-1331。

（二）韻文

1　詩、偈

（1）三言詩

例〈三字經〉（《慈心醒世新篇》仁部，頁 33-34）：

> 人之初，性本善。至長成，忽然變。曰仁義，聽則倦。禮智信，皆不羨。
> 親師友，誰眷戀？入花街，心似箭。嫖賭吃，性最慣。逞英雄，說風面。
> 遇正人，羞與見。丟妻兒，女娼宴。賣田園，亦方便。迨無錢，受寒顫。
> 至斯時，望救援。有鄰朋，也輕賤。此等輩，遭天譴。罰到頭，報應現。
> 語雖庸，經百鍊。戒之哉，宜積善。

（2）四言詩

《沙坪飛龍洞雜記》〈春秋遺恨〉中〈五道靈通黃・自述濟世詩〉有四言詩二首：

> 一毫之善，與人方便。人雖不知，天眼照見。一毫之惡，勸人莫作。守己安分，
> 自然快樂。[25]

（3）五言絕句

例《沙坪飛龍洞雜記》〈春秋遺恨〉〈太上元始天尊〉〈訓世詩〉：

> 其一：心貪無足輩，朝夕紅塵走，試問陶朱富，而今還在否？
> 其二：福本由天定，何須份外求？莫貪真快樂，知足便忘憂。[26]

又《沙坪飛龍洞雜記》〈春秋遺恨〉〈五道靈通黃〉〈自述濟世詩〉：

> 其一：人莫把天欺，毫厘天必知，鑒觀雖不語，禍福總無私。
> 其二：莫道天高遠，不見人所為，天即在頭上，昭然不可欺。
> 其三：處世忍為先，逢仇莫結冤，我雖無用漢，頭上有青天。[27]

---

25 吳紹基著、陳運棟編：《沙坪飛龍洞雜記》〈春秋遺恨〉（苗栗縣：苗栗縣文化局，2002 年），頁 191。
26 吳紹基著、陳運棟編：《沙坪飛龍洞雜記》〈春秋遺恨〉（苗栗縣：苗栗縣文化局，2002 年），頁 189。
27 吳紹基著、陳運棟編：《沙坪飛龍洞雜記》〈春秋遺恨〉（苗栗縣：苗栗縣文化局，2002 年），頁 191。

（4）五言律詩

《警世玉律金篇》〈卷一〉〈天部〉〈桓侯大帝詩〉：

> 惡氣沖天上，災殃到處生。干戈何日息？飢饉不時呈。
>
> 誰鎮八方定？難期四海清。願君勸作善，庶可保和平。[28]

（5）五言古體

《洗甲心波》（三）〈戒嫖詩〉：

> 萬惡淫為首，世人豈不知？貪花惟浪子，好色本癡兒。
>
> 苟合誠堪惡，邪緣漫謂奇。須知催死日，莫謂遇佳期。
>
> 一世功名折，終身福壽虧。鼠頭原有齒，人面反無皮。
>
> ……
>
> 人世如能戒，風俗自然醇。生平若無犯，福壽定同臻。[29]

（6）七言絕句

《春秋遺恨》有〈勸兄弟和睦詩〉：

> 紫荊唐棣愛情多，百忍堂中有太和；
>
> 若聽婦言乖骨肉，鬩牆徒嘆長風波。[30]

又《沙坪飛龍洞雜記》〈春秋遺恨〉中〈勸勿妒人詩〉：

> 世態炎涼鮮矣仁，守常安分可維新，
>
> 東鄰縱有千金富，我亦何妨樂處貧。[31]

（7）七言律詩

如勸化堂《宣音普濟》〈卷四〉〈佳部〉〈戒嫖賭烟花詩〉：

---

28 獅山勸化堂：《警世玉律金篇》卷一〈天部〉（苗栗縣：獅山勸化堂，1968 年重刊），頁 2。

29 修省堂編纂、陳運棟整理：《洗甲心波》（三）（苗栗縣：苗栗縣文化局，2005 年），頁 1044-1046。

30 吳紹基著、陳運棟編：《沙坪飛龍洞雜記》〈春秋遺恨〉（苗栗縣：苗栗縣文化局，2002 年），頁 175。

31 吳紹基著、陳運棟編：《沙坪飛龍洞雜記》〈春秋遺恨〉（苗栗縣：苗栗縣文化局，2002 年），頁 188。

嫖賭一流大不然，烟花女子更堪憐；而今勸化諸生輩，力把弊端用意悛。

豈惟清潔拜東廚，心地善良最善謨；應有吉神恆擁護，一家康泰自歡愉。[32]

又《沙坪飛龍洞雜記》〈春秋遺恨〉〈南天文衡聖帝關・感世詩〉：

世事滄桑任所之，幾番多變有誰持？移風易俗勞偏任，修己安人苦莫辭。

揚激濁清資法戒，正誠心意好謀為，勤功自得成功日，應挽狂瀾在此時。

2 歌

合於音樂而可唱的詞曲，叫做「歌」。如《慈心醒世新篇》〈勸孝歌〉：

勸孝歌，勸孝歌，孝道不講是為何？親藍（按：襤）褸，妻綺羅，聽著床頭語，入室便操戈。奉養缺，起風波，不說承歡少，反說責備苛。……劬勞之恩天地大，百身以報不為多。[33]

又勸化堂《宣音普濟》卷六〈金部〉有一首〈勸兄弟和氣歌〉：

和氣歌，和氣歌，同胞骨肉要如何？兄友愛，弟謙和。無乖手足覺消磨，蕨薇均採甘饑餓，大被同眠安樂窩。古風都不學，反聽枕邊唆。一時生怒氣，滿室欲操戈。鬩牆賦，破釜歌，時時爭鬥著邪魔。請房族，甚奔波，分爨了，各一鍋。[34]……

又《沙坪飛龍洞雜記》〈春秋遺恨〉中〈戒烟歌〉：

烟味薰香，烟景彌長，一盞青燈對臥床，孰是神仙境？此境最為良，惹得無數士農工商，那個知死？那個驚防？爰為之歌曰：試問儒林輩，詩書何等味？待到吃洋煙，半多無志氣。試問農夫狀，年豐大有望，一入洋煙症，終日反莫養。……[35]

---

32 竹南一堡獅山勸化堂：《宣音普濟》卷四〈佳部〉（臺北市：大稻埕法主公街三十三番戶甘芳號石版印刷所，1912 年），頁 10。

33 楊福來、溫德貴編《慈心醒世新篇》（新竹縣：芎林飛鳳代勸堂，1899 年），頁 58。

34 竹南一堡獅山勸化堂：《宣音普濟》卷六〈金部〉（苗栗縣：獅山勸化堂，1912 年），頁 22。

35 吳紹基著、陳運棟編：《沙坪飛龍洞雜記》〈春秋遺恨〉（苗栗縣：苗栗縣文化局，2002 年），頁 211。

3　賦

如《現報新新》下中〈魁斗星君〉〈教書賦〉：

> 魁蔚儒林，斗山仰慕。星馳俊采，朋自遠來。君子德成，應之有具。作為木鐸，既操先覺之權。賦畀薪傳，當啟後人之務。春風經座，滿恰敷盈桃李之華。化雨及時，施纜潤得桂蘭之樹。接千秋之道統，人賴有傳。立萬古之綱常，學誠無誤。……（頁 32）

又《現報新新》下中〈魁斗星君〉〈戒烟賦〉：

> 人心已變，習俗相因。洋膏為重，烟火是親。憂愁藉以解鬱，困憊反謂養神。鶴骨雞皮，吃久猶如故物。職虧業廢，生同無異亡人。為貪歡片刻，遂致誤終身。氣憊神昏，入局終難脫苦。現身設法，返樸自可歸真。……（頁 57-58）

又《春秋遺恨》中〈苗栗文昌帝君・萬惡淫為首賦〉：

> 吁嗟乎世道堪虞，人心可恨，月下偷期，花前償願。溺婦人女子之情，忘名教綱常之憲。謂漂流習慣，只貪片刻歡娛。迨疾病尋來，空惹一場悲怨。莫謂花花世界，不比淫奔。須知草草因緣，亦從惡論。……[36]

4　詞、辭

如《洗甲心波》（三）〈張仙果老詞〉：

> 勸世人，勸世人，煙花酒色休相親。聽吾說，勿生嗔，人生忠厚歿為神。
> 勿貪富，勿怨貧，要識榮華是前因。酒既醉，話亦真，聊作一篇勸斯民。[37]

又《洗甲心波》（三）〈藍仙采和詞〉：

> 我來和，我來和，今宵到此欲如何？衣藍褸，穿黑靴，深惜時光急似梭。
> 執木板，作高歌，一生詩酒樂吟哦。問斯世，知道麼？倏爾桑田生白波。[38]

---

36 吳紹基著、陳運棟編：《沙坪飛龍洞雜記》〈春秋遺恨〉（苗栗縣：苗栗縣文化局，2002 年），頁 164-166。
37 修省堂編纂、陳運棟整理：《洗甲心波》（三）（苗栗縣：苗栗縣文化局，2005 年），頁 958。
38 修省堂編纂、陳運棟整理：《洗甲心波》（三）（苗栗縣：苗栗縣文化局，2005 年），頁 958。

5 曲

如《洗甲心波》（三）〈李仙翁大白曲〉：

夜色朦朧，酒色朦朧，歌欠雅，詞欠雄，聲聲高唱錦堂中。坐綠几，飲碧筒，
世間最樂杜仙翁。塵心不染，詩興無窮，歌明月，舞清風，紛紛人世豈能同？
遊春常戴笠，攜酒慣呼童，不是畫工，也奪化工。工妙如同古木，公公公，
今日西，明日東。[39]

又《洗甲心波》（三）〈劉仙翁海曲〉：

爾歌既罷，請聽吾曲。曲曲曲，世人何所欲？惟欲求財不知足。終日勞勞並碌
碌，只為黃金了世局。豈知財大累兒孫，兒孫因財反受辱。看透此情，人方脫
俗。[40]

又《洗甲心波》（三）〈何仙姑曲〉：

爾既作歌，吾還飲酒。酒酒酒，人生何所有？縱有志氣宜忍守。一生矻矻兼糾
糾，每與豪強爭勝負。氣能蓋世力拔山，當日英雄今在否？勘破此關，福方攸
久。[41]

6 古風

《沙坪飛龍洞雜記》〈春秋遺恨〉有古風二首：

〈其一〉

無姓無名無所詢，無姓無名無所問。推推測測總非真，或有謂吾為鬼怪。
果非仙佛登仙界，或有謂吾果是人。又無蹤跡殊難解，道是圯橋真老翁。
為隱君子亦矇曨，則以我真鼓城石。故直呼為黃石公，不知我是填星精。
……

〈其二〉

秦漢之間有黃石，後數十年臣朔謫。黃石降世為張良，朔則為觀功過迹。

---

39 修省堂編纂、陳運棟整理：《洗甲心波》（三）（苗栗縣：苗栗縣文化局，2005 年），頁 947-948。
40 修省堂編纂、陳運棟整理：《洗甲心波》（三）（苗栗縣：苗栗縣文化局，2005 年），頁 962。
41 修省堂編纂、陳運棟整理：《洗甲心波》（三）（苗栗縣：苗栗縣文化局，2005 年），頁 962-963。

黃石無姓我有姓，黃石無名我有名。世人只識東方朔，不識朔為天上星。

黃石於星名曰填，我則於星名曰歲。填是土兮歲是木，各有攸司各有類。

……[42]

這兩首主要是秦漢之間的黃石公轉世為東方朔的故事，兩人先後蒞臨鸞堂訓勉世人的詩文。其詩自稱為「古風」，在客語鸞書中僅見此兩首，是相當特殊的。其詩可看作「七言古詩」，不講對仗，不講押韻，果然有秦漢古體詩質樸的特點。

二　內涵

主要分成勸孝類和勸世勸善類兩種。

（一）勸孝類

例《現報新新》下〈勸父教子〉，主要勸人要父慈子孝：

父要慈心又要嚴，幼儀小學教宜兼。

少時寬縱如嬌子，長大必為不孝男。

玉少琢磨成甚器，金非鍛鍊失些銛。

義方早正無乖習，可把修齊瑞器添。（頁30）

又《警世玉律金篇》卷一〈天部〉〈勸孝曲〉是描述母親打從懷孕開始，直到臨盆，吃盡千辛萬苦，為人子女當記〈蓼莪〉詩，好好孝順雙親：

曲曲曲，人之身，從何育？母懷孕，真勞碌。食難安，寢不熟。遇寒暑，尤困憊。逢疾醫，恐防腹。迨臨盆，時痛哭。或求天，或神祝。祈平安，胎產速。……。得順親，受天祿。苟不孝，惹天戮。審如是，孝道篤。蓼莪詩，當佩服。三字言，無可瀆。各留心，味茲曲。……（頁6）

又《洗甲心波》（三）〈勸事繼親並諭螟蛉文〉主要勸戒為人繼子、繼女應當善事繼父、繼母：

---

42 吳紹基著、陳運棟編：《沙坪飛龍洞雜記》〈春秋遺恨〉（苗栗縣：苗栗縣文化局，2002年），頁195-196。

且人生天地間，孰不欲有子有女，而享三多之祝哉？無如或因前生遺孽多端，罰彼孤寡；或因今世立心大刻，致使單寒，此亦人生之不幸也。為彼伯叔兄弟等，觀此遂動不忍之心，所以有割愛過繼之事。則為人過繼者，須要竭力事奉。宜視過繼之父母，如同生身之父母，一體相待，方不失人子之道。……[43]

另外有《現報新新》〈又戒未孝歌〉（頁 14）、《洗甲心波》〈勸孝文〉（頁 1023-1028）。勸孝的詩文在鸞書中佔很大的分量。

（二）勸世勸善類

1　勸人要兄友弟恭、妯娌和睦

例《宣音普濟》〈金部〉〈勸兄弟和氣歌〉、《慈心醒世新篇》〈戒詭譎朋友文〉、〈戒妯娌詩文〉。下面是《現報新新》下〈勸弟敬兄歌〉的部分內容：

兄弟如手足，切莫自相殘。手疾提攜戾，足傷舉步難。奈何兄不愛弟兮，謂弟甚不賢。弟不敬兄兮，與兄若無緣。……（頁 31-32）

2　勸各行業人各守本分

如《沙坪飛龍洞雜記》〈春秋遺恨〉中〈勉士農工商並烟花酒色詩〉：

士向芸窗苦志攻，勤攻自可得成功。

青雲只在青燈下，鳳起蛟龍轉聘中。

農家之樂樂如何？祇祝豐年歲取多。

南畝西疇微盛世，幾人擊壤幾賡歌。

工從規矩得方圓，善事端推利器先。

規矩應心心應手，公輸不外此師傳。

商效陶朱晏子風，居奇鉤距任橫縱。

公平自有公平報，何用奸貪變化工。（頁 177-178）

鸞書中除了對士農工商多所訓示外，對醫生、算命堪輿師父、乩童也有勸戒，如《現報新新》有〈戒庸醫誤殺詩〉（頁 19-20）、〈戒星士／戒堪輿〉（頁 23-24）、〈訓士

43 修省堂編纂、陳運棟整理：《洗甲心波》（三）（苗栗縣：苗栗縣文化局，2005 年），頁 1054-1059。

／訓工／訓商〉（頁 24-25）；《慈心醒世新篇》有〈戒童乩文〉。

3　勸人培養高尚品格

勸人要知廉恥，講氣節，如《慈心醒世新篇》〈勸廉箴〉：

> 落落塵寰，高節為先。聿修厥德，不飲盜泉。瓜田李下，毋取其愆。
> 清風明月，法聖希賢。腫決肘見，貧哉原憲，九百是辭，堪為人勸。
> ……（頁 59）

又《慈心醒世新篇》〈勸節論〉：

> 且夫節之為義大矣哉！其氣養于平時，其志見於臨事。此不獨忠臣義士為然也，奇男子鼎鑊不屈，女丈夫鐵石居心。故熱血忠肝，足以挽世道；悽（淒）風苦雨，可以振綱常。無如人心之日下也，一鋒稍挫，輒叩首于馬前；一掊未乾，思執巾于異姓。是誠何心，安忍出此？試觀松有筠而耐寒，栢為舟而重載。風吹葵朵，終向日而不移；雪壓梅林，猶吐芬于歲晚。草木無知，何錯節如斯？（頁 59-60）

又《宣音普濟》卷八〈賀部〉有〈戒惜五谷（穀）歌〉，勸人要緬懷黃帝、后稷教民播種五穀之辛，珍惜糧食：

> 開攷燧人取火年。後人烹飪始能全。則知世上無他重。終日總憑食在先。……萬方可以無饑者。五谷實堪珍重焉。……獨不思黃帝為民藝五穀。辛勤矻矻用心專。又不思后稷教民播五穀。子（仔）細諄諄無逸虔。烝民粒食有攸賴。端是聖王手澤傳。……善為惜穀多嘉處。應叨天報福綿綿。（頁 33）

其他，如《慈心醒世新篇》的〈勸忠文〉、〈吉祥獲福歌〉、〈勤儉懈怠歌〉、〈警世失信文〉；《警世玉律金篇》〈天部〉、〈五常八德論〉（頁 3）、〈避凶趨吉論〉（頁 5）；《洗甲心波》〈勸忠文〉（頁 1017-1022）、〈勸節論〉（頁 1030-1034）、〈勸義論〉（頁 1035-1040）等，都是屬於此類。

4　勸人戒除烟花酒色等惡習

如《沙坪飛龍洞雜記》〈春秋遺恨〉〈勉士農工商並烟花酒色詩〉：

烟魔為祟為何因？沉溺英雄百萬人。

看盡世間多怕死，如何死地轉相親。

花花世界逐香塵，當路花開最惹人。

可惜少年終夢夢，空從月下悞終身。

酒悞江山自古然，甘心家國化雲烟。

十分量只三分飲，當識酗身酒誥篇。

色逢春日有餘妍，助舞嬌姿用頸纏，

今昔名花共傾國，何堪留戀到流連？（頁 177-178）

又《慈心醒世新篇》〈本府城隍〉〈戒姦淫〉：

世上姦淫日日多，無常一到叫如何？

任君覓得生前樂，爭奈陰司走不過！（頁 35）

另外，《現報新新》〈警世戒淫歌〉（頁 36）、〈戒酒過多歌〉（頁 13）、〈戒嫖賭食著四症〉（頁 18-19）；《慈心醒世新篇》〈戒淫修善文〉、〈戒淫四字金〉、〈戒男女好淫〉、〈戒賭博〉、〈戒烟歌〉、〈戒洋烟歌〉；《宣音普濟》〈佳部〉〈戒嫖賭烟花詩〉；《洗甲心波》〈戒嫖詩〉（頁 1044-1046）、〈戒賭行〉（頁 1047-1049）等。《警世玉律金篇》〈地部〉〈有〈洋烟論〉；《洗甲心波》〈戒烟詩〉（頁 1041）、〈戒酒銘〉（頁 1050-1052）。

5 其它

鸞書對於殺生，也有所反應，如《慈心醒世新篇》有〈戒殺生諂媚鬼神文〉，《警世玉律金篇》〈天部〉有〈吃素歌〉（頁 4-5）。也有綜合勸世的，如《現報新新》有〈又勸男女有別老幼有序歌〉（頁 11-12）、〈勸父教子／勸子孝親／勸兄愛弟／勸弟敬兄〉（頁 30-31）、〈訓誥五條・父子主恩／君臣主敬／兄弟宜和／夫婦有別／朋友有信〉（頁 34-36）等詩文。

第四節　說唱類勸世文和鸞書的關係

說唱藝人以及說唱類的勸世文和鸞堂、鸞書是否有關。根據筆者田野訪問結果：客家說唱藝人「阿浪旦」（1899-1965，本名吳乾應，偏名吳錦浪）本身就是書房老師，家住新竹縣橫山鄉，家中亦設有鸞堂。蘇萬松（1899-1961）是苗栗三湖村蘇屋人，父親

為武秀才蘇發喜。三湖村就在西湖鄉內，和西湖的修省堂、西湖的重華堂、西湖樂善堂龍德宮、銅鑼勸善堂有地緣關係。其它說唱藝人邱阿專（1912-1988）、羅石金（約1927- ？）、賴碧霞（1932-）、范洋良（1913-1988）、楊玉蘭（1920-1998）、黃連添（1917-1990）、洪添福（1920-）、徐木珍（1944-）、邱玉春（1949-）、許秀榮都是新竹縣人；梁阿才（ ？ -約 1960 年代）、林春榮（1930-）是苗栗縣人。[44]說唱藝人出生和賣藝的地方和鸞堂鼎盛的桃、竹、苗三縣都有深厚的地緣關係，他們的思想多少也受鸞堂、鸞書的影響。

　　竹林書店於一九五六年曾出版〈勸世修行歌〉、〈立道真修〉、〈孝奉雙親〉、〈兄弟團圓〉、〈五字真修〉、〈五道真修〉。竹林書局以出版民謠、戲曲歌本為主，以娛樂為主要目的，不過這幾首歌詞和一般的民謠說唱類的風格差很大，也明顯地受到鸞書影響，更具宗教色彩。〈五字真修〉說：

> 民安國太平，題字解人心。從正邪莫作，必定無誤身。
> 事業認真做，暗路莫去尋。真本為根底，不可交歪人。……
> 言語聽不識，詩書點點金。妻言迷魂藥，父言人參精。
> 鄉鄰愛和順，兄弟要同心。妻兒有商量，家和萬事興。[45]……

又〈五字真修〉說：

> 天地生帶我，多生消不得。父母養育我，終生報不得：
> 人人想百歲，這個定不得。個個要富貴，勉強求不得。……
> 六片木棺材，人人少不得。家財千萬貫，臨行帶不得。
> 空手見閻王，有口說不得。思量家中事，要回回不得。……
> 靈前好燒香，果品食不得。從前不肯修，事到說不得。
> 經典積高山，無緣看不得。黃泉獨自行，子孫伴不得。[46]……

　　這首歌詞提到閻王、因果修行等，每句的最後皆以「不得」（不可以）作結，和一

---

44 有關臺灣客語說唱藝人生平，可參閱楊寶蓮《臺灣客語說唱》第二章〈臺灣客語說唱簡史〉（新竹縣：新竹縣文化局，2006 年），頁 69-108。

45 竹林書局：《勸世修行歌全三本》〈中本〉（新竹市：竹林書局，1956 年），頁 3，收入傅斯年圖書館善本室。

46 竹林書局：《勸世修行歌全三本》〈下本〉（新竹市：竹林書局，1956 年），頁 1-2，收入傅斯年圖書館善本室。

般的勸世文的形式、內容，真的很不一樣。

新竹縣竹東鎮人許秀榮，曾於一九七〇年八月替新竹市的竹林書店編輯了一本名為《廣東語醒世修行至寶章》，包括一、勸化賭博良言至寶；二、醒世文；三、文化醒世修行歌；四、善化貪花良言；五、因果真修；六、論勸世修行歌；七、醒世修行歌；八、嘆人生醒世修行歌；九、銀票良言歌；十、現代科學文明醒世修行歌。其內容很明顯地有許多脫胎自鸞書。

鸞書和說唱類勸世文有互相滲透之處另一明證，如《現報新新》下〈勸子孝親〉：

> 且把善中道理研，方知百善孝為先。……
> 化嚚格頑推舜德，承歡養志表參賢。
> 至誠哭竹冬生筍，誰感臥冰鯉躍淵？
> 及時奉養時難得，愛日真誠日恐遷。
> 一旦無常悲永訣，千秋報憾恨長綿！（頁 30）

其中就用了二十四孝孟宗哭竹和王祥臥冰求鯉的故事。而〈劉不仁不孝回心歌〉也說：「奉勸人人行孝道須要學個古賢人：學得孟宗哭竹冬生筍；王祥求鯉雪上眠；又學丁蘭刻木為父母；姜安送米奉娘親；再學楊香來打虎，捨命救父親；學得二十四孝者，郭巨埋兒天賜金。」兩者有異曲同工之妙。

第五節　小結

臺灣客家鸞書是臺灣客家勸世文的大宗，和民謠說唱類的客語勸世文不分軒輊。

鸞書是鸞堂的漢文先生在鸞堂扶乩時的作品，除了在鸞堂對信徒宣講之外，也往往拿來當作私塾的教材。它是出自漢文先生、仕紳之手，並且用傳統漢文寫作，故詩文較典雅、深奧，介於半俗半雅之間，類似竹枝詞。其文體大多是韻散夾雜，韻文部份則包括了詩、偈、歌、賦、辭、曲和古風等。其內容主要包含勸孝類和勸世勸善類，和民謠說唱類的客語勸世文有互通之處，尤其是著名的客語說唱藝人和鸞堂所在地多有地緣關係，或本身曾參與鸞堂活動，故兩者並非涇渭分明，而是有相當程度地互相影響。

日治時期及光復初期的鸞堂主要分佈在桃、竹、苗，較重要的鸞堂及其鸞書有：

一　明復堂・彭殿華：《現報新新》（1899 年 5 月）。

二　芎林飛鳳山代勸堂・楊福來、溫德貴：《慈心醒世新篇》（1899 年 11 月）。

三　九芎林文林閣復善堂：《化民新新》〈仁部〉（1902 年春）。

四　竹南一堡獅山勸化堂：《宣音普濟》（1912 年仲夏）。

五　獅山勸化堂：《警世玉律金篇》（1968 年 8 月重刊）。

六　南庄員林崇聖宮：《正字譜》（1974 年梅月）。

七　沙坪信善堂：《春秋遺恨》，收入《沙坪飛龍洞雜記》（2002 年，苗栗縣文化局出版）。

八　修省堂編纂、陳運棟整理：《洗甲心波》（2005 年 12 月苗栗縣文化局出版）。

　　這些鸞堂是儒家宗教化、世俗化的宗教活動場所，一般人把這種宗教稱為「儒宗神教」。當時的活動除了宣講之外，還藉著鸞堂教學者漢文以及教導民眾戒烟。彭殿華、楊福來可說是最大的功臣，他們除了帶動全省鸞堂設立風氣之外，而且在禁烟成效中交出漂亮的成績單。

第四章
客家勸世文──說唱方面

第一節　客家勸世文的手抄本

　　說唱方面的勸世文是藝人表演時的腳本，內容很多，有手抄本、刊本；也有唱片。茲舉較重要者概述之。

一　徐阿任手抄本

　　筆者曾拜訪四〇年代的三腳藝人徐兆禎（1936-），他目前住在新竹縣橫山鄉，其父親為徐阿任（1893-1944），父子兩人早期以打八音、採茶為生。其家傳如圖十一：

圖十：筆者訪問徐兆禎（中）

圖十一：徐兆禎表演藝術傳承表

圖十二：採茶藝人阿浪旦
（本名吳乾應、吳錦浪）

　　徐阿任和黃阿朋、阿秋旦為同門師兄弟，早期是拜師阿文丑（1858-1921）和阿容旦，後期拜陳石華為師。所謂阿文丑就是鄭榮興、范揚坤等學者公認臺灣三腳戲[1]的祖師爺。徐兆禎因為父親早逝，主要是哥哥徐兆華學採茶，後期又請阿浪旦（1899-1965）和葉步雪來教。一直到民國四十一年元月還出來演出。

　　這本徐家家傳手抄本大約抄錄於一九一〇年左右，由徐阿任抄錄阿文丑、阿容旦、陳石華演出的內容，包括三腳戲、亂彈、八音、山歌、勸世文等四本。是筆者所見最早的客家手抄本，其中勸世文的曲目如下 ：

　　（一）〈十勸郎歌〉，頁 87-89。

　　（二）〈十勸姐歌〉，頁 89-92。

　　（三）〈想無妻歌〉，頁 96-97。

　　（四）〈一想招親歌〉，頁 107-110。

　　（五）〈十勸朋友〉，頁 120-121。

　　（六）〈十想勸小姐〉，頁 121-123。

　　（七）〈說恩情〉，頁 123-125。

　　（八）〈十想無妻〉，頁 125-127。

　　（九）〈十勸倕（吾）郎〉，頁 127-129。

　　（十）〈十送割禾〉，頁 136-138。

　　（十一）〈十想渡子〉，頁 151-153。

　　（十二）〈十想家貧〉，頁 153-154。

　　（十三）〈阿片煙歌〉，頁 157-162。

　　（十四）〈夫妻不好〉，頁 162-165。

　　（十五）〈十勸世間人〉，頁 165-168。

　　（十六）〈拾貳月長年歌〉，頁 168-170。

1　客家三腳採茶戲是發源於明末清初贛南的歌舞小戲，清光緒已在臺灣出現，主要由一丑二旦搬演張三郎賣茶的故事。故事主要包括十個小戲群，曾永義把它稱為「串戲十齣」：前七齣為《上山採茶》、《勸郎賣茶》、《送郎挷傘尾》、《糶酒》、《勸郎怪姐》、《茶郎回家》、《盤茶盤堵》，後三齣為《問卜》、《桃花過渡》、《送金釵》。有關客家三腳採茶戲可參考徐進堯：《客家三腳採茶戲的研究》（臺北市：育英出版社，1984 年）、陳雨璋：《臺灣客家三腳戲──賣茶郎之研究》（臺北市：師大音樂研究所碩士論文，1985 年）、徐進堯、謝一如：《臺灣客家三腳採茶戲與客家採茶大戲》（新竹縣：新竹縣文化局，2002 年）、鄭榮興：《臺灣客家三腳採茶戲研究》（苗栗縣：慶美園文教基金會，2001 年）、鄭榮興：《三腳採茶唱客音・傳統客家三腳採茶串戲十齣》（宜蘭縣：國立傳統藝術中心，2007 年）。

（十七）〈上大人勸世歌〉，頁 173。

（十八）〈積德勸世歌〉，頁 174-175。

（十九）〈夫妻相好〉，頁 175-178。

（二十）〈囑郎勸世〉，頁 178-180。

（二十一）〈劉不仁不孝回心〉，頁 182-188。

（二十二）〈安慰寡婦〉，頁 188-190。

（二十三）〈百般難〉，頁 190-193。

（二十四）〈字（士）農工商〉，頁 193。

（二十五）〈招親〉，頁 194-199。

（二十六）〈麼（無）錢〉，頁 199-201。

（二十七）〈勸世間〉，頁 201-202。

　　這些資料是和客家三腳採茶戲戲文以及客家歌謠、亂彈戲劇本抄錄在同一本。

　　根據鄭榮興《臺灣客家三腳採茶戲研究》[2]、陳運棟〈由客家九腔十八調談到何阿文〉[3]指出何阿文（1858-1921）是將中國贛南客家三腳採茶戲傳到臺灣的第一人，何阿文有梁阿才[4]、何火生、阿浪旦[5]、阿才丑、卓清雲五個重要弟子。不過根據筆者田調：徐阿任也是何阿文重要入門弟子。徐阿任和他的兒子徐兆華、徐兆禎平日除了務農之外，一直兼演客家三腳採茶戲、打八音[6]、唱亂彈。徐兆禎在五〇年代還和沈家魁、溫

2　有關何阿文資料可參考鄭榮興：《臺灣客家三腳採茶戲研究》〈三腳採茶戲藝人之師承〉，頁 51-56。

3　陳運棟：〈由客家九腔十八調談到何阿文〉，收入《海峽兩岸客家文學論》（香港：中國評論學術出版社，2006 年），頁 331-333。

4　楊寶蓮《臺灣客語說唱》中對於藝人林劉苟、蘇萬松、邱阿專、羅石金、賴碧霞、阿浪旦、梁阿才、劉蕭雙傳、范洋良、楊玉蘭、黃連添、林春榮、羅蘭英、徐木珍、邱玉春有詳細介紹。

5　阿浪旦本名吳乾應，又名吳錦浪，新竹縣橫山鄉人，是個家喻戶曉的乾旦。有關他的資料可參考楊寶蓮《臺灣客語說唱》，頁 97-100；楊寶蓮：〈客家民間藝人阿浪旦之研究〉，收入《二〇〇六國立臺東大學語文教育學術研討會論文集》（臺東市：國立臺東大學語文教育系，2006 年 4 月），頁 102-120。

6　所謂「八音」是指由金、石、絲、竹、匏、土、革、木等八種材質製成的樂器合奏的音樂。客家人由中原逐次遷移至各地，吸收各地民間音樂，再加上原有的風格，逐漸演變成一種特殊曲調，即稱之為「客家八音」。其主要功能是宴饗、迎賓與祭祀，演奏型態則分為「吹場」與「弦索」兩種。市面上有關客家八音的論文及有聲資料很多，如鄭榮興：《苗栗地區客家八音音樂發展史》（苗栗縣：苗栗縣立文化中心，2002 年）、鄭榮興：《台灣客家音樂》（臺中市：晨星出版有限公司，2004 年）、鄭榮興：《鄭榮興音樂專輯》一～八（苗栗縣：慶美園文教基金會）。

永達、莊進來等在桃、竹、苗等地演出。[7]

　　根據徐兆禎、黃鳳珍、黃瑞鈺[8]的說法，在五〇年代在客家農村還很流行上演客家三腳採茶戲，當時流行一句俗諺「採茶入莊，田地放荒」，即可證明客家三腳採茶戲受客家先民歡迎的程度。當時碰到喜事或神明生日，除了會請亂彈子弟班[9]、八音班外，也會請三腳採茶戲班，因為民眾對這兩種曲藝喜見樂聞，往往通宵達旦演出，為了補白演出的時間，亦即相當於墊檔，或為了展示藝人的特殊才藝，所以常常會穿插唱些小曲、山歌或勸世歌謠。

　　曾師永義在〈論說折子戲〉[10]文中曾說：

一　折子戲之產生一般人都以為是因為傳奇過於冗長難演，所以才會摘取其中精華演出。個人以為這或許是促成折子戲產生最重要的背景和最直接的因素，但是若考諸中國藝術文化的傳統，則「以樂侑酒」的習俗和明代家樂的興盛也都有密切的關係。

二　古人飲酒的觀念和現代人不太一樣：營養滋補、合歡聯誼、贊成禮儀，是古人生活中酒的三種基本作用。《儀禮》中，〈鄉飲〉、〈鄉射〉、〈大射〉、〈燕禮〉四篇，都有工歌、笙歌、間歌、合樂、無算樂等節目。《周禮》用以祭享天神、地示、田望、山川、先妣、先祖的所謂「六樂」皆「文之以五聲，播之以八音」，也是合歌舞樂在祭神

7　楊寶蓮在二〇〇五年七月十一日、八月十二日、八月十七日曾多次訪問徐兆禎（1936-），他說：我的爸爸叫徐阿任（徐聰任，乾旦，約 1894-1945）。陳石華、黃阿朋和「阿秋旦」四人向「阿文丑」（何阿文）、「阿容旦」學子弟班，後來又學「打採茶」。他們大約演了五六年，沒演之後，何阿文的徒弟「阿浪旦」（乾旦）、葉步雪（丑）和林增金（文武場）、林增財（文武場）等才接著做。「阿浪旦」等的「打採茶」非常出名，曲目有【扛茶】、《姜安送米》等，往往是「海棠打忒天大光」（採茶演完已是天亮，演戲看戲者皆欲罷不能），日本人認為「打採茶」影響人民正常作息，以及有礙善良風俗，所以禁「打採茶」。「阿浪旦」等只好改演「改良戲」，「阿浪旦」真正出名是在演「改良戲」時期。
　　當年生活不易，「打採茶」兼賣藥是不錯的職業。所以，當「阿浪旦」等不演之後，我們村子又請葉步雪來教村子十多人「打採茶」。真正學成的只有我（丑）、溫永達（乾旦）、徐兆華（我的堂兄，文武場，未過逝的話今年約 89 歲）。我大約在民國四十年學唱三腳戲，四十二年就上場表演，大部分由大哥、二哥文武場伴奏，大約演了五年。當兵回來後到姊夫的林場工作，就不再演撮把戲了。當年演的戲文有：《上山採茶》、《送郎》、《挷傘尾》、〈打海棠〉、《桃花過渡》、《盤茶盤堵》、《十送金釵》、《糶酒》、《十八摸》等。

8　黃鳳珍、黃瑞鈺目前為苗栗榮興採茶劇團資深藝人。黃鳳珍尤擅演唱娘親渡子歌。

9　「亂彈」又稱「花部」或「花部亂彈」。所謂「亂彈子弟班」就是業餘的亂彈班票友。清朝中葉，清朝統治者及某些文人推崇崑曲，將它稱為「雅部」；歧視與排斥崑曲以外的各種地方戲曲，稱為「花部」，寓有貶意。在清朝中葉起的二百多年間，亂彈曾是臺灣非常盛行的劇種，俗諺「食肉食三層，看戲看亂彈。」可見亂彈在臺灣戲曲史上的重要性，客家採茶大戲受它的影響尤深。

10　曾永義於二〇〇七年九月在臺灣大學「明清戲曲專題」課程之講義，未正式出版。

獻酒儀式中進行的。

三 漢武帝曾在酒宴中演角觝戲以誇示外國使臣；唐代武則天於宮廷家宴時，令王孫滿演戲歌舞以侑酒。其他不論是宋、遼、金乃至偽齊，同樣「以樂侑酒」。元明兩代「以樂侑酒」的禮俗仍然賡續不絕。而這種禮俗入清乃至民國以迄今日雖盛況不如前，但依然存在許多場合。

這篇文章中詳實地論證了中國自古以來「以樂侑酒」的禮俗。臺灣客家人大多是從中原南遷至閩、粵再播遷來臺的漢人，這種「以樂侑酒」禮俗至今仍保留得相當完整。故客家勸世文在臺的盛行，有很大的成分和此習俗有關。換句話說，唱「勸世文」不見得是正經八百說教的，有時它也可以和客家三腳採茶戲、客家八音、客家民謠一樣，純粹是娛樂大眾的。

二 呂阿親手抄本

呂阿親（1909- ？），生平不詳。從他的筆記本得知他是新竹州新竹郡新竹街人。他於大正十年（1921）四月一日新竹第一公學校埔頂分教場入學，昭和二年（1927）三月三十一日畢業。此筆記中有關勸世文內容有：

（一）〈未足詩〉，頁2。

（二）〈戒賭詩〉，頁7。

（三）〈寡慾精神爽〉，頁17。

（四）〈讀書無罷亦無休〉，頁18-19。

（五）〈蒼蠅致蚊子及臭蟲書〉，頁20-21。

（六）〈勉學詩〉，頁22。

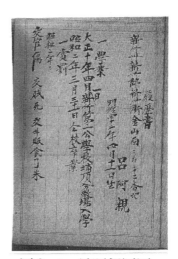

圖十三：呂阿親履歷

以下是〈不足詩〉的其中一段：

> 梁武為君欲學仙，石崇巨富苦無錢；
>
> 嫦娥對鏡嫌顏醜，彭祖焚香祝壽年。
>
> 若得世人心願足，山作黃金海作田；
>
> 勸君不必多愁慮，一日清閒一日仙。（頁2）

又〈戒賭詩〉：

幾人百藝可隨身，賭博門中莫去親；

能使英雄為下賤，管教富貴作飢貧。

衣衫襤褸親朋笑，田地消磨骨肉嗔；

不信但看鄉黨內，眼前衰敗幾多人？（頁7）

由以上資料，透露一個訊息：從前的學堂有拿勸世文當作學生教材的情形。勸世文不僅可用來說唱，也可以用來朗讀或傳閱。

三 廖清泉手抄本

據徐建芳所述，廖清泉乃是其外公，湖口人。此手抄本於大正十四年（1925）所抄錄，內收羅狀元洪先祖師醒世詩二十首。茲摘錄兩首以見一般：

其一

富貴從來未許求，幾人騎鶴上揚州；

與其十事九如夢，不若三年兩滿休。

能自得時還自樂，到無心處便無憂；

於今看破循環理，笑倚欄杆暗點頭。（頁1）

其八

圖十四：廖清泉手抄本封面

有有無無且耐煩，勞勞碌碌幾時閒；

人心曲曲彎彎水，世事重重疊疊山。

古古今今多改變，貧貧富富有循環；

將將就就隨時過，苦苦甜甜命一般。（頁6）

羅狀元名洪先，字達夫，族譜稱彥明公。他生於明代嘉靖年間（一說嘉靖八年中狀元），江西省吉水縣人。出家後法號念庵。二十多歲時，考到頭名進士。為人公正，人格高尚，辦理事務，忠直殷勤。仕官以後受了陽明學的影響。尤其「良知說」感化了他的言行。王陽明認為「心即理，良知是本體」。儒的物欲，佛的無明，同是煩惱、邪見妄執。因愚而有物欲，因物欲而生苦惱。狀元認定物欲就是道法的罪惡根源。從此以後

改變了他的人生觀，無欲為本，把富貴當作浮雲。[11]

傅斯年圖書館善本書庫 AL8-044，收錄題名為羅狀元念菴洪先祖師作醒世詩二十二首，比此手抄本多出兩首。

四　何阿信手抄本

何阿信（1913-2008）年輕時住新竹州桃園郡八塊庄字霄裡三九四番地。根據何石松、吳餘鎬等說法：他一生務農為主，平日酷愛山歌、採茶。這是他在昭和八年（1933）所抄錄的勸世文手抄本[12]：

（一）〈十勸妹子〉，頁 12-14。

（二）〈十想交情〉，頁 22-23。

（三）〈奉勸世文〉，頁 43-46。

（四）〈十勸世間人〉，頁 46-47。

（五）〈十勸行孝勸世文〉，頁 47-49。

（六）〈曹安行孝〉，頁 49-56。

（七）〈十勸小姐〉，頁 56-57。

（八）〈十三想瞌目歌〉，頁 58-59。

（九）〈拾想渡子歌〉，頁 62-63。

（十）〈十想家貧〉，頁 63-66。

（十一）〈勸世文〉，頁 68-74。

（十二）〈十想無夫〉，頁 74。

---

11 佚名：〈羅狀元醒世詩話〉（http://szjt.org），2008 年 7 月 3 日。傅斯年圖書館善本書庫 AL8-044，收錄題名為羅狀元念菴洪先祖師作醒世詩二十二首勸世。另，臺北之釋玄妙曾選印：《羅狀元詩、白樂天詩、先正格言合訂本》，作為念佛會唸誦課本。有關羅洪先的相關書籍還有《羅狀元修道真言》、《羅狀元詞》。

12 感謝何石松、吳餘鎬、羅香妹提供。何、吳兩位目前為臺北市立大學兼任教授，皆為桃園縣中壢客家人，對客家俗文學研究頗有心得。他們也是何老先生的忘年之交，吳餘鎬和何老之子是同學。

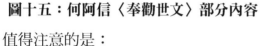

圖十五：何阿信〈奉勸世文〉部分內容　　圖十六：何阿信〈曹安行孝〉部分內容

值得注意的是：

一　這本手抄本內容除了有許多勸世文，如〈曹安行孝〉、〈十三想暝目歌〉、〈十勸妹子〉、〈十勸行孝勸世文〉……外，亦混雜了一大批的一、山歌：如〈雜語山歌〉、〈日落山歌〉、〈新情歌〉、〈摘茶歌〉、〈斷情歌〉；二、小調：如〈宋朝歌〉（按：〈十二月古人歌〉）、〈十繡香包歌〉、〈柳娘歌〉（按：又名〈看娘歌〉）；三、客家三腳採茶戲：如〈十二月分群歌〉（按：即客家三腳採茶戲第一齣《上山採茶》其中之一種唱腔、唱詞〈十二月採茶〉）、《桃花過渡》。

二　徐阿任和何阿信兩人的手抄本內容、風格很類似。兩本手抄本內容完全一樣的就有〈十勸世間人〉、〈十想小姐〉、〈十想家貧〉、〈十想渡子〉。兩者以數字「十」作題名聯章的勸世文特別多。為何有此現象，留待第六章〈臺灣客語勸世文的體製和規律〉再討論。

臺灣日治時期（1895-1945）的藝人大部分是全方位的，不但會唱山歌、採茶、亂彈、勸世文，往往也會自己敲鑼、打鼓或拉弦、打八音。山歌、採茶、亂彈、勸世文也是臺灣早期客家的重要曲藝及休閒活動。徐阿任和何阿信兩人的手抄本，也可以說是臺灣客家說唱內容的重要源頭之一，後期嘉義的和源活版所勸世文刊本、新竹竹林書局勸世文歌詞、謝樹新《客家歌謠研究》等，以及黃連添、賴碧霞、邱玉春等人演唱的勸世文，其內容幾乎都不脫此範疇。

五　陳子良手抄本

此分資料是新竹竹東黃榮洛先生提供。陳子良生平不詳，此手抄本於昭和七年

（1933 年）抄錄完成。其內容有：

（一）〈勸世文〉（七言），頁 1-19。

（二）〈相國李九我家訓〉（七言），頁 20-21。

（三）〈勸世文〉（七言轉五言），頁 21-26。

（四）〈前賢指上大人之訓文〉（七言），頁 27-31。

（五）〈李九我勸世文〉（四言），頁 32。

此手抄本特殊的地方是「相國李九我」這個

人。李九我是明朝萬曆朝的宰相，泉州府晉江縣

人。[13]可見此勸世文內容傳自大陸泉州。茲摘錄〈相國李九我家訓〉部分內容：

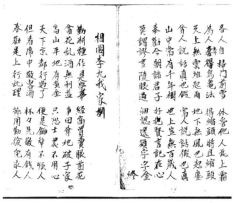

圖十七：陳子良勸世文手稿

> 勤耕種作是榮華，經商買賣眼前花；
>
> 貪花亂酒無利益，爭田奪地破子（自）家。
>
> 高山平地有黃金，只恐士農不用心；
>
> 天下京都行遍了，便是鋤犁不誤人。
>
> 但看席中敬客酒，杯杯先敬有錢人；
>
> 奉勸是（世）上行此理，節用勤儉免求人。（頁 20）

此段文中，主要是強調耕作的重要，做生意是不可靠的。為人要戒酒、戒色，節儉才是根本之道。另外，〈李九我勸世文〉，不但是「四言」，讀來鏗鏘有力，內容和一般勸世文亦不大相同：

> 不孝父母，敬神無益。生不奉養，死祭無益。
>
> 兄弟不和，交友無益。慢褻文字，讀書無益。
>
> 立心不端，風水無益。不恤元氣，服藥無益。
>
> 妄取人財，施佈無益。宰殺牛犬，設醮無益。
>
> 姦淫凶惡，食齋無益。子孫不琢，積業無益。
>
> 好賭食著，勤儉無益。祖屋損壞，造廟無益。
>
> 五谷（穀）不惜，耕種無益。不念祖宗，生子無益。（頁 32）

此篇勸世文，不但強調要孝順父母，友愛兄弟，戒財、氣、酒、色。更提出為人應

---

13 海陵廉政網：〈李九我建相府〉（http://jw.tzhl.gov）2008 年 7 月 1 日。

敬惜字紙，善保個人真氣。同時可知，「家訓」也是勸世文文本的來源之一。

第二節　客家勸世文的刊本

一　臺北黃塗活版所出版的勸世文

　　臺北黃塗活版所出版的勸世文〈最新勸善文歌〉是目前所見最早的鉛印勸世文。下列是部分內容：

（一）孔子文章第壹先　　世間難有幾人賢　　有人識得賢言語

（二）勝似桃源洞裏仙　　勸君休要爭閒氣　　會打官司也要錢

（三）我在他家有遠親　　別人把我不為人　　在家說道江湖好

（四）出路方知做客難　　行盡千山及萬山　　百般道路百般難

（五）不如歸家耕種好　　半年辛苦半年閒　　人生在世幾千年

（六）人生人死在眼前　　隨高隨低隨時過　　或長或短莫埋怨

（七）自有自無休嘆息　　家貧家富總由天　　賢子賢孫來相敬

（八）賢兄賢弟不分居　　賢子賢女敬父母　　賢叔賢姪勝攻書

（九）家貧家富不相欺　　莫笑貧人穿破衣　　[14]……

二　嘉義和源活版所出版的勸世文

　　嘉義和源活版所一九三四年曾出版〈夫妻不好〉、〈十勸世間人〉、〈上大人勸世〉、〈積德勸世〉、〈解勸後生〉、〈最新二十四孝姜安送米全集〉、〈囑郎勸世〉、〈安慰寡婦之歌〉、〈十想家貧〉、〈十想渡子〉、〈為人婦女〉、〈士農工商〉；一九三五年出版有〈最新地震勸世歌〉、〈地震歌第二篇〉、〈中部地震歌〉、〈劉不仁不孝回心歌〉，這些都是鉛印本，作者是屏東的徐天有。一九三五年曾出版〈新編十八嬌連歌〉、〈百般難〉、〈解勸後生歌〉，作者皆為苗栗縣銅鑼鄉的謝阿蘭。

　　嘉義和源活版所出版的勸世文的內容和《徐阿任手抄本》、《何阿信手抄本》的內容非常相似。

---

14 引自王順隆「客家俗曲資料庫」（http://www3二、ocn.ne.jp/~sunliong/hakka.htm）

三　《中原苗友雜誌》中的勸世文

　　根據張強《鄉土人物》第一集的記載：謝樹新（約 1923-）是廣東梅縣黃塘人，他落腳苗栗創辦《中原苗友雜誌》，撰寫客家史事三十餘載，為客家人整理保存了許多不朽史料。《中原苗友雜誌》是當時唯一宣揚客家文化的刊物，曾有許多客家碩彥在此發表專文，包括史學家羅香林教授，中央研究院院士陳槃等人。[15]

　　謝樹新自一九六二年六月開始創辦雜誌直到一九八二年，後來他把雜誌編成《客家歌謠研究》一至七集。這套叢書中有專文論述，也有客家三腳採茶戲戲文、笑科劇劇本、客家山歌詞，更有豐富的勸世文文本，是研究臺灣客家勸世文不可忽視的上好素材。茲將一至七集中，有關勸世文的題名，羅列於後：

第一集　一六五年二月發行

甲　客家山歌瑣談

（一）〈歸勸歌・賭博類〉，頁 47。

（二）〈花酒〉，頁 47。

乙　客家民謠目錄

（一）〈客家歷史歌〉（黃基正編作），頁 2-3。

（二）〈反共民謠・流亡歌〉（徐棠蘭編作），頁 18-19。

（三）〈為人小子愛賢良〉，頁 26。

（四）〈為人婦女愛賢良〉（楊柳編作），頁 27。

（五）〈讀書郎〉，頁 28。

（六）〈歡送僑胞歌〉，頁 29。

（七）〈十勸妹〉，頁 31。

（八）〈農村長工嘆苦歌〉（林德鳳編作），頁 31-32。

（九）〈出征前勸妻歌〉，頁 32。

（十）〈十勸夫出征歌〉（徐棠蘭編作），頁 32-33。

（十一）〈慰問前方將士歌〉（徐棠蘭編作），頁 33。

---

15 張強：〈山城有一老，客家文化永留寶──大至史事小及山歌，謝樹新卅餘載成就不朽〉，收入《苗栗縣文學家作品選集》06〈鄉土人物〉第一集（苗栗縣：苗栗縣立文化中心，1993 年），頁 12-16。

（十二）〈十嘆亡魂〉，頁 34。

第二集　一九六七年十二月發行

乙　客家歌謠目錄

（一）〈十勸郎〉，頁 5-6。

（二）〈十送郎從軍〉（韓江編作），頁 6。

（三）〈十勸哥〉（農家女編作），頁 6-7。

（四）〈十望哥〉（農女編作），頁 7。

（五）〈十送夫出征歌〉，頁 8。

（六）〈反攻大陸歌〉，頁 8。

（七）〈反共民謠〉，頁 9。

（八）〈十勸朋友〉，頁 12。

（九）〈救國民謠〉（韓江編作），頁 23。

（十）〈無妻歌〉（秀山客編作），頁 29。

（十一）〈五勸郎〉，頁 32。

（十二）〈月兒彎彎〉（葉中光編作），頁 34。

（十二）〈佛曲・拜血盆〉，頁 55-56。

第三集　一九六九年五月發行

（一）〈十囑司機〉，頁 25。

（二）〈養女嘆〉，頁 32。

（三）〈告全國各界同胞歌〉（徐植邊作、五句板），頁 37。

（四）〈十娶妻〉，頁 38。

（五）〈十嫁夫〉，頁 38。

（六）〈招親歌〉（秀山客編作），頁 39。

（七）〈十月懷胎〉（秀山客編作），頁 39。

（八）〈植樹歌〉，頁 41。

第四集　一九七一年三月發行

客家山歌目錄

（一）〈讀書好〉，頁 1。

（二）〈勸郎歌〉，頁 2。

（三）〈四維八德歌〉（葉中光編作），頁 7。

（四）〈古歌〉（內容為勸孝文，秀山客編作），頁 11。

（五）〈農家樂〉（葉中光編作），頁 13-14。

（六）〈從軍樂〉（葉中光編作），頁 14-15。

（七）〈打鐵歌〉（葉中光編作），頁 16。

（八）〈十囑妹〉（梁詩編作），頁 22-23。

（九）〈春節樂〉（葉中光編作），頁 23。

第五集　一九七三年五月發行

（一）〈總統萬歲〉，頁 1。

（二）〈食衣住行歌〉（葉中光編作。內容包括引子、民以食為天、衣冠壯容顏、居住
　　　求舒適、行路靠安全），頁 18-19。

（三）〈國民生活須知歌〉（梁詩編作，仿【孟姜女】調），頁 19-20。

（四）〈求偶歌〉（匹夫編作）頁 23-24。

（五）〈戒賭歌〉（匹夫編作）頁 24-25。

（六）〈育樂之歌〉（葉中光編作。內容包括生育、養育、教育、體育、智育、群育、
　　　德育），頁 25-26。

（七）〈送郎出征歌〉，頁 27-29。

（八）〈十勸倕哥愛知機〉（梁詩編作），頁 29。

（九）〈工人樂〉（葉中光編作），頁 31-32。

（十）〈春節之歌〉（農家女編作），頁 32-33。

　　　另《客家歌謠新譜》

（一）〈慰問前方將士歌〉（徐棠蘭詞、劉晏良配譜）頁 15。

（二）〈醒世歌〉（一—六）（劉晏良作曲），頁 19-25。

第六集　一九七六年九月發行

（一）〈勵志謠〉（文山輯），頁 16。

（二）〈十想渡子歌〉，頁 17-18。

（三）〈麼（無）錢歌〉，頁 21-22。

（四）〈山歌九勸郎〉（文山輯），頁 24-25。

（五）〈集諺勸世謠〉（前人輯），頁 27。

（六）〈十二月招親歌〉（前人輯），頁 37-38。

（七）〈十嘆招親歌〉（前人輯），頁 37-38。

（八）〈招親歌〉（前人輯），頁 39-40。

（九）〈奉勸世間人歌〉（前人輯），頁 40-41。

　　　另《客家歌謠新譜》

（一）〈勸世文〉（【蘇萬松調】、劉汝焰編曲），頁 5-8。

（二）〈讀書郎〉（陳龍水曲），頁 10。

（三）〈出征歌〉（黃公度詞、陳毅弘曲），頁 11。

（四）〈漢家驕子客家人〉（李漢昌詞、陳毅弘曲）頁 14-16。

第七集　一九八二年十二月發行

（一）〈百孝歌〉（文山編著），頁 104-106。

（二）〈十二歸空〉，頁 13-14。

　　　客家歌謠新譜

（一）〈勸世謠〉，頁 24。

（二）〈勵志謠〉，頁 27。

（三）〈奉勸世間人歌〉，頁 32。

（四）〈麼（無）錢歌〉，頁 42。

　　由以上，可以得到一些訊息：

　一　勸世文一般都是口耳相傳，民眾集體創作的。但是到了六○、七○年代開始，有許多有心人士的開始編作，如徐棠蘭編作〈反共民謠：流亡歌〉、〈十勸夫出征歌〉；農家女編作了〈十勸哥〉、〈十望哥〉、〈春節之歌〉；葉中光編作〈農家樂〉、〈從軍樂〉、〈打鐵歌〉、〈食衣住行歌〉、〈工人樂〉等。更有專人作曲，如劉晏良作曲的〈慰問前方將士歌〉、〈醒世歌〉；陳毅弘編曲的〈出征歌〉、〈漢家驕子客家人〉等。

　二　有心人士對前人留下的勸世文開始重視，開始做輯佚的工作，尤其是第七集最多。如署名「前人」輯的〈集諺勸世謠〉、〈十二月招親歌〉、〈十嘆招親歌〉、〈招親歌〉、〈奉勸世間人歌〉；文山輯的〈勵志謠〉、〈山歌九勸郎〉等。

綜觀此七集，筆者認為其內容有一大部分是源自臺灣早期藝人的手抄本或唱本，雖然說農家女編作了〈十勸哥〉、〈十望哥〉；秀山客編作〈招親歌〉、〈十月懷胎〉，但查其內容跟前人的勸世文可說是大同小異。倒是反映反共抗俄時代的勸世文，如葉中光編作〈農家樂〉、〈從軍樂〉、〈打鐵歌〉、〈食衣住行歌〉、〈工人樂〉；徐植邊編作的〈告全國各界同胞歌〉，徐棠蘭編作的〈慰問前方將士歌〉等，是自行創作的，可信度較高。

四 劉清琳：《勸世文》

第一本以「勸世文」命題的專書——《勸世文》是劉清琳著，新竹縣北埔鄉劉連勝一九六五年花月發行的。

五 竹林書局出版的勸世文

新竹市的竹林書局是六〇、七〇年代出版閩南、客家歌仔冊的重要書局之一。它曾出版〈夫妻相好歌〉、〈十想渡子歌〉、〈夫妻不好歌〉、〈十月懷胎歌〉、〈娘親渡子勸世文〉、〈勸人兄弟團員（按：圓）〉、〈勸人信義修身〉、〈十想單身〉、〈十勸姐〉、〈招親歌〉、〈勸世修行歌〉、〈孝奉雙親〉、〈五字真修〉、〈五道真修〉等。尤其一九七〇年八月，許秀榮編的《廣東語醒世修行至寶章》，內容尤為重要，其內容如下：

（一）〈勸化賭博良言至寶〉，頁 1。

（二）〈醒世文〉，頁 1。

（三）〈文化醒世修行歌〉，頁 2-3。

（四）〈善化貪化良言〉，頁 3-4。

（五）〈因果真修〉，頁 5-6。

（六）〈論勸世修行歌〉，頁 8-9。

（七）〈醒世修行歌〉，頁 9-10。

（八）〈嘆人生醒世修行歌〉，頁 10-11。

（九）〈銀票良言歌〉，頁 11-12。

（十）〈現代科學文明醒世修行歌〉，頁 12-13。

六　劉添財：《最新客家民謠集》（1996 年 6 月第 4 版）

　　劉添財（約 1916-）是新竹縣芎林鄉人，為前國立臺灣戲曲學院綜藝團團長梁月嫚的姑爺，據梁氏及劉的長媳陳美蘭（1964-）所述，劉添財本身很喜歡唱歌及旅遊，這本冊子的內容就是他口述，別人幫忙整理的。雖名為客家民謠集，事實上和一般的「七言四句」的客家民謠不太一樣，實乃不折不扣的勸世文集。其內容如下：

（一）〈奉勸青年郎歌〉，頁 1-5。

（二）〈勸世文〉，頁 6-8。

（三）〈水災歌〉，頁 9-12。

（四）〈褒忠亭勸化歌〉，頁 13-26。

（五）〈遊臺灣車站歌〉，頁 27-56。

（六）〈日月歌〉，頁 57-62。

（七）〈十大建設歌〉，頁 63-66。

（八）〈貪花歌〉，頁 84-88。

（九）〈日本統治歌〉，頁 89-102。

（十）〈奉勸男女在世間歌〉，頁 103-107。

（十一）〈奉勸歌〉，頁 108-119。

（十二）〈大腳比（臂）歌〉，頁 121。

（十三）〈食強力膠歌〉，頁 122-123。

（十四）〈二十四節氣歌〉，頁 124-128。

（十五）〈二二八事變歌〉，頁 139-142。

（十六）〈零生歌〉，頁 143-162。

（十七）〈勸化歌〉，頁 163-169。

（十八）〈中國進步歌〉，頁 170-172。

（十九）〈新大建設歌〉，頁 173-178。

七 方志中的勸世文

　　方志中會收錄勸世文是相當可貴的。《新埔鎮誌》中有一篇〈花燈勸世文〉[16]，它具有特色，不論內容形式，和一般的勸世文都不相同，茲摘錄全文於後：

> 酉年春季喜相逢，慶祝花燈最有功，聖駕恭迎添錦閣，花燈到處不相同。
>
> 原來花燈事，娛樂在其中，賞景多快樂，庄中好年冬。
>
> 燈光火樹銀花合，夜間真如白晝同，爭奇鬥巧千變化，不知勝負在西東。
>
> 看來花燈三大要，晴天無雨並刮風，又愛機會期日好，團結同心定成功。
>
> 花燈賽錦閣，大鼓準雷公，眾仙下來看，打開南天門。
>
> 看見臺灣花世界，自古花燈係車龍，傳來花燈新埔賣，旋轉機關閉英雄，迎出姜尚收妖怪，梨花收伏薛應隆（龍）。
>
> 迎獅又迎象，迎鳳又迎龍，迎出昭君和番去，五關斬將係關公。
>
> 賣油郎花魁占，遊蘇州乾隆君，九天玄女天香賜，樵仔問答對漁翁。
>
> 世真下天界，奇術喂（會）騰空，大聖戰鯉精，孩兒吊空中。
>
> 又有鐵拐仙姑弄，新樂綢旗艷艷動，火燒紅蓮寺，劉秀斬西宮，做出幽王弄褒姒，陳琳救主大英雄。
>
> 觀客人千萬，男女笑容容，遠來人不怨，看得係有功，火車並自動，各處有相通。
>
> 好景才人迎好客，花街妓女賽花容，名妓新曲高聲應，窈窕淑女出閨中。
>
> 八十婆婆，九十公公，看得花燈添福壽，迎來出出（齣齣）無相同。
>
> 來有青年歸臺北，講起愛人轉臺中，二人戀愛難分別，對答英語十分通。
>
> 情切切，意濃濃，攜手攀肩笑容容，男像牡丹樣，女係玉芙蓉。
>
> 天長地久結成雙，講倒（到）眉開眼又笑，恰似嫦娥跳入廣寒宮。
>
> 逍遙自在，快樂天宮，朋友轉宜蘭，姐妹轉高雄。
>
> 好景一時觀不盡，新聞記者列二通，全島人稱讚，名聲上廣東，迎來百福，掃去邪風，迎燈謝燈，有始有終。
>
> 各人歸家從事業，後有機會再相逢，奉勸大家為善事，看破紅塵一陣風。
>
> 天也空來地也空，人生渺渺在其中，榮華富貴容易過，修煉花燈學仙翁。

---

16 林柏燕主編：《新埔鎮誌》〈花燈勸世文〉（新竹縣：新埔鎮公所，1997 年），頁 731-732。內容為錦瑞香餅店提供。二〇〇七年十月十一日電訪林柏燕，表示此勸世文乃昭和年間所寫的，作者不詳。

文中首先描寫新埔鎮花燈的盛會，有各式的花燈，如姜子牙收妖怪，樊梨花收伏薛應龍，王昭君和番，關公過五關斬六將，李鐵拐戲弄仙姑，劉秀斬西宮等。繼而描寫各類的遊客，有妓女，有閨女，有老婆婆，有老公公等，人山人海，好不熱鬧。新埔雖是客家庄，講閩南話、英語也是行得通。最後以花燈盛會過後，各人應當回歸工作崗位，奉公守法，多做善事，不可迷戀聲色作總結。

全文以【-ung】一韻到底，而字數有三言，如「情切切，意濃濃」；有四言如「八十婆婆，九十公公」、「逍遙自在，快樂天宮」；有五言，如「原來花燈事，娛樂在其中，賞景多快樂，庄中好年冬」；有七言，如「天也空來地也空，人生渺渺在其中，榮華富貴容易過，修煉花燈學仙翁」。作者文字掌握得相當流暢，時而三言，時而七言，時而四言，時而五言。可見此篇勸世文應是出有相當漢文底子的文人之手。

另外，陳運棟《西湖鄉誌》收錄有彭華恩〈孝親歌〉、〈現代文明歌〉、〈勸世文〉、〈奉勸諸君色莫貪〉以及蘇萬松〈勸青年眾後生〉、〈勸人兄弟〉、〈勸人子嫂〉、〈勸話少年哥〉、〈道歎耕田苦〉、〈勸人後哀〉、〈勸人莫食鴉片煙〉。[17]

八　黃榮洛：《臺灣客家傳統山歌詞》

（一）〈渡臺悲歌〉，頁 11-22。

（二）〈臺灣番薯哥歌〉，頁 30-33。（原載：《大龍港雜誌》，第 11 期，1987 年 12 月 10 日）

（三）〈吳阿來歌〉，頁 35-37。（原載：《中原周刊》，1992 年 5 月 10 日）

（四）〈溫苟歌〉，頁 44-46。（原載：《中原周刊》，1992 年 6 月 21 日）

（五）〈招婚歌〉，頁 50-52。（原載：《中原周刊》，1994 年 3 月 27 日，四言，非常特殊）

（六）〈紅毛番歌〉，頁 54。（原載：《客家雜誌》，第 47 期，頁 32，1994 年 4 月）

（七）〈乞食苦諫歌〉，頁 54。（原載：《客家雜誌》，第 47 期，頁 32-33，1994 年 4 月）

（八）〈客家歸空歌〉，頁 60-61。（原載：《客家雜誌》，第 48 期，頁 55，1994 年 5 月）

（九）〈渡子歌〉（〈育兒歌〉），頁 61-62。（原載：《中原周刊》，1989 年 9 月 17 日）

（十）〈中部地動歌〉，頁 66。（原載：《客家雜誌》，第 17 期，1991 年 4 月）

（十一）〈地動勸世歌〉，頁 66-67。（原載：《客家雜誌》，第 17 期，1991 年 4 月）

---

17 陳運棟：《西湖鄉誌》（苗栗縣：西湖鄉公所，1997年），頁 544-548。

（十二）〈續地動勸世歌〉，頁 67-68。（原載：《客家雜誌》，第 17 期，1991 年 4 月）》

（十三）〈姜紹祖抗日歌〉，頁 73-83。（原載：《客家雜誌》，第 35 期，1993 年 4 月）

（十四）〈焗腦歌〉（製腦歌），頁 85。（原載：《客家雜誌》，第 23 期，1991 年 12 月）

（十五）〈做芋歌〉，頁 87。（原載：《山城報導雜誌》，第 5 期，1994 年 1 月）

（十六）〈記麻歌〉，頁 88-89。（原載：《客家雜誌》，第 54、55 期，1994 年 11、12 月）

第三節　客家勸世文的有聲資料

一　蘇萬松（1899-1961）及其勸世文

臺灣在日治時期開始流行聽唱片，一九一四年客家藝人林石生、范連生、何阿文、黃芳榮、巫石安、彭阿增等十五人即應日蓄飛鷹唱片到日本灌錄了第一批的「臺灣唱片」。這時期的唱片有日蓄飛鷹、東洋駱駝、特許唱片金鳥印、改良鷹標、古倫美亞、黑利家、紅利家、羊標、泰平、OK、月虎、博友樂、美樂、三榮、日東、勝利等十六種；內容包括廣東採茶、廣東樂、北管八音、新編歌仔戲、廣東新採茶戲、廣東流行小曲、北管福路、北管西皮、勸世文、採茶戲、鼓吹樂……。客語唱片以「採茶」最多，客語「勸世文」、「勸世歌」次之。臺灣客家勸世文唱片最早出現在民國十六年（1927），由林劉苟、新埔樂團演唱的《勸世文》，稍後的蘇萬松的《勸世文》尤受客家人的歡迎。[18]

根據《西湖鄉誌》的記載：

> 蘇萬松，三湖村三湖蘇屋人。為武秀才蘇發喜第六子。上有接松、秋松、浪松、茂松、蘭松等五兄。十餘歲遷居大甲日南，為藥商至各聚落作藥品之廣告宣傳；以小提琴自拉自唱，自己創作之勸世文；風靡一時，所到之處路為之塞。以其受廣大民眾之歡迎，哥倫比亞公司乃灌成唱片公開發行。萬松亦以此而積聚成富，乃遷居苗栗街市開設布店，一面從事賣布生意，一面仍從事山歌教唱，樂此不疲。其所創之勸世文，在客家聚落膾炙人口，風靡已久；惟未見形諸文字，乃敦請對客家文化推行不遺餘力之省立苗栗高商張校長紹焱，就其家藏舊唱片反覆傾聽，錄下歌詞，計有「勸人兄弟」、「勸人子嫂」、「勸化少年人」、「道嘆耕田

---

18 有關日治時期的唱片出版情形，以及蘇萬松的生平作品，請參見楊寶蓮：《臺灣客語說唱》〈第二章臺灣客語說唱簡史〉（新竹縣：新竹縣文化局，2006 年），頁 69-108。

苦」、「勸人後哀」、「勸人莫食鴉片煙三首」等六種八首。[19]

蘇萬松勸世文唱片作品如下[20]：

公司名稱	唱片編號	類別曲種	曲　目	表演者	備　註
改良鷹標（Eagle）	19？？？	勸世文	〈報娘恩〉〈青年行正勸改〉	蘇萬松（別名蘇州府）	二版黑利家編號：T-92
改良鷹標（Eagle）	19？？？	勸世文	〈蘆花絮〉	蘇萬松（別名蘇州府）	二版黑利家編號：T-95
古倫美亞	80208	廣東茶歌勸世文	〈孝子堯大舜〉（其一）、（其二）	蘇萬松	
古倫美亞	80209	廣東茶歌勸世文	〈孝子堯大舜〉（其三）、（其四）	蘇萬松	
古倫美亞	80210	廣東茶歌勸世文	〈孝子堯大舜〉（其五）、（其六）	蘇萬松	
古倫美亞	80211	廣東茶歌勸世文	〈孝子堯大舜〉（其七）、（其八）	蘇萬松	
古倫美亞	80228	廣東茶歌勸世文	〈阿片歌〉（上）、（中）	蘇萬松	按：「阿」應為「鴉」
古倫美亞	80229	廣東茶歌勸世文	〈阿片歌〉（下）、〈奉勸青年去邪從正歌〉	蘇萬松	
古倫美亞	80254	廣東茶歌勸世文	〈救母菩薩〉（一）、（二）	蘇萬松	
古倫美亞	80255	廣東茶歌勸世文	〈救母菩薩〉（三）、（四）	蘇萬松	
黑利家	T-176	廣東勸世歌	〈兄弟骨肉親〉	蘇萬松	

---

19 引自陳運棟：《西湖鄉誌》（苗栗縣：西湖鄉公所，1997 年），頁 623-624。有關蘇萬松的唱本另可參見楊寶蓮整理之〈大舜耕田〉，收錄在楊寶蓮：《臺灣客語說唱》，頁 242-248；〈勸孝歌〉，收錄在楊寶蓮：《臺灣客語說唱》，頁 278-284。音樂方面，參見〈耕作受苦歌〉上、下集、〈小兒勤讀勸改演奏唱〉，收錄於柯基良發行：《聽到臺灣歷史的聲音》〈客家戲曲〉（宜蘭縣：國立傳統藝術中心籌備處，2000 年）；〈耕作受苦歌〉上、下集、〈夫婦相愛〉、〈小兒勤讀勸改〉 收錄於臺北市客家事務委員會：《臺北市客家戲劇音樂主題館·客家音樂奇幻之旅紀念雙 CD》（臺北市：臺北市客家事務委員會，2004 年）

20 楊寶蓮：《臺灣客語說唱》（新竹縣：新竹縣文化局，2006 年），頁91-92。

黑利家	T-201	廣東勸世歌	〈勸青年節浪費〉	蘇萬松	
黑利家	T-273-274	新調採茶	〈平等〉（一）──（四）	蘇萬松	
黑利家	T-281	勸世文	〈耕作受苦歌〉	蘇萬松	
黑利家	T-295	勸世文	〈夫婦相愛〉〈小兒勤讀勸改〉	蘇萬松	
黑利家	T-298	勸世文	〈朱生古論〉	蘇萬松	
美樂（戰後）	HL-201		〈蘇萬松傑作集〉	蘇萬松	
美樂（戰後）	HL-202		〈大舜耕田〉	蘇萬松	
美樂（戰後）	HL-203		〈勸孝歌〉	蘇萬松	

　　由表中可知：蘇萬松的唱片作品幾乎皆明白地以「勸世文」或「廣東茶歌勸世文」、「廣東勸世歌」命題，可見其唱腔源自大陸客地的「廣東茶歌」，同時這種歌的內容、風格也有相當的知名度，才會有此專屬的名稱。而其內容可分為兩類：一為記言的勸世文，如〈報娘恩〉、〈青年行正勸改〉、〈阿片歌〉、〈奉勸青年去邪從正歌〉、〈兄弟骨肉親〉、〈勸青年節浪費〉、〈耕作受苦歌〉等；一為記言兼敘事的，如〈孝子堯大舜〉、〈救母菩薩〉。

　　蘇萬松本身不是採茶藝人，不過他非常有才華，靠著自學將採茶戲的【平板】稍加鼻音以及「i」的拖腔，於是自成一格，人稱【蘇萬松腔】或【蘇萬松調】。[21]他通常以小提琴自拉自唱，除了灌唱片之外，更走遍大街小巷賣藥兼賣唱，為自己賺進不少鈔票，並儼然成為客家勸世文的代言人，一提到「勸世文」，大家第一個想到的是蘇萬松和【蘇萬松調】。【蘇萬松調】甚至影響到客家採茶戲的唱腔，不論是客家三腳採茶戲或採茶大戲常會採用其唱腔。目前世面上模仿【蘇萬松腔】來演唱的有聲資料，有黃鳳珍

21　楊寶蓮：《臺灣客語說唱》（新竹縣：新竹縣文化局，2006年），頁91-92。

〈勸世文〉（行政院客委會出版）、胡泉雄〈勸世文〉、邱玉春〈勸良言〉（吉聲出版）、徐木珍〈勸良言〉（吉聲出版）、邱梅英〈勸世文〉（愛華出版）。

二　美樂唱片中的勸世文

　　五、六〇年代出現了許多職業化的說唱藝人和豐碩的勸世文作品，當時的說唱藝人又跟電臺緊密結合，那年代可說是臺灣客語說唱的巔峰期，這和彭雙琳（1917-1973）[22]、江平成、賴江質（1907-1992）等的提倡頗有關係。根據《苗栗市誌》的記載：

> 彭雙琳是民國五、六〇年代推動客家戲曲、音樂最熱心的藝文界人士，他在苗栗市南苗地區開設美樂唱片與國際唱片行，大量進行客家戲曲、音樂、山歌的錄製工作，所錄製的唱片多達三百餘張，是目前臺灣地區最古老的客家唱片[23]，也是最珍貴的客家文化遺產。……。彭雙琳從小喜愛音樂，拉得一手好胡琴，早期開照相館，民國四十年末期，苗栗鎮興起客家民謠風，他與當時的中廣苗栗臺臺長江平成、詩人賴江質、裕國合板工廠老闆饒見祥及南美行老闆謝金俊等人，成立客家民謠推展研進會，不但每年推展客家民謠比賽，他自己更成立了錄音室，大量灌製客家唱片。他早期所錄製的客家唱片，除了老一輩人士耳熟能詳的大中華、慶美園歌劇團、陳家八音團的客家採茶、八音外，也網羅了不少名歌手錄製客家山歌、小調，如蘇萬松、黃連添、豆腐伯母、賴碧霞、湯玉蘭、劉梅英、張瑞竹、游春蘭等人都是當年要角。民國五十八年到六十年初，在當時日本客家崇正會總會會長范添發、僑領陳子添、邱添壽的邀請下，由饒見祥擔任團長，彭雙琳擔任領隊，也曾率領歌手賴碧霞、湯玉蘭、琴師張福營、王順能等人前往日本五大都市宣慰僑胞，獲得共鳴。[24]

　　又陳運棟總編纂《重修苗栗縣志（下）》卷三十二〈人物志〉說：

---

22 陳運棟總編纂：《重修苗栗縣志（下）》卷32〈人物志〉（苗栗縣：苗栗縣政府，2006年），頁551記載：彭雙琳祖籍廣東省梅縣，傳到他母親鄧英妹時，招贅彭阿安為夫，育有三男，長鄧先基，次彭雙琳，三是彭雙松。彭雙琳妻為徐粉梅，育有兩男兩女，長子文政，次子文達，兩女：鳳美、鳳娥。

23 按：這句話有問題，前揭文已提到在日治時期一九一四年客家藝人林石生、范連生、何阿文、黃芳榮、巫石安、彭阿增等十五人即應日蓄飛鷹唱片到日本灌錄了第一批的「臺灣唱片」，此臺灣唱片中有許多就是客家唱片。

24 黃鼎松總編輯：《苗栗市誌》（苗栗市：苗栗市公所，1998年），頁843-844。

賴江質，號綠水，字閒鷗。祖籍廣東潮州府饒平，……生於明治四十年（1907）
五月二十日，殁於民國八十一年（1992）十一月十三日，享壽八十六歲。……幼
年雖受日本教育，惟私下對漢文的學習極感興趣，經常在文昌祠從漢學家吳慶才
及鍾建英勤讀漢文。二十歲（1926）任職臺灣軌道會社（今新竹客運）僱員，派
駐汶水服務。餘暇常登臨法雲寺，從覺力法師習作詩文，……昭和四年（1929）
經由覺力法師及鍾建英等人之介紹，參加「栗社」，正式投身傳統詩詞的吟作行
列。……江質擅長書法，早年曾臨摹柳公權、鄭板橋帖，……一生創作之詩詞對
聯，不計其數，已彙整出刊者有「苗栗竹枝詞」及「綠水閒鷗集」二書。[25]

可見賴江質是個詩書兩絕的奇才。彭雙琳之侄彭文銘表示，當年美樂唱片之歌詞有
許多出自賴江質之手。

美樂唱片所錄製的唱片多達三百餘張，是珍貴的客家文化遺產。它不但記錄了民國
四〇年末期至六〇年初期客家的歌謠、八音、採茶戲、亂彈戲，同時也網羅了不少名歌
手錄製客家山歌、小調，如蘇萬松、黃連添、豆腐伯母、賴碧霞、湯玉蘭、劉梅英、張
瑞竹、游春蘭等，使後代人了解歷史的聲音、當時客家藝術的風貌。茲將美樂唱片有關
勸世文出版品整理如後[26]：

題名	編號	演唱者　伴奏者	出版時間	備註
〈蘇萬松傑作集〉（上）（下）	HL201	蘇萬松自拉自唱	1957	◎一代歌王蘇萬松遺作集 ◎唱腔：【蘇萬松調】
〈大舜耕田〉（上）（下）	HL202	蘇萬松自拉自唱	1957	◎一代歌王蘇萬松遺作集 ◎唱腔：【蘇萬松調】
〈勸孝歌〉（上）（下）	HL203	蘇萬松自拉自唱	1957	◎一代歌王蘇萬松遺作集 ◎唱腔：【蘇萬松調】
〈勸賭歌〉	HL212-A	演唱劉玉子、手風琴邱秀基、吉他邱國熙	1962	◎苗栗電臺1962年全省山歌比賽亞軍唱片 ◎唱腔：【平板】
〈勸世文・雙花亂〉	HL238	演唱彭登美	1964/9/20	

25 陳運棟總編纂：《重修苗栗縣志（下）》卷32〈人物志〉（苗栗縣：苗栗縣政府，2006年），頁384-
　　385。
26 感謝彭文銘先生提供美樂唱片總目錄及有聲資料，此表乃筆者據此整理出來的。

〈勸世文‧山豬哥反正〉	HL239	黃連添自拉自唱	1964/9/20	◎1964年中秋夜第二屆全省山歌比賽冠軍唱片 ◎唱腔：花蓮【阿美族調】
〈勸得好〉	HL239-B	黃連添自拉自唱	1964/9/20	◎1964年中秋夜第二屆全省山歌比賽冠軍唱片 ◎唱腔：【山歌子】、平板】、【七字調】
〈百善孝為先〉	HL240	黃連添自拉自唱	1964/9/20	◎1964年中秋夜第二屆全省山歌比賽冠軍唱片 ◎唱腔：【山歌子】、【平板雜唸仔】、【平板】
〈立志成家〉	HL242	黃連添自拉自唱	1964/10/30	◎1964年中秋夜第二屆全省山歌比賽冠軍唱片 ◎唱腔：【山歌子】、【七字調】、【平板】、【都馬調】
〈招親歌〉（上）（下）	HL256	黃連添自拉自唱	1965/1/10	◎1964年中秋夜第二屆全省山歌比賽冠軍唱片 ◎唱腔：【山歌子】、【平板】、【七字調】、【都馬調】
〈阿日哥畫餅〉（上）（下）	HL256	黃連添自拉自唱	1965/1/10	◎1964年中秋夜第二屆全省山歌比賽冠軍唱片 ◎唱腔：【山歌子】、【平板】、七字調】
〈渡子歌〉	HL302	演唱歐秀英	約1966	
〈醒世修行歌〉（上）	HL309-A	演唱林貴水（林春榮）	1966/10	◎唱腔：【平板】、【平板雜唸仔】
〈醒世修行歌〉（下）	HL309-B	演唱林貴水（林春榮）	1966/10	◎唱腔：【平板】、【平板雜唸仔】

〈莫貪賭〉	HL315-A	演唱范姜梅蘭、黃玉鳳	約 1966	
〈莫貪花〉	HL315-B	演唱范姜梅蘭、黃玉鳳	約 1966	
〈無夫歌〉（薄命花）	HL349	演唱賴碧霞	1967/6/10	◎唱腔：【都馬調】、【思想枝】
〈浪子回頭〉	HL358	演唱許學傳、彭登美	1967/9	◎竹東十鄉鎮比賽冠軍唱片 ◎唱腔：【山歌子】
〈說恩情〉	HL375-B	演唱邱包妹	1968/1/1	◎唱腔：【平板】
〈玉蘭勸世歌〉（上）	HL401-A	演唱楊玉蘭、小提琴張福營、胡琴溫鑫全	1968/12	◎唱腔：【平板】、【雜唸仔】
〈玉蘭勸世歌・渡子歌〉（下）	HL401-B	演唱楊玉蘭、小提琴張福營、胡琴溫鑫全	1968/12	◎唱腔：【平板】、【雜唸仔】
〈全家福〉（勸世歌）	HL406-A	演唱湯玉蘭	1969/2	◎唱腔：【平板】
〈年青（按：輕）可貴〉（勸世歌）	HL406-B	演唱湯玉蘭	1969/2	◎唱腔：【山歌子】
〈勸善歌〉	HL421-B	演唱賴碧霞	1970/1	◎日本訪問團歌后唱片 ◎唱腔：【平板】
〈十勸大家〉	HL422-A	演唱賴碧霞	1970/1	◎日本訪問團歌后唱片，賴碧霞編作 ◎唱腔：【山歌子】
〈十想交情〉	HL424-A	演唱彭滿妹	1970/2	◎1969 年全省山歌比賽冠亞軍唱片 ◎唱腔：【平板】
〈新十八嬌蓮（按：連）〉（上）（下）	HL5004	演唱賴碧霞、湯玉蘭，伴奏張福營、黃榮泉	1970/2	◎彭雙琳、賴碧霞編作

〈石金勸孝歌〉	HL5006	演唱羅石金	1970/9	◎唱腔:【蘇萬松調】、【平板雜唸仔】
〈林細昂〉（按:戀）〈勸世歌〉（上）（〈地動歌〉、〈勸孝歌〉、〈無夫歌〉）	HL5010-A	演唱林細昂	1972/2	◎林細昂編作,時年八十◎唱腔:【蘇萬松調】
〈林細昂〉（按:戀）〈勸世歌〉（下）（〈勸郎歌〉、〈立志歌〉、〈浪子回頭〉）	HL5010-B	演唱林細昂,伴奏陳慶松、古金生	1972/2	◎林細昂編作,時年八十◎唱腔:【蘇萬松調】
〈一樣米畜百樣人〉（上）	HL5011-A	演唱賴碧霞,伴奏陳慶松、古金生	1972/8	◎賴碧霞編作◎唱腔:【山歌子】、【平板】
〈一樣米畜百樣人〉（下）	HL5011-B	演唱賴碧霞,伴奏陳慶松、古金生	1972/8	◎賴碧霞編作◎唱腔:【蘇萬松調】、【安樂調】

由表中可知:

一　當時勸世文的內容,可分為兩類:一是純粹記言勸說的,如林貴水〈醒世修行歌〉;湯玉蘭〈全家福〉;林細昂〈勸郎歌〉、〈立志歌〉、〈浪子回頭〉;賴碧霞〈一樣米畜百樣人〉……等;一是敘事兼記言的,如蘇萬松〈大舜耕田〉;楊玉蘭〈玉蘭勸世歌:渡子歌〉;賴碧霞、湯玉蘭〈十八嬌連〉……等。大致說來都不脫日治時期徐阿任、何阿信手抄本、蘇萬松唱本的範疇。

二　為了商業噱頭,彭雙琳很會把握商機,也懂得行銷。如每年全省山歌比賽的冠亞軍得主、有名藝人如陳慶松、張福營皆網羅在他旗下,為其效力。其中黃連添、賴碧霞、楊玉蘭、林貴水等,都是因此而崛起,尤其是黃連添、賴碧霞對客家歌謠界產生相當大的影響。為了刺激買氣,也往往將「勸世文」包裝成新鮮的名字,如「雙花亂」、「山豬哥反正」、「阿日哥畫餅」、「全家福」……等,其實內容是新瓶裝舊酒,都是勸世文。

三　日治時期時蘇萬松唱勸世文都用它自己獨特的【蘇萬松調】,【蘇萬松調】也是屬於【平板】(又稱【改良調】或【採茶】)的一種。可惜我們不知徐阿任採用的是何

曲腔，不過在美樂唱片中可看到當時唱勸世文已採用【平板】、【山歌子】、【平板雜唸仔】、【山歌雜唸仔】，甚至有閩南的【七字調】、【都馬調】、【思想枝】和原住民的【阿美族調】。可以證明在五〇、六〇年代，客家歌謠、戲曲音樂和閩南戲曲、原住民音樂交流密切。這應該也是同時期的姐妹品「客語笑科劇」產生的原因之一。接下來，就來談談賴碧霞和「客語笑科劇」。

賴碧霞本名賴鸞櫻，新竹縣竹東鎮人，生於民國二十一年（1932）十月三十一日。她曾自述拜師和蒐集歌詞的過程是這樣：

> 我既執著於客家民謠，於是決心，要找一位老師好好學習，經過打聽，知道有位胡琴師官羅成先生，他是客家民謠胡琴專家，可惜不懂歌詞。後來又打聽到有位賴庭漢先生，他能背誦各種歌詞，於是我決心尋找賴先生學藝。記得當時是用步行前往的，經過數日的查訪，終於在芎林一帶找到，於是請他口述大部份的小調歌詞，我筆記下來。……我為了蒐集山歌歌詞，只要聽說誰有涉獵就去請教誰，……蒐集的地方包括：江湖賣藥的主唱人，野臺戲班等等，有時暗記，有時也大大方方的用筆記，這樣不斷的蒐集，資料也日漸充實。[27]

可知賴碧霞的啟蒙老師有官羅成和賴庭漢，尤其賴庭漢和客家採茶淵源很深，他和梁阿才、洪添福（1910-）都曾一起合作過。[28]根據莊興惠總編輯《芎林鄉志》記載：

> 賴庭漢，客家採茶戲著名演員，擅長丑角，人稱「阿漢丑」。先生乃芎林鄉永興村王爺坑人，一九〇四年生，一九八九年卒，享年八十六歲。十七歲左右，開始拜師學藝，習得「做戲」絕活。不僅山歌（老式採茶）唱得絕妙，各種胡琴、鑼鼓也都十分精通。……其妻賴李細妹，受其薰陶，扮演「旦角」，……先是以演客家採茶戲討生活。後來演戲的機會少了，便以走江湖──耍把戲、賣膏藥的方式，到全省各地巡迴演出，前後有二十餘年，只要有客家人聚集的村落，幾乎都

---

27 鍾國宣：〈傳統技藝匠師（客家民謠）賴碧霞女士訪問記錄〉，《傳統技藝匠師採訪錄第二輯》（南投市：臺灣省文獻委員會，1996年），頁69-70。

28 楊寶蓮：〈客家民間藝人洪添福之研究・洪添福年表〉。出處一：《客家文學藝術研討會》（臺北縣：臺北縣政府文化局，1998年）。出處二：〈臺北縣客家文化半年刊〉（臺北縣：臺北縣政府文化局，2003年12月），頁33-49。出處三：楊寶蓮：《臺灣客語說唱研究》（臺北市：臺北市立大學碩士論文，2004年11月），頁277-296。出處四：譚元亨主編：《海峽兩岸客家文學論》（2006年2月），頁343-367。出處五：楊寶蓮：《臺灣客語說唱》（新竹縣：新竹縣文化局，2006年8月），頁368-392。

能看到他們夫婦的足跡，是民國五十年代以前，傳統客家茶戲戲壇上相當著名的演員。[29]

在民國五、六〇年代，因為「勸世文」有其市場，商人和藝人乃紛紛灌錄由兩人對唱或多人對唱的所謂「笑科劇」，雖是笑科，其目的亦在勸世。唱腔亦由【蘇萬松腔】、【平板】、【山歌子】、【雜唸仔】之外，夾雜了【江湖調】、【思想枝】、【紅彩妹妹】以及有東洋味的流行歌曲。如黃連添、范振榮、黃金鳳、黃阿球合唱的《何半仙勸善》（戰後美樂 HL-271-273，1965）；呂金守、李龍麟等演唱的《客語大笑科‧李文古》（惠美唱片 LLP20-31，1965）；林德富、胡鳳嬌、范振榮、李祥意演唱的《凸風三流浪記》（吉聲，未註明年代）。都是「笑科劇」有名的代表。

當年，蘇萬松、邱阿專、羅石金也常和「新竹師」合作，有關「新竹師」記載，黃旺成《臺灣省新竹縣志稿》卷十一〈藝文志〉曾說：

懷拳擊絕技，而著名於本縣（新竹縣）者，在咸同間有金師父其人；聞其師為永春師祖鄭禮濟。金師父不知何許人，亦不詳其姓氏；因善舞弄金色獅頭模型。人以金師父稱之。甫渡臺即為竹城林占梅所禮聘；……與金師父同時有鄧司、梅司二人。……其後鄧司傳之陳景勝，梅司傳之楊壬，皆為知名拳師。……楊壬傳之黃塗，黃塗傳之游其勝。其勝通稱新竹獅，乃江湖中人，知名全臺；久在大稻埕永樂市場賣藥。日本有名雜誌曾

圖十八：邱阿專和新竹師等合作賣藝，躺在地上者即是邱阿專

刊載其演藝時之相片。今尚健在，年過花甲……日據初期，本縣各地舊有許多拳館。照舊存在，間亦有新設者。……迨日據中期，乃以防止爭端為名，事事干涉，嚴加取締，及日據末期，因其侵略戰爭，局勢日趨嚴重，為防民變，下令禁止拳館。[30]

又陳坤火在《耆老口述歷史叢書‧15》〈新竹市鄉土史料〉也說：

---

29 莊興惠總編輯：《芎林鄉志》（新竹縣：芎林鄉公所，2004 年）。

30 黃旺成：《臺灣省新竹縣志稿》卷11〈藝文志〉（新竹：新竹縣文獻委員會，1957 年），頁 31-32。

我記得新竹有個出名的新竹師，真實的姓名我不知道，他是個拳頭師父，人已不在了，其後代子孫現在虎尾一帶賣跌倒傷藥；他可以躺在地上承受八百斤石板的擠壓；……[31]

　　按：「新竹師」、「新竹獅」、「新竹司」應是同一個人，「師」、「獅」、「司」在客語四縣腔發音是相同的。《臺灣省新竹縣志稿》成書於一九五七年，而書中說「新竹師」「年過花甲」，故推算新竹師最晚生於一八九七年，根據筆者研究蘇萬松生平為一八九九至一九六一、邱阿專為一九一二至一九八八、羅石金為一九二七至今。所以蘇、邱、羅三人和「新竹師」合作賣藥兼賣藝，即所謂的「做撮把戲」是相當可信的。

三　鈴鈴唱片中的勸世文

　　鈴鈴唱片中的勸世文，整理成下表：

題　名	演唱者	編　號	備　註
B〈說恩情〉、〈勸君〉	不詳	KL-51	
〈夫妻相好〉	黃永生、曾緞妹	KL-61	
〈銀票歌〉	李阿月、林金鳳	KL-70	
A〈勸世金言〉 B〈勸世孝道〉	賴碧霞	KL-84	
A〈食烟毒〉 B〈浪子回頭〉	羅石金	KL-84	
A〈孝順雙親〉 B〈勸世夫妻〉	賴碧霞	KL-92	
〈收心歌〉	羅石金、賴碧霞	KL-234	
A〈勸世貪花〉、〈八七水災〉 B〈銀票世界〉	黃永生	KL-238	
A〈虐娘歌〉 B〈十歸空〉	古圓妹	KL-308	
A〈醒世謠文〉	葉寶月、葉異香	KL-391	
A〈教子必讀〉 B〈娘恩養子歌〉	葉寶月、葉異香	KL-392	

31 臺灣省文獻委員會：《耆老口述歷史叢書‧15‧新竹市鄉土史料》（臺中市：臺灣省文獻委員，1997年），頁216。

題名	演唱者	編號	
B〈烟花回人勸世〉	葉寶月、葉異香	KL-393	
〈曹安孝娘親〉	劉蕭雙傳	KL-531	
〈勸郎回頭〉	詹德興、小秋玉	KL-940	
〈浪子回頭〉	李端紅、羅免妹、吳元昌	KL-1087	
〈貧苦落難歌〉	不詳	KL-1157	
〈徐木珍勸世歌〉	徐木珍	KL-1382	
A〈莫貪花良言〉	李祥意	KL-1386	
B〈拾想勸世歌〉	范勸妹、黃坤松	KL-1387	
〈勸世賭博〉	徐木珍、李祥意	KL-1523	
〈風（奉）勸烟花〉	徐木珍	KL-1525	
〈風流浪子〉	李祥意	KL-1526	
A〈勸世文化歌〉 B〈百般勸世〉	不詳	KL-1534	
〈徐木珍勸文歌〉（第三集）	徐木珍	KL-1539	
A〈勸世惜妻歌〉 B〈勸世養子歌〉	黃連添	KL-1550	
〈孝子丁蘭〉	不詳	KL-1660 KL-1661 KL-1662	
〈人生必聽〉	劉祺連、吳香慧	FL-1594	

四　遠東、惠美等唱片中的勸世文

遠東唱片廠、惠美唱片廠等出版品目錄表[32]如下：

題名	演唱者	出版者	編　號	備　註
〈羅石金勸世文〉	羅石金	遠東	JO-14	
〈愛國獎券歌〉	邱阿專、楊玉蘭	遠東	JO-23	

---

32 楊寶蓮：《臺灣客語說唱》（新竹縣：新竹縣文化局，2006 年），頁 83-85

第一面 一　〈十月懷胎〉 二　〈勸話姊嫂〉 第二面 一　〈勸話兄弟〉 二　〈人心百百種〉	邱阿專	遠東	JO-47	邱阿專編唱
第一面 一　〈大舜耕田〉 二　〈丁蘭刻木〉 三　〈孟日紅娘親〉 第二面 一　〈郭巨埋兒〉 二　〈姜安送米〉 三　〈吳猛飼蚊〉	邱阿專	遠東	JO-53	邱阿專編唱
〈十殿閻王〉	邱阿專	遠東	JO-54	邱阿專編唱
〈臺灣光復歌〉	邱阿專	遠東	JO-57	邱阿專編唱
〈臺灣光復歌〉	邱阿專	遠東	JO-58	邱阿專編唱
第一面：〈十送英臺〉 第二面：〈渡子歌〉	歐秀英	遠東	JO-71	
〈奉勸少年〉	黃連添	遠東	JO-101	
〈解勸後生歌〉	戴文聲、古鳳嬌	遠東	JO-175	
〈賢妻勸夫〉	楊玉招、古圓妹	遠東	JO-142	
〈十八嬌蓮〉（第三集）	湯玉蘭	月球	MEV-8073	
〈十八嬌蓮〉（第四集）	湯玉蘭	月球	MEV-8074	
A 面：〈思念歌〉 B 面：〈酒女自嘆歌〉	歐秀英	月球	MEV-8076	
A 面：〈苦李娘、鴛鴦結合〉 B 面：〈嘆人生在世時〉	歐秀英 范嬌蘭	月球	MEV-8080	

A 面 1 〈勸女要出嫁〉 2 〈勸君莫花色〉（一） 3 〈妯娌莫吵架〉 B 面 1 〈勸君莫娶小姨〉 2 〈勸君莫花色〉（二） 3 〈勸勿偷竊〉	邱阿專	月球	MEV-8084	邱阿專編唱
〈醒世金玉良言〉	賴春生、范嬌蘭	月球	MEV-8088	
〈浪子回頭〉	徐木珍、范嬌蘭	月球	MEV-8122	
A 面：〈初一朝〉 B 面：〈勸世歌〉		月球	MEV-8124	
A 面：〈九穴（腔）十八調〉 B 面：〈十月懷胎〉		月球	MEV-8125	
A 面：〈十勸司機歌〉 B 面：〈客語勸世歌〉		月球	MEV-8141	
〈賢女勸夫〉（浪子回頭）		月球	MEV-8144	
〈怨嘆負心人〉		月球	MEV-8138	
添丁進財全集 一 〈阿財？〉 二 〈木匠師〉 三 〈真好穴〉 四 〈五聲無奈〉 五 〈人衰無零散衰〉 六 〈無閒歌〉		惠美	LLP-35	

添丁進財全集 一 〈採茶〉 二 〈山歌仔〉 三 〈丟丟咚〉 四 〈專一穴〉 五 〈當今世間愛有錢〉		惠美	LLP-36	

　　臺灣光復後，前期的主要唱片出版行有鈴鈴、美樂、遠東、月球；後期有愛華、南國、全成、旭美、雅曲、松櫻、加麗等。這時期的說唱藝人主要有劉蕭雙傳、邱阿專、賴碧霞、羅石金、黃連添、楊玉蘭、范洋良、羅蘭英、洪添福、林春榮（林貴水）、邱玉春、徐木珍等。除了劉蕭雙傳、賴碧霞、羅蘭英、楊玉蘭之外，他們大部分只唱勸世文，甚少唱整個故事。

　　目前流通的客家勸世文出版品大都是昔日舊唱片的翻製品，以卡帶方式出售，較重要者如下：

題名	演唱者	出版者	類別	音樂	備註
〈嘆人生在世時〉	范嬌蘭	月球			內附歌詞
〈批評歌〉	歐秀英	月球			
〈勸世歌〉	溫通	月球			內附歌詞
〈隨口勸嫖賭〉	李祥意、 徐木珍	月球			內附歌詞
〈十想招親歌〉	A：林榮煥、 賴小蘭 B：林榮煥、 邱玉春	月球		平板	
〈勸孝歌〉	莊妹、黃細安	月球		山歌子	內附歌詞
〈浪子回頭〉	范嬌蘭、徐木珍	月球			內附歌詞
〈時代勸世文〉	吳盛全、范振榮、李祥意、 彭金昌	月球			內附歌詞
〈相勸歌〉	陳清謹	月球			內附歌詞
〈勸良言〉	邱玉春	吉聲	唱唸	蘇萬松調	內附歌詞

〈勸良言〉	徐木珍	吉聲	獨唱	蘇萬松調	內附歌詞
〈勸世文〉	邱玉春	吉聲		楊玉蘭調	內附歌詞
〈邱阿專勸世文〉	邱阿專	吉聲		蘇萬松調	內附歌詞
〈勸世歌〉	邱玉春、黃連添	吉聲	男女對唱	江湖調	內附歌詞
〈孝順雙親〉	賴碧霞	吉聲		老山歌	內附歌詞
〈勸家和氣〉	楊太郎、陳秀蘭	吉聲		山歌子	
〈勸世文〉	邱梅英	愛華	唱唸	（蘇萬松調）	內附歌詞
【迴響】〈李秋霞專輯〉		嵐雅			共有七首歌，第一首即是〈娘親渡子〉

第四節　小結

　　臺灣客家民謠說唱類的勸世文內容繁多，有些是從大陸原鄉帶來臺灣的，有些是臺灣庶民集體創作，或某人編作的。

　　學者專家公認何阿文是將大陸贛南客家三腳採茶戲帶到臺灣的祖師爺，他除了帶來了三腳採茶戲、客家八音、亂彈之外，也帶來豐富的勸世文資料。他的大弟子徐阿任就曾留下一批當年學藝的手稿。桃園八德人何阿信因為喜聽樂聞勸世文，故也抄錄一批勸世文資料，和徐氏的資料多有雷同之處。後期的，無論是嘉義和源活版所、新竹竹林書局、「中原苗友雜誌」出版的勸世文，或者是美樂、鈴鈴、遠東唱片藝人所唱的勸世詩文，有許多是出自徐氏、何氏的內容。故徐氏、何氏的勸世文手稿是臺灣客家民謠說唱類勸世文的重要源頭。

　　臺灣客家藝人和仕紳也曾加入「善書運動」中，如蘇萬松、邱阿專、賴碧霞、黃連添、許秀榮等不但編作勸世文，而且親自灌錄唱片。蘇萬松被稱為說唱勸世文的大師，他用小提琴自拉自唱，以特殊的【蘇萬松調】來說唱勸世詩文，轟動整個客家聚落，也賺進大把鈔票。他留下大約二十張的勸世文唱片，無論是數量或是曲藝，客家說唱藝人至今無人能超越他。

　　一般的平民也淹沒於「善書運動」中，除了傳抄勸世文外，還買勸世文唱片，日治時期至五〇、六〇年代，出版戲曲音樂、勸世文的唱片行，大都有不錯的業績，如日治時期的改良鷹標、古倫美亞、黑利家，戰後的美樂、鈴鈴、遠東、月球、惠美等，都曾傲世當代。除此之外，民眾更不忘每天收聽先聲桃園臺、臺聲新竹臺、天聲新竹臺、中廣竹南臺、天聲竹南臺、新埔大中華、中廣苗栗臺、臺聲苗栗臺等客家廣播電臺的節目。

　　總之，在日治時期至五〇、六〇年代中，臺灣客家族群也紛紛投入「善書運動」，或欣賞，或傳抄，或編作，並未缺席。同時也留下不少勸世作品，或手稿，或刊本，或唱片，數量龐大且多元。《新埔鎮誌》、《西湖鄉志》中也曾紀錄它們。

第五章
客家勸世文的分類及修辭

第一節　前賢對勸世詩文的分類

　　勸世文的分類，是件大費周章的事，因為它內容太多，很難面面俱到。同時，目前研究臺灣客家勸世文的人微乎其微。故先看看別的族群有關勸世文的分類。

　　鄭康宏《醒世詩歌》（1997）曾蒐集中國歷代醒世詩歌（即勸世詩歌）把它分為：

一　道德類：包括八德、孝悌、忠貞、廉隅、仁愛。

二　倫常類：包括父子、兄弟、夫婦、朋友。

三　醒世類：包括家訓、仙佛醒迷歌詞（又分醒迷詞和勸世歌）、先賢醒世詩、勸修行詩歌、一般勸世詩歌、詩人警世詩詞。

四　立身類：包括造命、頤養、勤儉、勵學、悔過、修善、知足、忍讓、惜福、戒惡（又細分為戒酒色財氣，戒淫，戒淫書淫畫，戒毒，戒訟，戒貪，戒鬥毆，戒輕生，戒溺女，戒怒，戒口過，戒賭）。

五　其他類：包括思鄉、張鳴剛國民生活規範三字歌摘要。

六　附錄：包括護生詩畫、徵信錄。[1]

　　臺灣「歌仔」和臺灣客家勸世文性質類似，林博雅《臺灣「歌仔」的勸善研究》（2004年）將臺灣「歌仔」分為二十三類：（一）勸孝；（二）勸戒酒色；（三）勸戒毒；（四）勸勤儉持家；（五）勸戒賭；（六）勸修善積德；（七）勸樂天、知命、知足；（八）勸莫貪財偷盜；（九）勸女德；（十）勸順天行道；（十一）勸家庭和樂；（十二）勸守五倫；（十三）勸擇友；（十四）勸敬神信因果；（十五）勸緘口；（十六）勸守名節；（十七）勸敦品勵學；（十八）勸小心門戶火燭；（十九）勸忠義；（二十）勸老人生存之道；（二十一）勸諸惡莫作；（二十二）勸心胸寬大；（二十三）勸人勿經官動府。[2]

　　林光明《蘇萬松勸世文研究》（2007）中，把蘇萬松的勸世文內容分為兩類：

一　對婦女之勸戒：勸戒婦女儀態、勸戒婦女修德、勸戒後母要平心。

1　鄭康宏：《醒世詩歌》（臺北市：揚善雜誌社，1997 年冬再版），頁 1-10。

2　林博雅：《臺灣歌仔的勸善研究》（嘉義縣：南華大學文學研究所碩士論文，2004 年），頁 58-90。

二　行為規範：勸耕田、勸戒滛、勸勤勞、勸勤儉、勸戒賭、勸戒煙毒、勸娶妻娶
　　德、勸孝順、勸友愛、勸整潔、勸戒奇裝異服、勸守紀、勸忠厚、勸公平。[3]

　　楊寶蓮認為鄭康宏《醒世詩歌》的分類，有重複的地方，其實道德類、倫常類、立身類、附錄等都可規入醒世類。而林博雅《臺灣「歌仔」的勸善研究》將臺灣「歌仔」分為二十三類太零碎。臺灣「歌仔」中以說唱有情節的歷史故事佔多數，而客家的「勸世文」是以唱無情節的詞文為主。而蘇萬松的勸世文只是客家「勸世文」的部份而已，並不能涵蓋整個的臺灣客家勸世文，故重新將臺灣客家勸世文予以分類。

第二節　客家勸世文的分類

一　以載體分類

　　可分為書面資料（手抄本、正式出版品）和影音資料（唱片、卡帶、CD、VCD、DVD）。

　　勸世文的傳遞不外靠文字與語言。昔日物資不豐的年代，有許多藝人向師父學勸世文內容是靠手抄的，如徐阿任的手抄本、何阿信的手抄本。後期，因為生活的改善，才有正式的勸世文出版品，如劉添財的《最新客家民謠集》、竹林書局《勸世修行歌》全三本（1956）等。

　　日治時期（1895-1945）的蘇萬松、光復後的邱阿專、黃連添、賴碧霞等曾灌錄許多勸世文唱片，當初他們錄製時應當都有文字腳本，不過，今天我們所見的是他們的聲音。有些學者曾把他們的聲音整理成文字，如楊寶蓮《臺灣客語說唱》即曾整理了〈勸世貪花〉、〈勸孝歌〉等二十一個唱本。

　　隨著科技的進步，影音載體更多元。除了唱片外，後期有些出版者，更把勸世文內容翻錄，或重新錄製於卡帶、CD、VCD 或 DVD 中，如國立傳統藝術中心《聽到臺灣歷史的聲音》（2000）即收錄日治時期蘇萬松的〈耕作受苦歌〉、〈夫婦相愛〉、〈小兒勤讀勸改〉；鄭榮興《傳統客家歌謠及音樂系列》（2002）即邀請藝人錄製了〈說恩情〉、〈娘親渡子〉、〈勸世文〉（即五〇年代美樂唱片的〈醒世修行歌〉）等。

3　林光明：《蘇萬松勸世文研究》（新竹市：新竹教育大學人資處語文教學碩士班碩士論文，2007 年），
　　頁 44-51。

二　以勸誡對象分類

可分為勸君臣、勸父子、勸夫婦、勸兄弟、勸朋友、勸妯娌、勸青年等。茲舉較重要例子說明。

（一）勸夫婦

唱片有蘇萬松〈夫婦相愛〉（黑利家 T-295）。手抄本不少，例如《徐阿任手抄本》〈夫妻不好歌〉：

> 正月裡來是新年，公婆不好真可連（憐），共床共蓆無話講，恰似冤仇一般般，苦正苦，仰得公婆來團圓？
> 二月裡來雨淋淋，公婆不好苦傷心，頭燒額痛無人問，三分病來七分深，苦正苦，仰得雲開見天晴？……
> 十一月裡來又一冬，公婆不好敗家風，屋下有世（事）無愛做，百萬家財了得空，苦正苦，怒氣不怕家裡窮。
> 十二月裡來一年，句句相勸無虛言，生男育女傳後代，榮華富貴萬萬年，苦正苦，聽涯（偓）相勸出頭天。（頁 162-165）

又《徐阿任手抄本》〈夫妻相好歌〉：

> 正月里（裡）來是新年，公婆相好應當然，得到爺娘心歡喜，雖然貧苦當有錢，好正好，相好靚這（嫲）也無嫌。
> 二月裡來是春分，公婆相好係精工，家中事業同心做，串（賺）錢串（賺）銀水幹（恁）双（鬆），好正好，相好無論家裡窮。
> ……
> 十一月裡來冬至來，公婆相好心頭開，別人過靚涯（偓）無愛，愛講愛笑兩人來，好正好，可比山伯對英臺。
> 十二月裡來又一年，公婆相好城（成）成（神）仙，汝攬女來我攬子，一家和氣得團圓，好正好，榮華富貴萬萬年。（頁 175-178）

（二）勸兄弟

唱片有蘇萬松〈兄弟骨肉親〉（黑利家 T-176）；邱阿專〈勸話兄弟〉（遠東唱片，

編號 Jo-47）。下列是蘇萬松〈兄弟骨肉親〉的內容：

> 一來勸化（世間做人個）兄弟人，做人（就）兄弟（正來就）骨肉親。大家（個）兄弟（就來就）同協力，真正家和無不興。勸化（世間做人個）兄弟人，兄弟骨肉血脈親，同胞娘親來載世，大家愛同心。打虎並捉賊，也愛親兄弟，出陣也愛父子兵。兄弟小爺來協力，真正贏過來他人。一等毒，蛇咬到；二來毒，黃蜂尾下針；三來毒，婦人心。爺哀兄弟面前莫說假，妻子面前莫說真；說真言，連累誤自身。愛想下把星子光，愛想下把月光明。大家同協力，魚幫水，水幫魚，兄弟做成人。老古言語有講起：兄弟一儕一面一樣心，僅想黃金堆棟也閒情。大家兄弟同協力，實在（時）黃泥正會變成金。[4]

（三）勸朋友

如《徐阿任手抄本》〈十勸朋友〉：

> 一勸朋友解勸尔（爾），世上風流尔（爾）愛知，已（幾）多風流無了日，囑咐阿哥愛討妻。
> 二勸朋友愛故（顧）家，莫來串（賺）錢亂開花，無痛無病無打景（緊），一下病痛正知差。……（頁 120-121）

又《徐阿任手抄本》〈說恩情〉：

> 正月喊妹說恩情，妹個（介）面容畫不成，老虎畫皮難畫骨，知人知面不知心。
> 二月喊妹說恩情，郎買人使送情人，哥說錢財如糞土，妹說仁義值千金。……（頁 123-125）

又《何阿信手抄本》〈十勸小姐〉：

> 一勸小姐姐不仁，當初時節嫁慢（麼）人，各人有夫各人介，何能貪心想別人？
> 二勸小姐真還訟，幹（恁）好丈夫尔（爾）不從，後生時節風流好，日後也愛轉家中。……（頁 56-57）

---

4 黃鼎松：《苗栗市誌》，頁 860，相同內容亦出現在《西湖鄉誌》第一冊，頁 623-624。

（四）勸妯娌

唱片有蘇萬松〈勸人子嫂〉、黃連添〈好壞姐嫂〉（遠東唱片 Jo-102，約 1967）、邱阿專〈勸話姊嫂〉（遠東唱片，編號 Jo-47）、邱阿專〈妯娌莫吵架〉（月球唱片，編號 MEV8084）。下面是蘇萬松〈勸人子嫂〉部份內容：

> 二來勸話子嫂儕，做人子嫂同心愛顧家。大家子嫂同協力，窮苦家庭變富家。勸話世間（做人介）子嫂儕，子嫂煞猛做成家。莫因小可事，冤冤惹惹，相持（刷）合鬥打……害人兄弟相打並冤家。害人兄弟喊分家，親像者（這）款婦人家。罪責滿貫害自家。[5]

（五）勸青少年

唱片有蘇萬松〈青年行正勸改〉（改良鷹標唱片，編號 19 ？）、〈奉勸青年去邪從正歌〉（古倫美亞唱片，編號 80229）、〈勸話少年哥〉；黃連添〈奉勸少年〉（遠東唱片 Jo-101）。蘇萬松〈勸話少年哥〉說：

> 三來勸話少年哥，錢銀兩字唔怕多。士農工商隨身寶，人無業藝還奔波。奉勸諸君少年時，士農並工商，大家愛守紀。莫來望人賺錢界（按：畀）俺使，橫領合詐欺。官法如爐你也知，那係無事天恁闊，到罪來真為難。……犯罪日子真難過，可比鳥仔捉落鳥籠肚。怎得籠爛出來外洋飛。[6]

又劉添財《最新客家民謠集》〈奉勸青年之歌〉：

> 一來奉勸青年郎，每日食飽到繳場。贏係礱（按：礱）糠輸係米，賭博場中殺人王。
>
> 二來奉勸青年郎，事業唔做做嫖行。流花落水無了日，貪花過度命不長。……
>
> （頁 1-5）

另外，也有勸戒後母的，如蘇萬松〈勸人後哀〉：

> 催來勸化（做人介）後哀人，做人介後哀愛平心。莫來自家子（正來介）惜啊惜

---

5 陳運棟：《西湖鄉誌》（苗栗縣：西湖鄉公所，1997 年），頁 546-547。

6 陳運棟：《西湖鄉誌》（苗栗縣：西湖鄉公所，1997 年），頁 547。

個胗，別人子女當作牛馬一般形。勸化世間（做人介）後娘人，半點愛平心。越奸越巧越貧窮，奸奸巧巧天不容。作（做）事來在人，主事來由在天。越奸越巧越貧窮，奸巧兩字天地不容情。後哀愛平心，唔好自家子，惜啊惜入心，前元子女當作係他人。朝朝晨，䟘起床，罵大合罵細，一張喙，唸唸唸唸，唊無停。比上比下無好比，可比齋公－阿彌陀佛，扣磬來誦經。[7]

三　以勸誡方式分類

可分為正面鼓勵的勸、負面警告的誡以及既勸又誡。[8]

（一）正面鼓勵的勸

如《徐阿任手抄本》〈上大人勸世歌〉：

上界有佛在心頭，大小人家正好修，人在世間容易過，孔子詩書永傳流。
……
你為善惡天必報，可教後代書莫丟，知禮識義人尊敬，禮門義路任君遊。
也有凡人成佛道，勸君回頭急要修，世人若能行此事，文武科甲定能有！
（頁 173）

又《徐阿任手抄本》〈積德勸世歌〉：

百善當行孝在先，家貧養老要心賢，父母恩深心能報，兒孫富貴介介（個個）賢。
諸君測（側）耳細聽知，聽看有理也無理，解勸大家行孝順，行孝之人天無虧。
為人積德最為先，有才無善也枉然，不信但看眼前者，愛興愛敗也無難。
山歌造來勸世間，諸位朋友認真聽，時時行個方便路，種種修來是善緣。
為人總要學善良，良善之人定吉昌，行善自然有可報，世代榮華福無疆。
為人發心勸四方，勸人須要學忠良，平生莫作虧心事，自有皇天降吉祥。

7　陳運棟：《西湖鄉誌》（苗栗縣：西湖鄉公所，1997 年），頁 547-548。

8　依客家民間習俗用法，「勸」大多指正面鼓勵；「誡」、「醒」大多指負面的警告。後面論文中大致依此習慣。

（頁 174-175）

（二）負面警告的誡

例邱阿專演唱、月球唱片編號 MEV8084 中有〈勸女要出嫁〉、〈勸君莫花色〉（一）（二）、〈勸君莫娶細姨〉、〈勸勿偷竊〉。又《徐阿任手抄本》〈阿（鴉）片烟歌〉：

三想食烟真可連（憐），一日三餐愛了錢，家中有錢還過得，擔柴賣木斷火烟。

六想食烟真清涼，手扛托盤上眠床，手夯（擎）軒子腳救（跔）起，可比奔仙點斗皇。

七想食烟切莫惹，食烟之人了身家，一日三餐愛食肉，烟願一過檳榔茶。

八想食烟面皮黃，手酸腳懶上眠床，十指尖尖如薑筍，腳踏花鞋秀（繡）鴛鴦。

十想食烟真不祥，麼（無）錢食烟打埔（舖）娘，開手丈夫烟願大，你今後生著去串（賺）。（頁 157-162）

作者點出抽鴉片的壞處：抽鴉片的人，不但整天面黃肌瘦、不事生產外，而且花錢，甚至鬧得夫妻失和，逼得老婆要出外打拼來貼補家用。

又《徐阿任手抄本》〈安慰寡婦之歌〉以十一聯章，來告誡寡婦丈夫死後「心莫野」、「心莫忙」、「愛收心」、「心莫愁」，要好好守節，撫養孤兒長大成人；如果改嫁，則會被子女、外人瞧不起，甚至百年之後也上不了祖先牌位。茲摘錄部份內容：

後生無夫心莫野，切莫時刻轉外家，路上幾多歪男子，不是打刼也採花。

後生無夫心莫忙，買個子弟鼎綱常，日後子弟做得好，貞節正來起牌坊。

後生無夫愛收心，邪徒一事莫去尋，鹹酸苦辣守下去，日後自有天賜金。

後生無夫心莫愁，總愛自己有機謀，放下邪心渡子女，自有雲開見日頭。

後生無夫汝愛聽，兩次嫁人骨頭輕，子女誥卦卦毋著，同人相罵罵毋贏。

後生無夫莫慌張，一條禾頭一條秧，嫁過老公又毋好，仍舊一世無春光。

（頁 188-190）

（三）既勸又誡

如《徐阿任手抄本》〈十想渡子歌〉：

九想渡子久久長，爺娘功勞不可忘，自己爺娘不敬奉，不孝之人罪難當。

十想渡子聽言因，造出詩書勸世人，書中勸人行孝順，家中和氣斗量金。
（頁 151-153）

又《徐阿任手抄本》〈十想家貧歌〉：

一想家貧要立心，不貪不取做成人，想起家貧多受苦，目渾（汁）流下兩三斤。
二想家貧真寒酸，朋友兄弟無來往，鑊頭洗淨無米放，無個妻子煮三餐。
……
九想家貧莫驚勞，認真趁（賺）錢娶老婆，各人算子各人打，滿（麼）人來教佢（幾）多。
十想家貧愛煞猛，勤儉長錢也無難，各人立志來去做，也會發財出頭天。
（頁 153-154）

正面鼓勵的勸和負面警告的誡並不是涇渭分明。在整篇勸世文中，也許某些章是正面鼓勵的勸，某些章是負面警告的誡，一般說來，以既勸又誡的內容最多。

四 以勸誡尊卑分類

有長輩對晚輩的勸誡，有同輩之間的勸誡。

（一）長輩對晚輩的勸誡

例如《何阿信手抄本》〈十勸行孝勸世文〉即是以長者身分勸誡少年、媳婦、妯娌以及「後生哥」（青年）：

二勸大家愛聽真，少年做事愛認真，莫來孝（好）食又懶做，將來總係誤了身。
……
六勸做人媳婦娘，做人媳婦愛想長，家娘面前愛行孝，丈夫面前愛商量。
……
八勸大家子嫂儕，莫作是非（亂）冤家，無影無跡妳莫講，死到閻君刘（割）舌麻（嫲）。
九勸大家後生哥，合（闔）家人等愛和腦（接），父母面前愛行孝，廳堂交椅輪流坐。

十勸萬惡存為者，存心百行孝為先，孝順還生孝順子，忤逆還生忤逆兒，不信但看簷前水，點點落地不差池。（頁46-47）

又劉添財《最新客家民謠集》〈勸世文〉即是針對青年所做的勸誡：

奉勸堂堂青年郎，青年時節愛想長。食飽事業毋知做，毋係嫖行就賭行。

嫖賭兩事毋戒踢（忒），不怕黃金閂棟樑。奔（分）人牽去池（劌）大猪（豬），毋使三年浪蕩光。

……

多酒多肉多兄弟，落難無人來幫忙。涯（𠊎）今勸話後生哥，各人立志做乖張。曉得聽𠊎毋會差，自己行孝老爺娘。雖（誰）人曉得行孝順，百年骸老名傳揚。（頁6-8）

（二）同輩之間的勸誡

例《徐阿任手抄本》〈十勸𠊎郎〉是為人妻對丈夫的叮嚀：

一劝（勸）涯（𠊎）郎万（萬）事休，風流兩事無愛去，風流不比長江水，断（斷）情切義結冤仇。

二劝（勸）涯（𠊎）郎笑邪邪，囑咐涯（𠊎）哥莫貪花，漂（嫖）賭貪花無了日，損丁破才（財）了身家。

三劝（勸）涯（𠊎）郎愛精神，風流兩事無愛尋，錢銀多少完（還）靠（較）得，日後台（抬）头（頭）見一人。

四劝（勸）涯（𠊎）郎實在精，出屋切莫撩弄人，生死閻王命注定，不过（過）黃河不死人。……（頁127-129）

又《徐阿任手抄本》〈囑郎勸世歌〉：

一囑涯（𠊎）郎郎愛知，閑住家庭要知機，遊手好閑無了日，大小生意愛做理（哩）。

二囑涯（𠊎）郎心莫也（野），露水夫妻切莫惹，大風吹落對聯紙，惹到大字正知差。

……

九囑涯（佢）郎莫氣癲，切戒嫖賭阿（鴉）片烟，汝今不係年己（紀）少，

子女襤褸在眼前。

十囑涯（佢）郎囑得多，莫倍（被）歪人來唆挑，百般言語都囑盡，聽不

聽來由在哥。（頁 178-180）

照理說應該有晚輩對長輩的勸戒，不過，可能臺灣客家勸世文多來自中老年人之手，客家人自古有敬老尊賢的傳統，故晚輩對長輩的勸戒詞文，筆者未見。

五　以勸誡內容分類

一方面由於臺灣客家勸世文的文本繁雜，一方面由於在一個文本內，往往內容易重疊，故很難截然劃分，硬是把內容分類是不得已的做法。在楊寶蓮《臺灣客語說唱》中，筆者就曾針對臺灣客語說唱的題材和內容分為歷史傳說或故事類、勸人行孝類、勸世勸善類、說唱時事類和演繹佛經類。[9]「客語說唱」是著眼在客家說唱表演藝術；而「客家勸世文」著眼在客家的勸世文學，而此種文學往往是「客語說唱」的文本或唱本，兩者是一致的，故筆者亦將臺灣客家勸世文分成下列五類討論。

（一）歷史傳說或故事類

這一類的內容大部分是「戲文」，和「變文」以及「寶卷」關係密切，可以說是沿襲中國傳統民間文學的素材，尤其是「二十四孝」最常成為說唱或戲曲的劇目。蘇萬松〈報娘恩〉（改良鷹標唱片，編號 19 ？）、〈大舜耕田〉（戰後美樂唱片，編號 HL202）、邱阿專灌錄的遠東唱片編號 JO-53 中有〈大舜耕田〉、〈丁蘭刻木〉、〈孟日紅娘親〉、〈郭巨埋兒〉、〈姜安送米〉、〈吳猛飼蚊〉等內容。

劉不仁不孝回心的故事，在臺灣可說流傳相當久遠，《徐阿任手抄本》和《羅蘭英手抄本》中都有，下面是徐本的部分內容：

奉劝（勸）諸君愛听（聽）真，莫學廣東刘（劉）不仁，孝順還生孝順子，不孝還生不孝人。觌（觀）今宜鑑古，無古不成今，知己就知被（彼），將心未（來）比心。欠債怨財主，不孝怨双（雙）親，講起刘（劉）不仁，實在真正不孝心。……雖然年己（紀）小，也係極灵（靈）通。就对（對）父親講：不可不孝

9　楊寶蓮：《臺灣客語說唱》〈臺灣客語說唱的題材〉（新竹縣：新竹縣文化局，2006 年），頁 112-117。

老公公，父親細細之時也係公公養育大，公公年己（紀）老看他就么（無）用，將他扛去沉海底，豬（豬）籠我愛留轉末（來），日後爺爺若係老，又好留末（來）張父親，也係扛到大海邊慢慢放矩（佢）沉，依然親像此樣形。……我今不敢不孝末（來）罵我个爺，对（對）自己愛來反良心。孝順還生孝順子，忤逆爺娘，後來我个子，也係不孝我自身。（《徐阿任手抄本》，頁 182-188）

故事是敘述廣東籍人劉不仁嫌父親年老力衰，不但百般虐待父親，還教年幼的兒子一起用豬籠裝老父，扛至大海想要遺棄之。稚子提醒他說：不可虐待祖父，否則我會將豬籠留下來，等您年老，我也照樣畫葫蘆。一語驚醒劉不仁，他從此改頭換面，孝順雙親。

另外曹安行孝的故事也相當受歡迎，《何阿信手抄本》〈曹安行孝〉（1933）應是最早的文獻。之後，有劉蕭雙傳唱的《曹安孝娘親》[10]（美樂 KL513，未註明出版日期）。下面是何氏〈曹安行孝〉部分內容：

……

昔日有名曹安孝，殺子奉娘身不輕，閒中論及諸君子，見說听（聽）唱古賢人。且看堂前婆婆面，夫身是婆腹下生，丟下閒言休要唱，且唱殺子奉娘親。二十四介（個）人行孝，曹安行孝勝（甚）高強，曹安住在潮州府，南華縣內是家鄉。……破（剖）得回（茴）鄉（香）江河洗，洗出血水滿河江，破（剖）開回（茴）鄉（香）做四比（臂），先把一比（臂）去煮湯。便叫（叫）蘇（蘇）氏來商量，速速燒火煮肉湯，煮得如（兒）肉七分熟，滿妹去奉老爺娘。婆婆食得大半碗，還有半碗叫（叫）回（茴）鄉（香），媳婦勸婆都食了，廚下還有兩分張。婆婆即時將言罵，媳婦說話不思量，今年絕粮（糧）米價貴，買肉有得己（幾）多長！媳婦听（聽）著婆婆罵，連忙近（進）前說言張（章），此肉還是回（茴）鄉（香）肉，此湯還是非（茴）鄉（香）湯。……男人李（學）得曹安好，天地几（幾）对（對）富貴郎。女人李（學）得蘇（蘇）氏女，夫妻孝順日月長，一朝榮耀登王閣，富貴榮華遠傳揚。天下為有曹安孝，免得潮州一府粮（糧），後來曹安生女（五）子，五子登科受皇恩。……（頁 49-56）

---

10 文本見楊寶蓮：《臺灣客語說唱》〈附錄一〉（新竹縣：新竹縣文化局，2006 年），頁 250-256。

此故事是敘述曹州鬧飢荒，曹安殺子煮肉湯救母命，為差官知悉，轉告老爺，老爺將曹安孝行上奏朝廷，天子深受感動，召見曹安並封他為官。後來，曹安又生五子，五子登科，一門吉慶，曹安夫婦孝行名揚天下。

（二）勸人行孝類

宋代就出現了特指教化性書籍「善書」這一專用名詞。善書及勸善思想長久以來深深支配中國人的思維。嚴格說來「孝順」亦屬於「善」的範圍，客家人又特別注重「忠孝傳家」，故筆者特別從「勸世勸善」中抽離出來，獨自成立「勸人行孝類」。勸人行孝類的唱片有范洋良〈娘親渡子難〉（文華唱片 ST-39，未註明出版日期）、蘇萬松〈勸孝歌〉（美樂唱片 HL203，1960）、黃連添〈百善孝為先〉（美樂唱片 HL240，1969 年再版）、羅石金〈石金勸孝歌〉（美樂唱片 HL5006，1970）等。下列是黃連添〈百善孝為先〉的部分唱詞：

唱：【山歌子】

盤古開天〔就來〕到如今，

出有曹安第一〔來〕有孝心；

天做〔就〕飢荒〔就來該〕無米食，

曹安〔來〕殺子奉娘親。

……

唱：【平板】

大家〔就〕知這個行孝好，

來聽曹安便知情。

唸：【平板雜唸仔】

一來奉勸諸君〔來〕少年郎，少年阿哥〔來〕並姊妹，大家〔時〕偲恩愛想，愛想〔該〕爺娘〔來〕細細〔來〕渡偲毋得大，實在〔來〕渡偲〔來〕苦難當，降子吂知娘親個受苦，降女〔該〕正知〔該〕無良方，降著該係有孝子，做人個爺哀，跈著佢〔正來〕喜歡歡，食飽時真快樂，快過日來日日安。降著〔時〕有一種不孝子，做人〔就〕爺哀〔時來〕跈著佢，實在〔來〕還淒慘，恰似面前惹債樣，……

唱：【平板】

燒个毋敢拈來食，

冷个毋〔來〕敢拈來嚐，

冷个〔來〕拿來〔就來〕吞落肚，

恰似冷冰見心腸！

……（楊寶蓮：《臺灣客語說唱研究》〈附錄〉，頁 268-270）

手抄本中也相當多，如《何阿信手抄本》〈十勸行孝勸世文〉：

一勸大家你愛聽，嫖賭兩事懷（壞）名聲，爺娘面前愛行孝，眾人都會傳名聲。

二勸大家愛聽真，少年做事愛認真，莫來孝（好）食又懶做，將來總係誤了身。

三勸大家愛相（想）長，串（賺）有錢銀敬爺娘，父母恩義都不知，不孝父母罪難當。

四勸大家愛聽真，串（賺）有錢銀敬雙親，父母言語都不順，雷公專打歪心人。

（頁 46-47）

（三）勸世勸善類

這類內容包涵更多，有勸學、勸知命、戒財、戒色、戒毒、戒賭、戒演戲……。筆者亦比照前面的鸞書，把它分成五項來說明。

一　勸家人要和睦：《徐阿任手抄本》中的〈夫妻不好歌〉主要說夫妻不好有許多不便之處：「共床共蓆無話講，恰似冤仇一般般」、「頭燒額痛無人問」、「食盡幾多冷菜飯」、「出外無人來叮囑，入門無人問短長」……。最後奉勸世人夫妻一定要和好，如此才會「榮華富貴萬萬年」。

又蘇萬松〈兄弟骨肉親〉（黑利家，T-176）主要是勸說兄弟如同骨肉般的關係密切，應當好好合作。又邱阿專〈勸話姊嫂〉（遠東 Jo-47）、〈勸話兄弟〉（遠東 Jo-47）、〈妯娌莫吵架〉（月球，MEV8084）、〈勸君莫娶細姨〉（月球，MEV14）；黃連添〈勸世惜妻歌〉（鈴鈴唱片 KL238，1968）、〈勸世養子歌〉（鈴鈴唱片 KL1550，1968）等，都是勸夫妻、兄弟、妯娌之間要和睦。

二　勸各行業人各守本分：例如《徐阿任手抄本》〈十勸世間人〉（頁 165-168）「手藝一定要認真」、「為人買賣要公平、秤斗出入要平正」、「為人耕種要勞心」、「有錢不可輕慢人」、「為人不可做惡事」，即是勸工人、生意人、農人要謹守本分；又〈士農工商歌〉（頁 193）也是勸戒士、農、工、商的詩文。

又蘇萬松〈小兒勤讀勸改〉（黑利家唱片，編號 T-295）主要是勸兒童要認真讀書；〈奉勸青年去邪從正歌〉（古倫美亞，80229）主要是勸青年人要去邪從正。

三　勸人培養高尚品格：如《徐阿任手抄本》〈說恩情〉（頁 123-125）主要是藉著《增廣昔時賢文》的詩文，如「錢財如糞土，仁義值千金」、「成人不自在，自在不成人」、「易漲易退山溪水，一反一復小人心」等勸人要培養高尚品格，了解人情世故，。

又《徐阿任手抄本》〈十想家貧歌〉（頁 153-154）主要是述說因為家貧，不但無妻、無友，而且向人借貸，也無人肯伸出援手。但是，只要肯努力、肯打拼，「也會發財出頭天」的一日。

又《徐阿任手抄本》〈積德勸世歌〉（頁 174-175）：「勸人須要學忠良」、「勤讀傳家為上策」、「為人一生學善良」、「為人不可妄貪財」即是勸人要學忠良，學善良，不可貪財而且要勤讀傳家。

又蘇萬松〈勸青年節浪費〉（黑利家唱片，編號 T-201），主要勸戒政府和人民要節約。

又邱阿專〈勸勿偷竊〉（月球，MEV8084）是勸人不可偷竊他人財物。

四　勸人戒除烟花酒色等惡習：

（1）戒烟：例蘇萬松〈阿片歌〉（中、下）（古倫美亞唱片，編號 80228）、羅石金〈食煙毒〉（鈴鈴，KL91）。

又《徐阿任手抄本》〈阿（鴉）片烟歌〉：

一想長山紅毛番，紅毛番子真不癲，有錢都愛登金榜，何能造出阿（鴉）片烟。

二想阿（鴉）片真出奇，舖娘男婦來問你，百姓都知大藥草，必定烟鬼纏等裡（哩）。

三想食烟真可連（憐），一日三餐愛了錢，家中有錢還過得，擔柴賣木斷火烟。

四想食烟食烟差，食（實）在清課窮苦沙（儕），一日三餐點燈火，冷笑碌天被舖下。……（頁 157-162）

又〈紅毛番歌〉（黃榮洛〈介紹幾首客家山歌詩詞〉，《客家雜誌》第 47 期）也是勸人戒烟：

壹想長山紅毛番	紅毛番來真不癲
百般頭路都好做	仰般來做鴉片烟
貳想食烟真出奇	舖娘男婦尋到佢

百姓都知大藥草　　　　不知烟鬼尋到裡（這）

三想鴉片真可憐　　　　食到鴉片整（準）了錢

有錢食到閑（還）好得　擔柴賣木斷火烟

四想鴉片不好惹　　　　食到鴉片正知差

一日三餐點燈火　　　　冷笑熱天（碌）被鋪下

……（頁 47）

（2）戒色：例彭懷恩〈奉勸諸君色莫貪〉：

> 奉勸諸君色莫貪，恰似閻君第一關；綾羅帳內真地獄，鴛鴦枕上活刀山。眉來眼
> 去推（催）魂鬼，八幅羅裙引路幡；一點靈光消散去，萬兩黃金買不還。五癆七
> 傷因色起，仙丹妙藥也還難；[11]……

又黃連添：〈勸世貪花〉（鈴鈴唱片 KL238，1968）也是勸各行各業的人不可貪戀女色：

> 唱：【蘇萬松腔】
> 一來奉勸（正來該）後生儕，青年朋友聽偓來勸話！
> 唸：【平板雜唸仔】
> 一來奉勸後生儕，青年朋友聽偓就來勸話，各個聽轉去，的確賺有錢銀愛省儉，
> 賺轉降偓哀，的確愛來降偓爺。為人个世細毋會差，人生在世的確莫貪花，酒色
> 過度正知差，做久身輕若係知無力，妻兒子女打家花。
> 商業先生若好貪花，牽著嬌女心起野，精神感覺兩儕相恩愛，妨身傷肺害自家。
> 耕種頭家若係好貪花，愛米愛穀分妹任妳賒，賒到自食糧不足，自家番薯摻米毋
> 合家。
> 劙豬阿哥好貪花，肥瘦豬肉自在阿妹任意挖，挖久豬刀無油食，自家油盞在打翻
> 車。
> ……
> 造出良言勸君家，男女莫做「過頭花」，貪花酒色身染病，離妻別子會來害自
> 家！（《臺灣客語說唱》，頁 312-314）

---

11 陳運棟：《西湖鄉誌》（苗栗縣：西湖鄉公所，1997 年），頁 545-546。

（3）戒賭：梁阿才、梁張冉妹〈賢女勸夫〉（美樂唱片 HL262，1965）是敘述有一賢妻，她的丈夫好賭成性。有一天，丈夫又賭輸歸來且亂發脾氣，她用三吋不爛之舌，百般勸說，終於使她丈夫省悟，從此戒賭。

又徐阿任〈囑郎勸世歌〉（頁 178-180）：「賭博場下莫去鑽」、「賭博贏錢有幾人」、「切戒嫖賭阿片烟」，也是勸人戒賭的例證。

五　其他：如蘇萬松就曾為農人的辛苦代言，如〈耕作受苦歌〉（黑利家唱片，編號 T-201）和〈道嘆耕田苦〉，下面是〈道嘆耕田苦〉部分內容：

> 一想耕田來（正來個）恁可憐，一年四季（正來）做無（個）停。正月初一做到（年）三十暗晡來算事（數），無藏（長）半仙（正來）在圓身。
>
> 二想耕田來（正來）細思量，幾多辛苦無奈想。咬薑啜醋來過日，出門又無一領好衣裳。
>
> 一想耕田來恁可憐，幾多辛苦隨在身。有病有痛拖到好，緊想貧苦緊苦情。[12]
>
> ……

又《徐阿任手抄本》〈招親〉說出了招贅男人心中的鬱卒：「拾指尖尖做到高」、「衫褲爛來膝頭穿，衫爛褲爛無人補」、「幾多暗切無人知」、「契哥入屋無敢講」、「受苦日子無人知」（頁 194-199）。

又葉中光〈工人樂〉曾為工人代言：

> 工人樂、樂休休，各樣機械握手中，努力生產為報國，繁榮社會立大功。
>
> 工人樂、樂陶陶，手執圓鍬並鐵鎬，埋頭苦幹費力氣，建設建設費辛勞。
>
> ……（《客家歌謠研究》第五集，頁 31-32）

又林德鳳〈農村長工嘆苦歌〉，說出農村長工心中的苦悶：

> 正月十外酒肉空，手巾一條鞋一双，人人問𠊎去奈位，𠊎講上街接長工。
>
> 二月長工係可憐，頭家帶𠊎到田邊，上坵巡到下坵轉，喊𠊎趕緊做秧田。
>
> ……（《客家歌謠研究》第一集，頁 31-32）

---

12 陳運棟：《西湖鄉誌》（苗栗縣：西湖鄉公所，1997 年），頁 547。

（四）說唱時事類

這部分內容類似報導文學，以真人真事為主。唱片方面有范洋良〈地震歌〉（文華唱片 ST-39，未註明出版日期）、邱阿專〈臺灣光復歌〉（遠東唱片 Jo57，1964）、黃連添〈阿日哥畫餅〉（美樂唱片 HL260，1965）、黃連添〈八七水災〉（鈴鈴唱片，KL238，1968）、林貴水〈醒世修行歌〉（美樂唱片 HL309，1966）等。

〈臺灣光復歌〉是說唱馬關條約後臺灣割讓給日本五十年（1895-1945），臺灣同胞在日本政府統治之下過著艱苦的日子。光復（1945）後，全島人民莫不歡欣鼓舞。

〈阿日哥畫餅〉是說唱臺灣光復前夕，人民生活困苦，尤其米糧嚴重不足，所以民間興起「糴夜米」（私人買賣米糧）的風氣。各種民生物資亦是短缺，統治者又要調百姓去「奉工」，人民苦不堪言。

〈醒世修行歌〉是說唱甲午戰爭清廷戰敗，李鴻章代表清廷與日本簽下了馬關條約，將臺灣割讓給日本，日本登臺，唐撫臺狼狽逃走。演唱者以「順敘」的手法，首先說明日軍登臺的經過；接著說明日本統治臺灣時，民不聊生的慘狀；最後敘述臺灣光復後的歡樂情景。

〈地震歌〉是敘述昭和十年，臺灣發生大地震，尤其臺灣西部最為慘重，房屋倒的倒，人員亡的亡。臺中、豐原、大湖、公館、南庄……等村鎮，放眼望去，簡直慘不忍睹。

臺灣省文獻委員會採集組也曾根據苗栗縣耆老口述記載的一篇〈震災勸世文〉：

> 一想地動麼[13]人知，三想地動淚悽悽（淒淒），五想地動真乞虧，七想地動真悽慘，九想地動哭茫茫，三月十九介晨（辰）時，當動寸步都難移，屋破人亡真難為，警官壯丁來檢屍，崁倒幾多親爹娘，突然之間麼（無）倍（胚）想，心肝都想愛來走，一般啼哭哀哀叫，檢出屍首各人認，棺材有錢麼好買，一陣搖來變平地，可憐有腳都難企，哀聲哭音響如雷，肉爛骨碎麼全身，有錢都請麼人扛，二想地動目汁來，四想地動淚茫茫，六想地動真可憐，八想地動真痛腸，十想地動哭哀哀，老幼青春做一磊，萬棟高樓一掃光，看見一般人尋人，李能震災實難當，看見人家死歸磊，麼看親人麼按痛，山崩地裂路破壞，尋有見面麼要緊，也有麼走都不死，禾稈拿來做草蓆，看到親人哭哀哀，生人有腳麼路行，尋麼見面

---

13 按：所有的「麼」字應改為「無」較正確。

命歸陰,又有走出正死亡,箱板拿來做棺材。[14]

劉添財編纂的《最新客家民謠集》也有許多此類的內容,如〈水災歌〉(頁 9-12)、〈日本統治歌〉(頁 89-102)、〈二二八事變歌〉(頁 139-142)、〈蘆溝橋事變歌〉(頁 140-143)、〈中國進步歌〉(頁 170-172)、〈新十大建設歌〉(頁 173-178)。

(五)演繹佛經類

楊玉蘭唱的〈十歸空〉、洪添福唱的〈十歸空〉皆屬之。根據洪添福說法,〈十歸空〉本來是道士在做法事時一段超渡亡魂的說唱。它藉著歷史上十個名人的故事,告誡亡魂和世人,一個人再如何地有權有勢,大限來時,皆難逃一死,一切歸空,所以人要學會放下貪、嗔、癡三毒。

客家人有一個習俗,就是有親人過世時會為他「做齋仔」,一般人是做「一日一夜」;沒錢人只能做一個晚上,叫做做「救苦段」;錢多的則做「三日三夜」,甚至「七日七夜」。在做法事時,做道士在「跌沒勝筊」的時候,他就會用〈十歸空〉去勸說亡魂,之後自然就會有「勝筊」。下面是楊玉蘭〈十歸空〉部分唱詞:

唱:【平板】

第一釋迦梵王宮　　修行探道雪山中
丈六金身為高足　　涅盤到處也歸空
第二孔子魯國公　　四書五經盡皆空
教訓三千徒弟子　　臨終無子也歸空
第三壽高彭祖公　　八百餘年在世中
九妻還有四五子　　臨終無子也歸空
第四孝子董永公　　天差仙女結成雙
織起綾羅還復在　　騰雲駕霧也歸空……

(《臺灣客語說唱》〈附錄〉,頁 364-366)

第三節　客家勸世文的修辭

---

[14] 臺灣省文獻委員會採集組:〈震災勸世文〉〈耆老口述歷史叢書 21〉《苗栗縣鄉土史料》(南投市:臺灣省文獻委員會,1999 年),頁198。

　　所謂修辭，乃是依據題旨情境，運用各種語文材料、各種表現手法，來恰當地表現寫說者所要表達的內容的一種活動。修辭法可分為消極修辭和積極修辭兩類：消極修辭是以明確、通順、平勻、穩密為標準。科學、法令等解說文所用的方法便是。而積極修辭則是積極地、隨情應景地運用各種表現手法，極盡語言文字的一切可能性，使所說所寫的語言文字，呈現出具體形象及新鮮活潑的動人力量。

　　一個動人的勸世文必備的條件，一是豐富的情感，一是修辭的技巧。臺灣客家勸世文的修辭大致有下列幾種：

一　比喻

　　思想的對象同另外的事物有類似點，就用那個另外的事物來比擬這思想的對象，叫做比喻。比喻的成立，實際上，包括有思想的對象、另外的事物和類似點等三個因素。因此，在形式上有正文（本體）、比喻（喻體）及比喻語（喻詞）三個成分。而由這三個成分的異同及隱現，比喻可分為明喻、隱喻及借喻三類。臺灣客語勸世文中常用的是明喻和隱喻兩種。

（一）明喻

　　它的本體和喻體及比喻詞三個部分都同時出現，這種比喻所用的比喻詞是最能夠明顯地表示比喻的字眼。如：好像、如同、彷彿、猶、若、如之類。

　　例：「臺灣婦人，恰似妖精。」（《何阿信手抄本》〈勸世文〉，頁 68-74）將臺灣的婦人家比喻成妖精。

　　又：「公婆相好奉爺娘，叔婆阿伯也歡喜，名聲當得桂花香，好正好，恰似織女對牛郎。」（《徐阿任手抄本》〈十想家貧歌〉，頁 153-154）將恩愛夫妻比喻成牛郎織女。

　　又《何阿信手抄本》〈曹安行孝〉（頁 49-56）：「大刀夯（擎）來白如雪，小刀夯（擎）來白如霜，大刀夯（擎）來頭下刈（割），小刀夯（擎）來破度（肚）腸。」以潔白的「霜」、「雪」來比擬曹安欲殺子時所持的大刀、小刀的鋒利，以及肅殺的氣氛。

　　《徐阿任手抄本》〈劉不仁不孝回心〉也說：

　　　　双（雙）親十月懷胎恩義大，養育自己身，三朝並七日危危險險得驚人，恰汝
　　　　（如）担（擔）油行滑路，難得子大可安身。可比坐路（船）过（過）大海，又

驚起風落雨船未（來）沉，做人父母者，千辛萬苦難，千難萬難養大得成人，父
母恩義都不報，可比禽獸一般形。……（頁 182-188）

以「擔油行滑路」、「坐船過大海」來比喻父母養育子女的危險和辛苦。

（二）隱喻

是比明喻更進一層的比喻法。本體和喻體緊密地相合在一起，因此本體和喻體用：
是、就是、成為、變為等詞語聯繫起來。

例「他人漢子，便係夫身。」（《何阿信手抄本》〈勸世文〉）此處在說早期的臺灣
婦人浪蕩荒淫，人皆可夫，別人的丈夫，也就是自己的丈夫。

又「亡國敗國，就是婦人。」（《何阿信手抄本》〈勸世文〉）。

又「看見臺灣花世界，自古花燈係車龍」（《新埔鎮誌》〈花燈勸世文〉）。

又〈紅毛番歌〉：「手扛烟斗脚踢起，恰是奎（魁）生（星）點斗方。」描寫抽鴉
片人抽鴉片時，拿著烟斗的神情動作，簡直和魁星點斗一模一樣。

至於「男像牡丹樣，女係玉芙蓉。天長地久結成雙，講倒（到）眉開眼又笑，恰似
嫦娥跳入廣寒宮。」（《新埔鎮》〈花燈勸世文〉）中，「男像牡丹樣」、「恰似嫦娥跳入
廣寒宮」屬明喻，「女係玉芙蓉」屬隱喻。

二 借代

所說的事物縱使與其它事物沒有類似點，但只要事物中間還有不可分離的關係時，
便可借那關係事物的名稱，來代替所說的事物。

《徐阿任手抄本》〈安慰寡婦之歌〉（頁 188-190）中有許多例子：

後生無夫八字差，丈夫死裡（哩）留歪麻（嬤），杓麻（嬤）無柄雙手捧，天係
虧人由得他。

其中「歪麻（嬤）」替代「命苦的婦人」；「杓麻（嬤）」替代「婦人」；「無柄」替
代「無老公」、「無男人」。

後生無夫無相干，守節一事心愛專，莫信歪人來咬弄，這家烟火不好斷。

其中的「歪人」替代「心術不正的人」；「烟火」替代「後代子孫」。

後生無夫汝愛聽，兩次嫁人骨頭輕，子女誥卦卦毋著，同人相罵罵唔贏。

「骨頭輕」替代「被人看輕」；「誥卦」替代「死後所發的訃聞」。

又《徐阿任手抄本》〈百般難〉（頁 190-193）：「裁縫也係真為難，洋服做來變狗服，賠人布錢也是難。」以「狗服」替代「做得不成樣子的衣服」。「百般事業百般難，乞食也係真為難，受盡己（幾）多狗子氣，講盡己（幾）多好金言。」以「狗子氣」替代「受到壞人欺負的窩囊氣」。

又黃榮洛〈紅毛番歌〉：「百姓都知大藥草，不知烟鬼尋到裡（這）」，以「大藥草」替代「鴉片」。

又《新埔鎮誌》〈花燈勸世文〉：「男像牡丹樣，女係玉芙蓉。天長地久結成雙，講倒眉開眼又笑，恰似嫦娥跳入廣寒宮。」以「嫦娥」替代「美女」，以「廣寒宮」替代「仙人所住之所」。描繪新埔花燈之夜，戀愛中的俊男美女談得興高采烈，又摟又抱的，有如美麗的嫦娥飛入月宮之中。

三　誇張

也稱誇飾。是在客觀事實基礎上，以豐富和瑰麗的想像，將某一事物的本質或特徵表現出來，對有關事物於空間、時間、數量等方面加以擴大縮小或渲染的一種修辭法。

例《何阿信手抄本》〈曹安行孝〉：「破（剖）得回（茴）鄉（香）江河洗，洗出血水滿河江。」將曹安殺子茴香後，在河邊洗出的血水份量誇張說滿河滿谷都是。

又《何阿信手抄》〈勸世文〉：「閒時習讀，當過唸經。」誇大習讀勸世文的功效比唸經更大。

又《徐阿任手抄本》〈夫妻不好歌〉（頁 162-165）：

二月裡來雨淋淋，公婆不好苦傷心，頭燒額痛無人問，三分病來七分深，

苦正苦，仰得雲開見天清？

誇飾夫妻感情不好，「三分」的病情，就往往會像「七分」那麼嚴重。心理嚴重影響生理的健康。

五月裡來是端陽，公婆不好割斷腸，一日毋得一日暗，一夜毋得一夜光，

苦正苦，死落陰間心不良。

　　誇飾夫妻感情不好，往往「一日毋得一日暗，一夜毋得一夜光」地度日如年，甚至死了做鬼也不原諒配偶。

　　　　六月裡來是熱天，公婆不好會變顛，恰似六月邦（挷）被盖（蓋），手

　　　　攪被骨叫可連（憐），苦正苦，悮（誤）了青春涯（倕）少年。

　　誇飾夫妻感情不好，有如炎熱的六月天蓋棉被睡覺，酷熱無比，簡直會教人發瘋。

　　又《徐阿任手抄本》〈夫妻相好歌〉（頁 175-178）：「公婆相好當過仙」，誇飾夫妻感情恩愛時，比神仙還要快樂。

　　又《徐阿任手抄本》〈劉不仁不孝回心〉（頁 182-188）：「劉不仁聽到心肝著下驚，我兒講話驚著人，句句言語也係著，講到利過針。我今不敢不孝來罵我个爺，對自己愛來反良心。」誇飾劉不仁之子，年紀雖小，卻句句言語比「針」還尖銳，發人深省。

　　又《徐阿任手抄本》〈招親〉（頁 194-199）：「二想招親實在難，做人真好人愛嫌，一人難合千人意，三十六想做人難。」誇飾為人處世的不易，正如「一人」要滿足「千人」的意願，談何容易呀？所以，左思右想，想了又想，想了「三十六」次，還真難啊！

四　排比

　　凡是用三個或三個以上結構相似，字數大體相等的句子或句子成分，來表達同一範圍、同樣性質的事物的修辭方式，叫做排比法。

　　例《新埔鎮誌》〈花燈勸世文〉：「迎獅又迎象，迎鳳又迎龍，迎出昭君和番去，五關斬將係關公。」

　　用三個同性質的句式「迎獅又迎象」、「迎鳳又迎龍」、「迎出昭君和番」花燈，共同描繪新埔鎮花燈盛會的情景。

　　又《何阿信手抄本》〈勸世文〉：

　　　　臺灣婦人，恰似妖精。不論老實，不論精靈。

　　　　不顧體面，不知六親。父母同漢，母子私情。

　　　　兄嫂共枕，叔嫂共眠。（頁 68-74）

　　此句中，作者用了四個否定的句子「不論老實」、「不論精靈」、「不顧體面」、「不

知六親」來描寫，早期渡臺者對臺灣婦女的惡劣印象，當時的婦女在他的眼中幾乎是人人不知廉恥、無情無義。

五　對偶

凡是意思相對，相似或相連，字數相等，語法結構相同，成雙作對地排在一起的兩個句子，就叫做對偶。

如《新埔鎮誌》〈花燈勸世文〉中有許多例子：

> 迎來百福，掃去邪風。

「迎來」對「掃去」，屬動詞相對；「百福」對「邪風」，屬名詞相對。整個句子音韻也相對：「迎來百福（平平仄仄）」對「掃去邪風（仄仄平平）」。

> 好景才人迎好客，花街妓女賽花容。
> （仄仄平平平仄仄，平平平仄仄平平）

它不但平仄相對，且名詞「好景才人」對名詞「花街妓女」，前者是有成就的君子，後者是流落花街的妓女，身分懸殊。動詞「迎」對動詞「賽」。

> 朋友轉宜蘭，姐妹轉高雄。

「朋友（平平）」對「姐妹（仄仄）」，屬名詞相對。「宜蘭」對「高雄」屬名詞相對，同時是一種方位相對，宜蘭在新埔鎮之北，高雄在新埔鎮之南。

> 花燈賽錦閣，大鼓準雷公。
> （平平仄仄仄，仄仄仄平平）

名詞「花燈」對名詞「大鼓」；名詞「錦閣」對名詞「雷公」；動詞「賽」對動詞「準」，平仄大致也是相對。

> 迎燈謝燈、有始有終。

兩句皆屬句內對。「迎」對「謝」，「平聲」對「仄聲」，屬動詞相對。「始」對「終」，屬名詞相對，「仄聲」對「平聲」。

天長地久結成雙。

「天長（平平）」對「地久（仄仄）」，也是屬於句內對，名詞相對。

又《徐阿任手抄本》〈阿片烟歌〉（頁 157-162）也有不少例子：

擔柴賣木斷火煙。

「擔柴（平平）」對「賣木（仄仄）」，兩者都是屬「謂賓式」的辭彙結構，平仄相對，也是屬於句內對。

蓮花蠟燭透天長。

「蓮花（平平）」對「蠟燭（仄仄）」屬名詞句內對。

攀頭攬首（按：頸）笑一場。

「攀頭（平平）」對「攬首（按：頸）（仄仄）」屬謂賓式動詞句內對。

又《徐阿任手抄本》〈十勸侄郎〉（頁 127-129）：

嫖賭貪花無了日，損丁破財了身家。
（平仄平平平仄仄，仄平仄平仄平平）

「漂（嫖）賭貪花」對「損丁破才（財）」；「無了日」對「了身家」，平仄也幾乎相對。

又《何阿信手抄本》〈勸世文〉（頁 68-74）：

不念今日，也念前情。

名詞「今日」對名詞「前情」。

又《徐阿任手抄本》〈積德勸世歌〉（頁 174-175）

時時行个方便路，種種修來是善緣。

副詞「時時（平平）」對副詞「種種（仄仄）」；動詞「行」對動詞「修」；名詞「方便路（平仄仄）」對名詞「是善緣（仄仄平）」。

在臺灣客語勸世文中，對偶的例子不少，大部分是詞性相對，平仄要求比較寬鬆。

六　反問

為了加強文中意思，便提出問題，但卻故意不回答，讓聽者和讀者自己領會理解，便叫做反問法，亦可稱為設問法。反問時，標點符號大部分會用「？」來標示。

例《何阿信手抄本》〈勸世文〉：

> 為（唯）有花街，不可去尋。何以見之？請道其情。
> 得病之時，馬（麼）人有情？日後記（既）死，香爐絕身。（頁 68-74）

又《何阿信手抄本》〈奉勸世文〉：

> 二勸世間人，夫妻要同心，莫因些小事，言語怒上心，全家要和氣，何愁家不成？
> 回轉投外家，來到仰主意？講得條道里（理），開聲問婿郎。無言可所說，何能來打妻？
> 害人又冤家，仰班（般）打主意？
> 朋友愛商量，何怕外人欺？（頁 43-46）

又《徐阿任手抄本》〈夫妻不好歌〉：

> 正月裡來是新年，公婆不好真可憐，共床共蓆無話講，恰似冤仇一般般，
> 苦正苦，仰得公婆來團圓？
> 二月裡來雨淋淋，公婆不好苦傷心，頭燒額痛無人問，三分病來七分深，
> 苦正苦，仰得雲開見天晴？（頁 162-175）

又《徐阿任手抄本》〈上大人勸世歌〉：

> 千謀百計難逃數，七旬老人有己（幾）秋？十年興敗人多少，士農工商各自由。
> （頁 173）

又《徐阿任手抄本》〈積德勸世歌〉：

> 為人不可作（做）惡多，作惡之人罪如何？自己那（若）是無報應，日後兒孫也冰波（奔波）。（頁 174-175）

又《徐阿任手抄本》〈囑郎勸世歌〉：

> 五囑涯（倕）郎愛精神，賭博贏錢有幾人？串（賺）錢只有吳三寶，家財了盡無人憐。（頁 178-180）

又《徐阿任手抄本》〈百般難〉：

> 百般事業百般難，讀書也係真為難，有个讀書七八冬，毋識瞎字係仰班（般）？（頁 190-193）

七 示現

把過去自己的經歷，或者未曾經歷和見過的事情，運用豐富的想像力，描繪得有聲有色，如聞如見似的，而這些事情有些是已經過去，有的還未到來，有的實際上並不存在，這種修辭方法叫做示現法。臺灣客語「說唱時事類」的勸世文，就是這示現的運用。例《何阿信手抄本》〈勸世文〉：

> 奉勸諸君，聽我言因。士農工商，各立經營。
> 為（唯）有花街，不可去尋。如何見之？請道其情。
> 臺灣婦人，恰似妖精。不論老實，不論精靈。
> 不顧體面，不知六親。父母同汗（漢），母子私情。
> ……
> 亡家敗國，就是婦人。看見臺地，不實世情。
> 來臺十載，四海經營。習讀時（詩）書，勸解世人。
> 莫管閒事，勤做成人。錢銀賺（賺）倒（著），回家奉親。
> 勤儉靠營，好來討親。或人家女，□二婚親。
> 有錢討過，免致單身。無憂無慮，永無掛心。……（頁 68-74）

此〈勸世文〉可說是一部渡臺悲歌，作者說他「來臺十載」，看見來臺的單身男子，因為寂寞思鄉，經不起臺灣婦女的誘惑，經常被騙得人財兩失而客死臺灣。他把臺灣婦女的無恥，「不顧體面，不知六親。父母同汗（漢），母子私情。」寫得繪聲繪影，生動地示現給讀者。

又黃連添〈八七水災〉（鈴鈴唱片 KL238，1968）是說唱民國四十八年八月七日「八七水災」的各地的災情：

> 民國己亥〔該〕七月事，初四〔來〕下午〔來〕災降臨，崩山水流〔來〕不知數，幾多〔該〕屍首無奈好尋。苗栗〔來〕縣內〔該〕也受害，〔該〕死傷來算最少還有百零儕。臺中〔來〕豐原〔來〕最淒慘，〔來〕天災地變〔來〕講無情。彰化〔來〕內外〔來〕多損害，〔該〕水浸街坊〔來〕不安寧，商行大店〔來〕全破產，家破〔來〕人亡實在還可憐。埔里各處〔來〕多損害，草墩〔該〕田園〔該〕打壞實在難翻身，〔該〕北港〔來〕嘉義〔來〕透出峽，〔該〕山崩地裂實在驚死人。數百餘年都無人變，〔該〕水蔭〔該〕人屋足足丈零深。後龍大肚橋斷絕，死傷〔來〕幾多〔來〕算來漁民。[15]……

又范洋良〈地震歌〉（文華唱片 ST-39，未註明出版日期）是描寫昭和十年，臺灣大地震的情景。房屋倒的倒，人員亡的亡。臺中、豐原、大湖、公館、南庄……等村鎮，放眼望去，簡直慘不忍睹。尤其臺灣西部最為慘重：

> 昭和〔來〕十年事，三月〔來〕十九〔來〕朝晨，街路〔就〕轉了〔就〕變平地，堵好〔就〕磡死〔就〕無數人；高樓萬丈〔就〕轉下來。山崩〔就〕地裂〔來〕得驚人，泥塵起，看冇真，愁雲（來）慘慘〔就〕暗沉沉。
>
> 大安〔就〕震源地，臺中〔就〕及員林，鐵道〔就〕交通〔就〕全斷絕，溪下〔就〕淺淺〔就〕變灰塵。豐原〔就〕透到〔該講〕內埔，上港〔就〕險險〔就〕全滅一家人。頭屋就焦裂，大湖、公館及山林，竹南沙鹿〔就〕南庄內，磡傷石屋〔就〕幾多食齋人。[16]……

---

15 楊寶蓮：《臺灣客語說唱》（新竹縣：新竹縣文化局，2006 年），頁 344-347。

16 楊寶蓮：《臺灣客語說唱》（新竹縣：新竹縣文化局，2006 年），頁 324-328。

八 重疊

在句子中把同一的字或詞接二連三的重複用在一起，便叫重疊法。例《何阿信手抄本》〈勸世文〉：

> 看見男人，歡喜在心。……君子看見，羞治（恥）為心。……貪花郎子，就起媱心。……初交之時，所說真心。……交合別人，一定也（野）心。……十項無一，說出無心。……毋知妹子，現時有心。……不知痴漢，對打良心。……妹子不講，暗怒傷心。……錢銀打鬪，妹喂（會）軟心。……毋知錢了，依舊變心。……一無所有，嘔血功（攻）心。……勸爾諸君，加（較）早復心。……看人行事，有意無心。……勸爾痴漢，謹記在心。……無憂無慮，永無掛心。……（頁68-74）

在上文中重複用十六個單音詞「心」；「無心」、「在心」也重複用了二次。又同樣是《何阿信手抄本》〈勸世文〉的內容，也大量用「人」字：

> 線索用路，百計求人。錢銀準水，就托（託）梅（媒）人。……
> 同生同死，總偲兩人。當初發誓，不同別人。……衣衫破爛，喂（會）羞死人。口對哥講，心想別人。一下無錢，變出他人。……粧（裝）模作（做）樣，喂（會）嚇死人。……契弟契督，慘過別人。……當今男子，不及婦人。……錢銀使了，也不留人。……奈人不何，暗計害人。……老情去到，喂（會）嚇死人。放火燒屋，捕殺仇人。……當今男子，為一婦人。……先前依後，方可為人。……這些婦女，如此害人。……即時現報，打死婦人。……死到陰司，定作（做）罪人。……亡家敗國，就是婦人。……習讀時（詩）書，勸解世人。……莫管閒事，勤做成人。……（頁68-74）

在上文中重複用二十三個單音詞「人」；「婦人」也重複用了四次；「別人」重複用了三次；「嚇死人」重複用了二次。

九 頂眞（頂針）

它是運用前面句子結尾的詞語，做後一句子開頭的詞語，使鄰接的句子上接下傳，

首尾相連，結構更為嚴謹。

如《何阿信手抄本》〈曹安行孝〉：「日裡南風吹到夜，夜裡南風吹到光。日裡水車踏到夜，夜裡水車踏到光」。

又《徐阿任手抄本》〈說恩情〉：「有心採花，花不發；無心插花（柳），柳成陰」。

又《徐阿任手抄本》〈十勸偃郎〉：「嫖賭之人，人心惡」。

又《徐阿任手抄本》〈阿片烟歌〉：「烟糕愛食，食烟清」。

又《何阿信手抄本》〈招妻歌〉：「十想招親就知差，千怪万（萬）怪怪自家，好介人家招不到（著），歪命招到幾（厥）屋下」。

又黃連添〈娘親渡子難〉：「想愛上天，天無路；想愛落地，地無門」；〈勸世惜妻歌〉：「三想無妻哥寒酸，衫爛褲爛膝頭穿，衫爛褲爛無人補，無人同我煮三餐」。

十　鑲嵌

在詞語中，故意把一個或幾個無關緊要，甚至沒有關係的字夾在裏面，以加強語氣，或加重意思，拖長文句，這種修辭手法叫鑲嵌法。

例《何阿信手抄本》〈曹安行孝〉：「桵（排）頭桵（排）尾都早死，落洋有水曹（遭）虫（蟲）蝗。」所謂「排」是指種有樹木的斜坡。「曹安作種十二担（擔），連有連衪收半倉。」「有」是指有果實的稻穀，「衪」是指有無實的空稻穀。

又《何阿信手抄本》〈勸世文〉：「契弟契督，慘過別人。」客家話的姘夫，稱為「契哥」，有人也寫作「客哥」，比較年輕點的，亦可稱為「契弟」。「契弟契督，慘過別人」意指「早期的臺灣婦女，唯利是圖，整天花言巧語情哥長、情哥短的，一旦大難來臨或遇到困難，她們走避唯恐不及，比一般朋友還糟糕。」

又《徐阿任手抄本》〈十想勸小姐〉：「有時有日時運敗，莫然言語喊命歪。」「有時有日」是指將來有這麼一天。

又《徐阿任手抄本》〈說恩情〉：「老（畫）虎畫皮難畫骨，知人知面不知心」、「易漲易退山溪水，一反一復小人心」。

又《徐阿任手抄本》〈十勸偃郎〉：「千日有妻千日好」。

又《徐阿任手抄本》〈十想度子歌〉：「不成食來不成眠、子無睡來娘無睡」。

又《徐阿任手抄本》〈十想家貧歌〉：「不貪不取做成人、自想自解目汁來」。

又《徐阿任手抄本》〈夫妻不好歌〉：「一日毋得一日暗，一夜毋得一夜光，共床共

蓆無話講」。

又《徐阿任手抄本》〈囑郎勸世歌〉:「千番有錢千番好,一番無錢向別人」。

又《徐阿任手抄本》〈招親〉:「一重歡喜一重愁」。

十一　層遞

按照事物性狀的大小、輕重、深淺、遠近、範圍等區別,逐層遞加或遞減地描述事物,說明道理的修辭法。

如《徐阿任手抄本》〈十想家貧〉(頁 153-154)以無親無友、無米下鍋、無妻遞加地描寫家貧的可憐:

二想家貧真寒酸,朋友兄弟無來往,鍋頭洗淨無米放,無個妻子煮三餐。

又《徐阿任手抄本》〈夫妻不好歌〉,每章都是逐層遞加敘說夫妻不好的辛酸:

三月裡來三月三,公婆不好實在難,食盡己(幾)多冷菜飯,著盡己(幾)多殺狗衫,苦正苦,白衫著到變烏衫?

此章由輕的冷菜冷飯,繼而衣衫不整,而加重至白色衣服都穿成漆黑的衣裳,層層遞進地說明夫妻不好的種種不便。

四月裡來四四方,公婆不好無商量,出外無人來叮囑,入門無人問短長,苦正苦,悮(誤)了青春受棲量(淒涼)。

此章由輕的出外無人叮嚀,繼而入門無人噓寒問暖,而重的耽誤青春,層層遞進說明夫妻不好的淒涼。

五月裡來是端陽,公婆不好割斷腸,一日毋得一日暗,一夜毋得一夜光,苦正苦,死落陰間心不良。

此章由近的日夜難挨,而遠的死了還不甘心,層層遞進說明夫妻的積怨。

十月裡來小陽春,公婆不好煨(會)失魂,三分事情又叫打,聲聲句句叫離婚,苦正苦,無面見人難出門。

　　此章說明夫妻的積怨與不便：動不動就家暴，動不動就逼離婚，無顏見人，興致懶得出門。

　　又《徐阿任手抄本》〈招親〉（頁 194-199）也是層遞的運用：

> 五想招親真艱辛，難啼做到二更深，做到三更人睡盡。
> 十八招親真忽（鬱）卒，聲聲句句趕涯（催）出，聲聲句句磨字紙，呀（唔）得枋開鋸來律（戛）。

十二　引用（用典）

　　在和別人說理或辯論時，為使對方心悅誠服地接受自己的觀點和主張，常常要引經據典，引用名人先哲的言論，來證明自己的觀點和意見正確，這修辭方法叫引用法。例《新埔鎮誌》〈花燈勸世文〉：

> ……看見臺灣花世界，自古花燈係車龍，傳來花燈新埔賣，旋轉機關閉英雄，迎出姜尚收妖怪，梨花收伏薛應隆（龍）。迎獅又迎象，迎鳳又迎龍，迎出昭君和番去，五關斬將係關公。賣油郎花魁占，遊蘇州乾隆君，九天玄女天香賜，樵仔問答對漁翁。世真下天界，奇術喂（會）騰空，大聖戰鯉精，孩兒吊空中。又有鐵拐仙姑弄，新樂綢旗艷艷動，火燒紅蓮寺，劉秀斬西宮，做出幽王弄褒姒，陳琳救主大英雄。……（《新埔鎮誌》，頁 731-732）

裡面即引用了大量的名人故事，來強調花燈的內容及多樣風貌，如姜子牙收妖怪、樊梨花收伏薛應隆（龍）、王昭君和番，關公過五關斬六將、賣油郎獨占花魁、乾隆君遊蘇州、天女散花、問樵、孫悟空大戰鯉魚精、李鐵拐戲弄何仙姑、劉秀斬西宮、幽王弄褒姒、陳琳救主等。

　　又《徐阿任手抄本》〈劉不仁不孝回心歌〉用二十四孝的人物言行，如孟宗哭竹、王祥臥冰、丁蘭刻木、姜安送米、楊香打虎、郭巨埋兒、目連救母等，勸戒世人要行孝道：

> ……奉劝（勸）人人行孝道須要孝（學）个古賢人：孝（學）得孟宗哭竹冬生笋（筍）；王祥求鯉雪上眠；又孝（學）丁蘭刻木為父母；姜安送米奉娘親；再孝（學）楊香耒（來）打虎，捨命救父親；孝（學）得二十四孝者，郭巨埋兒天賜

金。羊有跪乳恩深報，但看目連大入去地獄救母上天庭。不孝爺娘罪惡大，行孝
父母百福臨。……（頁 182-188）

又謝樹新《客家民謠傳》第七集〈十二歸空〉（頁 13-14）中，作者也用了釋迦牟
尼佛、孔子、顏回、彭祖、文種、石崇、蕭何、北宋楊令公、李廣、項羽、韓信等人的
故事。這些人可說皆是英雄豪傑，不可一世。但到終，都不免一死。由此得到萬事萬物
皆是「歸空」的結論。

十三　倒裝

在文句中故意顛倒詞語的次序，以達加強語調和音節，或錯綜句法等效果的修辭方
法，便叫倒裝法。

《新埔鎮誌》〈花燈勸世文〉（頁 731-732）有許多例子：

賣油郎花魁占

原文應該是「賣油郎占花魁」。《賣油郎獨佔花魁》出自馮夢龍著的《醒世恒言》，
是一部關於愛情、婚姻題材的作品。小本經營的賣油郎秦重看到名妓王美娘容顏嬌麗，
就不惜花了一年多時間，辛苦積攢得十兩銀子，作為一夜「花柳之費」。

夜間真如白晝同

原文應該是「夜間真如同白晝」。

看來花燈三大要，晴天無雨並刮風，又愛機會期日好，團結同心定成功。

原文的「期日」是「日期」的倒裝。

文中還有許多倒裝句：「遊蘇州乾隆君」，是「乾隆君遊蘇州」的倒裝；「九天仙女
天香賜」是「九天仙女賜天香」的倒裝；「對答英語十分通」是「英語對答十分通」的
倒裝。

十四　雙關

利用語言文字上同音或同義的關係，使一句說話牽涉到兩件事物上，便叫雙關法。

例《徐阿任手抄本》〈安慰寡婦之歌〉（頁 188-190）：

> 後生無夫心莫星（生），認（忍）耐定有出頭天，竹筒落增係蒸節，莫分外人來
> 看輕。

以「竹子脫殼始露出竹節」來替代「女子喪偶後堅守貞節」。「蒸節」和「貞節」，
在客語是發音相同，唸 ziin´ jied`，故以諧音來替代。

又《徐阿任手抄本》〈囑郎勸世歌〉（頁 178-180）：

> 二囑涯（𠊎）郎心莫也（野），露水夫妻切莫惹，大風吹落對聯紙，惹著大字正
> 知差。

「大字」和「大事」諧音，唸作 tai sii。全文的意思是妻子告誡丈夫，不要在外拈
花惹草，露水夫妻萬一出事，就如同大風吹落對聯紙，「大字」掉落，事情鬧大，後悔
就來不及了。

又《徐阿任手抄本》〈招親〉（頁 194-199）：

> 十六招親人人知，皆因麼（無）錢招到（著）汝，木相（匠）夯枷自造介，鉄（鐵）
> 鈀（耙）晒（曬）衫叉了裡（哩）！

「木相（匠）夯枷自造介」是說當年給人招贅是自找的。「叉」諧音「差」，唸
ca´，鐵鈀本身有開叉，整句意思是給人招贅，到如今才知道算盤打錯己後悔莫及。

十五　回文

運用詞序回環往復的語句，表現兩種事物或情理的相互關係的修辭法，叫做回文
法。例《徐阿任手抄本》〈說恩情〉（頁 123-125）：

> 古人不見金（今）時月，今月曾近（經）照古人。
> 哥說成人不自在，妹說自在不成人。

十六　呼告

寫文章敘述一件事情，當感情達到最高峰的時候，將想像中的對象，不管是人、事

或物，都當做已在面前的人，向他呼叫、傾訴，這就是呼告。用「呼告法」寫作，可以使文章或詩的情意更濃，更感人而具震撼性！在臺灣客家勸世文中用得非常多。例如林春榮〈醒世修行歌〉：「陽間黃金死不見，朋友呀！人死得一付木棺材！」

又黃連添〈百善孝為先〉：「又來奉勸少年姊，少年介青春小姑娘，妳愛聽說分章。」、「少年姊，這種罪責何人當？」

又《何阿信手抄本》〈勸世文〉（頁68-74）：

> 奉勸諸君，聽我言因。士農工商，各立經營。為（唯）有花街，不可去尋。……
> 奉勸世上，不可去尋。奈人不何，暗計害人。……勸爾男子，改過從新。……亡
> 家敗國，就是婦人。看見臺地，不實世情。來臺十載，四海經營。習讀時（詩）
> 書，勸解世人。莫管閒事，勤做成人。……

此文中，作者連用了三次呼告法，告誡來臺者：不要被花言巧語的臺灣婦人騙去了，人人都要潔身自愛，賺錢顧家，並孝順雙親。

又《徐阿任手抄本》〈十勸朋友〉（頁120-121），連續用十次呼告勸誡朋友：

> 一勸朋友解勸尔（爾），世上風流尔（爾）愛知，……二勸朋友愛故（顧）
> 家，……三勸朋友愛精神，……四勸朋友愛分明，……五勸朋友莫連花，……
> 六勸朋友來題詩，……七勸朋友愛听（聽）真，……八勸朋友莫幹（悹）
> 痴，……九勸朋友愛聰明，……十勸朋友敬爺娘，……。

又《徐阿任手抄本》〈十想勸小姐〉（頁121-123），連續用十次呼告勸誡小姐：

> 一勸小姐真不仁，……二勸小姐真可令（憐）……三勸小姐尔（爾）愛知，……
> 四勸小姐因少年，……五勸小姐愛在家，……六勸小姐好人才，……七勸小姐
> 莫風流，……八勸小姐梁四珍，……九勸小姐日紅身，……十勸小姐張玉
> 英……。

又《徐阿任手抄本》〈囑郎勸世歌〉（頁178-180），連續用十次呼告勸誡丈夫：

> 一囑涯（偓）郎郎愛知，……二囑涯（偓）郎心莫也（野），……三囑涯（偓）
> 郎愛分明，……四囑涯（偓）郎心愛寬，……五囑涯（偓）郎愛精神，……六
> 囑涯（偓）郎心莫迷，七囑涯（偓）郎心莫貪，……八囑涯（偓）郎愛顧家，……

九囑涯（倕）郎莫氣癲，……十囑涯（倕）郎囑得多，莫倍（被）歪人來唆挑，百般言語都囑盡，聽不聽來由在哥。

十七　摹寫

對事物的各種感受，加以形容描述，叫作「摹寫」。摹寫的對象，不僅為視覺印象，同時也包括聽覺、嗅覺、味覺、觸覺等等的感受。

《新埔鎮誌》〈花燈勸世文〉就包含了視覺和聽覺的摹寫技巧：視覺方面有「花燈到處不相同」、「燈光火樹銀花合」、「夜間真如白晝同」、「爭奇鬥巧千變化」、「花燈賽錦閣、」「自古花燈係車龍」；聽覺方面有「大鼓準雷公」、「名妓新曲高聲應」、「對答英語十分通」。

又《徐阿任手抄本》〈劉不仁不孝回心〉（頁 182-188）也運用觸覺和聽覺方面的摹寫：觸覺方面有「雙親十月懷胎恩義大，養育自己身，三朝並七日危危險險得驚人，恰汝（如）担（擔）油行滑路，難得子大可安身」，以挑油走滑路的觸感，描繪雙親養子的危險與辛勞。「我兒講話驚到（著）人，句句言語也係著，講話利过（過）針」，以「針」的尖銳來摹寫小兒言語的一針見血。又「時時罵父親，日日大聲罵：像个老猴古（牯），看人眼精精，每日食飽么（無）做世（事），嘰嘰瀧（嘰）瀧（嘰）祭衰人」，其中「看人眼精精」（看人目不轉睛）是視覺方面的描寫；「嘰嘰瀧（嘰）瀧（嘰）祭衰人」（囉囉嗦嗦丟人現眼）是聽覺結合視覺的綜合摹寫。

「摹寫」是一種「繪聲繪色」的修辭法，強烈地訴之於直覺的感受，通過作者主觀的觀照，經常是用綜合的摹寫描寫具體的反應，使讀者產生鮮明的印象。

第四節　小結

臺灣客家勸世文因為內容龐雜，故要將它分類是件艱鉅的工作。

一　以載體分類，可分為書面資料（手抄本、正式出版品）和影音資料（唱片、卡帶、CD、VCD、DVD）。

二　以勸誡對象分類，可分為勸夫婦、勸兄弟、勸朋友、勸妯娌、勸青少年等。

三　以勸誡方式分，可分為正面鼓勵的勸、負面警告的戒、既勸又誡。

四　以勸誡尊卑分類，可分為長輩對晚輩的勸誡、同輩之間的勸誡。

五　以勸誡內容分類，可分為歷史傳說或故事類、勸人行孝類、說唱時事類、演譯佛
　　經類。

　　臺灣客家勸世文雖是俗文學，出自庶民的集體創作或集體記憶，不過也隱藏著不少
修辭技巧，常用的有比喻、借代、誇張、排比、對偶、反問、示現、重疊、頂真、鑲
嵌、層遞、引用、倒裝、雙關、回文、呼告、摹寫等。

第六章
客家勸世文的體製及規律

第一節　用字和詞彙

　　臺灣客家勸世文體製可說源遠流長，它的句法、篇章可上溯至古逸詩、《詩經》，和唐五代的敦煌曲子詞、流行於梅州的「香花」詞文，可說是一脈相承。

　　羅肇錦〈客語的非漢語成分說略〉認為：

> 客家的祖源在中國西南，所以底層口語是中國西南苗瑤藏緬語言，書面語則是後來借自北方的官話。由於北方話越來越強勢，書面語漸漸取代口語，使客家話的口語越來越接近北方官話，只剩下少部分底層口語仍然是南方語言特質而已。也就是說客家話底層保有漢語祖源的特質，因此這些底層特質與上古中原漢語相近，卻與中古以後漢語不同，因為中古以後北方話受阿爾泰語影響已經與南方越離越遠，客家話除了保有部分南方祖語以外，也因使用官話而變成接近後期北方漢語型態。[1]

　　臺灣客家勸世文的書面文字，一般說來可分成兩大類：一為用北方官話寫作，另一為用客家白話書寫。比如說，第一人稱代名詞，官話寫作「你、我、他」，客家白話往往寫成「你、𠊎、佢」。又如普通話「是」，在客家白話中往往用「係」。茲將此二大類勸世文略述於後：

一　用北方官話書寫

　　如廖清泉抄錄的〈羅狀元洪先祖師醒世詩〉，共有二十首，完全是用普通話的詞彙來寫的，茲摘錄其中的第一、第四首：

> 富貴從來未許求，幾人騎鶴上揚州，與其十事九如夢，不若三年兩滿休。

1　羅肇錦：〈客語的非漢語成分說略〉，《第五屆客家方言暨首屆贛方言學術研討會論文集》（南昌市：江西南昌大學，2002 年），頁 373。

能自得時還自樂，到無心處便無憂，於今看破循環理，笑倚欄杆暗點頭。

獨對青山一舉觴，醒時歌舞醉來狂，黃金不是千年業，紅日能消兩鬢霜。

身後碑名空自好，眼前傀儡為誰忙，得些生意隨時過，光景無多易散場。[2]

「不若」一般客語白話會寫成「毋當」；「舉觴」一般客語會寫成「舉杯」；「傀儡」一般客語往往寫成「樵頭」或「人公仔」。無疑地，此二首詩是用普通話寫作的。又詹益雲《海陸客語童蒙書》〈勸世歌〉：

盤古開天不計年，自從有史已五千，三皇五帝由此始，唐虞天下位讓賢。

立德行仁民歡樂，人民齊頌堯舜天，夏禹以後家天下，預立儲君接位登。

夏商周室歷時久，三代滅亡妃不賢，春秋五霸互吞併，戰國七雄競爭權。

⋯⋯

自古貧窮多自在，從來富貴心更顛，石崇豪富蓋天下，難保綠珠家室全。

再看古今奸巧者，都遭報應不能免，害忠秦檜墳前跪，夫妻跪像跪墳前。

近如林彪心險毒，為何立即要奪權？溫都爾漢豪機墮，父子夫妻赴幽冥。[3]

這首勸世文是用七言漢語詞彙寫成，共二六二句，可以算是相當長的勸世作品。它從盤古開天闢地說起，談到唐、虞、夏、商、周、秦、漢、三國、魏晉南北朝、隋、唐、五代，以迄宋、元、明、清及近代各朝代的更迭和歷史上的風雲人物，雖名重一時，都是過眼雲煙，總結出要「忠厚傳家存孝道，詩書訓子育才能」的道理。

此類的勸世文，大多出自教「漢文」的老師之手，寫來供學生誦讀的。它的用字較典雅深奧，書讀得較少的常民一般不容易看懂、聽懂。臺灣客家宗教類的勸世文，如鸞書中的勸世詩文，大都如此。

---

2 廖清泉抄錄：《廖清泉手抄本》〈羅狀元洪先祖師醒世詩〉（大正十四年乙丑年（1925）抄錄，未正式出版），頁 1-3。感謝國立新竹師院碩士生徐建芳提供，廖清泉乃徐之外曾祖父，客家人，以耕田維生，平日喜歡唱客家山歌。

3 陳桂坤：〈勸世歌〉，收入詹益雲：《海陸客語童蒙書》（新竹縣：新竹縣海陸客家語文協會，2006年），頁 275-285。

二　用客家口語書寫

這是指比較保有客家話底層漢語祖源特質的書寫方式，臺灣客家說唱類的勸世文，大都屬於此類，「我手寫我口」，怎麼唱唸就怎麼紀錄。例如：《何阿信手抄本》〈十三想甫（暝）目歌〉（頁58-59）：

> 一想甫（暝）目涯（𠊎）就愁，毛（無）介（個）女子到床頭，三餐食飯
> 人峽（挾）菜，己（幾）多暗切在心头（頭）！
> 二想甫（暝）目真可連（憐），毛（無）介（個）妹子在身边（邊），高
> 明先生算張（章）節，怪得自己病症難。
> 三想甫（暝）目真崩（奔）波，行路踏抵（低）又踏高，一對目珠春（伸）
> 一隻，命中押（壓）到（著）仰奈何！
> 四想甫（暝）目真冤枉，也有高崁並崩江（崗），今生做介过（過）當事，
> 前生燒了倒頭香。……

客語的「甫（暝）目」，對應官話是「瞎子」；客語「目珠春（伸）一隻」，對應官話是「眼珠剩一個」；客語「崩江（崗）」對應官話是「懸崖」。

又如《何阿信手抄本》〈十勸行孝勸世文〉（頁48-49）：

> 八勸大家子嫂儕，莫作是非乱（亂）冤家，無影無跡你莫講，死到閻君刘
> （割）舌麻（嫲）。
> 九勸大家後生哥，合（闔）家人等愛和腦（撓）；父母面前愛行孝，廳堂
> 交椅輪流坐。
> 十勸萬惡存為者，存心百行孝為先，孝順還生孝順子，許（忤）逆還生許
> （忤）逆兒，不信但看詹（簷）前水，乄（點）乄（點）落地不差池。

其中，客語的「子嫂儕」，對應官話是「妯娌們」；客語的「冤家」，對應官話是「吵架」；客語的「舌麻（嫲）」，對應官話是「舌頭」；客語的「和腦（撓）」，對官話是「和氣」；客語的「交椅」，對應官話是「太師椅」。

由上可見，用客家白話書寫的勸世文，有用簡體字的現象，如「邊」寫作「边」；「亂」寫作「乱」。也有「借音」的現象，如「闔家平安」的「闔」寫作「合」；「可憐」寫作「可連」；「暝目」寫作「甫目」。這兩現象都是一般民間文學常見的缺失，不過並不減它的珍貴性。

另外，如蘇萬松、黃連添、邱阿添、楊玉蘭等藝人所留下來的勸世文唱片，後人在整理內容時，有些人會用北京話書寫，有些人會用客語白話書寫。

第二節　客家勸世文的體裁和字數

臺灣客家勸世文的體裁大致可分為純粹韻文及韻、散夾雜兩類。

一　純粹韻文

中國詩學的發展，《詩經》以四言為定格；《楚辭》以六言、五言為主，另加「兮」字；漢代的樂府民歌以雜言詩和五言詩為主，四言詩的數量很少；魏晉南北朝是五言古詩的興盛時期；唐代流行的是五言、七言近體詩。

臺灣客家勸世文因為歌唱時大都用【平板】、【山歌子】演唱，就如同一般的客家山歌辭一樣，故每章大都是七言四句，這樣比較容易行腔做韻。如果是三言、四言、五言和雜言，則不易演唱，如純粹用【雜唸仔】或朗誦則無此限制。

雖說臺灣客家勸世文以七言為主，但是仍保留不少先秦及漢唐古風。依照每句的句法，可分為三言、四言、五言、七言和雜言。四言為偶數音步，唸起來會有較平穩的感覺；三言、五言、七言為奇數音步，唸起較有抑揚頓挫的味道。

（一）齊言體

1　三言詩

如詹益雲編之《海陸客語童蒙書》中之〈三字經〉、〈弟子規〉外，還有三首〈三言雜字〉。茲摘錄部分內容於後：

〈其一〉

讀書子，寫字通。秀才父，狀元翁。四書熟，六經通。

朝天子，拜相公。知聖賢，識祖宗。能積善，受官封。

女織蔴，男務農。牧童子，田舍翁。天出日，地生風。

魚歸海，鳥飛空。薑諸芋，蒜韭蔥。漂白布，染絲紅。[4]……

4　詹益雲：《海陸客語童蒙書》（新竹縣：新竹縣海陸客家語文協會，2006 年），頁 10。

〈其二〉

……沽燒酒，飲涼泉。愛玉屋，亦要伴。好讀書，會做官。

語雖俗，記得難。士君子，留後看。讀書熟，當家難。

習於己，有相關。小兒子，習文章。觀音廟，好燒香。

造書人，實係通。山中物，說到空。識得透，件件通。[5]

2　四言詩

如黃榮洛《臺灣客家傳統山歌詞》中的〈招婚歌〉：

奉勸諸親，聽我言因，誰人招討，前世婚姻。

切莫計較，係命是真，結成夫婦，合膽同心。

現時辛苦，安樂後身，生有男女，隨人仁心。

巧言直說，後頭招親，探問實在，莫亂係真。

……

招無出頭，斬莫除根，恰似山中，吊穴安全。

招字一除，自賣己身，別人祖宗，大牌六親。

……

髑蜀污天地，污穢神明，死在陰間，不得出身。

奉勸大家，男婦記心，乾（凝）家勤儉，嫖賭莫因。[6]

又如《海陸客語童蒙書》中，收錄的曹盛初〈人生苦樂歌〉：

光陰似箭，日月如梭，苦樂有數，切莫蹉跎，

應加奮發，克復（服）坎坷，奮勉到底，自會樂多，

……

抬頭闊步，苦去樂多，國家幸福，社會祥和，

太平盛世，永息干戈，人人歡樂，處處笙歌。[7]

又《何阿信手抄本》〈勸世文〉：

5　詹益雲：《海陸客語童蒙書》（新竹縣：新竹縣海陸客家語文協會，2006 年），頁 19-20。

6　黃榮洛：《臺灣客家傳統山歌詞》（新竹縣：新竹縣文化中心，1997 年），頁 50-53。

7　詹益雲：《海陸客語童蒙書》（新竹縣：新竹縣海陸客家語文協會，2006 年），頁 76-77。

奉勸諸君，聽我言因。士農工商，各立經營。

為（唯）有花街，不可去尋。如何見之？請道其情。

臺灣婦人，恰似妖精。不論老實，不論精靈。

不顧體面，不知六親。父母同汗（漢），母子私情。

兄嫂共枕，叔嫂共眠。當下交著，總難脫身。

日夜打伴，過庄過縣。爺娘教治，無耳聽真。

丈夫打罵，也係閒情。看見男人，歡喜在心。……（頁 68-74）

3 五言詩

如《何阿信手抄本》〈十勸世間人〉：

……

九勸世間人，貧窮要耐心，閒事莫去管，嫖賭莫去尋，

勤儉為第一，免至（致）去求人。

十勸世間人，行事要小心，要行君子義，禮（理）當酬謝人，

真正為根本，家和國大興。（頁46-47）

又《何阿信手抄本》〈奉勸世文〉：

奉勸好朋友，一家愛和氣。朋友見相識，開口愛笑微。

齊家愛相問，歡歡愛喜喜。若有做壞子，暗来並暗去。

莫投人父母，鬼來又鬼去。害到人爺哀，愁到半生死。

丈夫就得知，打到半生死。有影完（還）詁（較）得，無影無天理。

害人皮又痛，罪積（責）你當去。牽示（事）並百（撥）非，人命害死裡（哩）。

看到人同□，雖（誰）人就得知。□友愛照故（顧），暗得暗塞居。

有人來偷看，□聲講人知。爺娘並丈夫，面目緊慢居。

若有人來問，胎（推）記（句）涯（倨）不知。福蔭有神蒙，害人千（全）怪爾。……（頁43-46）

又《何阿信手抄本》〈勸世文〉：

一勸世間人，父母恩義深，食娘身上血，養大得成人，此恩若不報，天地不容情！

二勸世間人，兄弟手足親，莫聽婦人言，兄弟骨肉親，大家同協力，黃鐵變成金。

三勸世間人，夫妻要同心，莫因些小事，言語怒上心，全家要和氣，何愁家不成？

四勸世間人，近鄰丙（並）事親，出入要相見，做事愛認真，倘有急難事，也愛左右鄰。……（頁46-47）

又林新彩《如是觀》中的〈勸世歌〉：

一勸世間人，父母恩義深，食娘身上血，苦了老爺心；

十年勤子讀，養大長成人，此恩若不報，天地不容情。

二勸世間人，兄弟骨肉親，姊妹同一樣，同胞共乳人；

自幼同家大，豈可區別伊，大家同協力，黃土變成金。……[8]

4　七言詩

如《徐阿任手抄本》〈十想渡子歌〉（頁151-153）：

一想渡子大功成，不成食來不成眠，閑還細頭燒額又痛，淒淒（淒淒）唧唧燥死人。

二想渡子實在難，肚飢想食手無閑，心肝想食子又叫（噭），正知渡子幹（恁）間（艱）難。……

九想渡子久久長，爺娘功勞不可忘，自己爺娘不敬奉，不孝之人罪難當。

十想渡子聽言因，造出詩書勸世人，書中勸人行孝順，家中和氣斗量金。

劉添財《最新客家民謠集》收錄的內容清一色是整齊的七言歌詞。如〈奉勸青年郎歌〉：

一來奉勸青年郎，每日食飽到繳（徼）場，

贏係壟（礱）糠輸係米，賭博場中殺人王。

二來奉勸青年郎，事業毋做做嫖行，

流花落水無了日，貪花過度命不長。……（頁1）

又〈貪花歌〉：

做工阿哥莫貪花，錢仔拿到角（徼）場下，

8　林新彩：《如是觀》（高雄縣：1997年1月電腦編印，未正式出版），頁43。

堵（賭）到四十九日烏，半斤鹽錢愛用賒。

長年阿哥莫貪花，勢（事）仔毋做錢先拿，

蒔田割來（禾）尋麼（無）人，包袱不（抔）轉食自家。…（頁84）

另外有一種「三三七七七」言的，如：葉光中〈農家樂〉（《客家歌謠研究》〈第四集〉，頁13-14）：

農家樂、樂無窮，男女一齊同耕種，付出辛勞與血汗，一年四季好收成。

農家樂、樂融融，平地高山不放鬆，麻麥米豆粟齊種，蕉蔗水果收穫豐。

……

又如葉光中〈打鐵歌〉（《客家歌謠研究》〈第四集〉，頁16）：

早打鐵、晚打鐵，打把剪刀送姐姐，剪刀陪姐去行嫁，姐姐嫁得好人家。

早打鐵、晚打鐵，打把剪刀送姑姑，姑拿剪刀學裁縫，做出漂亮新衣褲。

……

這種「三三七七七」可說是「七七七七」的變化體，在敦煌曲子辭中也常見，如〈三冬雪〉：

話苦辛。申懇切。數個師僧門切列。只為全無一事衣。如何禦彼三冬雪。

或秋深。嚴凝月。蕭寺寒風聲切切。囊中青繒一個無。身上故衣千處結。……[9]

又〈證道歌〉：

窮釋子。口稱貧。實是身貧道不貧。貧即身常被縷褐。道即身藏無價珍。

無價珍。用無盡。隨物應時時不吝。六度萬行體中圓。八解六通新地印。

（頁782-783）

這種「三三七七七」實是隋唐五代普遍流行的定格聯章「十二時」的俗曲模式。「十二時」不但影響當時的民間文學，同時也深深地影響後代的講唱文學，在變文流行之

---

9 任半塘：《敦煌歌辭總編》（上海市：上海古籍出版社，1987年），頁1049-1050。

時，與變文並行而傳唱於寺院、道場、瓦舍、歌場之間，且與變文有著密切的關係。[10]

　　臺灣民謠說唱類的客家勸世文，一方面演唱者多為民謠、採茶藝人，一方面唱腔受到客家民謠和客家三腳採茶戲唱腔的影響，故文本以七言為最多。客家民謠和客家三腳採茶戲唱腔的最主要的是【採茶腔】和【山歌腔】，用七言較容易演唱。三言、四言、五言和「33777」不容易掌握，所以，後來慢慢就褪流行了，在有聲資料中更難得聽見。

（二）雜言體（長短句）

　　如：徐阿任一九一〇年手抄本〈劉不仁不孝回心〉：

> 奉劝（勸）諸君愛听（聽）真，莫學廣東刘（劉）不仁，孝順還生孝順子，不孝還生不孝人。觃（觀）今宜鑑古，無古不成今，知己就知被（彼），將心未（來）比心。欠債怨財主，不孝怨双（雙）親，講起刘（劉）不仁，實在真正不孝心。五雷若係知，天地不容情，不念父母親血脈，恩義如同海樣深。又不念双（雙）親十月懷胎恩義大，養育自己身，三朝並七日危危險險得驚人，恰汝（如）担（擔）油行滑路，難得子大可安身。可比坐路（船）过（過）大海，又驚起風落雨船未（來）沉，做人父母者，千辛萬苦難，千難萬難養大得成人，父母恩義都不報，可比禽獸一般形。
>
> 講起劉不仁，天下也難尋，不孝怨父母，時時罵父親。日日大聲罵：像个老猴古（牯），看人眼精精，每日食飽么（無）做世（事），喂喂喂喂祭衰人，七、八十歲係么（無）死，像該廢物一般形，三餐食吓（下）飽，烏煙黃煙食么（無）停，會食又（不）會做。緊看心火又緊起，隨時起个惡毒心，就喊自己小兒子，名叫（叫）刘（劉）孝真，景景（緊緊）上棚頂，拿个大猪（豬）籠，同𠊎洗淨淨愛未（來）張个老猴古（牯），兩人景景（緊緊）扛未（來）去，扛到大海慢慢放矩（佢）沉。
>
> 他个小兒子就係刘（劉）孝真，今年都都十二歲就未（來）問父親，阿公年老捉去沉海是何因？劉不仁就对（對）子兒說：假做極聰明，人老就么（無）用，留未（來）看衰人，身屍沉落海底去，魂魄慢慢奔（分）矩（佢）上天庭，免至（致）日後做齊（齋）又做七，真正完（還）艱辛。刘（劉）孝真听（聽）見父親說，

---

10 鄭阿財：《敦煌文獻與文學》〈敦煌寫卷定格聯章十二時研究〉（臺北市：新文豐出版公司，1993年月），頁103-148。

句句也分明。雖然年己（紀）小，也係極灵（靈）通。就对（對）父親講：不可不孝老公公，父親細細之時也係公公養育大，公公年己（紀）老看他就么（無）用，將他扛去沉海底，猪（豬）籠我愛留轉耒（來），日後爺爺若係老，又好留耒（來）張父親，也係扛到大海邊慢慢放矩（佢）沉，依然親像此樣形。

刘（劉）不仁听（聽）到心肝著下驚，我兒講話驚著人，句句言語也係著，講話利过（過）針。我今不敢不孝耒（來）罵我个爺，对（對）自己愛來反良心。孝順還生孝順子，忤逆爺娘，後來我个子，也係不孝我自身。古早老人講个話，句句言語也是金。若要兒孫孝順我，我今先孝双（雙）親，從今十惡一善改，不敢不孝二双（雙）親，不孝罪惡大，天地不容情。奉劝（勸）人人行孝道須要孝（學）古賢人：孝（學）得孟宗哭竹冬生笋（筍）；王祥求鯉雪上眠；又孝（學）丁蘭刻木為父母；姜安送米奉娘親；再孝（學）楊香耒（來）打虎，捨命救父親；孝（學）得二十四孝者，郭巨埋兒天賜金。羊有跪乳恩深報，但看目連大入去地獄救母上天庭。不孝爺娘罪惡大，行孝父母百福臨。（頁 182-188）

這首勸世文的骨架，是以五言、七言為主，亦兼用四言，甚至十個字以上。

又如《新埔鎮誌》中的〈花燈勸世文〉亦是典型的雜言體，為了讓讀者了解整個文章佈局，故再次摘錄全文：

酉年春季喜相逢，慶祝花燈最有功，聖駕恭迎添錦閣，花燈到處不相同。

原來花燈事，娛樂在其中，賞景多快樂，庄中好年冬。

燈光火樹銀花合，夜間真如白晝同，爭奇鬥巧千變化，不知勝負在西東。

看來花燈三大要，晴天無雨並刮風，又愛機會期日好，團結同心定成功。

花燈賽錦閣，大鼓準雷公，眾仙下來看，打開南天門。

看見臺灣花世界，自古花燈係車龍，傳來花燈新埔賣，旋轉機關閉英雄，
迎出姜尚收妖怪，梨花收伏薛應隆（龍）。

迎獅又迎象，迎鳳又迎龍，迎出昭君和番去，五關斬將係關公。

賣油郎花魁占，遊蘇州乾隆君，九天玄女天香賜，樵仔問答對漁翁。

世真下天界，奇術喂（會）騰空，大聖戰鯉精，孩兒吊空中。

又有鐵拐仙姑弄，新樂綢旗艷艷動，火燒紅蓮寺，劉秀斬西宮，做出幽王弄褒姒，陳琳救主大英雄。

觀客人千萬，男女笑容容，遠來人不怨，看得係有功，火車並自動，各處有相通。

　　好景才人迎好客，花街妓女賽花容，名妓新曲高聲應，窈窕淑女出閨中。

　　八十婆婆，九十公公，看得花燈添福壽，迎來出出（齣齣）無相同。

　　來有青年歸臺北，講起愛人轉臺中，二人戀愛難分別，對答英語十分通。

　　情切切，意濃濃，攜手攀肩笑容容，男像牡丹樣，女係玉芙蓉。

　　天長地久結成雙，講倒（到）眉開眼又笑，恰似嫦娥跳入廣寒宮。

　　逍遙自在，快樂天宮，朋友轉宜蘭，姐妹轉高雄。

　　好景一時觀不盡，新聞記者列二通，全島人稱贊，名聲上廣東，迎來百福，

　　掃去邪風，迎燈謝燈，有始有終。

　　各人歸家從事業，後有機會再相逢，奉勸大家為善事，看破紅塵一陣風。

　　天也空來地也空，人生渺渺在其中，榮華富貴容易過，修煉花燈學仙翁。[11]

　　此首勸世文夾雜三言、四言、五言和七言，轉換流暢，有一股活潑之美。在「香花」文本中亦有長短句的詞文：

　　彭祖壽年長、今在何方、顏回四八早先亡、自古三皇並五帝、難免無常；

　　一去永無蹤、何日相逢、除非紙上畫真容、萬兩黃金買不得、命盡歸空；

　　香一炷、表寸心、禱告南海觀世音、唐王命我西天去、十萬八千里路程、

　　忙忙走、就登程、一陣過了又一陣、一陣分作兩陣行；

　　到春來、天氣和，雨露沾恩遍大羅，文武百官朝帝闕、六和僧眾念彌陀、

　　勤進步、莫蹉跎、常聞兩句古人歌、世間好語佛說盡、天下名山僧占多；

　　四時景、不相同，花落樹頭空，如何心裡似玲瓏，水樨花下菩提種、暑來

　　寒往、春夏秋冬；

　　飲春酒、嘗春台、春有百花開、桃紅李白真可愛、蝴蝶相鬥采、這般春景、

　　那般春景、千金難買；

　　秋來黃菊綻東籬、正是金龍出海時，七佛燃燈親授記，明星標月悟真機，

　　空寂寂、水如如，月滿長天水滿池，水滿池、水滿池、萬相森羅念阿彌。[12]

　　這首詞文由五言、四言、七言、三言交錯構成。

　　由以上可見，〈花燈勸世文〉和「香花」文本中長短句的詞文，形式上相當類似。

---

11 新埔鎮誌編輯委員會：《新埔鎮誌》（新竹縣：新埔鎮公所，1997 年），頁 731-732。

12 王馗：〈梅州佛教香花的結構、文本與變體〉，《民俗曲藝》第 158 期（2007 年 12 月），頁 134。

長短句的詞文，節奏變幻，演唱時比較難掌握，故傳唱者較少。

二　韻散夾雜

如蘇萬松唱的〈勸孝歌〉：

唱：【平板】
正〔啊〕月〔你嘛〕桃〔哪〕李〔呀啊正月〕來問春〔呢〕，
因〔哪〕為〔偓嘛〕孝道世〔啊〕上尊〔哪啊〕，
孝〔啊〕義〔偓就完哪係呦〕正來〔就〕孝自己〔呢〕，
點〔啊〕點〔偓嘛〕傳〔哪〕來分〔哪〕子孫〔哪〕。
詳細就來想起〔呦〕，
簷〔嘛〕水〔偓就〕點〔嘛〕點滴舊墩〔呢〕！

說：（口白）
相勸世間愛孝心，上天無虧孝心人，簷水點點滴舊地，

唱：【平板】
你看真〔你就〕孝〔哪〕道原來正步步〔哇〕升〔呢〕！

唱：【平板】
二〔呀〕月〔偓嘛〕桃〔哪啊〕李〔呦正來〕結成果〔呢〕，
為〔呀〕人〔偓就〕最先愛〔呀〕孝道〔哇啊〕，
十〔啊〕月懷〔呀〕胎〔呢正來就〕娘辛苦，
三〔啊〕年〔偓就〕奶哺〔實在〕娘都老〔哪〕。
大家〔就〕思想起〔呦〕，不〔啊〕孝〔偓就〕雙〔哪〕親絕對就做毋好
〔呢〕。

說：（口白）
相勸世間愛孝道，孝道雙親總有好，人生在世無幾久，

唱：【平板】
愛求〔偓就〕雙〔啊〕親歸仙就的確無〔呢〕！

唱：【平板】

三〔嘛〕月〔催嘛〕成〔啊〕果〔哪正來介〕好梅酸〔喔〕，

相〔啊〕勸〔你介〕行〔啊〕孝心〔嘛〕愛專〔哪啊〕，

在〔呀〕生〔催就〕雙〔哪〕親大家就來無愛〔哩〕，

衰〔呀〕過〔催就〕死後香〔啊〕煙斷〔呢〕。

大家就從頭來想起〔呦〕，爺娘〔催就〕愛子心〔嘛〕合肝〔哪啊〕。……[13]

　　臺灣客家勸世文說唱中，一般有兩種模式，一是只唱不說，一是又說又唱。這首蘇萬松〈勸孝歌〉是屬於後者。說的時候用無押韻的散文，唱的時候用韻文，〔　　〕內的字屬於增字。

　　又如蘇萬松演唱的〈大舜耕田〉：

大舜說：

想人生在世不能十全之久，想我牛家與大舜家財萬貫。咳！母親別世棄了

於我，父親聽了王婆之言，討轉後娘入了我家鄉，受了後娘種種之苦，咳！

我姊妹何日得春光了哩？

大舜唱：【蘇萬松腔】

〔想起〕（na）做（na）人（li）〔前元該〕子女〔該〕恁〔該〕難（lii），

幾多〔斯〕辛（i）苦（ua）〔正來該〕無人〔該〕知（li），

食盡（na）幾（na）多（li）〔後娘斯〕臭面〔該〕飯（li），

聽盡〔斯〕幾（li）多（ua）〔後娘斯〕冷言語（lii）。

大舜唸：【平板雜唸仔】

想起〔斯〕做人〔該〕前人子〔正來該〕恁難哩，幾多〔該〕辛苦〔該〕

無人知，壁頭〔就〕壁背，自家想著就險偷嗷，翻頭並想起，自家想著就

險偷嗷，睡著〔斯〕三更半夜〔斯〕心頭血火思想起，思想〔斯〕做人〔該〕

恁難哩，怨得〔斯〕母親〔該〕來早死，今日正會恁慘淒，食得〔斯〕飽

來〔該〕人愛打；食得〔該〕少來肚又飢，想我父親〔該〕出門去，目汁催就雙（li）

雙（ua）〔正來〕淚淒淒（li）！[14]

---

13 楊寶蓮：《臺灣客語說唱》（新竹縣：新竹縣文化局，2006年）：，頁278-279。此首內容出自美樂唱片HL203，一九六〇年出版。

14 楊寶蓮：《臺灣客語說唱》（新竹縣：新竹縣文化局，2006年），頁242。資料來自美樂唱片HL202，一九六九年二月再版。

從文中可知，說時用散文，唱時用韻文，（　　）內屬於拖腔。這裡另有一種所謂的【雜唸仔】，【雜唸仔】是一種唱腔，似吟似唱，它的字數往往像長短不一詞文，但是又講求押韻。【雜唸仔】最大的特徵是「有板無眼、類似皮黃戲【流水板】的【雜唸仔】」[15]【雜唸仔】一般分【平板雜唸仔】和【山歌子雜唸仔】。【平板雜唸仔】是先唱【平板】再接唱【雜唸仔】；【山歌子雜唸仔】是先唱【山歌子】再接唱【雜唸仔】[16]。

第三節　客家勸世文的語言旋律

一　押韻

　　由上節可知，臺灣客家勸世文大部份是韻文，或三言，或四言，或五言，或七言。因為臺灣客語說唱勸世文時，最常用的是板腔體的【平板】、【山歌子】或【雜唸仔】的關係，所以以純粹七言詩最多，韻散夾雜的次之。

　　既然是韻文，即有押韻的必要。在三千多年前的《詩經》、《楚辭》年代，詩人已經知道要「押韻」，也懂得大量的運用「兮」、「只」等助詞，以及雙聲、疊韻、疊字來營造美好的語言旋律。

　　臺灣客家勸世文押韻的情況又是如何？一般押韻除了看韻尾 m、n、ng 外；a、e、i、o、u 等元音是影響聲響最重要的因素，舌位愈低，聲音愈宏大。其主要特徵及例字如下元音舌位圖[17]：

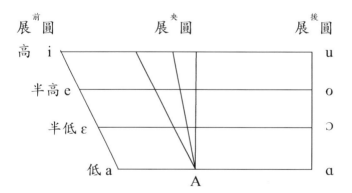

---

15 鄭榮興：《臺灣客家音樂》（臺中市：晨星出版公司，2004 年），頁 107。

16 客語說唱唱腔常用的有蘇萬松腔、平板、山歌子、雜唸仔。有關此內容可參閱楊寶蓮：《臺灣客語說唱》第一章第四節〈臺灣客語說唱唱腔〉，以及鄭榮興：《臺灣客家音樂》。

17 唐作藩：《音韻學教程》（北京市：北京大學出版社，1987 年），頁 42-56。有關元音的種類、圓展、開合都有詳細的介紹。

i：前、高、不圓唇。客語「衣」「宜」皆念（-i）。

e：前、半高、不圓唇。客語「姆」「北」皆念（-ei）。

a：前、低、不圓唇。客語「阿」「挖」皆念（-a）。

u：後、高、圓唇。客語「烏」（-u）。

o：後、半高、圓唇。客語「窩」（-o）。

茲以現代音標、臺灣北部四縣標音，標出韻腳，以見各首勸世文押韻的情形。

（一）一韻到底

如《徐阿任手抄本》〈說恩情〉（頁 123-125）：

> 正月喊妹說恩情（qinˇ），妹個（个）面容畫不成（siinˇ），老虎畫皮難畫骨，知
> 人知面不知心（ximˊ）。
> 二月喊妹說恩情（qinˇ），郎買人使送情人（nginˇ），哥說錢財如糞土，妹說仁義
> 值千金（gimˊ）。
> 三月喊妹說恩情（qinˇ），開瓶酒子送情人（nginˇ），不信但看盃中酒，盃盃先敬
> 有錢人（nginˇ）。
> 四月喊妹說恩情（qinˇ），門前柳樹好遮陰（imˊ），有心採花花不發，無心插花
> 柳成陰（蔭）（imˊ）。
> ……

在臺灣客語四縣腔的（-ii-）海陸腔往往唸成（-i-），這首〈說恩情〉是一、二、四
句押韻，一韻到底，押主要韻腹元音（-i-）；韻尾（-m）、（-n）通押。韻腳「情」字重
複用了十次；「人」字重複用了十次；「陰」字重複用了二次；「明」字重複用了二次，
不避諱用相同的字做韻腳。

又〈十勸世間人歌〉（徐阿任《徐阿任手抄本》，頁 165-168）。這首歌，每章七言
六句，一、二、四、六句押韻：

> 一來奉勸世間人（nginˇ），愛知父母恩義深（ciimˊ），細細食娘身上血（hied`），
> 苦心養大得成人（nginˇ），此个深恩若不報，定然天地不容情（qinˇ）！
> 二來奉勸世間人（nginˇ），為人夫婦要同心（ximˊ），莫來因端些小事，就來一
> 旦怒傷心（ximˊ），合家老幼要和氣，勤儉何愁家不興（hinˊ）？
> ……

九來奉勸世間人（ngin˘），有錢不可輕慢人（ngin˘），富貴貧窮輪流个，不信且看眼前人（ngin˘），先日有錢今日苦，看等無錢短會有（iu˘）。

十來奉勸世間人（ngin˘），人家一定要耐心（xim˘），為人不可作（做）惡事，作（做）惡之人罪惡多（do˘），自己那是無報應，日後兒孫也冰（奔）波（bo˘）。

　　此詩文共十章，可說是一韻到底押主要韻腹元音（-i-）；韻尾（-m）、（-n）通押，只有到最後的「多」、「波」才換成押（-o-）。可見臺灣客家勸世文用韻活潑、寬鬆其中韻腳「人」字重複用了十六次；「心」字重複用了五次；「親」字重複用了二次。人（ngin˘）是陽平；心（xim˘）是陰平；血（hied`）是陰入皆可押，可見在臺灣客家勸世文押韻韻中，沒有陰陽之別和平、上、去、入的限制。

　　又〈勸世文〉（何阿信《何阿信手抄本》，1933，頁68-74）亦是一韻到底，主要元音（-i-）、（-ii-）通押；韻尾（-m）、（-n）通押：

奉勸諸君（kiun˘），聽我言因（in˘）。士農工商，各立經營（in˘）。

為（唯）有花街，不可去尋（qim˘）。如何見之？請道其情（qin˘）。

臺灣婦人，恰似妖精（jin˘）。不論老實，不論精靈（lin˘）。

不顧體面，不知六親（qin˘）。父母同汗（漢），母子私情（qin˘）。

兄嫂共枕，叔嫂共眠（min˘）。當下交到，總難脫身（siin˘）。

日夜打伴，過庄過縣（ien）。爺娘教治，無耳聽真（ziin˘）。

丈夫打罵，也係閒情（qin˘）。看見男人，歡喜在心（xim˘）。

……

勸爾男子，改過從新（xin˘）。安分守己，不可□被（pi˘）。

亡家敗國，就是婦人（ngin˘）。看見臺地，不實世情（qin˘）。

來臺十載，四海經營（in˘）。習讀時（詩）書，勸解世人（ngin˘）。

莫管閒事，勤做成人（ngin˘）。錢銀賺（賺）倒（著），為家奉親（qin˘）。

勤儉靠營，好來討親（qin˘）。或人家女，□二婚親（qin˘）。

有錢討過，免致單身（siin˘）。無憂無慮，永無掛心（xim˘）。

逍遙自在，快樂終身（siin˘）。諸君有忘，子思認真（ziin˘）。

？詞佑，一片冰心（xim˘）。閒時習讀，當過唸經（gin˘）。

　　此勸世文為四言四句，全文共三〇八句。其中韻腳「人」重複用了二十七次；韻腳「情」重複用了二十次；韻腳「心」重複用了十六次；韻腳「親」重複用了六次。重覆

用韻的情形很普遍，且陰平、陽平通押。

（二）換韻

〈十勸朋友〉（《徐阿任手抄本》，頁120-121），也是一、二、四句押韻。有轉韻現象，用韻由（-i）轉（-a）再轉回（-i），最後以（-o-）作收：

第一章，押（-i）：

一勸朋友解勸尔（爾）（ngiˇ），世上風流尔（爾）愛知（diˊ），己（幾）多風流無了日，囑咐阿哥愛討妻（qiˊ）。

第二章，押（-a）：

二勸朋友愛故（顧）家（gaˊ），莫來串（賺）錢乱（亂）開花（faˊ），無痛無病無打緊（ginˋ），一下病痛正知差（caˊ）。

第三章至第九章，押（-i）：

三勸朋友愛精神（siinˇ），爺娘面前愛分明（minˇ），只愛風流想愛走，總（總）愛夫妻萬年人（nginˇ）。

四勸朋友愛分明（minˇ），賝（賺）有錢銀愛在身（siinˊ），錢銀兩事不勤儉，日後老來難得尋（qimˇ）！

五勸朋友莫連花（faˊ），不可風流做幹他（taˊ），後生風流無打景緊（ginˋ），老來轉想正知差（caˊ）。

六勸朋友來題詩（siiˊ），囑咐朋友愛轉裡（哩）（liˊ），風流兩事無了日，也（野）花毋當親嬌妻（qiˊ）。

七勸朋友愛听（聽）真（ziinˊ），哥愛轉去看母親（qinˊ），風流兩事捨不得，日後老來難收兵（binˊ）。

八勸朋友莫幹（恁）痴（ciiˊ），各人有事各人知（diˊ），莫來仝（同）妹幹（恁）相好，丟別老娘上（傷）天裡（理）（liˊ）。

九勸朋友愛聰明（minˇ），少年不知老年人（nginˇ），敬奉爺娘敬天地，不孝爺娘不容情（qinˇ）。

第十章，押（-ong）：

十勸朋友敬爺娘（ngiongˇ）轉來家中好春光（kongˊ），流花落水無了日，總（總）愛夫妻正久長（congˇ）。

又〈安慰寡婦之歌〉（《徐阿任手抄本》，頁 188-190）亦是轉韻的一例。

第一章，押（-a）：

後生無夫八字差（ca'），丈夫死裡（哩）留歪麻（嫲）（ma'），杓麻（嫲）無柄雙手捧，天係虧人由得他（ta'）。

第二章，押（-on）：

後生無夫無相干（gon'），守節一事心愛專（zon'），莫信歪人來唆弄，這家烟火不好斷（ton'）。

第三章，押（-a）：

後生無夫心莫野（ia'），切莫時刻轉外家（ga'），路上幾多歪男子，不是打劫也採花（fa'）。

第四章，押（-ong）：

後生無夫心莫忙（mong˘），買個子弟鼎綱常（song˘），日後子弟做得好，貞節正來起牌坊（fong'）。

第五章，（-im）、（-in）通押：

後生無夫愛收心（xim'），邪徒一事莫去尋（qim˘），鹹酸苦辣守下去，日後自有天賜金（kim'）。

第六章，押（-eu）：

後生無夫心莫愁（seu˘），總愛自己有機謀（meu˘），放下邪心渡子女，自有雲開見日頭（teu˘）。

第七章，押（-ang）：

後生無夫汝愛聽，兩次嫁人骨頭輕（kiang'），子女誥卦卦毋著，同人相罵罵毋贏（iang˘）。

第八章，（-ang）、（-an）通押：

後生無夫心莫星（生）（sang'），認（忍）耐定有出頭天（-ian'或-ien'），竹筒落增係蒸節，莫分外人來看輕（kianŋ'）。

第九章，押（-oi）：

後生無夫心莫灰（foi'），細心帶大子女來（loi˘），藤斷自有蔑（篾）來駁，船到

　　灘頭水路開（koiˊ）。

第十章，押（-ong）：

　　後生無夫莫慌張（zongˊ），一條禾頭一條秧（iongˊ），嫁過老公又毋好，仍舊一世無春光（kongˊ）。

第十一章，押（-i）：

　　後生無夫莫離題（tiˇ），風流兩事莫相（想）佢（giˇ），仰起頭來天下闊，世上命歪不丹（單）汝（ngiˇ）。

　　此首勸世文乃屬七言四句，一、二、四句押韻。全文共十章，用韻由（-aˊ）→（-on）→（-a）→（-ong）→（-im）、（-in）→（-iang）→（an）→（-oi）→（-ong）→（-i）。

　　由上可證，臺灣客家勸世文的文辭，基本上是四句，就如同一般的山歌辭一樣，原則上第一、二、四句要押韻，不分陰陽，不分平仄。韻腹（-i-）、（-ii-）；韻尾（-m）、（-n）、（-ng）亦可通押。可一韻到底，也可換韻，同時用同一字重複做韻腳的情形也很普遍。

二　句式和音步

　　「句式之大別，可分為二，曰單與雙。……單式句，其聲『健捷激裊』；雙式句，其聲『平穩舒徐』……單式句讀之有跳動的立體感，雙式句讀之有舒展之平面感，是中國文體之共同情形。……」[18]單式句有整齊句的三言詩、五言詩、七言詩。雙式句有四言詩。

（一）單式句句式和音步

1　三言詩

　　三言詩如詹益雲編之《海陸客語童蒙書》（頁10）的三首〈三言雜字〉：

　　其一

　　讀書子，寫字通。秀才父，狀元翁。四書熟，六經通。

---

18 鄭騫：《龍淵述學》（臺北市：大安出版社，1992年），頁128-129。

朝天子，拜相公。知聖賢，識祖宗。能積善，受官封……

其二

沽燒酒，飲涼泉。愛玉屋，亦要伴。好讀書，會做官。

語雖俗，記得難。士君子，留後看。讀書熟，當家難。

另外，還要注意的是「音步」，所謂「音步」是指「語音單位」，往往也要照顧到意義結構。又可分為二一和一二的音步。

（1）二一

如：讀書　子，寫字　通。

　　秀才　父，狀元　翁。

　　四書　熟，六經　通。

（2）一二

如：朝　天子，拜　相公。

　　知　聖賢，識　祖宗。

　　能　積善，受　官封。

同樣是三言，二一的音步分配和一二的音步分配讀起來風格就不同。

2 五言詩

五言詩如《何阿信手抄本》〈奉勸世文〉（頁 43-46）：「奉勸好朋友，一家愛和氣。朋友見相識，開口愛笑微。齊家愛相問，歡歡愛喜喜。若有做壞子，暗來並暗去。莫投人父母，鬼來又鬼去。害到人爺哀，愁到半生死。」五言詩的音步，大致分為：

（1）二三

如：奉勸　好朋友，一家　愛和氣。

　　朋友　見相識，開口　愛笑微。

　　齊家　愛相問，歡歡　愛喜喜。

又如《何阿信手抄本》〈勸世文〉（頁 46-47）：

　　父母　恩義深，食娘　身上血。

　　兄弟　手足親，莫聽　婦人言。

　　富貴　要耐心，閒事　莫去管。

再細分，也可成二二一的音步分配，如：

父母　恩義　深，食娘　身上　血。

兄弟　手足　親，莫聽　婦人　言。

或者是二一二的音步分配，如：

奉勸　好　朋友，一家　愛　和氣。

朋友　見　相識，開口　愛　笑微。

齊家　愛　相問，歡歡　愛　喜喜。

（2）三二

如《何阿信手抄本・勸世文》（頁 46-47）：

講得條　道理。開聲問　婿郎。

喊眾人　來看。漸漸說　閒言。

明明係　好子。五六月　天公。

有的亦可再細分為二一二，如：

講得　條　道理。開聲　問　婿郎。

漸漸　說　閒言。明明　係　好子。

3　七言詩

七言詩的句式和音步大致分成四三，二二三或二五。茲以《徐阿任手抄本》〈說恩情〉（頁 123-125）作一說明：

（1）四三或二二三

四三：老虎畫皮　難畫骨。知人知面　不知心。

　　　　開瓶酒子　送情人。有心採花　花不發。

二二三：老虎　畫皮　難畫骨。知人　知面　不知心。

　　　　　開瓶　酒子　送情人。有心　採花　花不發。

（2）二五或二二三

二五：哥說　錢財如糞土。妹說　仁義值千金。

　　　　衫爛　無人補一針。不信　但看盃中酒。

二二三：哥說　錢財　如糞土。妹說　仁義　值千金。

　　　　　衫爛　無人　補一針。不信　但看　盃中酒。

（二）雙數句的句式和音步

四言詩的句式和音步基本上分為二二，如《何阿信手抄本》〈勸世文〉（頁 68-74）
皆是四言：

臺灣　婦人，恰似　妖精。不論　老實，不論　精靈。
不顧　體面，不知　六親。父母　同汗（漢），母子　私情。
兄嫂　共枕，叔嫂　共眠。當下　交著，總難　脫身。
日夜　打伴，過庄　過縣。爺娘　教治，無耳　聽真。
……
綢裙　緞襖，各樣　新興。簪子　头（頭）托，耳鑳（環）　烏巾。
手鈪　扁答，項事　等真。項事　齊備，實在　有情。
……
實在　講出，莫怪　無情。十項　無一，說出　無心。
婦人　自嘆，冷送　郎送。毋知　妹子，現時　有心。
……

「音步」的觀念，在明代戲曲家湯顯祖〈答凌初成〉一文中即說：「四六之言，二
字而節，五言三，七言四，歌詩者自然而然。」意思就是說四言詩讀作二二的分配；六
言詩讀作二二二；到了五言詩開始有三音節的音步，即是指二三的形式；七言詩則有四
音節的音步，即是四三的形式。客家人自古愛唱山歌，所謂「自古山歌松（從）口出」，
同時，世代都以『晴耕雨讀』教導子弟，所以，不論山歌或勸世文，隨手捻來，自有一
番節奏、旋律之美。

第四節　客家勸世文的篇章結構

臺灣客家勸世文的篇章結構可分為聯章型式和不分篇章。

一　聯章型式

（一）普通聯章

這一類的內容在早期說唱類的手抄本佔很多，尤其是「十勸」的最多。像《徐阿任

手抄本》有〈十勸朋友〉、〈十想勸小姐〉、〈十勸倕郎〉、〈十想渡子歌〉、〈十想家貧歌〉、〈十勸世間人歌〉；《何阿信手抄本》有〈十勸朋友〉、〈勸世文〉、〈十勸行孝勸世文〉，從「一勸」到「十勸」。

例如《徐阿任手抄本》〈十想家貧〉（頁153-154）每章都是七言四句，全文共十章：

一想家貧要立心，不貪不取做成人，想起家貧多受苦，目淬（汁）流下兩三斤。

二想家貧真寒酸，朋友兄弟無來往，鑊頭洗淨無米放，無個妻子煮三餐。

……

九想家貧莫驚勞，認真趁（賺）錢娶老婆，各人算子各人打，滿（麼）人來教倕幾多。

十想家貧愛煞猛，勤儉長錢也無難，各人立志來去做，也會發財出頭天。

又《何阿信手抄本》〈勸世文〉（頁68-74），每章是五言六句，全文共十章：

一勸世間人，父母恩義深，食娘身上血，養大得成人，此恩若不報，天地不容情！

二勸世間人，兄弟手足親，莫聽婦人言，兄弟骨肉親，大家同協力，黃鐵變成金。

……

九勸世間人，富貴要耐心，閒事莫去管，嫖賭莫去尋，勤儉為第一，免致去求人。

十勸世間人，行事要小心，要行君子義，裡（理）當酬謝人，真正為根本，家和國大興。

除了「十勸」之外，還有其他「十」的變體，例如：《何阿信手抄本》中的〈十三想暵目歌〉（頁58-59）即是從「一」一直唱到「十三」，反覆訴說眼瞎的淒慘與不便[19]：

一想甫（暵）目涯（倕）就愁，毛（無）介（個）女子到床頭，三餐食飯人峽（挾）菜，己（幾）多暗切在心头（頭）！

二想甫（暵）目真可連（憐），毛（無）介（個）妹子在身边（邊），高明先生算章節，怪得自己病症難。

……

十一想甫（暵）目毛（無）天里（理），自己物（鬱）氣無人知，庄中大人來问（問）

---

19 實際上只到十二而已，應該是抄錄者漏抄了。

到（著），細人看到（著）笑西（嘻）西（嘻）。

十二想甫（暯）目真可連（憐），涯（偓）今出門（門）來串（賺）錢，任與都有人抽籤，借歌兩事实（實）在難。

又《徐阿任手抄本》〈招妻歌〉是從「一想」唱到「十五想」，全文共十五章。〈鴉片煙歌〉（頁157-162）更是從「一想」唱到「三十一想」，全文共三十一章。茲摘錄〈鴉片煙歌〉的部分內容：

一想長山紅毛番，紅毛番子真不癲，有錢都愛登金榜，何能造出阿（鴉）片烟。

二想阿（鴉）片真出奇，餔娘男婦來問你，百姓都知大藥草，必定烟鬼纏等裡（哩）。

三想食烟真可連（憐），一日三餐愛了錢，家中有錢還過得，擔柴賣木斷火烟。

……

二十九想食烟人，有錢食烟愛精神，不知那時生死日，枉費爺娘一點心。

三十想山歌三十條，條條山歌都食了，君子有話當面講，感心不變得人鬧（惱）。

三十一想後生人，千個食烟都分明，精神伶俐貼會算，乞食轉身變成龍。

〈鴉片煙歌〉的內容相當冗長，不外是反覆說唱煙毒的害處，告誡世人不要吸食鴉片。根據筆者田調訪問徐兆禎、黃鳳珍、黃瑞鈺等人的看法，會唱到「十」以上，有兩種情況：一是聽者喜見樂聞，所以唱者一直唱下去；一是唱勸世文主要是穿插在客家三腳採茶戲之空檔，藝人為了補足表演時間，所以換湯不換藥的唱下去。

臺灣客家勸世文中，為何以「一」至「十」數字排比的聯章內容最多，筆者認為和敦煌曲子辭及前揭文「香花」大有關係，因為在敦煌曲子辭中即有〈十空讚〉、〈十无常〉、〈十勸鉢禪關〉等。「香花」詞文更可說是它的血緣母親，「香花」詞文中就有〈十嘆〉、〈十別〉、〈十哀兮〉、〈十拜〉等勸世文，無論形式或內容都影響到臺灣的客家勸世文。茲摘錄部份「香花」詞文內容：

〈十嘆〉（親哀妻子）

一歎亡魂痛肝腸、丟卻子孫淚汪洋、金童玉女來接引、參禮一殿秦廣王；

二歎亡魂歸仙鄉、陰司路途萬裡（里）長、三魂七魄遊遊去、參禮二殿楚江王……

九歎亡魂別家鄉、金身玉骨葬山崗、四門六親咸珠淚、參禮九殿都市王；

十歎亡魂坐靈堂、陽間陰府各一方、金童玉女來接引、參禮一殿秦廣王。

〈十別〉

七別亡魂痛肝腸、拋卻兒孫心不忘、臨終遺囑聲音在、千載令人心感傷；

八別亡魂心膽寒、填河傾海淚成行、縱有黃金買不得、一聲亡魂一聲娘；

九別亡魂去那方、珍饈果品在靈堂、此去陰司無遠路、把酒三杯甚悽惶；

十別亡魂甚悲傷、金身玉骨葬山崗、料想今生難見面、滿門孝眷哭汪洋。

〈十哀兮〉

一哀兮、淚洋洋、此子如何命不長、親在堂前祈爾壽、到（倒）著麻衣送子喪；

二哀兮、淚漣漣、江山失色鎖花園、愁雲悲霧增我慘、一聲兒子一聲天；

……

九哀兮、酒一樽、靈前樽酒兩三巡、黃泉路上無一滴、紛紛醉到十王宮；

十哀兮、殯你喪、金身玉骨葬山崗、六親姊妹哀哀哭、兄弟爺娘哭斷腸。[20]

另外丘秀強、丘尚堯《梅州文獻彙編》第六輯中亦收錄了一系列的所謂〈佛曲－客話懺文〉，包括〈關燈一段〉、〈受齋主燃燈供養〉、〈嘆亡魂懺文〉、〈嘆亡〉、〈老正月〉、〈新正月〉、〈舊正月〉、〈嫩正月〉、〈十二歸空〉、〈十別〉、〈嘆五更〉、〈又嘆五更〉、〈十哀兮〉、〈十嘆〉、〈春夏秋冬〉、〈起懺一段〉、〈血盆〉、〈十殿〉、〈十懺〉、〈十三月〉、〈把酒曲〉、〈又嘆十哀兮〉、〈沐浴曲〉、〈繳錢曲〉、〈讀牒曲〉、〈拜灶〉、〈解厄〉、〈豎幡〉、〈十大願〉。所謂的「客話懺文」就是「香花詞文」，它就收錄了許多以「十」數為定疊式的勸世詩文，如〈十別〉、〈十哀兮〉、〈十嘆〉、〈十殿〉、〈十懺〉、〈又嘆十哀兮〉、〈十大願〉。

（二）重句聯章

如《徐阿任手抄本》中的〈安慰寡婦之歌〉，總共有十一章，每一章的開頭以「後生無夫」開始：

後生無夫八字差，丈夫死裡（哩）留歪麻（嫲），杓麻（嫲）無柄雙手捧，天係虧人由得他。

後生無夫無相干，守節一事心愛專，莫信歪人來唆弄，這家烟火不好斷。

……

---

20 王馗：〈梅州佛教香花的結構、文本與變體〉，《民俗曲藝》第 158 期（2007 年 12 月），頁 132-133。

後生無夫莫慌張，一條禾頭一條秧，嫁過老公又毋好，仍舊一世無春光。

後生無夫莫離題，風流兩事莫相（想）佢，仰起頭來天下闊，世上命歪不丹（單）汝。（頁 188-190）

又《徐阿任手抄本》〈百般難〉總共有十九章，每一章的開頭幾乎皆以「百般事業百般難」開始。下面是前八章內容：

百般為人都是難，唔當細人較清閒，肚飢又有乳好食，食飽又來睡搖籃。

算來百般都是難，細人也無較清閒，都（堵）到阿姆無乳食，淒淒唧唧叫（嗷）王（皇）天。

百般為人都是難，讀書哥子係清閒，每日勤勞去學校，讀煨（會）日後做官員。

百般事業百般難，毋當讀書較清閒，有日勤勞到學校，認真讀書做官員。

百般事業百般難，讀書也係真為難，有個讀書七八冬，唔識瞎字係仰班（般）？

百般事業百般難，毋當牽牛較清閒，上晝同妹打石子，下晝同妹尞花園。

百般事業百般難，牽牛也係真為難，都（堵）著牛係好相鬥，又愛趕來又愛欄（攔）。

百般事業百般難，毋當裁縫較清閒，屋涼又有衫好做，坐等艷（揻）腳也有錢。（頁190-193）

重句聯章在敦煌歌辭中常見，如〈歸去來〉（又名〈歸西方讚〉）十首，皆以「歸去來」作為首句：

歸去來。誰能惡道受輪迴。且共念彼彌陀佛。往生極樂坐花檯。

歸去來。婆娑世境苦難裁。急手專心念彼佛。彌陀淨土法門開。……

歸去來。三途地獄實堪憐。千生萬死無休息。多劫常為猛焰燃。

聲聲為念彌陀號。一時聞者坐金蓮。

歸去來。刀山劍樹實難當。飲酒食肉貪財色。長劫將身入鑊湯。

不如西方快樂處。永超生死離無常。[21]

又如〈失調名〉（出家讚文），皆以「舍利國難為」作為首句：

---

21 任半塘：《敦煌歌辭總編》（上海市：上海古籍出版社，1987 年），頁 1066。

　　舍利國難為。吾本出家之時。捨卻耶娘恩愛。惟有和尚闍黎。

　　舍利國難為。吾本出家之時。捨卻親兄熱妹。惟有同學相隨。

　　舍利國難為。吾本出家之時。捨卻花釵媚子。惟有剃刀相隨。

　　舍利國難為。吾本出家之時。捨卻胭脂胡粉。惟有澡豆楊枝。……[22]

　　很明顯地，〈百般難〉有〈失調名〉（出家讚文）的影子。任半塘認為像〈歸去來〉、〈失調名〉（出家讚文）等佛曲在初唐、盛唐已流行，長短句歌辭並非始於中唐。重句聯章的意義與作用，有四：

一　突出每首重複部份，顯示全組旨趣，使聽者體會深刻。

二　露出不重複部份，顯示各首的特點，使聽者認識真切。

三　其文便於記憶，其聲易於熟練。

四　作為插曲，協助講白，增加變文力量。

　　重句聯章的組織往往在基本辭的前後，分別有七言四句或八句或聯語的引言或結語，這是形式上的一大特色。[23]

（三）定格聯章

　　所謂「定格聯章」，即是像敦煌曲子辭中的〈五更轉〉、〈十二時〉、〈十二月曲子辭〉、〈百歲篇〉等。黃榮洛〈介紹幾首客家山歌詩詞（上）〉中之〈乞食苦諫歌〉、「壹十三」、「二十三」、「三十三」等即是「定格聯章」：

　　為人君子壹十三　　爺娘養子甚艱難
　　爺娘渡子愛讀書　　讀書容易背書難

　　為人君子二十三　　看見庀姑繡牡丹
　　看見庀姑繡花好　　看花容易繡花難

　　為人君子三十三　　包袱傘子過台灣
　　久聞臺灣錢好賺　　不知賺個閻王錢

　　為人君子四十三　　教子教孫愛耕田

22 任半塘：《敦煌歌辭總編》（上海市：上海古籍出版社，1987年），頁1070。
23 任半塘：《敦煌歌辭總編》（上海市：上海古籍出版社，1987年），頁1048-1088。

粘米煮飯白如雪　　糯米打粄軟如綿

為人君子五十三　　包袱傘子轉唐山
有錢有銀容易轉　　無錢無銀甚艱難

為人君子六十三　　六十花甲滿了滿
人人講催年紀老　　輸來輸去一般般

為人君子七十三　　上崎不得甚艱難
上崎苦（怙）個龍頭犬（杖）下崎不得甚艱難

為人君子八十三　　八十公公看花園
初一來看花結子　　十五十六月團圓

為人君子九十三　　死在閻王心不甘
日落西山無回轉　　水流東海轉頭難

九條歌仔都唱清　　唱條歌仔解勸人
山中也多千年樹　　世上難逢百歲人[24]

　　這首〈乞食苦諫歌〉應是乞丐向人化緣時唱的教化歌。以十歲為一單位，表現一個人由幼及衰的過程，勸化世人：人生不滿百，莫懷千歲憂。在敦煌曲子辭中有描寫丈夫的〈百歲篇〉十首，有描寫女人的〈百歲篇〉十首，另有描寫壠上苗的〈百歲篇〉十首。〈乞食苦諫歌〉和它們都相當神似，下面是描寫丈夫的〈百歲篇〉全文：

一十香花綻藕花。弟兄如玉父娘誇。平明趁伴爭毬子。直到黃昏不憶家。
二十容顏似玉珪。出門騎馬亂東西。終日不解憂衣食。錦帛看如腳下泥。
三十堂堂六藝全。縱非親友亦相憐。紫藤花下傾杯處。醉引笙歌美少年。
四十看看欲下坡。近來朋友半消磨。無人解到思量處。祇道春光沒有多。
五十強謀幾事成。一身何足料前程。紅顏已向愁中改。白髮那堪鏡裡生。
六十驅驅未肯休。幾時應得暫優遊。兒孫稍似堪分付。不用閒憂且自愁。
七十三更眼不交。只憂閒事未能拋。無端老去令人笑。衰病相牽令人笑。

24 黃榮洛：〈介紹幾首客家山歌詩詞（上）〉，《客家雜誌》第 47 期（1993 年 6 月），頁 32-33。亦載於
　　黃榮洛：《臺灣客家傳統山歌詞》（新竹縣：新竹縣立文化中心 1997 年），頁 54。

八十誰能料此身。忘前失後少精神。門前借問非時鬼。夢裡相逢是故人。

九十殘年實可悲。欲將言語淚先垂。三魂六魄今何在。霹靂頭邊耳不知。

百歲歸原起不來。暮風騷屑石松哀。人生不外非虛計。萬古空留一土堆。

（《敦煌歌詞總編》，頁1306）

很明顯地，〈乞食苦諫歌〉筆法比起描寫丈夫的〈百歲篇〉，只不過其中多了離鄉到臺灣打拼的情節。

「定格聯章」中，還有「唱十二月」的，《徐阿任手抄本》中的〈夫妻相好歌〉、〈夫妻不好歌〉即是。下面是〈夫妻相好歌〉部分內容：

正月里（裡）來是新年，公婆相好應當然，得到爺娘心歡喜，雖然貧苦當有錢，好正好，相好靚這（娷）也無嫌。

二月裡來是春分，公婆相好係精工，家中事業同心做，串（賺）錢串（賺）銀水幹（恁）双（鬆），好正好，相好無論家裡窮。

……

十一月裡來冬至來，公婆相好心頭開，別人過靚涯（倻）無愛，愛講愛笑兩人來，好正好，可比山伯對英臺。

十二月裡來又一年，公婆相好城（成）成（神）仙，汝攬女來我攬子，一家和氣得團圓，好正好，榮華富貴萬萬年。（頁175-178）

又〈夫妻不好歌〉：

正月裡來是新年，公婆不好真可連（憐），共床共蓆無話講，恰似冤仇一般般，苦正苦，仰得公婆來團圓？

二月裡來雨淋淋，公婆不好苦傷心，頭燒額痛無人問，三分病來七分深，苦正苦，仰得雲開見天晴？

……

十一月裡來又一冬，公婆不好敗家風，屋下有世（事）無愛做，百萬家財了得空，苦正苦，怒氣不怕家裡窮。

十二月裡來一年，句句相勸無虛言，生男育女傳後代，榮華富貴萬萬年，苦正苦，聽涯（倻）相勸出頭天。（頁162-165）

　　〈夫妻相好歌〉、〈夫妻不好歌〉基本架構是每章七言四句。至於「好正好，可比山伯對英臺」或「苦正苦，仰得公婆來團圓」，通常是在說唱表演時，藝人為了表現自己精湛的技巧時，加上去的「增句」。另外，像《徐阿任手抄本》〈說恩情〉也是屬月令聯章體：

> 正月喊妹說恩情，妹個（个）面容畫不成，老虎畫皮難畫骨，知人知面不知心。
> 二月喊妹說恩情，郎買人使送情人，哥說錢財如糞土，妹說仁義值千金。
> ……
> 十一月喊妹說恩情，霜雪霏霏冷死人，易漲易退山溪水，一反一復（覆）小人心。
> 十二月喊妹說恩情，交朋接友要小心，千遠路頭知馬力，誰知事久見人心。
> （頁 123-125）

　　在臺灣客家說唱唱片中，由於受限於時間，有的不見得全部從「一月」唱到「十二月」。以這首〈說恩情〉來說就有許多版本，楊寶蓮〈客語說唱・說恩情初探〉即指出邱包妹以【採茶腔】獨唱的〈說恩情〉（美樂唱片 HL-375B 面，1968 年）內容和前揭文相似；陳秋玉以【山歌子】獨唱的〈說恩情〉（收錄於施宗仁、鄭師榮興製作《華夏之音》〈第十三集・客家人的聲音〉）只唱到二月；林春榮、陳秋玉以【平板】男女對唱的〈說恩情〉（收錄於鄭榮興製作《傳統客家歌謠及音樂──採茶腔（平板）系列》）[25] 唱到四月。可見，臺灣客家勸世文的變異性很大，隨時可增可減。同時，這首〈說恩情〉在臺灣是傳唱很廣的勸世文。

　　臺灣客家勸世文多月令聯章，也是受到中國自古流傳的「十二月」民歌影響。如姜彬《中國民間文學大辭典》即記載江蘇蘇州自古流傳一首〈十二月風俗山歌〉，唱述一年十二月的重要民俗活動：

> 正月十五鬧元宵，
> 二月二吃撐腰糕，
> 三月三祖師蒼，
> 四月十四去福濟觀，
> 五月端午節吃粽子，

---

25 楊寶蓮：〈臺灣客語說唱・說恩情初探〉，《客家民間文學學術研討會論文集》（桃園縣：中央大學客家學院，2006 年），頁 135-164。

六月炎天吃大西瓜，

七月七用井水河水相攪的鴛鴦水進行「乞巧」，

八月十五白果栗子一起炒，

九月九吃重陽糕，

十月初一去看閶門外的「天祀會」，

十一月賞覽雪花，

十二月飴糖祭送灶君。[26]

又，蘇北塩城有〈十二月生活歌〉：

正月半，龍燈看；

二月半，搖車（紡紗織布）得輾轉；

三月半，鐣鑼旗傘會來看；

四月半，鋤頭鐵耙加田岸；

……

十一月半，前門討債後門轉；

十二月半，拔了鑊子，剩下破湯罐，讓你看！[27]

這兩首節令歌，質樸淺顯。尤其「鑊子」是一古老詞彙，和客語詞彙用法相同，以現代華語對譯是「鍋子」。又，江蘇蘇州、吳縣有〈十二月花草蟲豕歌〉：

正月梅花陣陣香，螳螂叫船遊春場，蜻蜓相幫櫓來搖，蚱蜢篙蟟當頭撐。

二月杏花處處開，蜜蜂開起茶館來，梁山伯（黃花蝶）旁邊沖開水，坐柜臺小姐祝英臺（黃花蝶）。

……

七月裡來鳳先開，嚇得田雞跳起來，螢火蟲提燈前頭照，壁虎沿牆游進來。

七月裡來木樟香，叫哥哥（喞喞）夜夜想婆娘，廊檐頭蜘蛛來偷看，結識私情紡織娘。[28]

---

26 姜彬：《中國民間文學大辭典》（上海市：上海文藝出版社，1992 年），頁 818。

27 姜彬：《中國民間文學大辭典》（上海市：上海文藝出版社，1992 年），頁 818。

28 姜彬：《中國民間文學大辭典》（上海市：上海文藝出版社，1992 年），頁 818-819。

其中,「蟲豸」也是客語辭彙,普通話為「蟲兒」。另,四川成都也有一首節令歌〈十二月花名〉:

正月採花無花採,二月採花花正開,三月桃花紅似火,四月薔薇架上開,

五月梔子人人愛,六月荷花滿池開,七月菱角浮上面,八月風吹桂香來,

九月菊花朵朵黃,十月金雞鬧芙蓉,冬臘兩月無花採,雪裡凍出臘梅來。[29]

由以上,可證客語中的「十二月」聯章歌謠和江蘇、四川的「十二月」聯章歌謠有許多神似之處,尤其江蘇的歌謠中更蘊藏一些客語辭彙。江蘇、四川昔日也是客家先民遷徙、居住過之地。故英籍女作家韓素音(她的祖先是梅縣客家人)曾研究、斷定「他們(客家人)的情歌可以遠溯至漢朝,他們的方言是南北方言的混合物。」[30]

二 不分篇章

蘇萬松的勸世文以此類為多,他的作品大都是自創。下面是〈勸人兄弟〉的內容:

一來勸化(世間做人個)兄弟人,做人(就)兄弟(正來就)骨肉親。

大家(個)兄弟(就來就)同協力,真正家和無不興。勸化(世間做人個)兄弟人,兄弟骨肉血脈親,同胞娘親來載世,大家愛同心。打虎並捉賊,也愛親兄弟,出陣也愛父子兵。兄弟小爺來協力,真正贏過來他人。一等毒,蛇咬到;二來毒,黃蜂尾下針;三來毒,婦人心。爺哀兄弟面前莫說假,妻子面前莫說真;說真言,連累誤自身。愛想下把(有時之意)星子光,愛想下把月光明。大家同協力,魚幫水,水幫魚,兄弟做成人。老古言語有講起:兄弟一儕一面一樣心,僅想黃金堆棟也閒情。大家兄弟同協力,實在(時)黃泥正會變成金。[31]

《何阿信手抄本》中的〈奉勸世文〉(頁43-46)亦是不分章:

奉勸好朋友,一家愛和氣。朋友見相識,開口愛笑微。

齊家愛相問,歡歡愛喜喜。若有做壞子,暗來並暗去。

---

29 姜彬:《中國民間文學大辭典》(上海市:上海文藝出版社,1992年),頁818。據姜彬說:一九三二年出版的《農村歌謠初集》有收入此歌。

30 胡希張、余耀南:《客家山歌知識大全》(廣州市:花城出版社,1993年),頁12。

31 黃鼎松:《苗栗市誌》(苗栗市:苗栗市公所,1998年),頁860,相同內容亦出現在陳運棟:《西湖鄉誌》第一冊(苗栗市:西湖鄉公所,1997年),頁623-624。

莫投人父母，鬼來又鬼去。害著人爺哀，愁到半生死。

丈夫就得知，打到半生死。有影完（還）誥（較）得，無影無天理。

害人皮又痛，罪積（責）你當去。牽示（事）並百（撥）非，人命害死裡（哩）。

看到人同□，雖（誰）人就得知。□友愛照故（顧），暗得暗塞居。

有人來偷看，□聲講人知。爺娘並丈夫，面目緊慢居。

若有人來問，胎（推）記（句）涯（𠊎）不知。福蔭有神蒙，害人千（全）怪你。

莫來轉屋下，講人父母知。拆散人婚音（姻），總也無天里（理）。

五六月天公，完（還）來蓋綿（棉）被。雖然都燒燒，加勝氣得死。

一日想到暗，想來跳潭死。跳潭有神明，冤主無人知。……

又徐阿任《徐阿任手抄本》（頁173）中的〈上大人勸世歌〉亦是不分章的：

上界有佛在心頭，大小人家正好修，人在世間容易過，孔子詩書永傳流。自乙（己）生命運是前定，一身衣祿不須求，化人行善終有益，三思六想載無憂。千謀百計難逃數，七旬老人有己（幾）秋？十年興敗人多少，士農工商各自由。你為善惡天必報，可教後代書莫丟，知禮識義人尊敬，禮門義路任君遊。也有凡人成佛道，勸君回頭急要修，世人若能行此事，文武科甲定能有！

第五節　小結

臺灣客家勸世文的用字，分為兩種：一為用北方官話書寫，另一為用底層客家口語書寫。前者多出自漢文先生，後者多出自底層的庶民。故後者較多借音之字。

臺灣客家勸世文的體裁可分為韻文和韻散夾雜兩大類。韻文又分為齊言體和雜言體。齊言體有三言詩、四言詩、五言詩和七言詩等；雜言體即是長短句，也就是在一首勸世文中，時而三言詩，時而四言或五言，錯綜在一起。

臺灣客家勸世文的押韻，有的是一韻到底，有的有換韻。句式和音步，也會影響語言音韻給人的感受。單式句讀有跳動的立體感，雙式句讀有舒展之平面感。

臺灣客家勸世文的篇章結構，則分聯章型式及不分篇章兩類。聯章型式一般包括普通聯章、重句聯章和定格聯章，其形式、內容可上溯至敦煌曲子辭，大陸梅州的喪葬佛事──「香花」詞文更是它的血緣母親。

第七章
客家勸世文的價值

第一節　文學的價值

　　婁子匡、朱介凡《五十年來的俗文學》談到俗文學的價值有：（一）民族精神據以表現；（二）擴展了文學的領域；（三）雅俗共賞，達到文學的普遍效用；（四）老百姓從俗文學中接受教育而構成人格；（五）俗文學永伴人生；（六）俗文學是各科學術研究的上等資料；（七）俗文學是方言古語的寶庫。[1]客家說唱亦是俗文學的一環，茲從以下各方向來探討其價值。

一　保留古詩的風貌

　　中國韻文學的源頭，一般學者認為可上溯至周代的《詩經》，它以四言為主；後來慢慢發展至五言古詩，如漢代的〈古詩十九首〉；到了唐朝，則發展出新體詩，除了五言之外，還有七言的律詩、絕句、竹枝詞。（清）沈德潛《古詩源》〈序〉說：「詩至有唐為極盛。然詩之盛。非詩之源也。……唐詩者宋元之上流，而古詩又唐人之發源也。……茲復溯隋陳而上極乎黃軒。凡三百篇楚騷而外。自郊廟樂章。訖童謠里諺。無不備采。書成得二十四卷。不敢謂已盡古詩而古詩之雅者。略盡於此。凡為學者導之源也。」[2]沈氏認為除了《詩經》、《楚辭》之外，有許多典雅的郊廟樂章、童謠里諺都是中國詩的源頭。

　　臺灣客家勸世文有齊言的三言詩、四言詩、五言詩、七言詩，也有雜言詩以及韻散夾雜。前揭文，筆者已經針對其體製規律作一研究，直指它和敦煌曲子辭是一脈相承。不過它也跨越敦煌曲子辭年代，記錄了中國詩學發展的遺跡。

　　長江、黃河的上游絕對不止一個支流，那些大大小小的支流都是它們的眾源頭之一。所以比《詩經》、《楚辭》更早的古逸詩，更見得到客語勸世文的身影。

1　婁子匡、朱介凡：《五十年來的俗文學》（臺北市：正中書局，1998 年），頁 18-21。

2　（清）沈德潛編：《古詩源》（臺北市：世界書局，1998年），頁 1。

如〈康衢謠〉：

　　立我蒸民。莫匪爾極。不識不知。順帝之則。（《古詩源》，頁 1）

這首童謠出自《列子》，是描述堯治理治天下五十年，不知天下到底安定否，所以微服出巡康地，聽到兒童唱此童謠。（《何阿信手抄本》〈勸世文〉，頁 68-74）：「奉勸諸君，聽我言因。士農工商，各立經營。唯有花街，不可去尋。如何見之？請道其情。……」和此首〈康衢謠〉句式、精神相似。

又如東漢崔實的〈四民月令〉引〈農語〉兩則：

　　三月昏。參星夕。杏花盛。桑葉白。

　　河射角。堪夜作。犁星沒。水生骨。（《古詩源》，頁 17）

詹益雲《海陸客語童蒙書》中之〈三言雜字〉，無論形式或內容，和上述〈農語〉亦相當神似：

　　……

　　女織蔴，男務農。牧童子，田舍翁。

　　天出日，地生風。魚歸海，鳥飛空。

　　薑藷芋，蒜韭蔥。漂白布，染絲紅。（《海陸客語童蒙書》，頁 10）

又秦始皇時流行的〈巴謠歌〉：

　　神仙得者茅初成。駕龍上昇入太清。時下玄洲戲赤城。繼世而往在我盈。

　　帝若學之臘嘉平。（《古詩源》，頁 12）

前揭文〈羅狀元洪先祖師醒世詩〉：「富貴從來未許求，幾人騎鶴上揚州；與其十事九如夢，不若三年兩滿休。能自得時還自樂，到無心處便無憂；於今看破循環理，笑倚欄杆暗點頭。」和〈巴謠歌〉也相當神似。

中國的雜言詩，發展得極早。如帝堯時的〈擊壤歌〉：「日出而作。日入而息。鑿井而飲。耕田而食。帝力于我何有哉。」（《古詩源》，頁 1）；唐堯時的〈堯戒〉：「戰戰兢兢。日謹一日。人莫躓于山而躓于垤。」（《古詩源》，頁 1）：《風俗通》中的〈琴歌〉：「百里奚。五羊皮。憶別時。烹伏雌。炊扊扅。今日富貴忘我為。」（《古詩源》，頁 6）等不勝枚舉。臺灣客家勸世文中的《新埔鎮誌》〈花燈勸世文〉、〈劉不仁不孝回

〈心歌〉都是典型的雜言詩。

　　由此可證，敦煌曲子辭是臺灣客家勸世文的血緣母親，而隋唐以前的古詩，更是臺灣客家勸世文的源頭。

二　保留說唱藝術

　　鸞書是仙佛透過地方仕紳扶乩對一般民眾宣講善行的腳本。戴淑珍在其碩士論文《新竹鸞堂善書「化民新新」研究》認為：《化民新新》架構和「話本」是幾乎一致的。筆者所蒐集的其他鸞書內容、架構雖和《化民新新》不盡相同，但大致也可作如是觀。戴淑珍說：

> 《化民新新》的體式和話本基本一致。根據胡士瑩的《話本小說概論》所提，話本的基本體裁可分為六部分：題目、篇首、入話、頭回、正話、結尾。《化民新新》七十六篇故事，都以一首七言降壇詩開頭，用來點明全篇大意，相當於話本的篇首。接著是四個字的題目。題目之後是一段七十個字左右的宣示性文字，相當於話本的入話。接著以「昔……」相當於話本的開頭「話說……」帶出本事，相當於話本中的正話。最後，以一段「主席批」的勸誡性文字，相當於話本中的篇尾。因此，除了缺少「頭回」，話本小說的體裁在《化民新新》中一一重現。[3]

　　「話本」原來指宋代「說話」（說書）人的底本。「說話」就是講故事，類似現代的說書。隨著宋代城市經濟的發展，城市居民的結構也發生了變化，不僅有眾多的官吏和士兵，還聚集著大量的商人和工匠，形成了一個新的市民階層。各種民間技藝都向城市匯合，以適應新的城市居民的文化需要。北宋東京、南宋臨安等大城市裏，有著數十座稱為「瓦舍」或「瓦子」的綜合性的遊藝場，每座「瓦舍」中，又有若干座「勾欄」（類似後代的戲院），分別上演雜劇、諸宮調和「說話」等各種技藝。南宋時，「說話」通常分為小說、說經、講史和合生四家。

　　宋、金、元、明時代，話本代表一種特殊的敘事性作品的體裁，既包括傀儡戲、皮影戲及各種講唱藝術的底本，又包括講唱藝人口頭創作成果的記錄整理本，同時還包括按照講唱藝術格式編寫的通俗讀物。

3　戴淑珍：《新竹鸞堂善書「化民新新」研究》（新竹市：玄奘大學中國語文研究所碩士論文，2005年），頁25-26。

　　鸞書和說唱可說關係密切。臺灣客家說唱和大陸原鄉的客家說唱也有所傳承。大陸流行的「五句板」說唱，在一般客家勸世文唱片中甚少見，在徐植邊〈告全國各界同胞歌〉卻出現：

> 全國各界同胞們，認清國賊毛匪群，盜竊高官與厚祿，不顧道德和人倫，
> 日為俄帝走狗奔。
> 日為俄帝走狗奔，國土間接被俄吞，大陸同胞遭萬劫，歷史文化被煅焚，
> 國脈一髮繫千鈞。
> ……
> 提起公社毛髮豎，大陸同胞待援助，盼我國人齊奮起，救人救己兩兼顧，
> 消滅匪幫復國度。
> 消滅匪幫復國度，三民主義建國路，民有民治與民享，全國同胞同享受，
> 祝我中華萬萬壽。（謝樹新《客家歌謠研究》第三集，頁 37）

　　楊寶蓮《臺灣客語說唱》所整理的〈大舜耕田〉、〈曹安孝娘親〉、〈趙五娘〉、〈娘親渡子難〉、〈百善孝為先〉、〈勸孝歌〉、〈石金勸孝歌〉、〈賢女勸夫〉、〈銀票世界〉、〈勸世惜妻歌〉、〈勸世貪花〉……等，也都是客家說唱最珍貴的活化石。

三　蘊藏大量臺灣竹枝詞

　　鸞書是一種「介於新舊時代，介乎民間文學與作家文學的作品」，胡萬川認為或可稱之為「半民間文學」[4]，參與製作的人大都是飽讀漢文的書房先生，所以它的架構除了前揭文所提有「話本」殘影外，其詩文部份其實就是竹枝詞。

　　根據戴淑枝《新竹鸞堂善書「化民新新」研究》：竹枝詞本是流行於四川一帶的民歌，具有濃厚的地方色彩，所描寫的多為當地的風土民情。唐代劉禹錫貶官至蜀，將當地歌謠加以改造，成為竹枝詞新文體，後來展轉流傳中國各地。清代的方志中有不少竹枝詞作品，如《臺陽百詠》、《色寮集》、《赤崁集》、《臺灣雜詠》等。丘逢甲、連雅堂、梁啟超等文人，也曾以竹枝詞描寫臺灣的風土民情。竹枝詞原本是詼諧趣味的風貌，與

4　胡萬川：《民間文學的理論與實際》（新竹市：國立清華大學出版社，2004 年），頁 63。

地方風土詩、風土紀的采風觀念結合，更多了一層史學風貌。[5]

聯章式的咏物風格是清代竹枝詞的特色。《化民新新》〈仁部〉二十九至三十一頁即有十二首竹枝詞，分別是：〈咏漁〉、〈咏樵〉、〈咏耕〉、〈咏牧〉、〈咏梅〉、〈咏蘭〉、〈咏菊〉、〈咏竹〉、〈咏風〉、〈咏晴〉、〈咏雨〉、〈咏露〉。例如：

〈咏樵〉

何方伐木響丁丁，報道樵聲應谷聲。

負到朝陽趨市鬧，何妨最後鬧歸程？

〈咏耕〉

閒來無事學耕田，十畝春光十畝烟。

隴上梵梵憑意賞，人人都道好豐年。

在《警世玉律金篇》卷四〈皇部〉中，許多仙佛蒞臨獅頭山時，也有一些咏物兼勸世的竹枝詞。如：

〈統鑒解厄水官詩〉

獅山勝地顯光華，獨聳高峰似佛家。

綠竹青松經我覽，儼如仙境淨無瑕。

山勢巍峨別有天，鳥語花香滿堂前。

恩師到此奇緣會，教訓諸生種福田。

異果奇花色色新，列陳壇內淨無塵。

金燈光射三千界，諸佛登堂喚醒人。……（頁12）

〈統鑒赦罪地官詩〉

滿天月色吐光華，朗照堂中分外嘉。

列聖諸真來此地，喚人覺悟莫為差。……（頁13）

〈黃龍真人詩〉

石洞清幽面面開，坐觀疑是小蓬萊。

山環水繞風光好，無怪神仙日日來。

一陣暗香入座來，旋知品占百花魁。

5　戴淑珍：《新竹鸞堂善書「化民新新」研究》（新竹市：玄奘大學中國語文研究所碩士論文，2005年），頁103-104。

諸生有心求清福，修到冰心不讓梅。……（頁 17-18）

近體詩講究平仄、對仗，竹枝詞則拋開這些束縛，平易近人多了。

四　保留反共抗俄詩文

　　黃子堯《客家民間文學》認為客家俗文學包括：（一）山歌詩；（二）唸唱歌；（三）勸世文；（四）傳仔；（五）兒歌；（六）戲棚頭；（七）花燈詩；（八）令仔；（九）民間傳說、故事；（十）佛曲說唱；（十一）乞食歌；（十二）諺語；（十三）竹枝詞。[6]唸唱歌、勸世文、佛曲說唱和乞食歌皆屬於客家勸世文的範疇。

　　一般老師在講授客家俗文學課時，往往只提到山歌詩、兒歌、令仔和諺語，不知客家勸世文中有更豐富客家文學內容。在明清以至二十世紀五〇年代的「善書運動」中，客家人不但沒缺席，而且留下豐富的勸世文作品，這些作品有的靠文字流傳，有的是靠聲音，如唱片、錄音帶流傳。

　　「反共抗俄」為一九五〇年代至一九七〇年代中華民國政府在自由地區所施行的重要基本國策及政治宣傳。其中，共指中國共產黨，俄則指蘇俄。該國策基準為首先認定蘇俄為侵略者，其次指出靠蘇俄幫助的中共為漢奸，並以國家民族生存為訴求，對所轄臺灣民眾大力宣傳以深植人心。「一代有一代之文學」[7]，客家勸世文中，即有不少反共抗俄之作，為此時代作見證。如賴碧霞〈送郎從軍〉【平板】，美樂唱片行出版，1963年）：

　　　　一送佢郎去當兵，門前紙炮響無停；

　　　　四門六親來歡送，感謝爺娘養育深。

　　　　二送佢郎在橋頭，家中事務君莫愁；

6　黃子堯：《客家民間文學》第四篇〈客家文學風貌〉（臺北縣：客家臺灣文史工作室，2003 年）。

7　王齊洲：《文藝研究》2002 年 6 期（2002 年 11 月），頁 50-58：
「一代有一代之文學」是中國文學史研究中最重要最有影響的文學史觀，這一文學史觀受到元明以來「一代之興必有一代之絕藝」和「一代有一代之所勝」文體代嬗論的啟發，同時超越傳統的文體代嬗論而具有了鮮明的現代意義。其現代意義主要表現在：以西方現代文學觀念作為觀察中國文學發展的新視點，實現了文學觀念的現代轉換；將中國文學史建立在現代科學理論－進化論的基礎之上，為認識中國文學發展規律提供了全新思路；提出了符合現代價值標準的文學評價尺度。當然也應該看到，這一文學史觀也存在自身的理論缺陷，需要進行科學的分析和總結，以便建立起更加符合中國文學發展實際的真正體現現代思想觀念的文學史觀。

堂上雙親妹奉待，子女學費妹箍謀。

三送𠊎郎在橋邊，花街柳巷君莫前；

出外身體愛保重，得病湯藥無人煎！

又謝樹新及他所負責的《中原苗友》雜誌社更集合了徐棠蘭、韓江、葉中光、秀山客等編作了許多勸夫出征，安慰妻子守家的勸世文，收錄在《客家歌謠研究》中。如徐棠蘭〈十勸夫出征歌〉（《客家歌謠研究》第一集，頁32-33）：

一勸夫呀愛知詳，國家今日受災殃，蘇俄唆使朱毛輩，出賣民族與田糧。

二勸夫呀愛分相，國家無存家也亡，千萬家財無保障，牛馬生活苦難當。

……

九勸夫呀上戰場，奮勇殺敵莫怕傷，縱使戰死沙場上，流芳史冊萬年長。

十勸夫呀莫思鄉，堂上孝順我擔當，他日凱旋侍父母，忠孝兩全才榮光。

又〈出征前勸妻歌〉（《客家歌謠研究》第一集，頁32-33）：

一勸妻呀你愛知，國家今日被人欺，蘇俄唆使朱毛輩，出賣同胞與國基。

二勸妻呀你愛明，國家有事賴子民，壯男應徵上前線，婦女後方管家庭。

……

九勸妻呀心愛開，我在軍中方喜歡，我在軍中才高興，歡喜高興殺敵專。

十勸妻呀告訴你，反攻大陸期近裏（哩），當我凱旋還鄉日，你要率子迎我回。

又葉中光〈反共民謠〉（《客家歌謠研究》第二集，頁9）：

正月裏來梅花開，來了共匪實在衰，鬥爭清算無人道，地痞流氓發大財。

正月裏來麥結胎，公務人員真倒霉，過去政府保甲長，統被推上斷頭臺。

……

十一月來農事閒，反攻基地在臺灣，陸海空勤齊發奮，準備登陸復河山。

十二月來夜正長，人人參加上戰場，消滅共匪除俄寇，中華民國永富強。

現在四、五十歲的民眾可能還有印象，昔日小學的教室裡，四周貼滿了「禮義廉恥」四個大字，老師還要檢查有沒有帶手帕、衛生紙！這是民國五十七年政府推行「國民生活須知」運動，要民眾遵循四維八德，建立禮儀之邦的形象。為了建立禮儀之邦的形象，民國五十七年政府頒布施行「國民生活須知」，規範了食、衣、住、行、育、樂

該有的禮節，明令從學校教育開始做起。每年不只開會座談，增訂實施要點；還有政府考察小組，到各縣市學校抽查、觀摩。對於「國民生活須知」運動，《客家歌謠研究》也有不少作品留下來。如梁詩〈國民生活須知歌〉（仿【孟姜女調】，《客家歌謠研究》第五集，頁 19-20）：

> 一般禮節
>
> 正月到來是新春，國旗國歌需敬尊；看到升旗行個禮，聞唱國歌要立正。
>
> 正月為人要孝順，早晚問安向尊親；往外返家秉父母，說話態度要溫存。
>
> 食的方面
>
> 三月相約清明遊，飲食適量莫酗酒；進食勿張肘和臂，殘核碎刺莫亂丟。
>
> 四月到來禾苗青，喝湯不宜有發聲；碗盤筷匙勿擊響，餐後器具整乾淨。
>
> 衣的方面
>
> 五月到來是端陽，整齊樸素講衣裝；穿正扣鈕隨先補，髮式服裝莫怪樣。
>
> 六月天氣暖洋洋，出勿赤膊穿睡裳；入廁以後才解衣，一身整潔正伶（靈）光。
>
> 住的方面
>
> 七月說到居住窩，不塗牆壁丟爛果；屋室內外常清掃，廚廁溝渠要通疏。
>
> 八月十五是中秋，電視廣播放低音；放置物件有定位，一切物品要潔淨。
>
> 行的方面
>
> 九月九日是重陽，行路容止要安詳；抬頭挺胸並齊步，不吃零食搭肩膀。
>
> 十月到來慶典忙，與長同行左後方；乘車勿爭先恐後，見著老弱要幫忙。
>
> 育的方面
>
> 十一月談教育方，首重合群與幫忙；仗義執言爭榮譽，不可自私逞蠻強。
>
> 樂的方面
>
> 十二月底舊歲除，唱歌挹鑼又打鼓；騎射獵遊學拳擊，正當娛樂毋係賭。

文中，將一般禮節到食、衣、住、行、育、樂各方面，敘述得鉅細靡遺。又葉光中也有〈四維八德歌〉（《客家歌謠研究》第四集，頁 7）：

> 禮
>
> 為人處世要講理，禮貌周全檢便宜。禮讓謙恭成風氣，和睦相敬少是非。
>
> 義

為人處世要重義，義重如山不可移，幫助婦孺卹孤寡，濟弱扶傾救溺飢。

……

和

為人處世要和氣，和氣致祥喜洋洋，彼此不和鬧意氣，破壞團結鬧社會。

平

為人處世要公平，公平四海都可行，奉勸人人講公道，天下為公享太平。

第二節　風俗史料的價值

　　風俗是在一定社會中，被普遍公認、積久成習的生活方式，是每一個族群或民族、國家社會文化的重要組成部分，也是區分民族、族群的主要標幟之一。風俗史是國家、民族或族群形成、發展和變遷歷史的重要組成部分，它在歷史學、特別是在文化史中的地位，是非常重要的。

　　筆者所研究的客家勸世文，時間主要定於日治（1895-1945）至六〇年代。故從文中可窺見一些昔日的客家風俗、歷史的資料。

一　反對客家戲曲

　　根據陳雨璋《臺灣客家三腳採茶戲——賣茶郎之研究》（1985）；黃心穎《臺灣的客家戲》（1998）；鄭榮興《臺灣客家三腳採茶戲研究》（2001）；徐進堯、謝一如《臺灣客家三腳採茶戲與客家採茶大戲》（2002）；蘇秀婷《臺灣客家改良戲之研究》（2005）普遍認定：臺灣客家三腳採茶戲在民國十年（1921）左右達到高峰，此時亦開啟客家採茶大戲內臺時期，直到五〇年代電視興起、民眾娛樂改變，才告衰落至外臺廟會演出。

　　日治時期（1895-1945）至五〇年代，民眾對於採茶戲是相當熱愛的，所謂「採茶入莊，田地放荒」，只要有採茶演出，大家情願放下手邊工作，去看戲或看靚靚的小生、花旦。楊寶蓮田野調查所得的三腳藝人「阿浪旦」（1899-1965），他的老鄰居謝竹妹也表示：「阿浪旦很會演採茶、說唱，所到之處常常是人山人海，許多婦女爭著收藏他的衣服或者是替他洗滌，有時搶爛了，只好買過新的衣服還他。」[8]可見採茶藝人受

8　楊寶蓮：《臺灣客語說唱》第二章〈臺灣客語說唱簡史〉（新竹縣：新竹縣文化局，2006年），頁99。
　　二〇〇四年七月二十九日訪問謝竹妹，一九二四年生，橫山人，阿浪旦乃是她外婆的親哥哥。

歡迎的程度。不過，在政府或鄉紳心目中，認為戲曲是違反善良風俗。連橫《臺灣通史》卷二十三〈風俗誌〉就曾說：

> 夫臺灣演劇，多以賽神。坊里之間，釀資合奏。林橋野店，日夜喧闐。男
> 女聚觀。履舃交錯，頗有驪虞之象。又有採茶戲者，出自臺北，一男一女，
> 互相唱酬，淫靡之風，侔於鄭衛，有司禁之。[9]

書中認為採茶戲「淫靡之風，侔於鄭衛」。蘇秀婷《臺灣客家改良戲──以桃、竹、苗三縣為例》也說：

> 所謂採茶戲，乃是由茶產地的廣東的人來演出戲劇，省略與上述歌仔戲（福建種
> 族間的）的相同點，他們同樣是因為猥褻的緣故而被警察取締上演。
> 近年來由於被改良的風俗而被稱為改良戲，除去其不良的部份，相當大規模地流
> 行。[10]

客家三腳採茶戲在民國十年（1921）左右吸收外江戲、福州戲、亂彈戲等的體製、規模蛻變為採茶大戲，即所謂的改良戲，也大為流行。不管是三腳戲或改良戲，在衛道之士眼中，還是反對民眾觀看，《現報新新》〈警世人勿演淫戲歌〉說：

> 戲且虛況淫手？演正猶無益，粧邪豈可圖？世人無識還神愿，亦唱梨園費青趺。
> 還此愿，最糊塗。淫歌神所惡，邪曲聖不娛。壞人心術勢必有，今境平安理必
> 無。生旦丑是狂奴，俳優最下賤，粧作古人模，雖然不能迷智士，寔在可能誘愚
> 夫。……縱然把戲証，亦須演正本。……無奈戲風熾，不能悉禁祛。[11]……

衛道之士認為「淫歌神所惡，邪曲聖不娛。」「生旦丑是狂奴，俳優最下賤，粧作古人模，雖然不能迷智士，寔在可能誘愚夫。」總之，演戲之弊多於利。

到了七〇年代，本土化運動後，客家戲曲再度受到重視，它不再是洪水猛獸、淫語邪詞，它普受政府和民間的重視。如《苗栗榮興客家採茶劇團》[12]就曾五次到國家戲劇

---

9 轉引自陳雨璋：《臺灣客家三腳採茶戲──賣茶郎之研究》（臺北市：臺灣大學音樂研究所碩士論文，1985 年），頁 11。

10 蘇秀婷：《臺灣客家改良戲──以桃、竹、苗三縣為例》（臺南市：成功大學音樂研究所，1998 年），頁 26。

11 彭殿華：《現報新新》（新竹縣：明復堂，1899 年）

12 有關榮興團資料、活動訊息及出版品，可上網 http://hakkafans.myweb.hinet.net。

院演出《婆媳風雲》、《相親節》、《花燈姻緣》、《喜脈風雲》和《丹青魂》等精緻大戲。除此之外，該團及其他劇團亦到各處社教館、學校或廟口公演；第十七臺的「客家電視臺」自二〇〇三年開播以來，每天十八點三十分至十九點也都有《客家傳統戲曲》帶狀節目，觀眾皆喜見樂聞，和《現報新新・警世人勿演淫戲歌》的觀點，可說是天壤之別。

二　男女不平等

（一）戒婦女勿入廟燒香

《現報新新》〈戒婦女勿入廟燒香歌〉說：

> 無知無識惟婦女，可憐可笑又可惱。問彼情由卻為何？只是誠心求佛母。吁嗟佛母在家堂，何必勞勞出外鄉？爾在家中能孝順，活佛就是爾爺娘。……我今勸爾勿入廟，切宜懍懍遵吾教，否則敗節與喪名，鄭衛之風從此兆。艷粧麗服結成群，惹得塗人說見聞，蕩子百端勾引計，都因遇着貌如雲。……嗚呼！君不見古來貞女節婦，修成佛母娘娘。只在家內振綱常。耐得閨中雪與霜，總無紛紛出外庄，若出外庄總不祥，聽我勸戒（誡）免災殃。[13]

作者認為家中的父母、公婆即是活佛，婦女何必出外去燒香？尤怕婦女藉燒香之名，濃妝豔抹，以致招蜂引蝶，敗壞門風。

（二）戒女子勿上街買賣

《現報新新》〈戒婦人勿上街買賣歌〉說：

> 可笑可笑真可笑，……本非女可作男權，直是河東獅子吼。婦人何能料理家，豈無夫君與翁爺，乃竟一物上街賣。果然世界是花花，男不愧兮女不羞！甚者桑濮任嬉遊，試問人誰無志氣，那可與獸來同流？街衢閭巷人稠眾，授受親來笑謔弄。[14]……

作者認為理家乃是男人的本分，女人不可河東獅吼，越俎代庖。他更擔心妻子上街

---

13 彭殿華：《現報新新》（新竹縣：明復堂，1899 年），頁 6-7。
14 彭殿華：《現報新新》（新竹縣：明復堂，1899 年），頁 8-9。

時會和無聊男子打情罵俏，有辱丈夫顏面。

（三）戒女子勿藏私房錢

《現報新新》〈戒婦女勿挾私奩歌〉說：

> 男人營利本當然，為何婦女亦要錢。錢屬正來無不可，錢由私挾定非賢。嗚呼！私之為害大矣乎！私出私入由他意，惟薄不修醜不虞。或上街買賣。或登山菎蒻，或託言索賬，以要白鏹。或藉口得會，而聚青蚨。種種弊端，不一而足。聞者傷心，見者刺目，曷不思公正清貞，何等賢淑！ [15]……

作者認為賢慧的婦女不應藏私房錢，因為有了私房錢就會弊端叢生。

（四）戒夫死再婚

《徐阿任手抄本》〈安慰寡婦之歌〉中，一再告誡寡婦：「守節一事心愛專……這家烟火不好斷……後生無夫心莫野，切莫時刻轉外家，…… 後生無夫心莫忙，買個子弟鼎綱常，日後子弟做得好，貞節正來起牌坊……鹹酸苦辣守下去，日後自有天賜金。……兩次嫁人骨頭輕，子女誥卦卦毌著，同人相罵罵毌贏。」否則「嫁過老公又毌好，仍舊一世無春光。」

《宣音普濟》〈戒畏妻歌〉中，更告誡真正的男子漢，不應該怕老婆：

> 嗟乎！聖王之不作兮！失其政治。……夫婦之無別兮！尊卑失次。男子之畏妻兮！端由自致。想婦之初來兮！曲從其意。冶容之入幸兮！巧為狐媚。掩袖以工讒兮！言皆背義。牝雞以思晨兮！伯叔無地。（《宣音普濟》，頁 27）

又楊柳〈為人婦女愛賢良〉（《客家歌謠研究》第一集，頁 27）亦以二十四個聯章告誡婦女要賢慧：

> 一、為人婦女愛賢良，小心謹慎奉家娘。丈夫面前愛恭敬，子嫂面前愛商量。
>
> 二、為人婦女愛賢良，第一名節愛清香。若能貞節名聲好，當過黃金萬萬兩。
>
> ……
>
> 七、為人婦女愛賢良，行坐舉動愛端莊。行路就莫身搖擺，企等就莫靠門框。

---

15 彭殿華：《現報新新》（新竹縣：明復堂，1899 年），頁 15。

……

十四、為人婦女愛賢良，莫學時興巧樣妝。打扮身體像妖怪，別人看倒（著）醜難當。

……

從以上可知，昔日客家社會中，男人反對婦女入廟燒香，上街買賣，私自存錢，夫死再婚。同時，也告誡男人不可怕妻；為人婦女的一言一行，都要賢良端莊。

三　流行招贅制度

《徐阿任手抄本》〈招親〉以二十八個聯章，述說男人被人招贅時，處處受女方刁難，一年到頭辛苦，要零錢花用也困難，恨不得另找婚配：

> 一想後生奔（分）人招，一重欢（歡）喜一重愁，一心招來春光日，誰知淒慘在後頭。
> 二想招親实（實）在难（難），做人真好人愛嫌，一人難合千人意，三十六想做人难（難）。
> 三想招親真可連（憐），日夜做到麽（無）時閑（閒），年頭做到年尾轉，零生愛使又麽（無）錢。……
> 廿六招親想唔開，緊想緊真目汁來，人人也想春光日，怪得命歪出世來。
> 廿七招親講毋盡，各人立志做成人，自己有錢討一介（個），免致招人受艱辛。
> 廿八招親年己（既）滿，講到（著）愛出開片天，妻子帶等來去出，一家大小得團圓。（頁 194-199）

《何阿信手抄本》〈招妻歌〉則描寫自己一年到頭，除了日常工作之外，還要煮三餐，妻子根本不把他當作丈夫，只當作「番子牛」（姘夫）；更過分的是，妻子有外遇，將野男人帶進屋時，做丈夫的也不敢吭聲，人人稱他為縮頭烏龜：

> 一想後生奔（分）人招，一重欢（歡）喜一重愁，一心招來春光日，郎（狼）貝（狽）日子在後头（頭）。
> 二想招親实（實）在难（難），做人幹（恁）好人愛嫌，一人難合千人意，
> 三十六想做人难（難）。

……

十三招親人人友（有），無涯（佢）招介幹（恁）無修，三餐茶飯涯（佢）來煮，恰似做介番子牛。

十四招親幹（恁）乞鑕（虧），契哥入屋無敢搥，契哥入到唔敢打，人人講涯（佢）做烏龜。

十五招親年己（既）滿，一下愛出笑連連，帶（戴）加一年來去出，恰似烏雲開片天。（頁60-62）

另外，還有秀山客〈招親歌〉（《客家歌謠研究》第三集，頁39）、前人輯〈十二月招親歌〉（《客家歌謠研究》第六集，頁37-38）、前人輯〈十嘆招親歌〉（《客家歌謠研究》第六集，頁37-38）、前人輯〈招親歌〉（《客家歌謠研究》第六集，頁39-40）、〈招婚歌〉（黃榮洛《臺灣客家傳統山歌詞》，頁50-52）、黃連添〈招親歌〉（美樂HL256，1965）。可見在昔日的社會，招親的風俗相當流行。入贅的男子，也往往受到歧視。

根據耆老說法：從前入贅的儀式，入贅那天，做太太的會將褲子晾在竹竿上，入贅的男子要從太太褲襠下鑽過、進入女方家。這儀式，對男人是一奇恥大辱。同時，婚生子女中第一胎兒子，也要歸女方的姓氏。但是，為何還有許多人甘願入贅呢？大部分都是因為男方沒錢，只好委曲求全。

四 流行行業──農業、打鐵、軍人、工人

客家人昔日是以農為主，在農忙中，樂觀的客家人往往懂得苦中作樂。如葉光中〈農家樂〉（《客家歌謠研究》第四集，頁13-14），這首詩文共二十四章：

農家樂、樂無窮，男女一齊同耕種，付出辛勞與血汗，一年四季好收成。

農家樂、樂融融，平地高山不放鬆，麻麥米豆粟齊種，蕉蔗水果收穫豐。

農家樂、水流長，農事空閒蓄魚塘……家庭副業養豬羊，雞鴨兔鵝都肥大……生薑大蒜價錢好，……香油泌油香飄飄，煙草蜂蜜價格好，洋菇製罐到處銷。……樟腦製油配藥料，桐油生漆皆好價，……背起茶簍入茶園。

……

這是描寫五、六○年代農村的情形，除了耕田之外，一般也會種茶，或其他副業，如養豬，養雞鴨，種菜，種香茅，種菸草，種洋菇，製樟腦油，製桐油。

下面的〈做茶歌〉（《客家歌謠研究》第四集，頁13），是描寫製作茶葉的辛勞：

> 一想做茶真艱辛，毛蘭還子日夜盯，辛苦賺錢畀妹使，日夜阿妹愛本心。
>
> 一想做茶淚淋淋，朝晡日夜汗淋身，一身衫褲齊節（截）濕，做茶郎子誤了身。
>
> ……
>
> 八想做茶無天理，朝晡日夜目睞睞，朋友兄弟來講料（嫽），妹講上下愛
>
> 來裡（這）。
>
> 九想做茶目盈盈，做茶阿哥誤了身，想起做茶無了日，做壞子弟一生人。
>
> ……

在農業社會裡，耕田要用鋤頭、釘耙，砍柴要用鐮刀、伐刀，所以「打鐵」也是重要行業。葉光中〈打鐵歌〉（《客家歌謠研究》第四集，頁16）就有這麼一段記載：

> 早打鐵、晚打鐵，打把剪刀送姐姐，剪刀陪姐去行嫁，姐姐嫁得好人家。
>
> 早打鐵、晚打鐵，打把剪刀送姑姑，姑拿剪刀學裁縫，做出漂亮新衣褲。
>
> ……妹帶剪刀學理髮……媽用剪刀縫衣裳……爸拿鋤頭去除禾……哥拿鋤頭去耕作……叔公拿去割稻子……阿公拿去種花園……舅母拿去割稻子……阿嫂拿去割香蕉……舅舅拿去砍甘蔗……早打鐵、晚打鐵，不如入營去當兵，立志雪恥無反悔，消滅匪寇享太平。

打鐵雖是辛苦，打鐵工人卻樂在其中。最後，還得到一個結論：打鐵雖樂，不如當兵去。當年的國策是「反攻大陸」，故寫作詩文，做壁報，最後幾乎都會加上「反攻大陸」、「解救同胞」、「殺朱拔毛」、「保密防諜，人人有責」之類，前後文不搭嘎的文字，在此也得到印證。在那段時間裡，除了出現許多職業軍人外，一般役男，也以從軍為榮。葉光中〈從軍樂〉（《客家歌謠研究》第四集，頁14-15）以十二聯章說明從軍的樂趣，下面是部分內容：

> 一、從軍樂、樂陶陶，男兒報國在今朝，立志雪恥無反顧，仇敵不滅恨難消。
>
> ……
>
> 七、從軍樂、樂無疆，中華文化放光芒，三民主義須實踐，四維八德做綱常。
>
> 八、從軍樂、在心頭，服從命令不折扣，領袖仁慈中外曉，三軍團結氣如虹。
>
> 十一、從軍樂、樂無涯，奉勸諸君莫遲延，辜負男兒身七尺，枉生人世亦徒然。

除了農人、鐵匠、軍人外，工人亦是生產的生力軍。葉光中〈工人樂〉（《客家歌謠研究》第五集，頁31-32）說：

> 工人樂、樂休休，各樣機械握手中，努力生產為報國，繁榮社會立大功。
> 工人樂、樂陶陶，手執圓鍬並鐵鎬，埋頭苦幹費力氣，建設建設費辛勞。
> ……造船手技般般工……處處建築高樓起……深入地下採財源，煤炭車車往外運……紡織工廠到處有……泥水工匠大功勞……竹篾藤器手藝精……皮革工人手藝高……裁縫師傅用腦筋，男女時裝求改進……鐵路工人少睡眠，搶修鐵路利民行……水電工人技術精……印刷技術盡發揚……兵工表現最優良，製造武器國軍用，準備反攻打勝仗。工人樂、樂盈盈，工人愛國不後人，建設臺灣支前線，復國建國享太平。

詩文將各種工人技術之純熟以及對社會、國家的貢獻，描寫詳細且生動。至於商人和公務人員，算是收入較好、生活無虞的人士，所以在勸世詩文中較少人為他們代言。

五 底層庶民生活困苦

（一）童養媳、繼子心聲

日治及光復初期還流行童養媳，長大之後往往和養父母的兒子婚配。她們在養父母家中，不但沒有地位和自由，而且受盡苦辛。農家女〈養女嘆〉（《客家歌謠研究》第三集，頁32）中就說：

> 前世無修就係倕，填（跈）到（著）窮爺又窮哀，六歲送人作（做）養女，道路坎坷命安排。
> 養女講來好心酸，麼（無）好食來麼（無）好穿，看到（著）別儕上學校，
> 目汁流向肚裏吞。
> ……
> 奉勸諸位父母親，自家骨肉愛關心，切莫送人作（做）養女，放棄職責虧良心。
> 養女來唱養女歌，養女從來世上多，養女陋習能除淨，耕田毋使用牛拖。

除了童養媳之問題外，一般男人如果喪偶或離婚後，也會再娶。在農業社會型態下，未成年人的生計大都仰賴父母，較無出外賃屋或打工機會，所以繼子碰到惡毒的後

娘，可是相當悲慘。故蘇萬松〈勸人後哀〉再三勸說為人後娘要有愛心：

> 催來勸化（做人個）後哀人，做人個後哀愛平心。莫來自家子（正來個）惜啊惜
> 個膝，別人子女當作牛馬一般形。勸化世間（做人個）後娘人，半點愛平心。越
> 奸越巧越貧窮，奸奸巧巧天不容。作（做）事來在人，主事來由在天。越奸越巧
> 越貧窮，奸巧兩字天地不容情。後哀愛平心，唔好自家子，惜啊惜入心，前元
> （人）子女當作係他人。朝朝晨，跣起床，罵大合罵細，一張喉，唸唸唸唸，唊
> 無停。比上比下無好比，可比齋公──阿彌陀佛，扣磬來誦經。（《西湖鄉誌》，
> 頁 547-548）

（二）長工的悲哀

　　古時候長工到有錢員外家做工，一簽約就是十年二十年，其中的辛酸，在林德鳳
〈農村長工嘆苦歌〉（《客家歌謠研究》第一集，頁 31-32）中，是這麼敘述：

> 正月十外酒肉空，手巾一條鞋一雙，人人問催去奈位，催講上街接長工。
> 二月長工係可憐，頭家帶催到田邊，上坵巡到下坵轉，喊催趕緊做秧田。
> ……
> 十月長工係可憐，霜雪打下白連連，頭家在內催在外，冷風入骨喊王（皇）天。
> 十一月長工係可憐，夯張犁頭犁荒田，上坵犁到下坵轉，愛喊頭家算加錢。

　　另有許多底層庶民是無夫、無妻、無錢。在〈無錢歌〉（《客家歌謠研究》第六集，
頁 21-22）、〈無錢歌〉（《客家歌謠研究》第七集，頁 42）、秀山客〈無妻歌〉（《客家
歌謠研究》第二集，頁 29）、匹夫〈求偶歌〉（《客家歌謠研究》第五集，頁 23-24）等
都反應他們的心聲。

第三節　政教的價值

　　「我國人民一向把觀賞戲曲和說唱的活動稱為『高臺教育』。由於我國在相當長的
歷史時期內存在著極多的文盲和半文盲，他們無法通過學習，戲曲和說唱就成為他們了
解歷史傳統、接受倫理教化、熟悉人情事故、學習生活知識的便捷途徑。」[16]勸世文是

---

16 周青青：〈我國的說唱藝術與文學和語言〉，《中央音樂學院學報》1998 年第 2 期，頁 46。

臺灣客家說唱的重要內容，茲分三方面來說明臺灣客家勸世文在政教上的價值。

一　教人注重倫常關係

「三綱」、「五倫」、「五常」、「四維」、「八德」都是封建時代以及農業社會維持家庭、社會、國家穩定發展的重要教條：

一　三綱：君為臣綱、父為子綱、夫為妻綱

二　五倫：父子、君臣、兄弟、夫婦、朋友

三　五常：仁、義、禮、智、信

四　四維：禮、義、廉、恥

五　八德：孝、悌、忠、信、禮、義、廉、恥

其中以「三綱」最重要，且無論那一項中，無不貫穿著「忠、孝」二字，因為它們是做人的根本。客家人自古流傳的對聯就是「一等人忠臣孝子；兩件事耕田讀書。」

任半塘抨擊《孝經》，更反對唐王李隆基以《孝經》入歌場而作〈皇帝感〉（《新集孝經》十八章），他說：「《孝經》乃孔丘用孝以麻醉奴隸，用忠以保衛奴隸主之陰謀巧偽，其毒之烈，不減佛道經典之虛狂荒幻。依法家嬴秦之則，凡此邪作，當焚！而唐王李隆基周旋於三教之間，以愚其民；括《孝經》文義於歌舞淫妓之中，播之廣場，如施醇酎，惟恐聞者不醉，其罪大矣！」[17]他雖認為忠、孝是毒藥，但是它對國家、社會、家庭卻起了相當的穩固力量。

二　教人戒除惡習

（一）戒賭

宋光宇〈解讀清末在臺灣撰作的善書『覺悟選新』〉文中認為：中國人一向認為「賭」和「嫖」是危害家族生存的兩大禍害。「賭」會在很短的時間中敗盡家產，其危險性比「嫖」及「吸食鴉片」要來得高，賭博一直是臺灣的社會問題。[18]（清）乾隆時，朱景英在《海東札記》中提到賭博的種類有「押寶」、「壓字」、「漫抓雞」、「簸錢」等[19]。

---

17 任半塘：《敦煌歌辭總編》（上海市：上海古籍出版社，1987年），頁735。

18 宋光宇：〈宋光宇宗教文化論文集〉，《雲起樓論學叢刊》（宜蘭縣：佛光人文藝術學院，2002年）

19 朱景英：《海東札記》：「無論男女老少，群然好博。有壓寶、壓字、漫抓、簸錢諸戲。洋錢，人者一博動以千數。洋錢，銀錢也。來自咬留吧、呂宋諸國。」（1958），頁28。

光緒年間，臺灣各城市的賭博風氣未嘗稍減，清末及日治初期，更有「花會」流行。《鳳山縣採訪冊》即錄有光緒二年的《禁賭博碑》：

> 照得閩省（當時臺灣尚屬福建省）賭博之風，甲拎他省。有花會、銅寶、搖攤、抓攤、車馬砲、擲骰等項，名目繁多。花會則在僻徑山鄉，銅寶、搖攤則在重門邃室，其餘均在城鄉市肆，誘人猜壓。[20]

日本政府為了改善花會，於是在一九〇六年六月十三正式發行彩票[21]。成為東亞最早的公營彩票。今日的臺灣仍有大樂透、威力彩、今彩 539 等，可見漢人好賭成性。臺灣客家勸世文久為人喜見樂聞，自然有它的相當程度的教育性。

（二）戒嫖戒淫

根據宋光宇〈從最近十幾年來的鸞作遊記式善書談中國民間信仰裡的價值觀〉指出：

一　目前的色情問題一般不外邪淫亂倫、性好漁色、喜新厭舊、淫人妻女、販賣淫具、強姦殺人、爭風吃醋。中國戒嫖戒淫方面的善書濫觴於宋代的《玉曆寶鈔》、《太上感應篇》、《文昌帝君陰騭文》。到了明末「戒淫」更成為民間信仰的一大要項，主要是明末時，江南和東南沿海一帶，由於國際貿易盛行，造成東南一帶經濟富庶。富庶以後，人們「飽暖思淫慾」，色情問題遂產生。

二　明末到清康雍乾三朝，像《金瓶梅》、《杏花天》、《繡榻野史》之類的言情小說就是明末江南社會的寫照。這些道德條目和價值觀念在有清一代，在地方督撫和仕紳的提倡下，廣泛的流傳到全國各個角落。

三　臺灣六〇年代的主要色情問題是：歌舞團穿插暴露猥褻動作、電影院加映黃色鏡頭、推養女入火坑和販賣少女入娼寮等。七〇年代的主要色情問題是：不理髮的觀光理髮廳、牛肉場、暗藏春色的賓館、酒吧酒廊、泰國浴、各種應召站、午夜牛郎、馬殺雞等。[22]

面對這些問題，政府、鄉紳、說唱藝人，莫不紛紛勸說，以期能導正社會色情歪風。又宋光宇〈解讀清末在臺撰作的善書・覺悟選新〉中更認為：嫖妓除了會得性病之

---

20 盧德嘉：《鳳山采訪冊》（臺銀本，1960），頁 369。

21 吳文星：〈東亞最早的公營彩票——臺灣彩票〉，《歷史月刊》第 2 期（1988 年 3 月），頁 78-81。

22 宋光宇：〈從最近十幾年的鸞作遊記式善書談中國民間信仰裡的價值觀〉，《宋光宇宗教文化論文集》（宜蘭縣：佛光人文社會學院，2002 年），頁 103-132。

外，一般人其實最擔心的是，嫖妓會「呼朋引伴」，到妓院飲酒唱戲，導致敗壞家門，因為明清以降的中國人，往往以「能否振興家門」作為品評人物高下的標準。[23]

（三）戒烟

在日治時期，吸食鴉片的人不可勝數。鸞堂藉著神佛力量，一方面降筆勸世詩文，一方面開戒烟藥方而達到戒烟的人數不少。根據王世慶《清代臺灣社會經濟》〈日據初期臺灣之降筆會與戒烟運動〉：「到光緒二十七年七月十八日止，在十六萬一千三百八十七人特准吸煙者中，據九月底之調查，戒煙者有三萬七千零七十二人……其中自行戒煙者一千四百七十七人……由降筆會戒烟者三萬四千三百七十人……即經降筆會戒煙者占所有戒煙者之 92.7％，占特准吸煙者之 21.3％。降筆會戒煙運動之成果實在真可觀。」[24]戒煙運動成功，使得臺灣總督府的稅收大幅減少，不過「降筆會戒煙盛行的地方，一般經濟都變得很好，如修築很好的堤防、道路，沒有一戶滯納稅款。蓋鴉片成癮者戒菸後，當比戒煙前可減少有害無益之煙費支出，可改善其家庭生活……且可革除癮者之怠惰，改為早起勤勉勵業之精神，對家庭、社會之經濟皆有益。」（頁 451）可見鸞堂戒煙運動及其副產品勸世詩文對政治、經濟、教育的影響。

三　將勸世文當教材

根據陳運棟《洗甲心波》〈序〉的看法，日治時期時，因為日本實行皇民政策而大力推展日文，有意消彌漢文，許多愛臺的鄉紳，往往在鸞堂暗地教漢文，故以鸞書上的詩文作為幼童啟蒙的教材，或當作家庭教育的讀物。其實不止是鸞書上的詩文，普通的勸世文，如《三字經》、《千字文》、《四言雜字》、《百家姓》、《增廣昔時賢文》、《女子四書讀本》等通通都是昔日的漢文教材。使得被日統治五十年，漢文的種子得以延播下去，不至於斷根。

為人父母者，無不望子成龍、望女成鳳。幼童稚嫩的心，需要成人們適時地給予啟迪與灌溉。中國自古以來即非常重視幼兒的啟蒙教育，郭惠端〈呂坤的盟書及其童蒙教育之研究〉說：

---

23 宋光宇：《解讀清末在臺撰作的善書》〈覺悟選新〉，收入《宋光宇宗教文化論文集》（宜蘭縣：佛光人文社會學院，2002 年），頁 282。

24 王世慶：《清代臺灣經濟》（臺北市：聯經出版事業公司，1994 年），頁 449。

蒙學就是啟蒙教育、發蒙教育，啟迪童稚，消除暗昧。《易經》〈象辭〉：「蒙以養正，聖功也。」所謂「蒙以養正」或「養正於蒙」，就是要求當兒童智慧蒙開之際施以正當的教育，或者說，要及時地用正當的教育啟迪兒童的智慧、培育兒童的品德，使之健康成長。[25]⋯⋯

在勸世文的教學中，除了教漢文外，民族精神教育、品德教育更是重點。日治時期，鄉紳怕皇民教育的毒素深植孩子身上，只好藉著鸞堂的宗教活動，掛羊頭賣狗肉地推展漢文和愛國思想。即使到了光復後，國民政府播遷來臺，亦有藉著勸世文的形式，散播反共抗俄、國民生活禮儀等思想。

第四節　宗教民俗療法的價值

鸞堂自稱為「儒宗神教」，它出版的勸世文常利用各種的文學形式，敘述因果故事，宣講聖哲箴言，以達到勸善效果。王光宇〈臺灣善書出版中心之研究──武廟明正堂鸞友雜誌社與善書出版〉中說：「鄭志明認為民間宗教如鸞堂者，已發展出一套自圓其說的理論，然而他認為這套理論充滿功利性與儒家的一套心性理論不同。但從善書所談論的因果輪迴、天界組織及天人關係看來，民間宗教似乎自有一套神學理論系統。事實上如果我們好好的研讀善書中的心性理論，不僅會發現鸞堂的一套心性之學，深受宋明理學的影響，鸞堂自身也一再標榜它的一套理論完全屬於儒家⋯⋯自一九四九年以來，中國思想界出現一種對儒家思想新的解釋，認為儒學具有高度的宗教性，而此宗教性正是儒家思想的核心⋯⋯」[26]

客家莊鸞堂的負責人、正鸞、副鸞、抄錄生大都是飽讀詩書的漢文先生，降乩的神佛儒、釋、道都有，尤其孔、孟也經常光臨。故鸞堂出版的勸世文可說是漢文先生讀聖賢詩書內化後的心理反射。君不見閩南族群迎媽祖時，為了爭取扛轎機會或鑽媽祖神轎下，常爭得面紅耳赤，甚至大打出手；年初子時為了「搶頭香」，也是幾近瘋狂。反觀，客家人對這些敬神活動，就冷靜多了，大都採取中庸的態度。據筆者所見，客家莊迎神賽會時，少見有人鑽神轎以祈福消災，也少有人在過年時爭著去搶頭香。

---

25 郭惠端：《呂坤的蒙書及其童蒙教育之研究》（臺中市：中興大學中國文學系碩士論文，2001 年），頁 7。

26 王志宇：〈台灣善書出版中心之研究──武廟明正堂鸞友雜誌社與善書出版〉，《台灣史料研究》第七期（1996 年 2 月），頁 100-120。

故客家人對宗教的態度，就是以儒為核心的「儒宗神教」，現在仍是如此。

另外，幾乎每本鸞書後面都有附錄醫藥偏方，這些偏方雖然沒經過科學分析或白老鼠的實驗，不過還是有其價值。幾千年來，中國的老百姓有許多就是靠此偏方得以救治。記得小時候，家父也略懂草藥。我喉嚨痛時，他會槌一些「雷公根」加黑糖給我喝；發燒時，喝「茅根汁」；腰痛，喝「雞睪丸」、「羊奶頭」、「大樹頭」、「山葡萄」等燉雞，大都有不錯的效果。鸞書的偏方雖是勸世扶乩的副產品，還是有研究的價值。例《洗甲心波》頁一五三四至一六一六，就列有〈小兒口中生白菰方〉、〈婦人血崩方〉、〈頭痛年久不治方〉、〈牙齒作痛方〉、〈耳內出膿水方〉、〈心中久鬱方〉、〈足生惡毒方〉、〈內痔出血方〉……等共約七十種。

第五節　語言學的價值

客語勸世文保存了許多可貴的語音、語料。羅肇錦〈客語的非漢語成分說略〉認為：

一　客家口語底層出自南方瑤畬語，書面語及後期口語學自漢語。底層客語常有文白兩讀的情況，文讀層的語音走向與北方漢語完全一致，白話層卻與畬語一致。例如：

全濁上
- 文讀唸去聲（與官話全濁上變去聲相同）：支票、上面、前後。
- 口語唸陰平（與畬語全濁上唸陰平相同）：打票、上來、後日。

次濁上
- 文讀唸上聲（與官話次濁上唸上聲相同）：文武、楊柳、猛虎。
- 口語唸陰平（與畬語次濁上唸陰平相同）：打武、柳樹、猛火。

二　客語與上古漢語多相類：粵北、贛南、閩西的客家話無塞音韻尾-p（b）、-t（d）、-k（g）及雙唇鼻音-m，正好說明上古漢語沒有入聲韻尾，所以入聲與陰聲相配相押，中古產生入聲韻，才變成陽聲與入聲相配。同時，客語特殊詞彙與上古漢語相近，例如：

上古語	客語	北方漢語	上古語	客語	北方漢語
走	走	跑	鬥	鬥	裝
晝	晝	午	食	食	吃
頸	頸	脖	毋	毋	不
烏	烏	黑	兜	兜	端

三　客家話的聲調以六個到七個為標準，平聲分陰陽，入聲亦分陰陽。聲母的特點：

捲舌音是阿爾泰語特徵，客語聲母特色屬南方漢語。代表客家的梅縣話，是早期由畬族漢化後（與閩西客語同一層次），因為地域的關係再粵化而形成與閩西客語差異頗大的新客家話。

四　日常用語中，客家話有許多精簡扼要的成語，但它的說法和北方截然不同，可見客家話是屬於南方的語言系統。基本上，北方書面語留下來的成語，客家話大都用「Ａ＋Ｖ＋Ａ＋Ｖ」或來表達，例如：

客語	北漢語	客語	北漢語
頭領尾著	彬彬有禮	橫打直過	目中無人
汗流脈落	汗流浹背	喙甜舌滑	油腔滑調
天公地當	天經地義	牛老車過	年老力衰

五　特殊「Ｎ＋Ａ＋Ａ＋ｅ」構詞現象。北方重疊構詞，往往好幾個意義共用一個重疊詞，而客語是一個意義有好幾個重疊詞，例如：

客語	北漢語	客語	北漢語
惡豺豺 e、 惡擎擎 e	兇巴巴	眼精精 e、 目視視 e	眼巴巴
瘦夾夾 e	瘦巴巴	燥絲絲 e	乾巴巴

六　特殊語法現象。南方大都用 Ｎ＋Ａ，北方大都用 Ａ＋Ｎ，例如：

南方詞	北方詞	南方詞	北方詞
人客	客人	狗麻	母狗
鬧熱	熱鬧	雞公	公雞
紹介	介紹	頭前	前頭

Ｎ＋Ａ 的詞序，在整個南方的漢藏語系都如此，如藏語支、羌語支、景頗語、彝語、緬語、苗瑤語、壯侗語等。[27]

綜上可知，客家口語底層出自南方瑤畬語，書面語及後期口語學自漢語。而臺灣客家勸世文剛好包含了這兩部分。臺灣客語大部分都完整保留-m-n-ng-p-t-k，至於客家話中的特殊詞彙、特殊成語、「Ａ＋Ｖ＋Ａ＋Ｖ」、「Ｎ＋Ａ＋Ａ＋ｅ」結構、Ｎ＋Ａ 詞序，都是研究語言的好題材。

接下來，筆者將稍事羅列本論文中的第一點特殊用字或詞、第二點異體字、第三點

27　羅肇錦：〈客語的非漢語成分說略〉，《第五屆客家方言暨首屆贛方言學術研討會論文集》（南昌市：江西南昌大學，2002 年），頁 371-386。

短語、第四點俗諺、第五點熟語。

一　特殊用字或詞

（一）準：動詞，官話「當作」

《何阿信手抄本》〈勸世文〉：「錢銀準水」。

《新埔鎮誌》〈花燈勸世文〉：「大鼓準雷公」。

（二）眼箭：名詞，官話「拋媚眼」

《何阿信手抄本》〈勸世文〉：「眼箭丟來，透入骨筋」。

（三）當：動詞，官話「勝過」。

《何阿信手抄本》〈勸世文〉：「閒時習讀，當過唸經」。

《徐阿任手抄本》〈夫妻相好歌〉：「公婆相好當過仙」。

（四）了：動詞，官話「賠」、「花費」

《徐阿任手抄本》〈十勸倀郎〉：「損丁破財了身家」。

《徐阿任手抄本》〈阿片烟歌〉：「一日三餐愛了錢」。

《徐阿任手抄本》〈阿片烟歌〉：「食烟之人了身家」。

（五）沙（儕）：名詞，官話「人」。

《徐阿任手抄本》〈阿片烟歌〉：「實在清課窮苦沙（儕）、莫來鄙視食烟沙（儕）」。

（六）高：官話「長繭」；光：官話「全部」

《徐阿任手抄本》〈招親〉：六想招親真氷（奔）波，拾指尖尖做到高，百般頭路做扛（光）轉，皆由麼（無）錢麼（無）奈何！（六想招親真奔波，十枝手指都做得長繭了，幾乎各種工作都做徧了，都是因為沒錢的關係，無可奈何啊！）

（七）來去、來

「來去」是偏義複詞「去」的意思，閩客語都普遍使用。呂嵩雁〈渡臺悲歌的客家

語考釋〉說：

> 羅美珍[28]認為是非漢語詞彙：「長汀話表示去做什麼事情，或約人去做什麼事情，要將『來』、『去』連用。例如：『來去進城』、『來去做客』，苗語黔東方言也有這種連用的習慣，可以說長汀這種用法也是受百越的影響。」事實上偏義複詞的使用在漢語是極其普遍，例如：陶淵明文：「歸『去來』兮」、「曾不吝情『去留』」、「忘路之『遠近』」；諸葛亮〈前出師表〉：「陟罰臧否，不宜『異同』」；白居易〈琵琶行並序〉：「『來去』江口守空船」，由偏義複詞出現的文獻來看，至少中古前期已經出現。我們以為與其說習自百越，倒不如說是承襲漢語淵源。[29]

筆者贊同呂先生的看法。「來」，平常都當作動詞，如「來啊」、「回來」，「去」也常說成「來去」。也有當作虛詞的時候，如數字聯章的勸世文中，「十」以內的篇章，通常用「一來」、「二來」……「十來」來鋪陳演唱。如《徐阿任手抄本》〈十勸世間人歌〉（頁165-168）：

> 一來奉勸世間人，愛知父母恩義深，細細食娘身上血，苦心養大得成人，
> 此个深恩若不報，定然天地不容情！
> 二來奉勸世間人，為人夫婦要同心，莫來因端些小事，就來一旦怒傷心，
> 合闔家老幼要和氣，勤儉何愁家不興？……

又《徐阿任手抄本》〈士農工商歌〉頁193）：

> 一來奉勸讀書人，讀書阿哥愛聽真，讀書阿哥好花色，過好詩書讀不成。
> 二來奉勸耕田人，耕田阿哥愛聽真，耕田阿哥好嫖賭，丟別禾苗生根。……

---

28 羅美珍、鄧小華：《客家方言》（福州市：福建教育出版社，1995年）。

29 呂嵩雁：〈渡台悲歌的客家詞語考釋〉，《第五屆客家方言暨首屆贛方言學術研討會論文集》（南昌市：江西南昌大學，2002年），頁127。

二　異體字

（一）賺、串、趁、

　　「賺錢」的「賺」，《何添財最新客家民謠集》用「串」。《徐阿任手抄本》〈夫妻相好歌〉：「串錢串銀水恁鬆」也用「串」；但在《徐阿任手抄本》〈十想家貧歌〉中用「趁」。《何阿信手抄本》〈勸世文〉用「賺」。

（二）錫、惜

　　《徐阿任手抄本》〈夫妻相好歌〉：公婆相錫（惜）惜名聲好

（三）踢、忒

　　「踢」、「忒」相當於國語「了」、「完」或「掉」。一般的學者傾向於用「忒」字。因為兩字在客語發音相同，讀 tet`，所以在民間也常用「踢」。「忒」大多連在動詞後面，當副詞使用。在劉添財《最新客家民謠集》就有許多例子：

> 嫖賭食酒唔戒踢（頁 1）
> 埔（餔）娘怒氣離婚踢（頁 6）
> 繳（徼）仔輸踢麼（按：無）錢使（頁 6）
> 百萬家財會了踢（頁 31）
> 落選廖（按：了）踢一大空（頁 35）
> 加減前銀使到踢（頁 37）
> 賺有錢銀使到踢（頁 37）

　　也有用來修飾形容詞，如「做人不使踢死忠」（頁 40），用「踢」來修飾形容詞「死忠」。又如「親戚朋友莫踢甜」，用「踢」來修飾「甜」。

（四）「嬲」、蟉、料、

　　客語的休息，稱為 liau，到底應用那個字？呂嵩雁〈渡臺悲歌的客家語考釋〉說：

> 「嬲」：《廣韻》：「『嬲』，奴鳥切，戲相擾也」，王安石詩：
> 「『嬲』汝以一句，西歸瘦如臘」。《文選》「與山巨源絕交書」：

「足下若『嬲』之不置，不過欲為官得人，以益時用耳。」均解作「戲相擾也」。今人說：「有閒再來『嫽』」的『嫽』是遊玩、閒坐聊天意。

按：「『嫽』，奴鳥切」反切拼音讀做 niau，顯然與今音 liau55 的差別在聲母與聲調，雖然客家語音演變也有部分 n、l 舌音接近而成自由音位現象，例如：恁「懶」nan24，煩「惱」lo11-no11，但畢竟是少數。其次，濁上字歸陰平者多，歸去聲者也有，但同樣不多見，至於糾纏、戲擾也與今異，疑非本字。而「料」字與「玩」無關，純粹是同音假借罷了。嫽，《集韻》：「力弔切，往也」，音韻符合，但意義略異。羅美珍認為傣泰語εu五‧liau5 有玩弄、戲弄意，瑤語 dza：u6，畬語 alniu6 也是「玩」意，所以可能與百越語有關。[30]

呂嵩雁認為客語的休息，稱為 liau，可能與百越語有關。但是該用那個字，民國九十五年五月二十四日的行政院客家委員在「客語認証委員會議中」決議：採用「嫽（料）」字。

（五）按、恁、幹

相當於國語的「如此地」、「何等地」，後面大多接形容詞。在臺灣北部客家習慣用「按」、「恁」，皆發音 an`。臺灣南部客家習慣用「幹」、「蓋」發音 koi。劉添財《最新客家民謠集》中的例子：

各方大路開按平（頁 27）

日本管到幹艱苦（頁 28）

政府做事幹圓滿（頁 28）

做人幹好人愛嫌（頁 31）

奈有甘蔗糖幹甜（頁 31）

兄弟姊嫂莫幹利（頁 36）

農民嫌谷（穀）幹便宜（頁 38）

無人做得幹圓滿（頁 39）

世間人情紙幹薄（頁 40）

看人賺錢水幹軟（頁 41）

---

30 呂嵩雁：〈渡臺悲歌的客家詞語考釋〉，《第五屆客家方言暨首屆贛方言學術研討會論文集》（南昌市：江西南昌大學，2002 年），頁124-125。

　　關於「按」、「恁」的用字問題，在二〇〇六年，行政院客家委員會客語中級用字會議中，委員們主張不同：

何委員：可考慮用「殷」字。「殷紅」讀做 ien′ fungˇ。

古委員：ien′ fungˇ的 ien′ 是零聲母，i 可能不發聲。

陳委員：「殷」從來不讀 anˋ，anˋ廣東話用「咁」。

李委員：「恁多」、「恁好」、「恁靚」應作「殷多」、「殷好」、「殷靚」。an、en 相通的例子很多。

龔委員：苗栗有個姓「殷」的老師，我們都稱他為 en′ 老師。

涂委員：「殷」的音義都沒問題。「殷」的韻母可能是 an 變 en，再變成 in。例如「石斑」有人念 sak banˊ，有人唸作sak bienˊ。「梁山伯」liongˇ sanˊ bagˋ，亦作「梁仙伯」或「梁先伯」，讀作 liongˇ xienˊ bagˋ。

最後決議：「恁」、「殷」兩字並用。[31]不過呂嵩雁〈渡臺悲歌的客家語考釋〉認為：

　幹：《唐韻》：「古案切」，《類篇》：「幹，能事也」，《玉篇》：「幹，體也」。……
　恁：《唐韻》：「如甚切」，《集韻》：「忍甚切」，《說文》：「下齎也，從心任聲。」，徐鍇曰：「心所齎卑下也，俗言如此也。」……至於「按」字是抑制的意思，雖然音韻相同，但是意義無關，不如「恁」字來得接近今日音義。[32]

　　筆者亦傾向支持用「恁」字。如有一首客語流行歌曲〈細妹仔恁靚〉，「恁」就是如此、何等的意思。

　　呂嵩雁更認為：「我們以 200 年前的《渡臺》詩文為主，比較百年前的《客方言》、《客話本字》以及今日《臺灣客家語辭典》裡所記載的客家詞語。經過比對後發現，大多數詞形、詞義並未改變。……至於改變的部份，主要是客觀的時空環境改變，生活不同於以往，於是一些詞語不用而漸漸消失，進而產生語意不明的現象。」[33]雖然大部分的臺灣客語勸世文比《渡臺悲歌》晚，不過，我們亦可用此觀點去看待今昔的客語詞彙。

---

31 當年行政院客家委員會客語中級用字會議的紀錄是筆者。故本論文有關用字問題，很多是參考委員們的意見。在此謝謝行政院客委會及各位委員。

32 呂嵩雁：〈渡台悲歌的客家詞語考釋〉《第五屆客家方言暨首屆贛方言學術研討會論文集》（南昌市：江西南昌大學，2002 年），頁 126。

33 呂嵩雁：〈渡台悲歌的客家詞語考釋〉《第五屆客家方言暨首屆贛方言學術研討會論文集》（南昌市：江西南昌大學，2002 年），頁 131-132。

三　短語

（一）無了日：沒有結束的一天

《徐阿任手抄本》〈十勸朋友〉：「己（幾）多風流無了日、風流兩事無了日，落花流水無了日」。

《徐阿任手抄本》〈十勸佢郎〉：「嫖賭貪花無了日。

《徐阿任手抄本》〈囑郎勸世歌〉：「遊手好閒無了日。

（二）無打景（緊）：不要緊、不打緊

《徐阿任手抄本》〈十勸朋友〉：「無痛無病無打景（緊）、後生風流無打景（緊）」。

《徐阿任手抄本》〈十想勸小姐〉：「後生風流無打景（緊）」。

（三）死死：執意

《徐阿任手抄本》〈十想勸小姐〉：「當初死死愛嫁人」。

（四）無轉想、唔（毋）轉想：不知反省

《徐阿任手抄本》〈十想勸小姐〉：「少年時節無轉想」。

《徐阿任手抄本》〈十想勸小姐〉：「少年時節唔轉想，別人看顧也閒情」。

（五）無採、無採工：白費心機

《徐阿任手抄本》〈十想渡子歌〉：「長大成人無孝順，無採爺娘介心機」。

（六）難收兵：難以收拾殘局

《徐阿任手抄本》〈十勸朋友〉：「風流兩事捨不得，日後老來難收兵」。

（七）丟別：丟掉

《徐阿任手抄本》〈十勸朋友〉：「丟別老娘上（傷）天裡（理）」。

（八）唔（毋）當：比不上

《徐阿任手抄本》〈十想勸小姐〉：「百萬家財王進士，唔當羅漢白筆陳」。

（九）長錢：存錢、剩餘的錢

　　《徐阿任手抄本》〈十想家貧歌〉：「勤儉長錢也無難」。

（十）打伴：作伴

　　《徐阿任手抄本》〈阿片烟歌〉：「公婆打伴拜祖先」。

（十一）愛精神：要留意

　　《徐阿任手抄本》〈阿片烟歌〉：「五想食烟愛精神、有錢食烟愛精神」。

　　《徐阿任手抄本》〈十勸朋友〉：「三勸朋友愛精神」。

　　《徐阿任手抄本》〈囑郎勸世歌〉：「五囑涯（俚）郎愛精神，賭博贏錢有幾人？」

（十二）精工：聰明

　　《徐阿任手抄本》〈夫妻相好歌〉：「公婆相好係精工」。

（十三）祭衰人：丟人現眼

　　《徐阿任手抄本》〈劉不仁不孝回心〉：「噥噥噥噥祭衰人（囉囉嗦嗦丟人現眼）」。

（十四）眼精精：眼巴巴

　　《徐阿任手抄本》〈劉不仁不孝回心〉：「看人眼精精」。

（十五）搞潭精：搬弄是非的人

　　《徐阿任手抄本》〈招親〉：「句句罵俚搞潭精」。

（十六）加勝：愈加

　　《何阿信手抄本》〈奉勸世文〉：「五六月天公，完（還）來蓋綿（棉）被。雖然都燒燒，加勝泣得死」。

四　俗諺

　　古師國順認為：「客諺是客家人日常用語的重要成分，平常人家不論讀過書與否，總是隨口而出，語氣肯定而意思貼切，且不論是雅是俗，都生動易懂，寥寥幾字即勝過

許多話。」³⁴茲摘錄、解釋臺灣客家勸世文中較重要的客諺於後。

（一）《徐阿任手抄本》〈說恩情〉的俗諺

1 **老虎畫皮難畫骨，知人知面不知心。**

　　人心難測，正如畫老虎時，只能畫出老虎的皮毛、神韻，無法畫出它皮毛下深處的骨骼。

2 **錢財如糞土，仁義值千金。**

　　《何阿信手抄本》〈勸世文〉亦曾出現。又《徐阿任手抄本》〈十勸世間人歌〉寫作：「人講錢財如糞土，仁義正係值千金。」意指人生在世，為人處事，「仁」與「義」才是最重要的。應將錢財看作如糞便、塵土一樣。

3 **不信但看盃中酒，盃盃先敬有錢人。**

　　一般的世人往往看高不看低。如果讀者不信的話，可看看酒宴中的客人，那個人不是舉杯先敬有錢有勢的人？

4 **有心採（栽）花花不發，無心插花（柳）柳成陰（蔭）。**

　　世事難測，往往事與願違。如同有心種花，偏偏花種不起來；隨手插柳，柳卻枝繁葉茂，樹下可供人乘涼。

5 **馬行無力皆因瘦，人不風流只為貧。**

　　馬無力馳騁，都是因為無糧草、太瘦弱的緣故；人無法風流倜儻，都是因為家貧之故。

6 **誰人後背無人說，那介（個）人前不說人？**

　　誰背後不被人批評，又那個人不是在人前說別人的是非呢？

7 **貧住外洋（鬧市）無人識，富在深山有遠親。**

　　人窮即使住在熱鬧的都市，也無人認識他，如果他富有，就算住在深山，也有遠親會找上門。

8 **古人不見今時月，今月曾經照古人。**

　　古人不曾看過今天的月亮，今天的月亮卻曾照耀過古人。

---

34 何石松：《客諺一百首》（臺北市：五南文化事業，2001 年），頁 6-7。

9　**成人不自在，自在不成人。**

要成為一個有為的人，往往要犧牲許多個人的自由、私利，處處只顧個人的自由、私利，就無法成為一個有為的人。

10　**易漲易退山溪水，一反一復（覆）小人心。**

山溪因為太小蓄水效果不好，故一遇山洪暴發，往往暴漲暴退；小人的心思亦如同那山溪水，反反覆覆，教人難以捉摸。

11　**千遠路頭知馬力，誰知事久見人心。**

《增廣昔時賢文》本作「路遙知馬力，事久見人心。」意指跑遙遠的路程，才知道那匹馬的腳力好，相處共事久了，才知誰存好心，誰居心不良？

（二）《徐阿任手抄本》〈劉不仁不孝回心〉、羅蘭英《劉不仁不孝回心歌》的客諺

1　**孝順還生孝順子，不孝還生不孝人。**

「種瓜得瓜，種豆得豆。」孝順的人，他生的兒女必定也是孝子孝女，不孝的人，他生的兒女必定也是不孝人。

2　**觀今宜鑑古，無古不成今。**

觀察當今的事物，先拿古人做借鏡，任何事物不會憑空出現，沒有古代就不會有今天。

3　**知己就知彼，將心來比心。**

《增廣昔時賢文》本作「知己知彼，將心比心。」意指商場上或帶兵打仗，要了解自己也要了解對方，才較有勝算機會；為人處世要多為別人設想，才會受人歡迎。

4　**欠債怨財主，不孝怨雙親。**

一般人往往不知反省，欠債反而埋怨借錢給他的人，自己不孝順、不學好反而埋怨起雙親。

5　**不孝罪惡大，天地不容情。**

不孝罪惡大，連天和地都不會輕饒他。

（三）《何阿信手抄本》〈勸世文〉的俗諺

1　大家同協力，黃鐵變成金。

團結力量大，大家同心協力，黃鐵也會變成黃金。

2　買賣要公平，出入平秤斗。

做生意要公平，買賣貨物時，秤子、容器要準確，不可偷斤減兩。

（四）《何阿信手抄本‧十勸行孝勸世文》的俗諺

1　孝順還生孝順子，忤逆還生忤逆兒，不信但看簷前水，點點落地不差池。

「種瓜得瓜，種豆得豆。」孝順的人，他生的兒女必定也是孝子孝女，不孝的人，他生的兒女必定也是不孝人。不相信的話，大家可觀察屋簷滴下的雨水，點點都精準地落在同一處，不曾有失誤。

（五）《新埔鎮誌》〈花燈勸世文〉的客諺

1　天也空來地也空，人生渺渺在其中。

眾生不要執著，因為天是空的，地也是空的，人類在天地之間，不過是渺小得似滄海之一粟而已。

五　熟語

1　政治方面不可插，又愛上門拜託人，一下落選睡搭搭。（《最新客家民謠集》〈遊台灣車站歌〉，頁33）

最好不要從政，選舉時要上門拜託人，一下落選，不但沒工作，經費也花不少，許多人從此一敗塗地。

2　做人不可穿督「篖」（《最新客家民謠集》〈遊台灣車站歌〉，頁33）

穿督「篖」是指破洞的茶簍。採茶葉時，如果把茶葉裝在破洞的茶簍，邊裝邊掉，將永無裝滿的時候。做人不可穿督「篖」意指做人要能保守秘密，或者是創業維艱要能守成。

3　他人妻子切莫魂（《最新客家民謠集》〈遊台灣車站歌〉，頁31）

朋友妻不可戲，故切莫迷戀他人妻子。「魂」，迷戀。

4　**別人屎杓不可東**（《最新客家民謠集》〈遊台灣車站歌〉，頁 30）

「東」是指用布蓋在頭上。「屎杓」是指舀大便的勺子。「別人屎杓不可東」意指別人的麻煩事，不要攬在自己頭上。

5　**貪花過度無可正。**（《最新客家民謠集》〈遊台灣車站歌〉，頁 31）

「正」，一般寫作「整」，修理或彌補之意。如修理電視叫「整電視」；修理房屋叫「整屋」。「貪花過度無可正」意指過分沉溺女色，萬一弄壞身子，就無藥可救了。

6　**斷約日期愛有影，各人做事有信用，不可半壁畫隻餅**（《最新客家民謠集》〈遊台灣車站歌〉，頁 34）

「斷約」，和人約會；「半壁畫隻餅」，意指「在牆壁上畫餅，有影無實。」全句是說：和人約會要守信用，不可空口說白話。

7　**人人錢銀有相借，有借有還千百轉，有借無還人會罵**（《最新客家民謠集》〈遊台灣車站歌〉，頁 34）

人人都有急難需週轉的時候，有借有還，再借不難。有借無還，不但被人咒罵，下次也沒人敢借你。

8　**月大還有三十夜，奈有夜夜月團圓**（《最新客家民謠集》〈遊台灣車站歌〉，頁 34）

農曆大月是三十天，小月只有二十九天。人生不如意事十之八九，大月雖比小月多出一天，但是三十號的晚上仍是朔日，看不到月亮，可見自然界中，不可能夜夜都是滿月！人生也是如此，不可能都是一帆風順。

第八章
結論

　　臺灣客家勸世文是臺灣客家地區的勸世文學，它是臺灣客家俗文學的重要一環。它除了用在宗教活動中宣講、學堂中當教材之外，更大量用在臺灣客家說唱之中。

　　「勸」的本義為鼓勵，警告乃是其後起義。勸世文即是善書、勸善書、因果書，它往往以書本、單篇文章或有聲資料方式呈現。《孝經》可視為儒家善書的鼻祖。秦漢以後，這類作品越來越多，只是絕大部分都散失。在敦煌文獻中，保留了一部分晚唐五代時期勸善性質的作品殘篇，如《太公家訓》、《古賢集》。現存最早、最完整的著名善書是宋代的《太上感應篇》。宋代的善書已相當多，大量出現是在宋、明、清三代。

　　自勸善書在宋代產生以來，上至帝王嬪妃、達官顯宦、文人學士，下至鄉紳、民間藝人和黎民百姓都參與了善書的制作、推廣、閱讀、講唱和欣賞。酒井忠夫、包筠雅將這場幾乎全民參與的勸善潮流稱為「善書運動」。直到二十世紀五〇年代以後才漸趨消弱。而臺灣客家勸世文是中國傳統勸世文的一條支流。

　　臺灣客家勸世文的形式、內容可說是嫡傳自敦煌曲子詞，它的遠祖則可上溯至古逸詩、《詩經》、漢代的古詩等，中國大陸梅縣地區的「香花」詞文可說是它的血緣母親。它有傳承自中國的東西，也有在臺自創的作品。它的句法有三言、五言、七言和雜言，大都採取聯章方式，反覆吟誦，以期達到勸善戒惡的目的。它的內容可分為鸞書類和民謠說唱類兩大系統。

　　鸞書類是在臺自創的作品，主要是神佛藉乩童之身降鸞的鸞書，用於寺廟宣講或學堂朗誦。大都出自桃、竹、苗地區漢文先生之手，故其語詞皆以官話寫作，比較典雅，富有臺灣竹枝詞的精神。當年的鸞堂往往與禁烟活動結合，具有不錯的成績。主事者如日治時期的彭殿華、楊福來，在當時的社會曾經起了引領風騷的撼動，歷史學家把日治時代的鸞堂活動組織稱為「儒宗神教」。

　　依筆者所見，早期桃竹苗客家地區的重要的鸞堂及鸞書有新竹縣樹杞林明復堂的《現報新新》（1899）、新竹縣芎林鄉飛鳳山代勸堂的《慈心醒世新篇》、新竹縣九芎林文林閣復善堂的《化民新新》（1902）、竹南一堡獅山勸化堂的《宣音普濟》（1912）、獅山勸化堂的《警世玉律金篇》（1968）、南庄員林崇聖宮的《正字譜》（1974）以及苗栗修省堂的《洗甲心波》等。這些鸞書和說唱類形式大不同：鸞書是以書本型式出現，

說唱類大都是以單篇文章或唱段出現。鸞書的內容大致分：（一）仙佛序文；（二）寶誥、咒語；（三）行述故事；（四）功過格；（五）鸞生職務與名錄；（六）詩歌訓文。第六項的「詩歌訓文」和說唱類的勸世文內容就相當神似。

　　陳運棟《洗甲心波》導讀中認為「鸞書上的詩文相當典雅，非有一定的漢學根底不為功。因此鸞堂絕不能單純視為提供信眾祈福求方之所在，它更是一個宣揚儒教、提倡漢文的場所。」[1]這些詩文，往往被書房老師拿來當作書房的教材，或被藝人當作說唱的腳本。如彭殿華《現報新新》的〈警世戒淫歌〉、〈戒婦女勿入廟燒香歌〉、〈戒婦人勿上街買賣歌〉、〈警世人勿演淫戲歌〉、〈戒婦女勿挾私奩歌〉；楊福來／溫德貴：《慈心醒世新篇》〈戒姦淫詩〉、〈勸孝歌〉、〈警世文〉、〈戒妯娌詩文〉等和說唱的勸世文腳本就很相似。

　　民謠說唱類主要是說唱藝人到處說唱兼賣藥、灌錄成唱片時的手稿或留下的有聲資料。若以內容來分類，又可分為歷史傳說類、勸孝類、勸世勸善類、說唱時事類、演繹佛經類。主要演唱者有阿浪旦、蘇萬松、邱阿專、黃連添、賴碧霞、楊玉蘭、徐木珍、邱玉春等。日治時期以及一九六○至一九七○年代左右是臺灣客語唱片的黃金時代，所以留下許多臺灣客家勸世文有聲資料。日治時期的勸世文唱片商有特許唱片金鳥印、黑利家、古倫美亞等；臺灣光復後，前期的主要唱片出版商有鈴鈴、美樂、遠東、月球，後期有愛華、南國、全成、旭美、雅曲、松櫻、加麗等。

　　何阿文是將客家三腳採茶戲從大陸帶至臺灣的第一人，他除了帶來客家三腳採茶戲之外，也將客家勸世文帶入臺灣，他的弟子徐阿任就曾留下許多當年拜師時的手稿。日治時期，客家人對勸世文喜見樂聞，不論是藝人或是愛好者都紛紛抄錄勸世文，其中，徐阿任就曾抄錄一批勸世文，和何阿信的內容有八成相似度。他兩人的手稿內容成為後來美樂唱片、遠東唱片、月球唱片中，許多藝人演唱的腳本，如〈說恩情〉、〈曹安孝娘親〉、〈娘親渡子難〉等。

　　除了傳承自大陸原鄉的勸世文外，也不乏臺灣本土的作品。日治時期的蘇萬松以特殊的【蘇萬松腔】自拉、自唱、自編了許多作品，如〈兄弟骨肉親〉、〈耕作受苦歌〉、〈大舜耕田〉、〈阿片歌〉等約二十張唱片，為自己賺進不少財富，也奠定他一代宗師的地位。他對臺灣客語說唱勸世文的貢獻有：

一　他用小提琴自拉自唱，以獨特的【蘇萬松腔】演唱，哀怨動人，後來演唱者唱勸

1　修省堂編纂、陳運棟整理：《洗甲心波》（苗栗縣：苗栗縣文化局，2005 年），頁11。

世文時，常以此腔來發揮。後人邱阿專、羅石金、胡泉雄、黃鳳珍在唱此腔調時，頗能掌握其精髓。

　　二　他留下的說唱作品頗多。[2]他的弟子有邱阿專、羅石金、賴碧霞，此三人在民謠、說唱方面皆有不錯的表現。

　　三　他在日據時代的大型說唱《孝子堯大舜》、《救母菩薩》等，筆者雖未聽見過，但是一九六九年美樂再版的《大舜耕田》，提供了臺灣客語說唱典型的完整故事唱本。不但可供後人欣賞、研究，亦為歷史留下記錄。[3]

　　臺灣光復（1945）後，邱阿專曾擔任遠東唱片行的藝術總監，他本人也自編自唱許多勸世文。以歷史傳說為題材的有〈大舜耕田／丁蘭刻木／孟日紅娘親〉、〈郭巨埋兒／姜安送米／吳猛飼蚊〉、〈十殿閻王〉；以時事為題材的有〈臺灣光復歌〉；也有和蘇萬松勸世文內容類似的〈十月懷胎／勸話姊嫂〉、〈勸話兄弟／人心百百種〉等。在月球唱片，他也灌錄了〈勸君要出嫁、勸君莫花色1〉、〈妯娌莫吵架〉、〈勸君莫娶細姨〉、〈勸君莫花色2〉、〈勸勿偷竊〉等。

　　五、六〇年代，苗栗的彭雙琳和一群同好江平成、詩人賴江質合作籌組美樂唱片行和國際唱片行，也大量錄製客家戲曲、音樂、山歌、八音和勸世文。

　　黃連添曾得到民國五十一年、全省山歌比賽的冠軍，曾被彭雙琳網羅至美樂唱片灌錄了許多客家勸世文，如〈阿日哥畫餅〉、〈百善孝為先〉、〈八七水災〉、〈銀票世界〉、〈勸世貪花〉、〈勸世惜妻歌〉、〈勸世歌〉等。他常常和曾敬房、徐木珍等一起表演。李秋霞、陳清臺、林德富、魏勝松、邱玉春等也經常到他家「和山歌」[4]。後來，這批人也都有不錯表現，李秋霞、邱玉春目前還是許多客家山歌班的指導。

　　賴碧霞的勸世文唱片有〈勸世金言／勸世孝道〉（鈴鈴KL-84）、〈孝順雙親／勸世夫妻〉（鈴鈴KL-92）、〈拾想思郎歌／斷情歌、枉心機〉（鈴鈴KL-660）、〈怨斷情〉（鈴鈴KL-1524）等。她的成就主要在客家民謠方面，她因為出道早、歌聲優美、學生又多，故素有客家歌后之稱，民國七十五年還得到「薪傳獎」。

2　蘇萬松的有聲唱片，如〈耕作受苦歌〉（上、下）、〈夫婦相愛〉、〈小兒勤讀勸改〉在國立傳統藝術中心籌備處：《聽到臺灣歷史的聲音》和臺北市客家事務委員會：〈Taipei Hakka Opera and Music Hall〉皆有翻製收錄。另外，〈報娘恩〉、〈奉勸青年去邪從正歌〉、〈兄弟骨肉親〉（上、下）可上行政院客委會網站收聽。

3　楊寶蓮：《臺灣客語說唱》（新竹縣：新竹縣文化局，2006年），頁93。

4　楊寶蓮：《臺灣客語說唱》（新竹縣：新竹縣文化局，2006年），頁104。

　　除了藝人之外，苗栗人謝樹新和一批大陸來的學者陳榮等也組織客家歌謠研究會，從事客家歌謠輯佚、推廣、創作的工作，得到不錯的成果，曾集結成六集的《客家歌謠研究》，其中不乏勸世文的作品。這些作品，有些是和《徐阿任手抄本》、《何阿信手抄本》、美樂唱片、遠東唱片相同或類似的詩文；也有是創作的內容，這些內容有許多是反映時代的反共抗俄作品。作者有匿名、筆名的「匹夫」、「農家女」、「楊柳」、「秀山客」，也有署名的黃基正、徐棠蘭、葉中光、徐植邊、梁詩等。

　　自日治時期至七〇年代，臺灣的客家人正如中國人一樣，各行各業或多或少皆加入觀賞、閱讀、傳達、創作勸世文的行列，這股「善書運動」的洪流當中。直至七〇年代才慢慢退燒，目前甚至需要政府、有心人士、學者專家的刻意保護與推廣。

　　臺灣客家勸世文的內容雖然充斥著舊封建社會勸忠、勸孝的思想，甚至有的近乎無聊、單調，如「一勸……十勸」、「一想……十想」反覆地勸說同一主題的詩文；有的近乎荒謬，如曹安因荒旱而殺子救娘親的舉動，這些都是受人詬病的地方。但是，它也有可取的地方，它為臺灣客家留下豐富的俗文學作品，它有風俗史的價值；也留下許多珍貴的客語語料；它更具有政教的功能，維持家庭、社會、國家的穩定和諧。

　　婁子匡、朱介凡《五十年來的俗文學》談到俗文學的價值有：（一）民族精神據以表現；（二）擴展了文學的領域；（三）雅俗共賞，達到文學的普遍效用；（四）老百姓從俗文學中接受教育而構成人格；（五）俗文學永伴人生；（六）俗文學是各科學術研究的上等資料；（七）方言古語的寶庫。客家勸世文亦是俗文學中重要一環，自然包括這六個面項的價值。

　　在文學上，它保留古詩風貌及說唱藝術、蘊藏大量臺灣竹枝詞以及反共抗俄時代的詩文。

　　在風俗史料上，它反映了日治時期至五、六〇年代，客家社會中仍普遍存在著男女不平等、招贅制度；流行的行業有農業、軍人、工人以及打鐵，底層庶民的生活仍是困苦的。尤其那時，人民的娛樂並不多，所以客家三腳採茶戲、說唱勸世文普受鄉間庶民歡迎，所謂「採茶入庄」，往往「田地放荒」，不過在鄉紳及衛道人士的眼中，戲曲如同鄭聲，其邪淫足以「荒工廢業」。

　　在政教上，它教人注重倫常關係，教人戒除惡習，鸞堂和私塾也往往將勸世文當做教材。直至今日，筆者在社區大學或臺北市政府客家藝文中心教授「客家語文」課時，也經常拿來當輔助教材。

　　在語言學上，客家勸世文呈現方式，包括口語底層、書面語及後期口語。客家口語

底層出自南方瑤畬語，書面語及後期口語學自漢語。所以它包含了上古音、中古音和現代音，是研究語言學的活教材。尤其臺灣客語大部分都完整保留-m-n-ng-p-t-k 等韻尾，客家話中又有許多的特殊詞彙、特殊成語、「A＋V＋A＋V」「N＋A＋A＋e」結構、「N＋A」 詞序等，都是研究語言的好題材。此論文中，筆者亦羅列了一些特殊用字或詞、異體字、短語、俗諺與熟語，目的在拋磚引玉，希望有更多學者加入研究的行列。

附錄
客家勸世文見聞錄

壹　客家勸世見聞錄

一　收錄客語勸世文之著作

徐阿任　《徐阿任手抄本》　新竹縣　未正式出版　約一九一〇年

（1）〈十勸郎歌〉，頁 87-89。

（2）〈十勸姐歌〉，頁 89-92。

（3）〈想無妻歌〉，頁 96-97。

（4）〈一想招親歌〉，頁 107-110。

（5）〈十勸朋友〉，頁 120-121。

（6）〈十想勸小姐〉，頁 121-123。

（7）〈說恩情〉，頁 123-125。

（8）〈十想無妻〉，頁 125-127。

（9）〈十勸偓（吾）郎〉，頁 127-129。

（10）〈十送割禾〉，頁 136-138。

（11）〈十想渡子〉，頁 151-153。

（12）〈十想家貧〉，頁 153-154。

（13）〈阿片煙歌〉，頁 157-162。

（14）〈夫妻不好〉，頁 162-165。

（15）〈十勸世間人〉，頁 165-168。

（16）〈拾貳月長年歌〉，頁 168-170。

（17）〈上大人勸世歌〉，頁 173。

（18）〈積德勸世歌〉，頁 174-175。

（19）〈夫妻相好〉，頁 175-178。

（20）〈囑郎勸世〉，頁 178-180。

（21）〈劉不仁不孝回心〉，頁 182-188。

（22）〈安慰寡婦〉，頁 188-190。

（23）〈百般難〉，頁 190-193。

（24）〈字（士）農工商〉，頁 193。

（25）〈招親〉，頁 194-199。

（26）〈麼（無）錢〉，頁 199-201。

（27）〈勸世間〉，頁 201-202 。

《大藏血盆經》　未註明縣市　永順印刷文具行　大正四年（1915）復刻本

呂阿親　《呂阿親學堂筆記》　新竹第一公學校埔頂分教場　大正十年（1921）

（1）〈不足詩〉，頁 2。

（2）〈戒賭詩〉，頁 7。

（3）〈寡慾精神爽〉，頁 17。

（4）〈讀書無罷亦無休〉，頁 18-19。

（5）〈蒼蠅致蚊子及臭蟲書〉，頁 20-21。

（6）〈勉學詩〉，頁 22。

廖清泉　《廖清泉手抄本》　內收〈羅狀元洪先祖師醒世詩〉二十首　未正式出版　大正十四年（1925）乙丑抄錄

陳子良　《陳子良手抄本》　未正式出版　昭和七年（1933）

（1）〈勸世文〉，頁 1-19。

（2）〈相國李九我家訓〉，頁 20-21。

（3）〈勸世文〉，頁 21-26。

（4）〈前賢指上大人之訓文〉，頁 27-31。

（5）〈李九我勸世文〉，頁 32。

何阿信　《何阿信手抄本》　新竹州　未正式出版　昭和八年（1933）

（1）〈十勸妹子〉，頁 12-14。

（2）〈十想交情〉，頁 22-23。

（3）〈奉勸世文〉，頁 43-46。

（4）〈十勸世間人〉，頁 46-47。

（5）〈十勸行孝勸世文〉，頁 47-49。

（6）〈曹安行孝〉，頁 49-56。

（7）〈十勸小姐〉，頁 56-57。

（8）〈十三想瞌目歌，頁 58-59。

（9）〈拾想渡子歌〉，頁 62-63。

（10）〈十想家貧〉，頁 63-66。

（11）〈勸世文〉，頁 68-74。

（12）〈十想無夫〉，頁 74。

《廣東語十八嬌連勸善歌》　新竹市　竹林書局　一九六〇年四版

劉不仁　《廣東語中部地震勸世文》　新竹市　竹林書局　未註明出版年月

《奉敬清茶》　未正式出版　內收七言八句勸世文十二首

《百歲修行經》　王陳春桃　手抄本　未正式出版

（1）〈百歲修行經〉，頁 1-17。

（2）〈三世因果經〉，頁 17-25。

（3）〈七七地獄苦樂勸世文〉，頁 25-30。

（4）〈誌公禪師醒世歌〉，頁 31-32。

林新彩編著　《客家民間文學：如似觀》高雄縣　未正式出版

（1）〈如似觀〉，頁 11-17。

（2）〈鳥語五首〉，頁 22-24。

（3）〈三更燈火五更雞（亦名讀書高）〉，頁 24-25。

（4）〈妹姑渡子歌〉，頁 25-26。

（5）〈修身圓覺〉，頁 39-41。

（6）〈靈丹〉，頁 41-42。

（7）〈勸世歌〉，頁 43-44。

（8）〈修行歌〉，頁 45。

（9）〈神仙訣〉，頁 50。

（10）〈惜字榮身〉，頁 50-51。

（11）〈龍附鳳攀〉，頁 52。

（12）〈婦女金鑑〉，頁 63-64。

（13）〈甘天勸世歌〉，頁 64-65。

（14）〈十歸空〉，頁 65。

（15）〈十不歸空〉，頁 65-66。

（16）〈順治皇帝讚僧詩〉，頁 72。

劉清琳　《勸世文》　新竹縣　劉連勝發行　一九六五年花月

謝樹新　《客家歌謠研究》　第一集　苗栗市　中原苗友雜誌社　一九六五年二月

甲、《客家山歌瑣談》

（1）〈規勸歌：賭博類〉，頁 47。

（2）〈花酒〉，頁 47。

乙、《客家民謠目錄》

（1）〈客家歷史歌（黃基正編作）〉，頁 2-3。

（2）〈反共民謠・流亡歌〉（徐棠蘭編作），頁 18-19。

（3）〈為人小子愛賢良〉，頁 26。

（4）〈為人婦女愛賢良〉（楊柳編作），頁 27。

（5）〈讀書郎〉，頁 28。

（6）〈歡送僑胞歌〉，頁 29。

（7）〈十勸妹〉，頁 31。

（8）〈農村長工嘆苦歌〉（林德鳳編作），頁 31-32。

（9）〈出征前勸妻歌〉，頁 32。

（10）〈十勸夫出征歌〉（徐棠蘭編作），頁 32-33。

（11）〈慰問前方將士歌〉（徐棠蘭編作），頁 33。

（12）〈十嘆亡魂〉，頁 34。

謝樹新　《客家歌謠研究》（第二集）　　苗栗市　中原苗友雜誌社　一九六七年十二月

乙、《客家歌謠目錄》

（1）〈十勸郎〉，頁 5-6。

（2）〈十送郎從軍〉（韓江編作），頁 6。

（3）〈十勸哥〉（農家女編作），頁 6-7。

（4）〈十望哥〉（農女編作），頁 7。

（5）〈十送夫出征歌〉，頁 8。

（6）〈反攻大陸歌〉，頁8。

（7）〈反共民謠〉，頁9。

（8）〈十勸朋友〉，頁12。

（9）〈救國民謠〉（韓江編作），頁23。

（10）〈無妻歌〉（秀山客編作），頁29。

（11）〈五勸郎〉，頁32。

（12）〈月兒彎彎〉（葉中光編作），頁34。

（13）〈佛曲・拜血盆〉，頁55-56。

謝樹新編　《客家歌謠研究》（第三集）　　苗栗市　中原苗友雜誌社　一九六九年五月

（1）〈十囑司機〉，頁25。

（2）〈養女嘆〉，頁32。

（3）〈告全國各界同胞歌〉（徐植邊作、五句板），頁37。

（4）〈十娶妻〉，頁38。

（5）〈十嫁夫〉，頁38。

（6）〈招親歌〉（秀山客編作），頁39。

（7）〈十月懷胎〉（秀山客編作），頁39。

（8）〈植樹歌〉，頁41。

謝樹新編　《客家歌謠研究》（第四集）　苗栗市　中原苗友雜誌社　一九七一年三月

客家山歌目錄內收：

（1）〈讀書好〉，頁1。

（2）〈勸郎歌〉，頁2。

（3）〈四維八德歌〉（葉中光編作），頁7。

（4）〈古歌〉（內容為勸孝文，秀山客編作），頁11。

（5）〈農家樂〉（葉中光編作），頁13-14。

（6）〈從軍樂〉（葉中光編作），頁14-15。

（7）〈打鐵歌〉（葉中光編作），頁16。

（8）〈十囑妹〉（梁詩編作），頁22-23。

（9）〈春節樂〉（葉中光編作），頁23。

謝樹新編　《客家歌謠研究》（第五集）　苗栗市　中原苗友雜誌社　一九七三年五月

（1）〈總統萬歲〉，頁1。

（2）〈食衣住行歌〉（葉中光編作），頁18-19。

（3）〈國民生活須知歌〉（梁詩編作），頁19-20。

（4）〈求偶歌〉（匹夫編作），頁23-24。

（5）〈戒賭歌〉（匹夫編作），頁24-25。

（6）〈育樂之歌〉（葉中光編作），頁25-26。

（7）〈送郎出征歌〉，頁27-29。

（8）〈十勸倕哥愛知機〉（梁詩編作），頁29。

（9）〈工人樂〉（葉中光編作），頁31-32。

（10）〈春節之歌〉（農家女編作），頁32-33。

另《客家歌謠新譜》內收：

（1）〈慰問前方將士歌〉（徐棠蘭詞、劉晏良配譜），頁15。

（2）〈醒世歌〉（一～六）（劉晏良作曲），頁19-25

謝樹新編　《客家歌謠研究》（第六集）　苗栗市　中原苗友雜誌社　一九七六年九月

（1）〈勵志謠〉（文山輯），頁16。

（2）〈十想渡子歌〉，頁17-18。

（3）〈麼（無）錢歌〉，頁21-22。

（4）〈山歌九勸郎〉（文山輯），頁24-25。

（5）〈集諺勸世謠〉（前人輯），頁27。

（6）〈十二月招親歌〉（前人輯），頁37-38。

（7）〈十嘆招親歌〉（前人輯），頁37-38。

（8）〈招親歌〉（前人輯），頁39-40。

（9）〈奉勸世間人歌〉（前人輯），頁40-41。

另外客家歌謠新譜內收：

（1）〈勸世文〉（苗栗【蘇萬松調】、劉汝焻編曲），頁5-8。

（2）〈讀書郎〉（陳龍水曲），頁10。

（3）〈出征歌〉（黃公度詞、陳毅弘曲），頁11。

（4）〈漢家驕子客家人〉（李漢昌詞、陳毅弘曲），頁14-16。

謝樹新編　《客家歌謠研究》（第七集）　苗栗市　中原苗友雜誌社　一九八二年十二月

（1）〈百孝歌〉（文山編著），頁 104-106。

（2）〈十二歸空〉，頁 13-14。

《客家歌謠新譜》內收：

（1）〈勸世謠〉，頁 24。

（2）〈勵志謠〉，頁 27。

（3）〈奉勸世間人歌〉，頁 32。

（4）〈麼（無）錢歌〉，頁 42。

許秀榮編輯　《廣東語醒世修行至寶章》　新竹市　竹林書店　一九七〇年八月

（1）〈勸化賭博良言至寶〉，頁 1。

（2）〈醒世文〉，頁 1。

（3）〈文化醒世修行歌〉，頁 2-3。

（4）〈善化貪花良言〉，頁 3-4。

（5）〈因果真修〉，頁 5-6。

（6）〈論勸世修行歌〉，頁 8-9。

（7）〈醒世修行歌〉，頁 9-10。

（8）〈嘆人生醒世修行歌〉，頁 10-11。

（9）〈銀票良言歌〉，頁 11-12。

（10）〈現代科學文明醒世修行歌〉，頁 12-13。

黃榮洛著　《渡臺悲歌：臺灣的開拓與抗爭史話》　臺北市　臺原出版社　一九八九年

（1）〈渡臺悲歌〉，頁 24-42。

（2）〈臺灣番薯哥歌〉，頁 54-58。

劉添財編纂　《最新客家民謠集》　新竹縣　文昌印刷行　一九九六年六月第四版

（1）〈奉勸青年郎歌〉，頁 1-5。

（2）〈勸世文〉，頁 6-8。

（3）〈水災歌〉，頁 9-12。

（4）〈褒忠亭勸化歌〉，頁 13-26。

（5）〈遊臺灣車站歌〉，頁 27-56。

（6）〈日月歌〉，頁 57-62。

（7）〈十大建設歌〉，頁 63-66。

（8）〈貪花歌〉，頁 84-88。

（9）〈日本統治歌〉，頁 89-102。

（10）〈奉勸男女在世間歌〉，頁 103-107。

（11）〈奉勸歌〉，頁 108-119。

（12）〈大腳比（臂）歌〉，頁 121。

（13）〈食強力膠歌〉，頁 122-123。

（14）〈二十四節氣歌〉，頁 124-128。

（15）〈二二八事變歌〉，頁 139-142。

（16）〈零生歌〉，頁 143162。

（17）〈勸化歌〉，頁 163-169

（18）〈中國進步歌〉，頁 170-172

（19）〈新大建設歌〉，頁 173-178

陳運棟總編輯　《西湖鄉誌》　苗栗縣　西湖鄉公所　一九九七年二月

（1）〈孝親歌〉（彭華恩編作），頁 544-545。

（2）〈現代文明歌〉（彭華恩編作），頁 545。

（3）〈勸世文〉（彭華恩編作），頁 545。

（4）〈奉勸諸君色莫貪〉（彭華恩編作），頁 545-546。

（5）〈勸青年眾後生〉（蘇萬松編作），頁 546。

（6）〈勸人兄弟〉（蘇萬松編作），頁 546-547。

（7）〈勸話少年哥〉（蘇萬松編作），頁 547。

（8）〈道歎耕田苦〉（蘇萬松編作），頁 547。

（9）〈勸人後哀〉（蘇萬松編作），頁 547-548。

（10）〈勸人莫食鴉片煙〉（蘇萬松編作），頁 548。

黃榮洛編著　《臺灣客家傳統山歌詞》　新竹縣　新竹縣立文化中心　一九九七年六月

（1）〈渡臺悲歌〉，頁 11-22。

（2）〈臺灣番薯哥歌〉，頁 30-33（原載：大龍港雜誌社，第 11 期，1987 年 12 月 10 日）。

（3）〈吳阿來歌〉，頁 35-37（原載：《中原周刊》，1992 年 5 月 10 日）。

（4）〈溫苟歌〉，頁 44-46（原載：《中原周刊》，1992 年 6 月 21 日）。

（5）〈招婚歌〉，頁 50-52（原載：《中原周刊》，1994 年 3 月 27 日）。

（6）〈紅毛番歌〉，頁 54（原載：《客家雜誌》，第 47 期，頁 32 ，1994 年 4 月）。

（7）〈乞食苦諫歌〉，頁 54（原載：《客家雜誌》，第 47 期，頁 32-33 ，1994 年 4 月）。

（8）〈客家歸空歌〉，頁 60-61（原載：《客家雜誌》，第 48 期，頁 55 ，1994 年 5 月）。

（9）〈渡子歌（育兒歌）〉，頁 61-62（原載：《中原周刊》，1989 年 9 月 17 日）。

（10）〈中部地動歌〉，頁 66（原載：《客家雜誌》，第 17 期，1991 年 4 月）。

（11）〈地動勸世歌〉，頁 66-67（原載：《客家雜誌》，第 17 期，1991 年 4 月）。

（12）〈續地動勸世歌〉，頁 67-68（原載：《客家雜誌》，第 17 期，1991 年 4 月）。

（13）〈姜紹祖抗日歌〉，頁 73-83（原載：《客家雜誌》，第 35 期，1993 年 4 月）。

（14）〈焗腦歌（製腦歌）〉，頁 85（原載：《客家雜誌》，第 23 期，1991 年 12 月）。

（15）〈做芋歌〉，頁 87（原載：《山城報導雜誌》，第 5 期，1994 年 1 月）。

（16）〈記麻歌〉，頁 88-89（原載：《客家雜誌》，第 54、55 期，1994 年 11、12 月）。

新埔鎮誌編輯委員會　《新埔鎮誌》　新竹縣　新埔鎮公所　一九九七年七月

（1）〈花燈勸世文〉（作者不詳　昭和年間作品），頁 731-732。

曾子良主持　《基隆市文學類資源調查成果報告》　基隆市　國立臺灣海洋大學　二○○二年十二月

（1）〈勸世歌創作〉（黃縕乾編），頁 411。

（2）〈勵志歌創作〉（黃縕乾編），頁 411。

（3）〈勸化賭博良言至寶〉（許秀榮編，黃縕乾採集），頁 412。

（4）〈文化醒世修行歌〉（許秀榮編，黃縕乾採集），頁 412。

（5）〈善化貪花良言〉（許秀榮編，黃縕乾採集），頁 415。

（6）〈現代科學文明醒世修行歌〉（許秀榮編，黃縕乾採集），頁 415。

（7）〈醒世文〉（許秀榮編，黃縕乾採集），頁 416。

（8）〈醒世修行歌〉（許秀榮編，黃縕乾採集），頁 416。

詹益雲編著　《海陸客語童蒙書》　新竹縣　新竹縣海陸客家語文協會　二○○六年十二月

（1）〈人生苦樂歌〉（曹盛初著），頁 76-77。

（2）〈五言雜字-1〉，頁 123-128。

（3）〈五言雜字-2〉，頁 129-148。

（4）〈六言雜字-1〉，頁 149-165。

（5）〈傳家寶〉，頁 166-173。

（6）〈七言雜字-2〉，頁 184-203。

（7）〈七言雜字-4〉，頁 226-240。

（8）〈七言雜字-5〉，頁 241-253。

（9）〈七言雜字-6〉，頁 254-266。

（10）〈不足歌〉（曹盛初著），頁 267。

（11）〈天人健康知足歌‧天〉（曹盛初著），頁 268。

（12）〈天人健康知足歌‧人〉（曹盛初著），頁 268-269。

（13）〈天人健康知足歌‧天人合一（曹盛初著），頁 269-270。

（14）〈健康長壽歌〉（曹盛初著），頁 270-271。

（15）〈知足常樂歌〉（曹盛初著），頁 271-272。

（16）〈人生十詠〉（曹盛初著），頁 272-274。

（17）〈勸世歌〉（陳桂坤著），頁 275-285。

楊兆禎　《客家民謠九腔十八調的研究》　臺北市　育英出版社　一九七四 年

楊兆禎　《客家民謠》　臺北市　天同出版社　一九七九年

楊兆禎　《客家民謠九腔十八調的研究》　臺北市　育英出版社　一九七四年

楊兆禎　《臺灣客家系民歌》　臺北市　百科文化公司　一九八二年

楊兆禎　《客家諺語拾零》　新竹縣　新竹縣立文化中心　一九九九年一月

黃榮洛　《臺灣客家民俗集》　新竹縣　新竹縣文化局　一九九〇年四月初版

黃榮洛　《客家民謠歌》　新竹縣海陸客家語文協會　新竹縣竹東鎮　新竹竹東二重社區長壽俱樂部發行　未註明出版年月

（1）〈浪子歌〉，頁 3-5。

（2）〈勸良言〉，頁 7-10。

（3）〈楊玉蘭勸世歌〉，頁 12-14。

（4）〈望子成龍〉，頁 19-20。

（5）〈飆車〉，頁 22。

楊燨明　〈閩西客家民歌（五）〉　《客家雜誌》第三十七期　頁 64-66　一九九六年六月

頁六十四內收〈戒嫖歌〉（轉引自《寧化縣民間音樂資料》　第一冊　寧化縣文化館 1977 年 11 月編）

> 正月之飄是新年，勸我親哥莫賭錢呀，我的乾哥，十個賭錢九個輸啊，有情我郎哥小妹不一妹，毛個賭錢發了財呀我的乾哥。
>
> 正月之飄是花期，勸我親哥莫去嫖呀，我的乾哥，十個鴇女是無良心啊，有情我郎哥小妹不妹，花弗錢財，不甘心呀我的乾哥。

黃榮洛　〈介紹幾首客家山歌詩詞（上）〉　《客家雜誌》第四十七期　頁 64-66　一九九四年四月

（1）〈紅毛番歌〉，頁 32（亦收錄於黃榮洛《台灣客家傳統山歌詞》，第 54 頁，新竹縣，新竹文化局，1997 年 6 月）。

（2）〈乞食苦諫歌〉，頁 32-33（亦收錄於黃榮洛《台灣客家傳統山歌詞》，第 54 頁，新竹縣，新竹文化局，1997 年 6 月）。

黃榮洛　〈介紹幾首客家山歌詩詞（下）〉　《客家雜誌》第四十八期　頁 53-56　一九九四年五月

（1）〈客家歸空歌〉，頁 55。

竹碧華　〈台灣北部客家說唱音樂之研究〉　《復興崗學報》第 63 期　頁 263-305　一九九八年六月

（1）〈勸人莫食鴉片煙〉（【蘇萬松】），頁 270。

（2）〈吳阿來歌〉，頁 277。

（3）〈中部地震歌〉，頁 277-278。

（4）〈焗腦歌（製腦歌）〉，頁 278。

（5）〈棚頭〉，頁 280。

（6）〈勸善歌〉（【山歌仔】／胡泉雄、林美蘭唱），頁 282。

（7）〈娘親渡子歌〉（邱玉春唱），頁 283。

（8）〈蘇萬松勸良言〉（邱玉春唱），頁 283-284。

（9）〈勸世歌〉（【蘇萬松調】／邱阿專唱），頁 284。

（10）〈勸世歌〉（【蘇萬松調】／邱阿專唱），頁 284-285。

臺灣省文獻委員會採集組　《震災勸世文》　《耆老口述歷史叢書（二十一）：苗栗縣鄉土史料》　臺中縣　臺灣省文獻委員會　一九九九年六月　頁 198　描寫一九三五年三月十九日地震情景

劉煥堂編撰　《醒世歌文集》　傳十口聖賢專輯　新竹縣　新竹縣文化局　二〇〇七年十一月　頁 61-64。

二　客家研究書籍

黃火興、羅碧雲、李烈　《客家風情誌》　香港　中華書局　一九九一年十一月

羅可群　《廣東客家文學史》　廣州市　廣東人民出版社　一九九二年一月

黃順炘、黃馬金、鄒子彬　《客家風情》　北京市　中國社會科學出版社一九九三年六月

賴碧霞　《臺灣客家山歌——一個民間藝人的自述》　臺北市　百科文化公司　一九八三年

賴碧霞　《賴碧霞的臺灣客家山歌》　臺北市　文建會　一九九二年

王耀華　《臺灣客家民謠薪傳》　臺北市　樂韻出版社　一九九三年八月

劉鈞章編　《客家藝能文化》　福州市　福建教育出版社　一九九五年十月

劉鈞章編　《苗栗客家山歌賞析 1、2 集》　苗栗市　苗栗縣立文化中心　一九九七年三月

胡希張、莫日芬、熏勳、張維耿　《客家風華》　廣州市　廣東人民出版社　一九九七年九月

黃恆秋　《臺灣客家文學史概論》　臺北縣　愛華出版社　一九九八年

鄭榮興　《苗栗縣客家戲曲發展史論述稿》　苗栗市　苗栗縣立文化中心　一九九九年六月

鄭榮興　《臺灣客家三腳採茶戲研究》　苗栗市　慶美園文教基金會　二〇〇一年二月

鄭榮興　《臺灣客家音樂》　臺中市　晨星出版社　二〇〇四年六月

胡萬川主編　《龍潭鄉客語歌謠（1）》　桃園市　桃園縣文化局　二〇〇〇年

房學嘉　《客家文化導論》　廣州市　嘉應大學客家研究所　二〇〇一年三月

楊寶蓮　《臺灣客語說唱》　新竹縣　新竹縣文化局　二〇〇六年八月

三　音樂戲曲專著

片崗嚴　《臺灣風俗誌（第四集）》　臺北市　大立出版社　一九八一年一月初版

王友蘭　《談戲論曲》　臺北市　學海書局　一九九二年一月

《陳冠華的吹拉彈唱──台灣本土說唱音樂保存》　宜蘭縣　傳藝中心　二〇〇五年十
　　　二月

《薪火相傳──說唱藝術之妙》　桃園市　蘭之馨文化音樂坊　二〇〇六年八月初版

段玉明　《市井文化與傳統曲藝》　長春市　吉林教育出版社　一九九二年六月

王志健　《說唱藝術》　臺北市　文史哲出版社　一九九四年十一月

張　仁　《中國古代民間娛樂》　北京市　商務印書館　一九九六年七月

劉光民　《古代說唱辨體析篇》　北京市　首都師大出版社　一九九六年八月

汪景壽　《說唱：鄉土藝術的奇葩》　臺北市　淑馨出版社　一九九七年二月

曾永義　《說俗文學》　臺北市　聯經出版事業公司　一九八〇年四月初版

欒桂娟　《中國曲藝與曲藝音樂》　北京市　人民音樂出版社　一九九八年三月

張鴻勛　《說唱藝術奇葩──敦煌變文選評》　蘭州市　甘肅人民出版社　二〇〇〇年六
　　　月

四　其他相關論著

鄭振鐸　《中國俗文學史》　臺北市　東方出版社　一九九六年三月

婁子匡、朱介凡　《五十年來的中國俗文學》　臺北市　正中書局　一九九八年十一月七
　　　刷

李惠芳　《中國民間文學》　武漢市　武漢大學出版社　一九九九年八月

高國藩　《中國民間文學》　臺北市　臺灣學生書局　一九九九年九月二刷

陳　霞　《道教勸善書研究》　成都市　巴蜀書舍　一九九九年九月

五　學位論文

楊淑惠　《聲響與文情關係之研究》　臺北市　臺灣師範大學國文研究所　一九七九年
　　　五月

曾子良　《臺灣閩南語說唱文學「歌仔」之研究及閩臺歌仔敘錄與存目》　臺北市　東吳中國文學研究所博士論文　一九九〇年六月

竹碧華　《楊秀卿歌仔說唱之研究》　臺北市　中國文化大學藝術研究所碩士論文　一九九一年六月

楊熾明　《臺灣桃竹苗與閩西客家民歌之比較研究》　臺北市　臺灣師範大學音樂研究所　一九九二年

邱春美　《臺灣客家說唱文學傳仔的研究》　臺中市　逢甲中研所碩士論文　一九九三年一月

黃菊芳　《渡子歌研究》　臺北市　政大中研所碩士論文　一九九九年七月

謝玉如　《臺灣地區客語聯章體歌謠研究》　高雄市　中正大學中國文學系研究所　二〇〇一年

六　單篇論文與期刊專文

古國順　〈客家歌謠的本質與語言藝術〉　《客家研討會論文集》　新竹市　清華大學語言學研究所　一九九四年

鍾國宣　〈傳統技藝匠師（客家民謠）賴碧霞女士訪問記錄〉　《傳統技藝匠師採訪錄》第二輯　臺中縣　臺灣省文獻委員會　一九九六年五月

陳健銘　〈從歌仔冊看臺灣早期社會〉　《臺灣文獻》第四十七卷第三期　臺中市　臺灣省文獻會　一九九六年九月

胡萬川　〈大家來搶救臺灣民間文學〉　《文化視窗》創刊號　一九九八年三月
　　　　〈民間文學和文化〉　《文化視窗》第五期　一九九八年十一月

范文芳　〈臺灣客家民間歌謠中的詩詞表現〉　《客家民俗文化研討會單篇論文》　桃園縣　中央大學客家文化研究中心　一九九八年

周青青　〈我國的說唱藝術與文學和語言〉　《中央音樂學院學報》第二期　北京市　一九九八年

竹碧華　〈臺灣北部說唱音樂之研究〉　《復興崗學報》第六十三期　臺北市　一九九八年六月

胡紅波　〈臺灣的月令格聯章歌曲〉　《臺灣民間學術研討會論文集》　新竹市　清華大學中文系主編　一九九八年六月

楊　柳　〈敦煌講唱文學影響拾零〉　《甘肅廣播電視大學學報》總四十一期　蘭州市
　　　一九九九

七　工具書

何石松、劉醇鑫　《現代客語詞彙彙編》　臺北市　臺北市政府民政局　二○○二年十
　　　一月

八　有聲資料

勸世文　林劉苟演唱

〈勸世文〉（金鳥唱片 6506，1927）

勸世文　蘇萬松演唱

（1）報娘恩（改良鷹標，1930）

（2）奉勸青年去邪從正歌（古倫美亞 80229，1933）

（3）兄弟骨肉親（黑利家 T-176，1933）

（4）小兒勤讀勸改（（黑利家 T-295，1933）

（5）蘇萬松傑作集（戰後美樂 HL-201，1957）

（6）勸孝歌（戰後美樂 HL-203，1960）

勸世文　曾細才演唱

（1）流行教訓歌（泰平唱片 80457，1935）

勸世文　邱阿專演唱

（1）十殿閻王（遠東 Jo-54，年代未詳）

（2）臺灣光復歌（遠東 Jo-57・Jo-58，年代未詳）

（3）十月懷胎／勸話姊嫂（遠東 Jo-47A，年代未詳）

（4）勸話兄弟／人心百百種（遠東 Jo-47B，年代未詳）

（5）勸君要出嫁／勸君莫花色 1／妯娌莫吵架（月球 MEV-8084A，年代未詳）

（6）莫君莫娶細姨／勸君莫花色 2／勸勿偷竊（月球 MEV-8084B，年代未詳）

勸世文　賴碧霞演唱

（1）十勸大家（戰後美樂 HL-422A，1970）

（2）一樣米畜百樣人（戰後美樂 HL-5011，1972）

（3）無夫歌〈薄命花〉（戰後美樂 HL-349，1972）

（4）勸世金言／勸世孝道（鈴鈴 KL-84，年代未詳）

（5）孝順雙親／勸世夫妻（鈴鈴 KL-92，年代未詳）

勸世文　黃連添演唱

（1）山豬哥反正（戰後美樂 HL-239，1964）

（2）勸得好（戰後美樂 HL-239，1964）

（3）百善孝為先（戰後美樂 HL-242，1964）

（4）立志成家（戰後美樂 HL-242，1964）

（5）奉勸少年（遠東 Jo-101，1967）

（6）阿日哥畫餅（戰後美樂 HL-260，1965）

勸世文　楊玉蘭演唱

（1）玉蘭金言記（戰後美樂 HL-5005，1970）

（2）無情花（戰後美樂 HL-426，1970）

（3）十歸空（鈴鈴 KL-308B，年代未詳）

（4）講得好（遠東 Jo-80，年代未詳）

（5）楊玉蘭勸世文（吉聲，年代未詳）

勸世文　羅石金演唱

（1）石金勸世歌上集（戰後美樂 HL-5006A，1970）

（2）石金勸世歌下集（戰後美樂 HL-5006B，1970）

（3）拾想交情歌（鈴鈴 KL-237，年代未詳）

（4）食煙毒（鈴鈴 KL-91，年代未詳）

（5）浪子回頭（遠東 Jo-12，年代未詳）

（6）怨嘆風流（遠東 Jo-13，年代未詳）

勸世文　林細悠演唱

（1）地動歌（戰後美樂 HL-5010A，1972）

（2）勸孝歌（戰後美樂 HL-5010A，1972）

（3）無夫歌（戰後美樂 HL-5010A，1972）

（4）勸郎歌（戰後美樂 HL-5010B，1972）

（5）立志歌（戰後美樂 HL-5010B，1972）

（6）浪子回頭（戰後美樂 HL-5010B，1972）

勸世文　湯玉蘭演唱

（1）全家福（戰後美樂 HL-406，1970）

（2）年青（輕）可貴（戰後美樂 HL-406，1972）

勸世文羅玉英演唱

（1）楊梅開花（戰後美樂 HL-403，1968）

（2）門前種竹（戰後美樂 HL-302，1968）

勸世文歐秀英演唱

（1）種竹歌（遠東 Jo-068A，1964）

（2）渡子歌（戰後美樂 HL-302，1966）

（3）批評歌（月球，年代未詳）

施宗仁、鄭榮興　《華夏之音》第十三集　〈客家人的聲音〉　臺北市　光華傳播事業　一九九九年

江武昌等　《聽到臺灣歷史的聲音》　宜蘭縣　傳藝中心　二〇〇〇年十二月，CD 共十片

鄭榮興

（1）《傳統客家歌謠及音樂系列》　臺北縣　客委會　二〇〇二年十月

（2）《珍愛客家‧洪添福音樂典藏》　臺北縣　客委會　二〇〇三年五月

（3）《傳統客家三腳戲》　臺北縣　客委會　二〇〇三年十月

（4）《臺灣有聲資料庫‧傳統戲曲篇》第四至六集　臺北市　水晶有聲出版社

公　視　《客家人客家歌》第七集　〈說唱曲藝〉　臺北市　財團法人公共電視文化基金會

黃義桂編劇　《李文古笑科劇》第一至四集　桃園縣　上發影視有限公司

曾先枝等主唱　《吹牛三與難該麻》　臺北縣　月球唱片

林德富、胡鳳嬌等合唱　《凸風三流浪記》第一至四集　桃園縣　吉聲影視音有限公司

黃連添、徐木珍、戴玉蘭　《白賊七打賭》　月球唱片　一九七六年九月

黃連添、徐木珍、張秀英、林德富、戴玉蘭、黃金鳳、傅之職　《吹牛董事長與衛生課長遊花街》　月球唱片　一九七六年四月

九　漢文鸞堂系勸世文

呂阿親　《呂阿親學堂筆記》　新竹第一公學校埔頂分教場　大正十年（1921 年）

（1）〈未足詩〉，頁 2。

（2）〈戒賭詩〉，頁 7。

（3）〈寡慾精神爽〉，頁 17。

（4）〈讀書無罷亦無休〉，頁 18-19。

（5）〈蒼蠅致蚊子及臭蟲書〉，頁 20-21。

（6）〈勉學詩〉，頁 22。

廖清泉　《廖清泉手抄本》　內收羅狀元洪先祖師醒世詩二十首　未正式出版　大正十四年（1925）乙丑抄錄

陳子良　《陳子良手抄本》　未正式出版　昭和七年（1933）抄錄

（1）〈勸世文〉（七言），頁 1-19。

（2）〈相國李九我家訓〉，頁 20-21。

（3）〈勸世文〉（七言轉五言），頁 21-26。

（4）〈前賢指上大人之訓文〉（七言），頁 27-31。

（5）〈李九我勸世文〉（李九我勸世文），頁 32。

林新彩編著　《客家民間文學・如似觀》　高雄縣　未正式出版　一九五八年

（1）〈如似觀〉，頁 11-17。

（2）〈鳥語五首〉，頁 22-24。

（3）〈三更燈火五更雞〉（亦名讀書高），頁 24-25。

（4）〈妹姑渡子歌〉，頁 25-26。

（5）〈修身圓覺〉，頁 39-41。

（6）〈靈丹〉，頁 41-42。

（7）〈勸世歌〉，頁 43-44。

（8）〈修行歌〉，頁 45。

（9）〈神仙訣〉，頁 50。

（10）〈惜字榮身〉，頁 50-51。

（11）〈龍附鳳攀〉，頁 52。

（12）〈婦女金鑑〉，頁 63-64。

（13）〈甘天勸世歌〉，頁 64-65。

（14）〈十歸空〉，頁 65。

（15）〈十未歸空〉，頁 65-66。

（16）〈順治皇帝讚僧詩〉，頁 72。

未註明著者　《勸世文》　桃園縣　鉅鹿學山講堂　魏宙權發行　未註明出版年月

十　鸞書

《大藏血盆經》　未註明縣市　永順印刷文具行　大正四年（1915）復刻本

《大聖末劫真經／太陽 太陰 竈王真經（合訂本）》　新竹市　竹林書局　一九七七年梅月

（1）〈大聖末劫真經〉，頁 1-15。

（2）〈文昌帝君功過格〉，頁 23-24。

（3）〈太陽星君聖經〉，頁 2-3。

（4）〈太陰星君聖經〉，頁 5-8。

（5）〈佛說眼明經〉，頁 9-10。

（6）〈純陽祖師延壽子歌〉，頁 10。

（7）〈竈王真經〉，頁 1-16。

明復堂、彭殿華等　《現報新新》　新竹縣　明復堂　估約一八九九年五月

上卷

（1）〈臺北天上聖母歌〉（雜言），頁 34-35。

（2）〈羅浮山清道人・警世戒淫歌〉（雜言），頁 36。

下卷

（1）李仙翁〈太白歌〉（雜言），頁6。

（2）韓仙翁湘子〈戒婦女勿入廟燒香歌〉（七言），頁6-7。

（3）漢鍾離仙翁〈戒婦人勿上街買賣歌〉（七言），頁8-9。

（4）呂仙洞賓〈警世人勿演滛戲歌〉（雜言），頁9-10。

（5）曹仙國舅〈又勸男女有別老幼有序歌〉（散文），頁11-12。

（6）藍仙翁采和〈戒酒過多歌〉（雜言），頁13。

（7）張仙翁果老〈又戒未孝歌〉（雜言），頁14。

（8）何仙姑〈又戒婦女勿挾私奩歌〉（散文），頁15。

（9）梓童文昌帝君〈訓士文〉，頁16-18。

（10）辛天君〈戒嫖賭食著四症〉（七言律詩），頁18-19。

（11）廖天君〈戒庸醫誤殺詩〉（散文），頁19-20。

（12）鬼谷仙師〈戒惡詞／戒星士／戒堪輿〉，頁23-24。

（13）孚佑帝君〈訓士／訓工／訓商〉（七言），頁24-25。

（14）南海觀音佛祖〈出家偈／戒酒偈／戒葷偈〉，頁25-26。

（15）馬天君〈勸父教子／勸子孝親／勸兄愛弟／勸弟敬兄〉（七言），頁30-31。

（16）魁斗星君〈教書賦〉，頁32-33。

（17）訓誥五條〈父子主恩／君臣主敬／兄弟宜和／夫婦有別／朋友有信〉（散文），頁34-36。

（18）協天聖帝〈訓戒煙弟子詩〉，頁48。

（19）協天聖帝〈戒烟賦〉，頁57-58。

楊福來、溫德貴　《慈心醒世新篇》　新竹縣　飛鳳山代勸堂　一八九九年十一月

（1）〈三字經〉，頁33-34。

（2）〈本府城隍・戒姦淫詩（七言）〉，頁35。

（3）〈景山翁・勸忠文（散文）〉，頁56-57。

（4）〈烏衣道人・勸孝歌（雜言）〉，頁58。

（5）〈披裘公・勸廉箴（四言）〉，頁58-59。

（6）〈虛凌子・勸節論（散文）〉，頁59-60。

（7）〈李仙翁太白・歌（三言）〉，頁65-66。

下面者乃是只剩存目，筆者尚無紙本且未知頁次者

（1）王天君〈吉祥獲福歌〉

（2）司命真君〈勤儉懈怠歌〉

（3）述聖子思〈善惡報應文〉

（4）孚佑帝君〈警世文〉

（5）蒞任孚佑帝君沈〈警世文〉

（6）王天君〈警世文〉

（7）文衡聖帝〈警世文〉

（8）朱夫子〈警世歌〉

（9）廖天君〈醒世歌〉

（10）關太子平〈警世修道文〉

（11）柳天君〈警世失信文〉

（12）孚佑帝君〈警世誤交奸友文〉

（13）亞聖孟夫子〈戒淫修善文〉

（14）宗聖曾夫子〈戒人心未古論〉

（15）王天君〈戒淫四字金〉

（16）王天君〈戒妯娌詩文〉

（17）王天君〈戒男女好淫〉

（18）孚佑帝君〈戒賭博〉

（19）孚佑帝君〈戒煙歌〉之一、〈戒烟歌〉之二、〈戒煙歌〉之三

（20）孚佑帝君〈戒詭譎朋友文〉

（21）孚佑帝君〈戒殺生諂媚鬼神文〉

（22）廖天君〈戒洋煙歌〉

（23）何仙姑〈戒淫詞〉

（24）蒞任關聖帝君〈戒淫曲〉

（25）廖天君〈戒童乩文〉

（26）崑崙大仙〈戒童乩詩／文〉

《化民新新（仁部）》　九芎林文林閣復善堂　新竹縣　一九二〇（1892 ？）年春

此書可能有其他部，筆者只見到仁部。此部中收錄許多詩和文，較重要者：

（1）辛天君詩〈誓善厚報文〉，頁 42。

（2）鄧天君詩〈殘淫速報文〉，頁 43。

（3）趙天君詩〈分別顯報文〉，頁 46。

（4）〈孚佑帝君詩〉，頁 49。

（5）殷天君詩〈淫罰變豬文〉，頁 50。

《宣音普濟》 竹南一堡獅山勸化堂 臺北市 甘芳號石版印刷所 一九一二年仲夏月

卷首・天部

（1）〈李太白仙翁・十大訓十遵從〉（散文），頁 24-29。

（2）〈正風俗論〉（散文），頁 37-38。

卷二・上部

（1）〈訓翁阿安入鸞〉（七言），頁 10。

（2）〈訓黎統離妻〉（七言），頁 12-13。

（3）〈訓陳阿科入鸞〉（七言），頁 13。

卷三・定部

（1）〈訓鍾維富入鸞詩〉（七言），頁 9-10。

（2）〈訓吳明興詩〉（七言），頁 11。

（3）〈蓬萊島修道真人詩〉，頁 12。

（4）〈孚佑帝君詩〉（七言），頁 21。

（5）〈訓鸞下彭生詩〉（七言），頁 21-22。

卷四・佳部

（1）〈戒嫖賭烟花詩〉（七言），頁 10。

（2）〈戒人未可輕上慢下詩〉（七言），頁 10。

卷五・期部

共有四十餘首有關勸世的詩文。

卷六・金部

（1）〈訓曾道崇詩〉（七言），頁 9。

（2）〈勸兄弟和氣歌〉（雜言），頁 22。

（3）〈警世文〉（散文），頁 26。

（4）〈戒畏妻歌〉（七四言），頁 27。

（5）〈克慾傳〉（散文），頁 28-29。

卷七‧鑑部

（1）〈士農工商〉（七言），頁 13。

（2）〈酒色財氣盜〉（七言），頁 14。

卷九‧麟部

共有十四首有關勸世的詩文，其他都是五殿閻羅天子和十殿獄史的判案過程。

卷十‧兒部

共有七十餘首有關勸世的詩文，其他都是五殿閻羅天子和十殿獄史的判案過程。其中較重要的有〈五訓婦女〉（四言），頁 36-37。

勸化堂編輯部　《警世玉律金篇》　苗栗縣　獅山勸化堂　一九六八年八月重刊

卷一‧天部

（1）〈五常八德論〉，頁 3。

（2）〈醒世論〉，頁 4。

（3）〈吃素歌〉，頁 4-5。

（4）〈避凶趨吉論〉，頁 5。

（5）〈勸世歌〉（七言），頁 5。

（6）〈勸孝曲〉（三言），頁 6。

（7）〈李太白仙翁咏敬天地外十八為人要則〉（十八則，七言四句），頁 38-39。

卷二‧地部

（1）〈論世修行〉（七言詩），頁 38。

（2）〈洋烟論〉（七言），頁 41。

（2）〈大白仙翁勸世詩與會話論〉，頁 41-43。

卷三‧人部

（1）〈勸化歌〉（三七雜言），頁 54。

（2）〈勸世詩〉（三言），頁 57。

（3）〈本堂正主持大上道德天尊詩〉（七言），頁 57-58。

（4）〈醒世歌〉（三七雜言），頁 35。

卷四‧皇部

（1）〈藍仙翁詩／曲〉，頁 31。

（2）〈韓仙翁詩／歌〉，頁 31。

（3）〈何仙翁詩／歌〉，頁 32。

（4）〈李仙翁詩／辭〉，頁 32。

（5）〈曹仙翁詩／辭〉，頁 32-33。

（6）〈呂仙翁詩／辭〉，頁 33。

（7）〈張仙翁詩／辭〉，頁 33。

（8）〈鍾仙翁詩〉，頁 34。

（9）〈清閒無窒歌〉（雜言），頁 45。

（10）〈生死脫俗詞〉（問答體詩文），頁 52-55。

南庄員林崇聖宮　《正字譜》　苗栗縣　南庄員林崇聖宮　一九七四年梅月

（1）忠部共收錄將近八十首由桃、竹、苗各地神佛所降的詩，引證忠勇的故事。

（2）孝部共收錄有三十餘首由桃、竹、苗各地神佛所降的詩，引證孝順的故事，美惡兼收。

（3）節部共收錄有三十六首由桃、竹、苗各地神佛所降的詩，引證婦女的故事，美惡兼收。

（4）義部共收錄有四十六首由桃、竹、苗各地義民、土地公等所降的詩，引證仁義的故事。

修省堂編纂、陳運棟整理　《洗甲心波》　苗栗市　苗栗縣文化局　二〇〇五年十二月

原書為苗栗縣四湖莊修省堂於一九〇一年葭月所刊行，共分十卷，陳運棟整理成四冊。

（1）張仙果老〈勸世詞〉（三三七言），頁 958。

（2）韓仙翁湘子〈勸世歌〉（雜言），頁 959-960。

（3）曹仙翁國舅〈勸世歌〉（雜言），頁 960-962。

（4）劉仙翁海〈勸世曲〉（雜言），頁 962-963。

（5）瀛洲閬苑名仙〈勸世歌〉（六七言），頁 1001-1002。

（6）岳天君〈勸忠文〉（散文），頁 1017-1022。

（7）張仙大帝〈勸孝文〉（散文），頁 1023-1028。

（8）辛天君〈勸節論〉（散文），頁 1030-1034。

（9）鄧天君〈勸義論〉（散文），頁 1035-1040。

（10）晁天君〈戒煙詩〉（七言古體），頁 1041。

（11）許天君〈戒嫖詩〉（五言古體），頁 1044-1046。

（12）周天君〈戒賭行〉（七言），頁 1047-1049。

（13）溫天君〈戒酒銘〉（四言），頁 1050-1052。

（14）齊天大聖〈勸事繼親並論螟蛉文〉（散文），頁 1054-1059。

（15）第一殿秦廣王〈警世文〉（散文），頁 1269-1273。

（16）第二殿楚江王〈勸善文〉（散文），頁 1275-1279。

（17）第三殿宋帝王〈報應文〉（散文），頁 1280-1284。

（18）第四殿伍官王〈憫世文〉（散文），頁 1286-1291。

（19）第五殿閻羅王〈救劫文〉（散文），頁 1293-1297。

（20）第六殿卞城王〈懲惡文〉（散文），頁 1299-1305。

（21）第七殿泰山王〈渡世文〉（散文），頁 1307-1314。

（22）第八殿平等王〈賞善罰惡文〉（散文），頁 1315-1322。

（23）第九殿都市王〈因果文〉（散文），頁 1324-1328。

（24）第十殿轉輪王〈回輪文〉（散文），頁 1330-1336。

（25）酆都大帝〈敬信玉歷文〉（散文），頁 1337-1345。

（26）至聖先師孔夫子〈薪傳論〉（散文），頁 1360-1366。

（27）南海觀音佛母〈戒延野僧粧唐僧取經文〉（散文），頁 1379-1384。

（28）太上道君〈戒延巫士保運文〉（散文），頁 1385-1389。

（29）梓童文昌帝君〈斯文論〉（散文），頁 1391-1396。

未註明作者　《繪圖改良女兒經》　臺中市　瑞成書局　一九六四年五月再版

此書為三言並附圖，相當珍貴。

未註明作者　《濟世寶錄》　臺北縣　三重玄峯慈惠堂　一九八三年再版

上卷

（1）〈敬重字紙〉（散文），頁 23-24。

（2）〈勸早覺〉，頁 27。

（3）〈勸修身〉（散文），頁 29-30。

（4）〈勸早回頭〉（散文），頁 44-45。

（5）〈十嘆詞〉（七言），頁 48-49。

（6）〈述因果經〉（五言），頁 66-67。

下卷

（1）〈因果經〉，頁 59-60。

（2）〈醒世文〉（五言），頁 68-70。

未註明作者 《觀世音菩薩普門品》 臺中市 瑞成書局 一九七六年四月再版

明神宗御製 《女子四書讀本》 臺北市 萬有善書出版社 一九八一年三月

未註明作者 《認理歸真》 臺北縣 三揚印刷有限公司 一九八二年三月

未註明作者 《先正格言》 臺北縣 大興圖書印製有限公司 一九八二年十月

（1）〈先正格言〉，頁 1-36。

（2）〈醫心保身方〉，頁 36-37。

（3）〈醒世詩〉（七言加滾白），頁 37-38。

未註明作者 《代天宣化因果報》 臺中縣 東園印刷製本有限公司 一九八二年十二月

未註明作者 《玉歷寶鈔勸世文》 臺北市 長勝排字彩色印刷有限公司 一九八四年四月

未註明作者 《聖源覺真經》 新竹市 竹林書局 一九八七年瓜月

未註明作者 《聖源覺真經》 桃園縣 玉敕昊天直轄玄德堂 未註明出版年月
全書為五言白話散文。

未註明作者 《代天宣化因果報》 臺北縣 正一善書出版社 一九八七年七月

（1）〈代天宣化因果報〉，頁 1-21。

（2）〈未足歌〉，頁 21-22。

（3）〈中天玉皇大天尊關聖帝君警世文〉，頁 23。

（4）〈醒世文〉，頁 24-26。

（5）〈佛說三世因果經〉，頁 27-30。

未註明作者 《五公菩薩末劫真經》 新竹市 竹林書局 一九八八年陽月

饋　芸 《人生觀止》 臺北市 經典出版社 一九八九年五月

未註明作者 《人生觀》 未註明出版地 永展印刷廠 一九八七年五月

（1）〈百忍太和〉，頁 9-10。

（2）〈九世同居〉，頁 10-19。

（3）〈勸孝八反歌〉，頁 19-21。

（4）〈相信〉，頁 22。

（5）〈姑嫂和睦篇〉，頁 33。

（6）〈兄弟相愛篇〉，頁 34。

（7）〈孝順父母篇〉，頁 34-35。

（8）〈夫婦好合篇〉，頁 35-40。

未註明作者　《人生觀》　臺北縣　力榮印刷有限公司　一九八九年孟冬

此乃竹東三重埔徐耀標、徐范丁妹出資印行。內附有百忍勸世文（七言）。

財團法人臺灣省臺中聖賢堂聖賢雜誌社　《喚醒迷津》　臺中市　財團法人臺灣省臺中聖賢堂聖賢雜誌社（吳龍駒主編）　一九九〇年八月再版

此書分四十八章。較重要者有第四十七章為散文體的〈勸孝文〉；第四十八章為羅狀元二十二首的〈醒世詩〉；附錄有吳龍駒的作品〈勸世詩〉、〈勸早修〉、〈修道〉、〈嘆世〉、〈老翁歌〉、〈錢財歌〉、〈學仙詞〉、〈同唱大同歌〉。

靜慧圓覺上師　《地藏本願法語寶典》　高雄縣　聖真出版社　一九九三年二月

淨空法師講述劉承符居士摘錄　《楞嚴經清淨明誨章親聞記／行策大師淨土警語精華講記》臺南市　祥光彩色製版廠　一九九四年五月

蓮池菩薩宣筆扶鸞　《修戒》　臺中縣　懿敕拱衡堂　二〇〇二年三月

呂祖師奉筆主著／勇筆扶鸞　《直指不墜輪迴》　臺中縣　懿敕拱衡堂　二〇〇二年六月再版

未註明作者　《地藏經的見證》　臺南市　中華民國普願慈善功德會　二〇〇二年十月

典璧尼嘛尊者　《人生寶鑑─玉曆寶鈔》　新竹市　東煜印刷設計商行　二〇〇三年二月

索達吉　《破除邪說論》　未註明出版地及出版者　二〇〇三年五月

未註明作者　《關聖帝君救劫文／覺世真經》　臺北縣　正一善書出版社　二〇〇三年五月再版

新莊三聖宮弘德社福善堂扶鸞著作　《早覺彼岸》　臺北縣　新莊三聖宮弘德社福善堂　二〇〇三年十一月

（1）〈霞海城隍‧論忠篇〉，頁 39。

（2）〈臺西安西府張巡千歲‧說仁義〉，頁 39-40。

（3）〈文昌祠文昌帝君‧論文科〉，頁 42-43。

（4）〈普陀山觀音菩薩‧論自性〉，頁 43。

（5）〈本宮天上聖母‧述孝篇〉，頁 61-62。

平實居士　《如何契入念佛法門》　臺北市　佛教正覺同修會正覺講堂　二〇〇三年十一月初版九刷

未註明作者　《如何救贖墮胎罪業》　臺南市　和裕出版社　二〇〇三年修訂版一刷

未註明作者　《關聖帝君戒淫經》　臺南市　和裕出版社　二〇〇三年

（1）〈關聖帝君戒淫經〉，頁 1-64。

（2）〈冥罰淫律〉，頁 65-72。

（3）〈淫報啟示錄〉，頁 73-109。

（4）〈文昌帝君戒淫寶訓〉，頁 115-116。

未註明作者　《佛說父母恩重難報經／新人生觀》　臺北市　名格文化印刷設計事業有限公司　二〇〇四年一月

（1）孝順父母篇

（2）夫婦好合篇

（3）姑嫂和睦篇

（4）兄弟相愛篇

（5）朋友信義篇

（6）勸人勤儉篇

南天直轄全真堂　《放生儀軌》　新竹市　全真雜誌社（童明清發行）　二〇〇四年一月初版

財團法人行天宮文教發展促進基金會編著　《萬般由心—玄空師父開示錄》　臺北市　財團法人行天宮文教發展促進基金會　二〇〇四年一月

平實居士　《無相念佛》　臺北市　佛教正覺同修會　二〇〇四年二月改版十二刷

海濤編　《佛說功德經典選輯》　宜蘭縣　冬山鄉中華印經協會　二〇〇四年三月二版

未註明作者　《弘一大師別集》　高雄市　永裕製版印刷　二〇〇四年八月

（1）寒山拾得〈問對〉（七言）封面內，頁未註明頁次。

（2）寒山拾得〈忍耐歌〉（三七言）封面內，頁未註明頁次。

（3）釋弘一〈晚晴集〉，頁 1-29。

（4）〈格言續錄〉，頁 30-40。

鸞友雜誌社　《舜帝勸孝經》　臺中市　武廟明正堂鸞友雜誌社　二〇〇四年十一月再版

未註明作者　《桃園明聖經》　臺北縣　正一善書出版社　二〇〇四年十二月

雲　鶴　《人為什麼要行善更要求慧—「未可思議的因果現象」第五集》　嘉義市　蘭潭彩色印刷股份有限公司　二〇〇五年二月修訂再版

南天直轄全真堂奉旨扶鸞著作　《西方佛國遊記》　新竹市　全真雜誌社（童明清發行）二〇〇五年六月初版

張真臺　《學佛前的無知無明與學佛後的體驗感受》　苗栗縣　張真臺　二〇〇五年六月

廖榮尉　《妙音居士往生見聞錄》　臺北縣　二〇〇五年八月

南天直轄全真堂奉旨扶鸞著作　《仙界遊蹤》　新竹市　全真雜誌社（童明清發行）　二〇〇五年六月初版

南天直轄全真堂奉旨扶鸞著作　《冥遊記》　新竹市　全真雜誌社（童明清發行）　二〇〇五年八月初版

聖賢雜誌社　《戒殺綸音》　臺中市　財團法人臺灣省臺中聖賢堂聖賢雜誌社二〇〇五年十月再版

（1）〈關聖帝君勸人戒殺放生論文〉，頁 12-15。

（2）〈蓮池大師戒殺文〉，頁 29-32。

（3）〈佛說三世因果經〉，頁 97-99。

（4）〈勸世文〉，頁 100-102。

（5）〈誌公禪師勸世歌〉，頁 102。

圓瑛法師講述　《勸修念佛法門》　桃園市　懿蓮念佛會　二〇〇五年十二月

未註明作者　《佛說大乘無量壽莊嚴清淨平等覺經》　未註明出版地　佳芳企業社　二〇〇

五年未註明月份

臺中聖賢堂扶鸞著作　《漫畫地獄遊記》　臺中市　財團法人臺灣省臺中聖賢堂聖賢雜誌社　二〇〇六年二月再版

未註明作者　《改造命運的方法》　未註明出版地及出版者　二〇〇六年三月

（1）〈文昌帝君丹桂籍〉（陰騭文），頁 6-7。

（2）〈太上感應篇〉，頁 8-10。

（3）〈關聖帝君覺世真經〉，頁 11-12。

（4）〈般若波羅密多心經〉，頁 25。

（5）〈佛說三世因果經〉，頁 25-27。

文化義工整編　《玉曆寶鈔（白話／原文）》　新竹市　仁化出版社　二〇〇六年四月六刷

未註明作者　《玉曆寶鈔》　未註明出版地　耀全業有限公司　未註明出版年月

《四十二品因果錄》　臺中市　財團法人臺灣省臺中聖賢堂聖賢雜誌社　二〇〇六年四月再版

此書除四十二品因果故事外，附錄有：

（1）〈蓮池戒殺文〉（散文），頁 138-140。

（2）〈廬山百八摩尼勸念佛文〉（四言），頁 140-142。

（3）〈勸世詩〉（七言），頁 142-143。

（4）〈漢鍾離仙祖戒賭文〉（五言），頁 143。

（5）〈純陽祖師延壽育子歌〉（七言），頁 143-144。

（6）〈勸善歌〉（五言），頁 144。

（7）〈戒淫詩〉（七言），頁 144-145。

（8）〈甲文定公百字銘〉（五言），頁 145。

（9）〈黃勉齋先生戒勿棄女〉（五言），頁 145-146。

（10）〈警世歌〉（五言），頁 146-147。

（11）〈心命歌〉（五言），頁 147。

（12）〈積福歌〉（五言），頁 147-148。

（13）〈羅狀元詩〉（七言），頁 148-149。

（14）〈康熙帝詩〉（七言），頁 149。

濟公活佛主著／勇筆扶鸞　《和陽關遊記》　臺中縣　拱衡雜誌社　二〇〇六年七月

南天哪吒三太子主著／勇筆王奇謀扶鸞　《南天遊記》　臺中縣　拱衡雜誌社　二〇〇六年八月

圓德聖壇　《白陽聖典》第二十五期　桃園縣　圓德聖壇　二〇〇六年十一月

雲　鶴　《要怎樣收穫就要怎樣栽（漫畫篇）─「未可思議的因果現象」第二集》　嘉義市　蘭潭彩色印刷股份有限公司　二〇〇六年十二月再版

臺中重生堂重生雜誌社　《活獄現形記》　屏東縣　萬丹觀音堂觀音雜誌社翻印　二〇〇六年十二月再版

（1）〈百孝經〉（七言），頁 152-155。

（2）〈濟公活佛勸世文〉，頁 156-164。

（3）〈修道真言〉，頁 165-168。

雲　鶴　《目前社會大眾對因果的看法之研究報告／「未可思議的因果現象」第四集》　嘉義市　蘭潭彩色印刷股份有限公司　二〇〇六年十二月修訂再版

未註明作者　《五戒》　屏東縣　萬丹觀音堂觀音雜誌社翻印　二〇〇七年二月再版

（1）〈殺戒〉，頁 6-17。

（2）〈盜戒〉，頁 18-24。

（3）〈淫戒〉，頁 25-31。

（4）〈妄語戒〉，頁 32-41。

（5）〈酒戒〉，頁 42-46。

（6）〈百孝經〉（七言），頁 47-59。

（7）〈修道真言〉，頁 60-63。

觀音菩薩主著／勇筆扶鸞　《直解因果之門》　臺中縣　拱衡雜誌社　二〇〇七年三月六版

聖賢雜誌社　《戒殺綸音》　臺中市　財團法人臺灣省臺中聖賢堂聖賢雜誌社　二〇〇七年五月再版

（1）〈關聖帝君勸人戒殺放生論文〉，頁 12-15。

（2）〈蓮池大師戒殺文〉，頁 29-32。

（3）〈佛說三世因果經〉，頁 97-99。

（4）〈勸世文〉，頁 100-102。

（5）〈誌公禪師勸世歌〉，頁 102。

未註明作者　《桃園明聖經》　新竹縣　永豐印刷廠　二〇〇七年五月

南天直轄鸞堂聚星宮護法堂　《群仙嘉言錄》　屏東縣　萬丹觀音堂觀音雜誌社翻印　二〇〇七年六月再版

典璧尼嘛尊者　《佛說父母恩重難報經密解》　臺北市　牟尼文化有限公司　二〇〇七年六月第二十刷

臺中聖賢堂扶鸞著作　《漫畫天堂遊記》　臺中市　財團法人臺灣省臺中聖賢堂聖賢雜誌社　二〇〇七年一月再版

達道居士　《智慧與靈修 12》　宜蘭縣　二〇〇七年九月初版

南天直轄全真堂奉旨扶鸞著作　《無極玅音第一輯》　新竹市　全真雜誌社（童明清發行）　二〇〇七年十月初版

達道居士　《智慧與靈修 13》　宜蘭縣　二〇〇七年十二月初版

未註明作者　《觀音大士白衣神咒》　高雄市　至善書局　未註明出版年月

未註明作者　《昔時賢文註解》　臺北縣　正一善書出版社　未註明出版年月

未註明作者　《天后救苦真經》　桃園縣　財團法人桃園縣新屋鄉天后宮　未註明出版年月

臺中聖賢堂扶鸞著作　《淺述古今善惡因果報應（漫畫式）》　臺中市　財團法人臺中聖賢堂聖賢雜誌社　未註明出版年月

效聖輯　《格言集錦》　臺北縣　正一善書出版社　未註明出版年月

未註明作者　《金剛經／阿彌陀經／藥師經／普門品／佛門必備課誦本》　臺北市　超淦印刷公司　未註明出版年月

未註明作者　《勸世寶鑑》　未註明出版地及出版者　未註明出版年月

（1）〈百忍勸世文〉（七言），頁 1。

（2）〈勸世格言〉（七言），頁 2-4。

（3）〈孝順父母篇／夫婦好合篇／姑嫂和睦篇〉，頁 6。

（4）〈兄弟相愛篇／朋友信義篇／勸人勤儉篇〉，頁 7。

（5）〈為善最樂〉，頁 22-23。

（6）〈治家格言〉，頁 23。

（7）〈百忍太和〉，頁 23-24。

（8）〈九世同居〉，頁 24-25。

（9）〈生命之寶〉，頁 25。

（10）〈三勸格言〉，頁 26。

（11）〈富之正路〉（三七三言），頁 26-27。

（12）〈窮之末路〉（三七三言），頁 27-28。

（13）〈勸世文〉（七言），頁 28-30。

未註明作者　《賢良詞》　臺北市　佛教書局　未註明出版年月

未註明作者　《龐公寶卷》　臺北縣　正一善書出版社　未註明出版年月

（1）〈悟道參禪要偈〉，頁 62-64。

（2）〈集偈〉，頁 64-67。

（3）〈萬空歌〉，頁 67。

（4）〈身喻房〉，頁 67-68。

（5）〈憨山大師偈〉，頁 68。

（6）〈皮囊歌〉，頁 73-74。

未註明作者　《白衣大士神咒三》　臺北縣　三揚印刷有限公司　未註明出版年月

（1）〈百忍勸世文〉，封面內頁。

（2）〈白衣觀音大士靈感神咒〉，頁 2。

（3）〈太陽星君聖經〉，頁 12-13。

（4）〈太陰星君聖經〉，頁 12-13。

（5）〈佛說眼明經〉，頁 20。

（6）〈般若波羅密多心經〉，頁 21。

（7）〈醒世文〉，頁 24-26。

（8）〈佛說三世因果經〉，頁 27-30。

未註明作者　《孔子孝經》　臺北縣　三揚印刷有限公司　未註明出版年月

未註明作者　《你想增福嗎》　臺北縣　三揚印刷有限公司　未註明出版年月

（1）〈百忍勸世文〉封面內頁。

（2）〈華陀長壽歌〉，頁 16。

（3）〈存心忍耐歌封底內〉

未註明作者　《關聖帝君救劫文》　臺北縣　三揚印刷有限公司　未註明出版年月

（1）〈關聖帝君親降濟世靈驗救劫經文〉，頁 1-8。

（2）〈醒世文〉，頁 16-20。

（3）〈勸世文〉，頁 21-25。

（4）〈三世因果〉，頁 29-32。

未註明作者　《綱常倫理從德合編》　臺北縣　正一善書出版社　未註明出版年月

未註明作者　《百歲修行經及賢良經》　未註明出版地及出版者　未註明出版年月

（1）〈百歲修行經〉（雲棲大師戒殺修行勸世文）（七言），頁 1-8。

（2）〈三世因果經〉（佛印禪師論三世因果勸世文）（七言），頁 8-12。

（3）〈誌公禪師醒世歌〉（七言），頁 12。

（4）〈七七卷〉（雲谷禪師論善惡七七地獄苦樂勸世文）（七言），頁 12-15。

（5）〈順治皇帝御製讚出家詩〉（七言），頁 15-16。

（6）〈敬惜字紙文〉（散文），頁 16。

（7）〈賢良詞〉（七言），頁 1-3。

（8）〈古佛勸世文〉（七言），頁 3-9。

（9）〈劉素真嘆世情〉（十言），附錄未註明頁次

未註明作者　《賢良詞》　臺北縣　正一善書出版社　未註明出版年月

（1）〈賢良詞〉，頁 1-23。

（2）〈院長十願嘆〉，頁 24-28。

（3）〈皇姆十更嘆〉，頁 28-32。

未註明作者　《賢良詞句解（日本語版）》　桃園縣　全真道院　未註明出版年月

未註明作者　《父母恩重難報經》　臺北縣　市力榮印刷有限公司　未註明出版年月

未註明作者　《白話玉曆》　未註明出版地及出版者　未註明出版年月

內附〈存心忍耐歌〉（三七言）、〈十富十窮文〉（七三言）。

未註明作者　《觀音心經秘解》　臺北市　盛發印刷用品有限公司　未註明出版年月

（1）〈南海古佛勸善文〉（七言），頁 32-34。

（2）〈孚佑帝君救劫文〉（雜言），頁 35。

（3）〈十富十窮文〉（七三言），頁 39。

（4）〈存心忍耐歌〉（雜言），頁 40。

（5）〈羅狀元解組詩二十首〉（七言律詩），頁 66-67。

（6）〈修道真言十六首〉（三三七），頁 69-72。

道一宮至釋堂管理委員會　《道鐘警鳴》　臺中縣　廣福宮　未註明出版年月

未註明作者　《光明畫集》　臺北市　平陽印刷用品有限公司　未註明出版年月

未註明作者　《天上聖母正傳》　臺北市　盛發印刷用品有限公司　未註明出版年月

未註明作者　《太上清靜經》　新竹市　協榮文具印刷行　未註明出版年月

內附羅狀元詩、憨山大師勸世文、順治帝詩

未註明作者　《繪圖三世因果經》　臺北市　益大書局出版社　未註明出版年月

（1）〈百忍勸世文〉，頁 1。

（2）〈佛說三世因果經〉（圖文並列），頁 1-24。

（3）〈醒世文〉，頁 25-28。

（4）〈勸孝百孝篇〉，頁 29-32。

未註明作者　《三世因果經勸世文》　新竹縣　湖口鄉育山打字行　未註明出版年月

（1）〈佛說三世因果經〉，頁 1-11。

（2）〈勸世文〉，頁 11-24。

（3）〈誌公禪師勸世歌〉，頁 24-27。

（4）〈為善最樂〉，頁 29。

（5）〈未生氣口訣〉，頁 36。

未註明作者　《仙佛救劫指迷篇》　未註明出版地及出版者　未註明出版年月

未註明作者　《八仙指路》　未註明出版地及出版者　未註明出版年月

《奉敬清茶》 （內收七言八句勸世文十二首） 未正式出版

《百歲修行經》 手抄本 未正式出版

　　（1）〈百歲修行經〉，頁 1-17

　　（2）〈三世因果經〉，頁 17-25

　　（3）〈七七地獄苦樂勸世文〉，頁 25-30

　　（4）〈誌公禪師醒世歌〉，頁 31-32

未註明作者 《無極達摩寶傳》 未註明出版地及出版者 未註明出版年月

聖德雜誌社 《聖德》第三三四期 臺中市 聖德禪寺 二○○四年二月

臺中聖賢堂聖賢雜誌社 《聖賢雜誌雙月刊》第一一九期（原三八九期） 臺中市 財團法人臺灣省臺中聖賢堂聖賢雜誌社 二○○四年七月

臺中聖賢堂聖賢雜誌社 《聖賢雜誌雙月刊》第一三三期（原四○三期） 臺中市 財團法人臺灣省臺中聖賢堂聖賢雜誌社 二○○六年十一月

臺中聖賢堂聖賢雜誌社 《聖賢雜誌雙月刊》第一三八期（原四○八期） 臺中市 財團法人臺灣省臺中聖賢堂聖賢雜誌社 二○○七年九月

慈音雜誌社 《慈音》第二二三期 高雄縣 慈音雜誌社 二○○五年三月

會心雜誌編輯委員會 《會心雜誌》第五十七期 臺南市 會心雜誌社 二○○五年四月

玉皇天心雜誌社 《自在琉璃心》第三十五期 臺中市 台中玉皇天心宮 二○○七年八月

慈音雜誌社 《慈音》第二五三期 高雄縣 慈音雜誌社 二○○七年九月

醒世雜誌社 《醒世雜誌月刊》第五五四期（扶鸞作品） 高雄市 醒世雜誌社 二○○八年一月

臺北市佛教正覺同修會編譯組 《正覺電子報》（平面版） 臺北市 臺北市佛教正覺同修會 二○○五年五月五日網路電子版出刊（網址：成佛之道 http：//www.a202.idv.tw/）

貳 單篇勸世文見聞錄暨簡易分析表

序號	題名	出處	頁碼	出版	出版年月	備註
1	七七地獄苦樂勸世文		25-30	王陳春桃提供		
2	七言雜字（二）	海陸客語童蒙書（詹益雲編）	184-203	新竹縣海陸客家語文協會	2006年12月	◎七言，五一五句，三六〇五字
3	七言雜字（四）	海陸客語童蒙書（詹益雲編）	226-240	新竹縣海陸客家語文協會	2006年12月	◎七言，二九四句，共二〇五八字
4	七言雜字（五）	海陸客語童蒙書（詹益雲編）	241-253	新竹縣海陸客家語文協會	2006年12月	◎七言，三三八句，二三六六字
5	七言雜字（六）	海陸客語童蒙書（詹益雲編）	254-266	新竹縣海陸客家語文協會	2006年12月	◎七言，三二八句，二二九六字
6	二二八事變歌	最新客家民謠集（劉添財編纂）	139-142	新竹文昌印刷行	1996年	◎七言，八四句，共五八八字
7	二十四節氣歌	最新客家民謠集（劉添財編纂）	124-128	新竹文昌印刷行	1996年	◎七言，一〇〇句，共七〇〇字
8	十二月招親歌（前人輯）	客家歌謠研究 第六集（謝樹新）	37-38	苗栗市中原苗友雜誌社	1976年9月	
9	十二歸空	客家歌謠研究 第六集（謝樹新編）	13-14	苗栗市中原週刊社	1982年12月	◎轉引自《梅州文獻》 ◎七言，數字聯章，每章四句、一二章，共三三六字

序號	題名	出處	頁碼	出版	出版年月	備註
10	十三想睏目歌	何阿信手抄本	58-59	未正式出版	約抄錄於1933年	◎何石松、羅香妹提供 ◎七言，數字聯章，四〇句，共二八〇字
11	十大建設歌	最新客家民謠集（劉添財編纂）	63-66	新竹 文昌印刷行	1996年	◎七言，七〇句，共四九〇字
12	十不歸空	客家民間文學如似觀（林新彩編著）	65-66	高雄縣 林瀛芳一九七九年元月電腦編製	1958年	◎七言，四〇句，共二八〇字 ◎數序聯章
13	十月懷胎（秀山客編作）	客家歌謠研究 第三集（謝樹新）	39	苗栗市　中原苗友雜誌社	1969年5月	◎七言四句，共一〇章 ◎定格聯章
14	十送夫出征歌	客家歌謠研究 第二集（謝樹新）	8	苗栗市　中原苗友雜誌社	1967年12月	◎七言四句，共一〇章，二八〇字 ◎數字聯章
15	十送郎從軍（韓江編作）	客家歌謠研究 第二集（謝樹新）	6	苗栗市　中原苗友雜誌社	1967年12月	◎七言四句，共一〇章，二八〇字 ◎數字聯章
16	十送割禾	徐阿任手抄本	136-138	未正式出版	約抄錄於1910年	◎徐阿任之子徐兆禎提供 ◎七言，數字聯章，四〇句，共二八〇字
17	十娶妻	客家歌謠研究 第三集（謝樹新）	38	苗栗市　中原苗友雜誌社	1969年5月	
18	十望哥（農女編作）	客家歌謠研究 第二集（謝樹新）	7	苗栗市　中原苗友雜誌社	1967年12月	◎七言四句，共一〇章，二八〇字 ◎數字聯章

序號	題名	出處	頁碼	出版	出版年月	備註
19	十嫁夫	客家歌謠研究 第三集（謝樹新）	32	苗栗市　中原苗友雜誌社	1969 年5 月	
20	十想交情	何阿信手抄本	22-23	未正式出版	約抄錄於1933 年	◎何石松、羅香妹提供 ◎七言，數字聯章，五〇句，共三八〇字
21	十想渡子	徐阿任手抄本	151-153	未正式出版	約抄錄於1910 年	◎徐阿任之子徐兆禎提供 ◎七言「數字聯章，四〇句，共二八〇字
22	十想渡子歌	客家歌謠研究 第六集（謝樹新）	17-18	苗栗市　中原苗友雜誌社	1976 年9 月	
23	十想家貧	徐阿任手抄本	153-154	未正式出版	約抄錄於1910 年	◎徐阿任之子徐兆禎提供 ◎七言，數字聯章，二六句，共一八二字（有佚詞）
24	十想家貧歌	何阿信手抄本	63-68	未正式出版	約抄錄於1933 年	◎何石松、羅香妹提供 ◎七言，數字聯章，四〇句，共二八〇字
25	十想無夫	何阿信手抄本	74-75	未正式出版	約抄錄於1933 年	◎何石松、羅香妹提供 ◎七言四句，二〇句，共一四〇字（有一半亡佚）

序號	題名	出處	頁碼	出版	出版年月	備註
26	十想無妻	徐阿任手抄本	125-127	未正式出版	約抄錄於1910年	◎徐阿任之子徐兆禎提供 ◎七言，數字聯章，四〇句，共二八〇字
27	十想勸小姐	徐阿任手抄本	121-123	未正式出版	約抄錄於1910年	◎徐阿任之子徐兆禎提供 ◎七言，數字聯章，四〇句，共二八〇字
28	十嘆亡魂	客家歌謠研究 第一集（謝樹新）	34	苗栗市中原週刊社	1965年2月	◎七言四句 ◎「亡魂恰似一⋯」定格聯章，共一〇章
29	十嘆招親歌（前人輯）	客家歌謠研究 第六集（謝樹新）	37-38	苗栗市 中原苗友雜誌社	1976年9月	
30	十歸空	客家民間文學如似觀（林新彩編著）	65	高雄縣林瀛芳一九七九年元月電腦編製	1958年	◎七言，四四句，共三〇八字 ◎數序聯章
31	十勸小姐	何阿信手抄本	56-57	未正式出版	約抄錄於1933年	◎何石松、羅香妹提供 ◎七言，數字聯章，四〇句，共二八〇字
32	十勸夫出征歌（徐棠蘭編作）	客家歌謠研究 第一集（謝樹新）	32-33	苗栗市 中原苗友雜誌社	1965年2月	◎七言四句，共一〇章，二八〇字 ◎數字聯章

序號	題名	出處	頁碼	出版	出版年月	備註
33	十勸世間人	何阿信手抄本	46-47	未正式出版	約抄錄於1933年	◎何石松、羅香妹提供 ◎七言六句，數字聯章，六〇句，共四二〇字
34	十勸世間人	徐阿任手抄本	165-168	未正式出版	約抄錄於1910年	◎徐阿任之子徐兆禎提供 ◎七言，數字聯章、五八句，共四〇六字
35	十勸行孝勸世文	何阿信手抄本	47-49	未正式出版	約抄錄於1933年	◎何石松、羅香妹提供 ◎七言四句，數字聯章，四二句，共二九四字
36	十勸妹	客家歌謠研究 第一集（謝樹新）	31	苗栗市　中原苗友雜誌社	1965年2月	◎七言五句之變體三三七七七七 ◎數字聯章 ◎共一〇章，三四〇字
37	十勸妹子	何阿信手抄本	12-14	未正式出版	約抄錄於1933年	◎何石松、羅香妹提供 ◎七言，數字聯章，四〇句，共二八〇字

序號	題名	出處	頁碼	出版	出版年月	備註
38	十勸姐歌	徐阿任手抄本	89-92	未正式出版	約抄錄於1910年	◎徐阿任之子徐兆禎提供 ◎實乃客家三腳採茶戲《勸郎怪姐》之部分唱詞 ◎七言六句，數字聯章，共三八〇字
39	十勸朋友	徐阿任手抄本	120-121	未正式出版	約抄錄於1910年	◎徐阿任之子徐兆禎提供 ◎七言，數字聯章，四〇句，共二八〇字
40	十勸朋友	客家歌謠研究 第二集（謝樹新）	12	苗栗市　中原週刊社	1967年12月	◎七言四句，共一〇章 ◎數字聯章
41	十勸郎	客家歌謠研究 第二集（謝樹新）	5-6	苗栗市　中原苗友雜誌社	1967年12月	◎七言四句，共一〇章，二八〇字 ◎數字聯章
42	十勸郎歌	徐阿任手抄本	87-89	未正式出版	約抄錄於1910年	◎徐阿任之子徐兆禎提供 ◎實乃客家三腳採茶戲《勸郎怪姐》之部分唱詞 ◎七言六句，數字聯章，共三八〇字
43	十勸哥（農家女編作）	客家歌謠研究 第二集（謝樹新）	6-7	苗栗市　中原苗友雜誌社	1967年12月	◎七言四句，共一〇章，二八〇字 ◎數字聯章

序號	題名	出處	頁碼	出版	出版年月	備註
44	十勸俚郎	徐阿任手抄本	127-129	未正式出版	約抄錄於1910年	◎徐阿任之子徐兆禎提供 ◎七言，數字聯章，四〇句，共二八〇字
45	十勸俚哥愛知機（梁詩編作）	客家歌謠研究 第5集（謝樹新）	29	苗栗市 中原苗友雜誌社	1973年5月	
46	十囑司機	客家歌謠研究 第二集（謝樹新）	25	苗栗市 中原週刊社	1969年5月	◎七言四句，共一〇章 ◎數字聯章
47	十囑妹（梁詩編作）	客家歌謠研究 第四集（謝樹新）	22-23	苗栗市 中原苗友雜誌社	1971年3月	◎三三七七七言，七言之變化體，一〇章，共約二八〇字 ◎特殊，重要，反應反攻大陸時代背景
48	三世因果經		17-25	王陳春桃提供		
49	三更燈火五更雞（亦名讀書高）	客家民間文學・如似觀（林新彩編著）	24-25	高雄縣林瀛芳一九七九年元月電腦編製	1958年	◎七言，四〇句，共二八〇字 ◎強調讀書的好處
50	上大人勸世歌	徐阿任手抄本	173	未正式出版	約抄錄於1910年	◎徐阿任之子徐兆禎提供 ◎七言，二〇句，共一四〇字

序號	題名	出處	頁碼	出版	出版年月	備註
51	乞食苦諫歌	介紹幾首客家山歌詩詞上（黃榮洛）	32-33	台北市客家雜誌 第47期	1993年6月	◎七言，四〇句，二八〇字 ◎和敦煌「百歲歌」很相似，值得作一比較 ◎亦載於黃榮洛《台灣客家傳統山歌詞》第五四頁
52	士農工商	徐阿任手抄本	193	未正式出版	約抄錄於1910年	◎徐阿任之子徐兆禎提供 ◎七言，數字聯章，一二句，共八四字
53	大腳比（臂）歌	最新客家民謠集（劉添財編纂）	121	新竹 文昌印刷行	1996年	◎七言，二〇句，共一四〇字
54	山歌九勸郎（文山輯）	客家歌謠研究 第六集（謝樹新）	24-25	苗栗市 中原苗友雜誌社	1976年9月	
55	工人樂（葉中光編作）	客家歌謠研究 第五集（謝樹新）	31-32	苗栗市 中原苗友雜誌社	1973年5月	
56	不足詩	呂阿親學堂筆記	2	新竹第一公學校埔頂分教場	1921年	
57	中國進步歌	最新客家民謠集（劉添財編纂）	170-172	新竹 文昌印刷行	1996年	◎七言，三二四句，共二二六八字

序號	題名	出處	頁碼	出版	出版年月	備註
58	中部地動歌	台灣客家傳統山歌詞（黃榮洛著）	66	新竹縣新竹文化局	1997 年6 月	◎七言，五六句，共三九二句 ◎原載：《客家雜誌》第一七期，一九九一年四月 ◎竹碧華〈台灣北部客家說唱音樂之研究〉，《復興崗學報》第六十三期，頁二七七-二七八，一九九八年六月
59	五言雜字（一）	海陸客語童蒙書（詹益雲編）	123-128	新竹縣海陸客家語文協會	2006 年12 月	◎五言，二五四句，共一二七〇字
60	五言雜字（二）	海陸客語童蒙書（詹益雲編）	129-148	新竹縣海陸客家語文協會	2006 年12 月	◎五言，六一六句，共三〇八〇字
61	五勸郎	客家歌謠研究 第二集（謝樹新）	32	苗栗市　中原週刊社	1967 年12 月	◎七言四句，共五章 ◎數字聯章
62	六言雜字（一）	海陸客語童蒙書（詹益雲編）	149-165	新竹縣海陸客家語文協會	2006 年12 月	◎六言，四三二句，二五九二字
63	反共民謠	客家歌謠研究 第二集（謝樹新）	9	苗栗市　中原苗友雜誌社	1967 年12 月	◎七言四句，共一二章，三三六字 ◎月令聯章
64	反共民謠：流亡歌（徐棠蘭編作）	客家歌謠研究 第一集（謝樹新）	18-19	苗栗市　中原苗友雜誌社	1965 年2 月	◎五句板 ◎七言五句，五二句，共一八二〇字

序號	題名	出處	頁碼	出版	出版年月	備註
65	反攻大陸歌	客家歌謠研究 第二集（謝樹新）	8	苗栗市　中原苗友雜誌社	1967年12月	◎七言四句，共八章，二二四字 ◎普通聯章
66	夫妻不好	徐阿任手抄本	162-165	未正式出版	約抄錄於1910年	◎徐阿任之子徐兆禎提供 ◎七言，月令聯章，四八句，共三三六字
67	夫妻相好	徐阿任手抄本	175-178	未正式出版	約抄錄於1910年	◎徐阿任之子徐兆禎提供 ◎七言，月令聯章，四八句，共三三六字
68	文化醒世修行歌	基隆市文學類資源調查成果報告（曾子良主持）	412	基隆市國立臺灣海洋大學	2002年12月	◎一九六六及一九六七由新竹縣許秀榮編輯，黃縕乾收錄 ◎七言，四六句，共三二二字
69	日月歌	最新客家民謠集（劉添財編纂）	57-62	新竹文昌印刷行	1996年	◎七言，數字聯章，一二〇句，共八四〇字
70	日本統治歌	最新客家民謠集（劉添財編纂）	89-102	新竹文昌印刷行	1996年	◎七言，三二四句，共二二六八字
71	月兒彎彎（葉中光編作）	客家歌謠研究 第二集（謝樹新）	34	苗栗市　中原苗友雜誌社	1967年12月	◎七言四句 ◎定格聯章
72	水災歌	最新客家民謠集（劉添財編纂）	9-12	新竹文昌印刷行	1996年	◎七言，八六句，共六〇二字

序號	題名	出處	頁碼	出版	出版年月	備註
73	出征前勸妻歌	客家歌謠研究 第一集（謝樹新）	32	苗栗市　中原苗友雜誌社	1965年2月	◎七言四句，共一○章，二八○字 ◎數字聯章
74	出征歌（黃公度詞、陳毅弘曲）	客家歌謠研究 第六集 客家歌謠新譜 謝樹新編	11	苗栗市　中原苗友雜誌社	1976年9月	
75	古歌（內容為勸孝文，秀山客編作）	客家歌謠研究 第四集（謝樹新）	11	苗栗市　中原苗友雜誌社	1971年3月	◎七言，共二八○字 ◎數字聯章
76	四維八德歌（葉中光編作）	客家歌謠研究 第四集（謝樹新）	7	苗栗市　中原苗友雜誌社	1971年3月	◎七言，三二句，二二四字
77	打鐵歌（葉中光編作）	客家歌謠研究 第四集（謝樹新）	16	苗栗市　中原苗友雜誌社	1971年3月	◎三三七七七言，七言之變化體，一二章，共約三三六字 ◎特殊，重要，反應反攻大陸時代背景
78	甘天勸世歌	客家民間文學如似觀（林新彩編著）	64-65	高雄縣林瀛芳一九七九年元月電腦編製	1958年	◎七言，六八句，共四七六字 ◎普通聯章
79	地動勸世歌	台灣客家傳統山歌詞（黃榮洛著）	66-67	新竹縣新竹文化局	1997年6月	◎雜言，六四句，很特殊 ◎原載：《客家雜誌》第一七期一九九一年四月

序號	題名	出處	頁碼	出版	出版年月	備註
80	如似觀	客家民間文學如似觀（林新彩編著）	11-17	高雄縣林瀛芳一九七九年元月電腦編製	1958 年	◎雜言、三言、四言、五言、七言皆有，以昔時賢文為主，也有創作 ◎非常長、非常珍貴
81	安慰寡婦	徐阿任手抄本	188-190	未正式出版	約抄錄於1910 年	◎徐阿任之子徐兆禎提供 ◎七言，四四句，共三〇八字
82	百孝歌	客家歌謠研究 第七集（謝樹新編）	104-106	苗栗市中原苗友雜誌社	1982 年12 月	◎文山詞 ◎七言，八八句，共三三六字
83	百般難	徐阿任手抄本	190-193	未正式出版	約抄錄於1910 年	◎徐阿任之子徐兆禎提供 ◎七言，七二句，共五〇四字
84	百歲修行經		1-17	王陳春桃提供		
85	佛曲：拜血盆	客家歌謠研究 第二集（謝樹新）	55-56	苗栗市中原週刊社	1967 年2 月	◎前段為雜言體，後為數字聯章 ◎非常特殊

序號	題名	出處	頁碼	出版	出版年月	備註
86	吳阿來歌	台灣客家傳統山歌詞（黃榮洛）	35-37	新竹縣新竹文化局	1997年6月	◎七言，一六〇句，共一一二〇字 ◎數字聯章，共四〇章 ◎原載：《中原週刊》，一九九二年五月一〇日 ◎竹碧華〈台灣北部客家說唱音樂之研究〉 ◎《復興崗學報》第六三期頁二七七
87	告全國各界同胞歌（徐植邊作）	客家歌謠研究 第三集（謝樹新）	37	苗栗市　中原苗友雜誌社	1969年5月	◎五句板
88	戒賭詩	呂阿親學堂筆記	7	新竹第一公學校埔頂分教場	1921年	
89	戒賭歌（匹夫編作）	客家歌謠研究 第五集 謝樹新編	24-25	苗栗市中原週刊社	1973年5月	
90	李九我勸世文	陳子良手抄本	32	黃榮洛提供	1933年	◎李九我勸世文
91	求偶歌	客家歌謠研究 第五集（謝樹新）	23-24	苗栗市　中原苗友雜誌社	1973年5月	
92	育樂之歌（葉中光編作）	客家歌謠研究 第五集（謝樹新）	25-26	苗栗市　中原苗友雜誌社	1973年5月	◎內容包括生育、養育、教育、體育、智育、群育、德育

序號	題名	出處	頁碼	出版	出版年月	備註
93	奉敬清茶			未正式出版		◎七言八句，勸世文十二首
94	奉勸世文	何阿信手抄本	43-46	未正式出版	約抄錄於1933年	◎何石松、羅香妹提供 ◎五言，數字聯章，一三八句，共六九○字
95	奉勸世間人歌	客家歌謠新譜（謝樹新編）	32	苗栗市中原週刊社	1982年12月	◎前人詞、劉晏良曲 ◎七言，數字聯章，每章六句，七章，共二九四字
96	奉勸世間人歌（前人輯）	客家歌謠研究 第六集 謝樹新編	40-41	苗栗市 中原苗友雜誌社	1976年9月	
97	奉勸男女在世間歌	最新客家民謠集（劉添財編纂）	103-107	新竹文昌印刷行	1996年	◎七言，九六句，共六七二字
98	奉勸青年郎歌	最新客家民謠集（劉添財編纂）	1-5	新竹文昌印刷行	1996年	◎七言，數字連章，九六句，共六七二字
99	奉勸歌	最新客家民謠集（劉添財編纂）	108-119	新竹文昌印刷行	1996年	◎七言，二六四句，共一八四八字
100	妹姑度子歌	客家民間文學如似觀（林新彩編著）	25-26	高雄縣林瀛芳一九七九年元月電腦編製	1958年	◎七言，數字聯章，四○句，共二八○字

序號	題名	出處	頁碼	出版	出版年月	備註
101	招婚歌	台灣客家傳統山歌詞（黃榮洛）	50-53	新竹縣新竹文化局	1997年6月	◎四言，一八二句，共七二八字 ◎普通聯章 ◎原載：《中原周刊》，一九九四年三月二七日，非常特殊
102	招親	徐阿任手抄本	194-199	未正式出版	約抄錄於1910年	◎徐阿任之子徐兆禎提供 ◎七言，數字聯章，一一二句，共七八四字
103	招親歌（秀山客編作）	客家歌謠研究 第三集（謝樹新）	38	苗栗市　中原苗友雜誌社	1969年5月	
104	招親歌（前人輯）	客家歌謠研究 第六集（謝樹新）	39-40	苗栗市　中原苗友雜誌社	1976年9月	
105	花酒	客家歌謠研究 第一集（客家山歌瑣談）謝樹新	47	苗栗市中原週刊社	1965年2月	◎七言四句，共一四〇字 ◎普通聯章
106	花燈勸世文	新埔鎮誌（林柏燕主筆）	731-732	新竹縣新埔鎮公所	1997年7月	◎雜言，共五四二字
107	阿片煙歌	徐阿任手抄本	157-162	未正式出版	約抄錄於1910年	◎徐阿任之子徐兆禎提供 ◎七言，數字聯章，一二四句，共八六八字
108	前賢指上大人之訓文	陳子良手抄本	27-31	黃榮洛提供	1933年	◎七言
109	勉學詩	呂阿親學堂筆記	7	新竹第一公學校埔頂分教場	1921年	

序號	題名	出處	頁碼	出版	出版年月	備註
110	姜紹祖抗日歌	台灣客家傳統山歌詞（黃榮洛著）	73-83	新竹縣新竹文化局	1997年6月	◎七言，八六四句，共六〇四八字 ◎原載：《客家雜誌》，第三五期？，頁？，一九九三年四月
111	客家歷史歌（黃基正編作）	客家歌謠研究 第一集（謝樹新）	2-3	苗栗市中原苗友雜誌社	1965年2月	◎七言，一〇句，二三句，共一六一〇字 ◎描寫客族自中原南遷至梅州的歷史，內容特殊
112	客家歸空歌	介紹幾首客家山歌詩詞下（黃榮洛）	55	臺北市客家雜誌第四十八期	1994年5月	◎七言四句，共八八句，共六一六字 ◎數序聯章 ◎亦載於黃榮洛《台灣客家傳統山歌詞》第六〇至六一頁
113	拾貳月長年歌	徐阿任手抄本	168-170	未正式出版	約抄錄於1910年	◎徐阿任之子徐兆禎提供 ◎七言，月令聯章，四八句，共三三六字
114	拾想渡子歌	何阿信手抄本	62-63	未正式出版	約抄錄於1933年	◎何石松、羅香妹提供 ◎七言四句，四〇句，共二八〇字

序號	題名	出處	頁碼	出版	出版年月	備註
115	春節之歌（農家女編作）	客家歌謠研究 第五集（謝樹新）	32-33	苗栗 中原苗友雜誌社	1973年5月	
116	春節樂（葉中光編作）	客家歌謠研究 第四集（謝樹新）	23	苗栗市 中原苗友雜誌社	1971年3月	◎三三七七七言，七言之變化體，一〇章，共約二八〇字 ◎特殊，重要，反應反攻大陸時代背景
117	為人小子愛賢良	客家歌謠研究 第一集（謝樹新）	26	苗栗市 中原苗友雜誌社	1965年2月	◎七言四句，共一〇章 ◎定格聯章
118	為人婦女愛賢良（楊柳編作）	客家歌謠研究 第一集（謝樹新）	27	苗栗市 中原苗友雜誌社	1965年2月	◎七言四句 ◎定格聯章，共二四章，共六七二字
119	相國李九我家訓	陳子良手抄本	20-21	黃榮洛提供	1933年	
120	紅毛番歌	介紹幾首客家山歌詩詞上（黃榮洛）	32	臺北市 客家雜誌 第四十七期	1993年6月	◎七言，三二句，二二四字 ◎勸人莫吸鴉片
121	食衣住行歌（葉中光編作）	客家歌謠研究 第五集（謝樹新）	18-19	苗栗市 中原苗友雜誌社	1973年5月	◎內容包括引子、民以食為天、衣冠壯容顏、居住求舒適、行路靠安全
122	食強力膠歌	最新客家民謠集（劉添財編纂）	122-123	新竹 文昌印刷行	1996年	◎七言，三四句，共二三八字

序號	題名	出處	頁碼	出版	出版年月	備註
123	修行歌	客家民間文學如似觀（林新彩編著）	45	高雄縣林瀛芳一九七九年元月電腦編製	1958年	◎七言，六〇句，共四二〇字 ◎普通聯章，很特殊
124	修身圓覺	客家民間文學如似觀（林新彩編著）	39-41	高雄縣林瀛芳一九七九年元月電腦編製	1958年	◎七言，一〇〇句，共七〇〇字 ◎普通聯章
125	浪子歌	客家民謠歌	3-5	竹東二重社區長壽俱樂部	未註明出版年月	◎七言，一〇四句，共七二八字 ◎普通聯章
126	神仙訣	客家民間文學如似觀（林新彩編著）	50	高雄縣林瀛芳一九七九年元月電腦編製	1958年	◎七言，一四句，共九八字
127	記痲歌	台灣客家傳統山歌詞（黃榮洛著）	88-89	新竹縣新竹文化局	1997年6月	◎七言，六四句，共四四八字，數字聯章 ◎原載：《客家雜誌》第五四、五五期，一九九四年一一、一二月
128	送郎出征歌（梁詩編作）	客家歌謠研究 第五集（謝樹新）	27-29	苗栗市中原苗友雜誌社	1973年5月	
129	做苧歌	台灣客家傳統山歌詞（黃榮洛著）	87	新竹縣新竹文化局	1997年6月	◎七言，四〇句，共二八〇字，數字聯章 ◎原載：山城報導雜誌，第五期，頁？，一九九四年一月

序號	題名	出處	頁碼	出版	出版年月	備註
130	國民生活須知歌（梁詩編作）	客家歌謠研究 第五集（謝樹新）	19-20	苗栗市　中原苗友雜誌社	1973 年 5 月	◎仿【孟姜女】調
131	婦女金鑑	客家民間文學如似觀（林新彩編著）	63-64	高雄縣 林瀛芳一九七九年元月電腦編製	1958 年	◎七言，一○○句，共七○○字 ◎普通聯章
132	從軍樂（葉中光編作）	客家歌謠研究 第四集（謝樹新）	14-15	苗栗市 中原苗友雜誌社	1971 年 3 月	◎三三七七七言，七言之變化體，一二章，共約三三六字 ◎特殊、重要，反應反攻大陸時代背景
133	惜字榮身	客家民間文學如似觀（林新彩編著）	50-51	高雄縣 林瀛芳一九七九年元月電腦編製	1958 年	◎韻散夾雜 ◎韻文部份，七言，五六句，共三九二字 ◎反應客家惜字紙之習俗，相當可貴
134	救國民謠（韓江編作）	客家歌謠研究 第二集（謝樹新）	23	苗栗市 中原苗友雜誌社	1967 年 12 月	◎七言四句的變化體一四七七七，共一○章 ◎定格聯章
135	曹安行孝	何阿信手抄本	49-56	未正式出版	約抄錄於 1933 年	◎何石松、羅香妹提供 ◎七言，二一八句，共一五二六字
136	曹盛初「人生十詠」	海陸客語童蒙書（詹益雲編）	272-274	新竹縣海陸客家語文協會	2006 年 12 月	◎七言，四○句，共二八○字

序號	題名	出處	頁碼	出版	出版年月	備註
137	曹盛初「不足歌」	海陸客語童蒙書（詹益雲編）	267	新竹縣海陸客家語文協會	2006年12月	◎七言，二〇句，共八〇字
138	曹盛初「天人健康知足歌・人」	海陸客語童蒙書（詹益雲編）	268-269	新竹縣海陸客家語文協會	2006年12月	◎七言，二二句，共一五四字
139	曹盛初「天人健康知足歌・天」	海陸客語童蒙書（詹益雲編）	268	新竹縣海陸客家語文協會	2006年12月	◎七言，一六句，共一一二字
140	曹盛初「天人健康知足歌・天人合一」	海陸客語童蒙書（詹益雲編）	269-270	新竹縣海陸客家語文協會	2006年12月	◎七言，一八句，共一二六字
141	曹盛初「知足常樂歌」	海陸客語童蒙書（詹益雲編）	271-272	新竹縣海陸客家語文協會	2006年12月	◎七言，二〇句，共二二四字
142	曹盛初「健康長壽歌」	海陸客語童蒙書（詹益雲編）	270-271	新竹縣海陸客家語文協會	2006年12月	◎七言，三二句，共二二四字
143	曹盛初「勸世歌」	海陸客語童蒙書（詹益雲編）	76-77	新竹縣海陸客家語文協會	2006年12月	◎四言，六五句，共二六〇字
144	望子成龍	客家民謠歌	19-20	竹東二重社區長壽俱樂部	未註明出版年月	◎七言三六句，共二五二字 ◎普通聯章 ◎有唱有唸，為典型的說唱
145	現代科學文明醒世修行歌	基隆市文學類資源調查成果報告（曾子良主持）	415	基隆市國立臺灣海洋大學	2002年12月	◎七言，五六句，共三九二字
146	貪花歌	最新客家民謠集（劉添財編纂）	84-88	新竹文昌印刷行	1996年	◎七言，一一六句，共八一二字
147	陳桂坤「勸世歌」	海陸客語童蒙書（詹益雲編）	275-285	新竹縣海陸客家語文協會	2006年12月	◎七言，二六二句，共一八三四字

序號	題名	出處	頁碼	出版	出版年月	備註
148	鳥語五首	客家民間文學如似觀（林新彩編著）	22-24	高雄縣 林瀛芳一九七九年元月電腦編製	1958 年	◎三言、七言。共一六五字 ◎擬人化，非常珍貴且特殊。
149	焗腦歌（製腦歌）	台灣客家傳統山歌詞（黃榮洛著）	85	新竹縣 新竹文化局	1997 年 6 月	◎七言，四八句，共三三六字，數字聯章 ◎原載：《客家雜誌》第二三期，一九九一年一二月 ◎竹碧華〈台灣北部客家說唱音樂之研究〉，《復興崗學報》第六三期頁二七八
150	植樹歌	客家歌謠研究 第三集（謝樹新）	41	苗栗市 中原週刊社	1969 年 5 月	
151	渡子歌（育兒歌）	台灣客家傳統山歌詞（黃榮洛）	61-62	新竹縣 新竹文化局	1997 年 6 月	◎七言，四〇句，共二八〇字，數字聯章 ◎原載：《中原週刊》，一九八九年九月一七日
152	渡臺悲歌	渡臺悲歌：臺灣的開拓與抗爭史話	24-42	臺北市 臺原藝術文化基金會	1989 年	◎七言，三五二句，共二四六四字 ◎亦載於黃榮洛《台灣客家傳統山歌詞》第一一至二二頁

序號	題名	出處	頁碼	出版	出版年月	備註
153	無妻歌（秀山客編作）	客家歌謠研究 第二集（謝樹新）	29	苗栗市中原週刊社	1967年12月	◎七言四句，共一〇章 ◎數字聯章
154	無錢	徐阿任手抄本	199-201	未正式出版	約抄錄於1910年	◎徐阿任之子徐兆禎提供 ◎七言，數字聯章，四〇句，共二八〇字
155	善化貪花良言	基隆市文學類資源調查成果報告（曾子良主持）	415	基隆市國立臺灣海洋大學	2002年12月	◎一九六六及一九六七由新竹縣許秀榮編輯，黃縕乾收錄 ◎七言，三六句，共二五二字
156	集諺勸世謠（前人輯）	客家歌謠研究 第六集 謝樹新編	27	苗栗市中原苗友雜誌社	1976年09月	
157	順治皇帝讚僧詩	客家民間文學如似觀（林新彩編著）	72	高雄縣林瀛芳一九七九年元月電腦編製	1958年	◎七言四四句，共三〇八字 ◎普通聯章
158	黃縕乾「勵志歌創作」	基隆市文學類資源調查成果報告（曾子良主持）	411	基隆市國立臺灣海洋大學	2002年12月	◎七言，一二句，共八四字
159	黃縕乾「勸世歌創作」	基隆市文學類資源調查成果報告（曾子良主持）	411	基隆市國立臺灣海洋大學	2002年12月	◎七言，一六句，共一一二字
160	傳家寶	海陸客語童蒙書（詹益雲編）	166-173	新竹縣海陸客家語文協會	2006年12月	◎六言，一九一句，一一四六字

序號	題名	出處	頁碼	出版	出版年月	備註
161	想無妻歌	徐阿任手抄本	96-97	未正式出版	約抄錄於1910年	◎徐阿任之子徐兆禎提供 ◎七言，數字聯章，四〇句，共二八〇字
162	新大建設歌	最新客家民謠集（劉添財編纂）	173-178	新竹文昌印刷行	1996年	◎七言，一三〇句，共九一〇字
163	楊玉蘭勸世歌	客家民謠歌	12-14	竹東二重社區長壽俱樂部	未註明出版年月	◎普通聯章 ◎有唱有唸，為典型的說唱
164	溫苟歌	台灣客家傳統山歌詞（黃榮洛）	35-37	新竹縣新竹文化局	1997年6月	◎七言，二四二句，共一五九四字 ◎普通聯章 ◎原載：《中原周刊》，一九九二年六月二一日
165	農村長工嘆苦歌（林德鳳編作）	客家歌謠研究 第一集（謝樹新）	31-32	苗栗市中原週刊社	1965年2月	◎七言四句，月令聯章
166	農家樂（葉中光編作）	客家歌謠研究 第四集（謝樹新）	13-14	苗栗市中原苗友雜誌社	1971年3月	◎三三七七七言，七言之變化體，二四章，共約六七二字 ◎特殊，重要，反應反攻大陸時代背景
167	遊臺灣車站歌	最新客家民謠集（劉添財編纂）	27-56	新竹文昌印刷行	1996年	◎七言，七〇〇句，共四九〇〇字

序號	題名	出處	頁碼	出版	出版年月	備註
168	零生歌	最新客家民謠集（劉添財編纂）	143-162	新竹 文昌印刷行	1996 年	◎七言，四七六句，共三三三二字
169	寡慾精神爽	呂阿親學堂筆記	17	新竹第一公學校埔頂分教場	1921 年	
170	漢家驕子客家人（李漢昌詞、陳毅弘曲）	第六集 客家歌謠新譜 謝樹新編	14-16	苗栗市 中原苗友雜誌社	1976 年 9 月	
171	臺灣番薯哥歌	渡臺悲歌：臺灣的開拓與抗爭史話	54-58	臺北市 臺原藝術文化基金會	1989 年	◎七言，二五四句，共一七七八字 ◎內容與〈渡臺悲歌〉多有相似之處 ◎亦載於黃榮洛《台灣客家傳統山歌詞》第三〇至三三頁
172	蒼蠅致蚊子及臭蟲書	呂阿親學堂筆記	20-21	呂阿親學堂筆記		
173	誌公禪師醒世歌		31-32	王陳春桃提供		
174	說恩情	徐阿任手抄本	123-125	未正式出版	約抄錄於1910 年	◎徐阿任之子徐兆禎提供 ◎七言，月令聯章，四八句，共三三六字
175	麼（無）錢歌	客家歌謠研究 第六集 謝樹新編	21-22	苗栗市 中原苗友雜誌社	1976 年 9 月	

序號	題名	出處	頁碼	出版	出版年月	備註
176	麼（無）錢歌	客家歌謠新譜（謝樹新編）	42	苗栗市中原苗友雜誌社	1982 年12 月	◎《中原雜誌》詞、劉晏良曲 ◎七言，數字聯章，每章四句，八章，共二二四字
177	劉不仁不孝回心	徐阿任手抄本	182-188	未正式出版	約抄錄於1910 年	◎徐阿任之子徐兆禎提供 ◎雜言，共約六四七字
178	廣東語醒世修行至寶章	許秀榮編輯		新竹市竹林印書店	1970 年8 月	
179	慰問前方將士歌（徐棠蘭詞、劉晏良配譜）	客家歌謠研究 第五集（客家歌謠新譜）（謝樹新）	15	苗栗市中原苗友雜誌社	1973 年5 月	
180	慰問前方將士歌（徐棠蘭編作）	客家歌謠研究 第一集（謝樹新）	33	苗栗市中原苗友雜誌社	1965 年2 月	◎七言五句，共一三章，四五五字
181	褒忠亭勸化歌	最新客家民謠集（劉添財編纂）	13-26	新竹文昌印刷行	1996 年	◎七言，三二四句，共二二六八字
182	養女嘆	客家歌謠研究 第三集（謝樹新）	32	苗栗市中原苗友雜誌社	1969 年5 月	
183	積德勸世歌	徐阿任手抄本	174-175	未正式出版	約抄錄於1910 年	◎徐阿任之子徐兆禎提供 ◎七言，四〇句，共二八〇字

序號	題名	出處	頁碼	出版	出版年月	備註
184	醒世修行歌	基隆市文學類資源調查成果報告（曾子良主持）	416	基隆市 國立臺灣海洋大學	2002年 12月	◎一九六六及一九六七由新竹縣許秀榮編輯，黃縕乾收錄 ◎七言，四六句，共三二二字
185	醒世歌（一～六）（劉晏良作曲）	客家歌謠研究 第5集客家歌謠新譜（謝樹新）	19-25	苗栗市 中原苗友雜誌社	1973年 5月	
186	龍附鳳攀	客家民間文學如似觀（林新彩編著）	52	高雄縣 林瀛芳一九七九年元月電腦編製	1958年	◎四言，一三六句，共九五二字
187	勵志謠	客家歌謠新譜（謝樹新編）	27	苗栗市 中原週刊社	1982年 12月	◎文山詞、劉晏良曲 ◎七言，共一二〇字
188	勵志謠（文山輯）	客家歌謠研究 第六集 謝樹新編	16	苗栗市 中原苗友雜誌社	1976年 9月	
189	規勸歌：賭博類	客家歌謠研究 第一集（客家山歌瑣談）謝樹新	47	苗栗市 中原週刊社	1965年 2月	◎七言四句，共一一二字 ◎普通聯章
190	羅狀元洪先祖師醒世詩二十首	廖清泉手抄本		徐建芳提供	1925年	
191	勸化歌	最新客家民謠集（劉添財編纂）	163-172	新竹 文昌印刷行	1996年	◎七言，一六〇句，共一一二〇字

序號	題名	出處	頁碼	出版	出版年月	備註
192	勸化賭博良言至寶	基隆市文學類資源調查成果報告（曾子良主持）	415	基隆市國立臺灣海洋大學	2002 年12 月	◎一九六六及一九六七由新竹縣許秀榮編輯，黃縕乾收錄 ◎七言，五〇句，共三五〇字
193	勸世文	何阿信手抄本	68-74	未正式出版	約抄錄於1933 年	◎何石松、羅香妹提供 ◎四言，二六八句，一〇七二字
194	勸世文	最新客家民謠集（劉添財編纂）	6-8	新竹文昌印刷行	1996 年	◎七言，六八句，共三三六字
195	勸世文	陳子良手抄本	1-19	黃榮洛提供	1933 年	◎七言
196	勸世文	陳子良手抄本	21-26	黃榮洛提供	1933 年	◎七言轉五言
197	勸世文（蘇萬松調、劉汝焰編曲）	客家歌謠研究 第六集客家歌謠新譜（謝樹新）	5-8	苗栗市中原苗友雜誌社	1976 年9 月	
198	勸世間	徐阿任手抄本	201-202	未正式出版	約抄錄於1910 年	◎徐阿任之子徐兆禎提供 ◎七言，四〇句，共二八〇字
199	勸世歌	客家民間文學如似觀（林新彩編著）	43-44	高雄縣林瀛芳一九七九年元月電腦編製	1958 年	◎五言八句，共一一章，八八句，共四四〇字 ◎定格聯章，很特殊
200	勸世謠	客家歌謠新譜（謝樹新編）	24	苗栗市中原週刊社	1982 年12 月	◎詞取自》中原雜誌》、劉晏良曲 ◎七言，共八四字

序號	題名	出處	頁碼	出版	出版年月	備註
201	勸良言	客家民謠歌	7-10	竹東二重社區長壽俱樂部	未註明出版年月	◎七言，一七二句，共一二〇四字 ◎普通聯章 ◎有唱有唸，為典型的說唱
202	勸郎歌	客家歌謠研究 第四集（謝樹新）	2	苗栗市中原苗友雜誌社	1971年3月	◎七言，共二八〇字 ◎男生以「五更鼓」連唱五首，女生以五首勸郎歌回應
203	續地動勸世歌	台灣客家傳統山歌詞（黃榮洛著）	67-68	新竹縣新竹文化局	1997年6月	◎雜言，九五句，很特殊 ◎原載：《客家雜誌》，第一七期，一九九一年四月
204	飆車	客家民謠歌	22	竹東二重社區長壽俱樂部	未註明出版年月	◎七言，四〇句，共二八〇字 ◎普通聯章 ◎有唱有唸，為典型的說唱
205	歡送僑胞歌	客家歌謠研究 第一集（謝樹新）	29	苗栗市中原苗友雜誌社	1965年2月	◎七言四句，共一二章，五七六字
206	讀書郎	客家歌謠研究 第一集（謝樹新）	28	苗栗市中原苗友雜誌社	1965年2月	◎姐妹辯論式，很特殊 ◎定格聯章
207	讀書郎（陳龍水曲）	客家歌謠研究 第六集客家歌謠新譜（謝樹新）	10	苗栗市中原苗友雜誌社	1976年9月	

序號	題名	出處	頁碼	出版	出版年月	備註
208	讀書無罷亦無休	呂阿親學堂筆記	18-19	新竹第一公學校埔頂分教場	1921 年	
209	囑郎勸世	徐阿任手抄本	178-180	未正式出版	約抄錄於1910 年	◎徐阿任之子徐兆禛提供 ◎七言，數字聯章，四〇句，共二八〇字
210	靈丹	客家民間文學如似觀（林新彩編著）	41-42	高雄縣林瀛芳一九七九年元月電腦編製	1958年	◎七言，四八句，共三三六字 ◎普通聯章

參考文獻

壹 專書

鄭榮興　《苗栗縣客家戲曲發展史・論述稿》　苗栗縣　苗栗縣立文化中心　1999 年

鄭榮興　《臺灣客家三腳採茶戲研究》　苗栗縣　慶美園文教基金會　2001 年

鄭榮興　《臺灣客家音樂》　臺中市　晨星出版社　2004 年

上海中國第一書局　《新鮮歌唱大觀》　上海市　中國第一書局　未註明出版年月

上海時新書局　《時調大觀》（二集）　上海市　時新書局　1932 年

竹林書局　《勸世修行歌》（上本）　新竹市　竹林書局　1956 年

竹林書局　《勸世修行歌》（中本）　新竹市　竹林書局　1956 年

竹林書局　《勸世修行歌》（下本）　新竹市　竹林書局　1956 年

黃旺成　《臺灣省新竹縣志稿：藝文志》　新竹縣　新竹縣文獻委員會　1957 年
　　　　卷 11

盧德嘉　《鳳山采訪冊》　臺銀本　1960 年

劉清琳　《勸世文》　新竹縣　北埔鄉劉連勝發行　1965 年

謝樹新等　《客家歌謠研究》（第一集）　苗栗縣　中原苗友雜誌社　1965 年

謝樹新等　《客家歌謠研究》（第二集）　苗栗縣　中原苗友雜誌社　1967 年

謝樹新等　《客家歌謠研究》（第三集）　苗栗縣　中原苗友雜誌社　1969 年

謝樹新等　《客家歌謠研究》（第四集）　苗栗縣　中原苗友雜誌社　1971 年

謝樹新等　《客家歌謠研究》（第五集）　苗栗縣　中原苗友雜誌社　1973 年

謝樹新等　《客家歌謠研究》（第六集）　苗栗縣　中原苗友雜誌社　1976 年

謝樹新等　《客家歌謠研究》（第七集）　苗栗縣　中原苗友雜誌社　1982 年

徐進堯　《客家三腳採茶戲的研究》　臺北市　育英出版社　1984 年

任半塘　《敦煌歌辭總編》上海市　上海古籍出版社　1987 年

唐作藩　《音韻學教程》　北京市　北京大學出版社　1987 年

鄭　騫　《龍淵述學》　臺北市　大安出版社　1992 年

鄭阿財　《敦煌文獻與文學》　〈敦煌寫卷定格聯章十二時研究〉　臺北市　新
　　　　文豐出版公司　1993 年

胡希張、余耀南　《客家山歌知識大全》　廣州市　花城出版社　1993 年

王世慶　《清代臺灣社會經濟》　臺北市　聯經出版事業公司　1994 年　原載
　　　　《臺灣文獻》第 37 卷第 4 期　1986 年

羅美珍、鄧小華　《客家方言》　福州市　福建教育出版社　1995 年

袁嘯波　《民間勸善書》　上海市　上海古籍出版社　1995 年

劉添財　《最新客家民謠集》　新竹縣　芎林文昌印刷行　1996 年

臺灣省文獻委員會　《耆老口述歷史叢書 ⑮ 新竹市鄉土史料》　臺中市　臺灣省
　　　　文獻委員　1997 年

新埔鎮誌編輯委員會編　《新埔鎮誌》　新竹縣　新埔鎮公所　1997 年

林新彩　《如是觀》　高雄縣　電腦編印　未正式出版　1997 年

陳運棟　《西湖鄉誌》　苗栗縣　西湖鄉公所　1997 年

黃榮洛　《臺灣客家傳統山歌詞》　新竹縣　新竹文化局　1997 年

鄭康宏　《醒世詩歌》　臺北市　揚善雜誌社　1997 年

（清）沈德潛編　《古詩源》　臺北市　世界書局　1998 年

婁子匡、朱介凡　《五十年來的中國俗文學》　臺北市　正中書局　1998 年

臺灣省文獻委員會　《苗栗鄉土史料・耆老口述歷史叢書 21》　南投市　臺灣
　　　　省文獻委員會　1999 年

高國藩　《中國民間文學》　臺北市　學生書局　1999 年

陳　霞　《道教勸善書研究》　成都市　巴蜀書舍　1999 年

何石松　《客諺一百首》　臺北市　五南圖書出版公司　2001 年

葉龍彥　《臺灣唱片思想起》　臺北市　博揚文化事業公司　2001 年

黃秀政、張勝彥、吳文星　《臺灣史》　臺北市　五南圖書出版公司　2002 年

宋光宇　《宋光宇宗教文化論文集》　收入《雲起樓論學叢刊》　宜蘭縣　佛光
　　　　人文藝術學院　2002 年

肖群忠　《中國孝文化研究》　臺北市　五南圖書出版公司　2002 年

徐進堯、謝一如　《臺灣客家三腳採茶戲與客家採茶大戲》　新竹縣　新竹縣文
　　　　化局　2002 年

黃子堯　《客家民間文學》　臺北市　客家臺灣文史工作室　2003 年

莊興惠編　《芎林鄉志》　新竹縣　芎林鄉公所　2004 縣

胡萬川　《民間文學的理論與實際》　新竹市　清華大學出版社　2004 年

黃卓權　《跨時代的臺灣貨殖家‧黃南球年譜》　臺北市　國立中央圖書館
　　　　臺灣分館　2004 年

鄭森松編　《竹東鎮志‧歷史篇》　新竹縣　竹東鎮公所　2005 年

陳運棟編　《重修苗栗縣志》（下）　〈人物志〉　苗栗縣　苗栗縣政府　2006
　　　　年　卷 32

楊寶蓮　《臺灣客語說唱》　新竹縣　新竹縣文化局　2006 年

詹益雲　《海陸客語童蒙書》　新竹縣　新竹縣海陸客家語文協會　2006 年

貳　鸞書

明復堂‧彭殿華等　《現報新新》　新竹縣　樹杞林明復堂　1899 年

楊福來、溫德貴等　《慈心醒世新篇》　新竹縣　芎林鄉飛鳳山代勸堂　1899 年

九芎林文林閣復善堂　《化民新新》（仁部）　新竹縣　臺北府新竹縣竹北一堡
　　　　九芎林文林閣復善堂　1902 年

竹南一堡獅山勸化堂　《宣音普濟》　臺北市　臺北大稻埕法主公街三十三番戶
　　　　甘芳號石版印刷所　1912 年

不註明作者　《繪圖改良女兒經》　臺中市　瑞成書局（發行人許炎墩）　1964 年

勸化堂編輯部　《警世玉律金篇》　苗栗縣　南庄鄉獅山勸化堂　1968 年

明神宗御製　《女子四書讀本》　臺北市　萬有善書出版社（發行人周超）　1981 年

吳紹基著、陳運棟編　《沙坪飛龍洞雜記‧春秋遺恨》　苗栗縣　苗栗縣文化局|
　　　　2002 年

修省堂編纂、陳運棟整理　《洗甲心波》（一～四）　苗栗縣　苗栗縣文化局
　　　　2005 年

不註明作者　《繪圖三世因果經》　臺北市　益大書局出版社　不註明出版年月

參　手抄本

徐阿任　徐阿任手抄本　新竹縣　1910 年

呂阿親　呂阿親手抄本　新竹市　新竹第一公學校埔頂分教場　1921-1927 年

廖清泉　廖清泉手抄本　〈羅狀元洪先祖師醒世詩〉　1925 年抄錄　未正式出版

何阿信　何阿信手抄本　桃園縣　八塊庄　1933 年

陳子良　陳子良手抄本　未註明出處　1933 年

肆　學位論文

陳雨璋　《臺灣客家三腳戲——賣茶郎之研究》　臺北市　臺灣師範大學音樂研
　　　　究所碩士論文　1985 年

曾子良　《臺灣閩南語說唱文學「歌仔」之研究及閩臺歌仔敘錄與存目》　臺北市
　　　　東吳中國文學研究所博士論文　1990 年

蘇秀婷　《臺灣客家改良戲之研究——以桃竹苗三縣為例》　臺南市　成功大學
　　　　藝術研究所碩士論文　1998 年

黃菊芳　《渡子歌研究》　臺北市　政治大學中國文學系碩士論文　1999 年

郭惠端　《呂坤的蒙書及其童蒙教育之研究》　臺中市　中興大學中國文學系碩
　　　　士論文　2001 年

林博雅　《臺灣歌仔的勸善研究》　嘉義縣　南華大學文學研究所碩士論文　2004 年

戴淑珍　《新竹鸞堂善書「化民新新」研究》　新竹市　玄奘大學中國語文研究
　　　　所碩士論文　2005 年

林光明　《蘇萬松勸世文研究》　新竹市　新竹教育大學人資處語文教學碩士
　　　　班碩士論文　2007 年

伍　單篇論文與期刊論文

吳文星　〈東亞最早的公營彩票——臺灣彩票〉《歷史月刊》第 2 期　1988 年

張　強　〈山城有一老，客家文化永留寶——大至史事小及山歌謝樹新卅餘載成
　　　　就不朽〉　《苗栗縣文學家作品選集 ⑥ 鄉土人物第 1 集》　苗栗縣
　　　　苗栗縣立文化中心　1993 年

王志宇　〈臺灣善書出版中心之研究——武廟明正堂鸞友雜誌社與善書出版〉
　　　　《臺灣史料研究》　1996 年

鍾國宣　〈傳統技藝匠師（客家民謠）賴碧霞女士訪問記錄〉　《傳統技藝匠師
　　　　採訪錄第 2 輯》　臺中市　臺灣省文獻委員會　1996 年

竹碧華　〈臺灣北部說唱音樂之研究〉　《復興崗學報》第 63 期　1998 年

周青青　〈我國的說唱藝術與文學和語言〉　《中央音樂學院學報》第 2 期　1998 年

胡紅波　〈臺灣的月令格聯章歌曲〉　《臺灣民間學術研討會論文集》　新竹市　清華大學中國文學系　1998 年

蕭阿勤　〈臺灣文學的本土化典範：歷史敘事、策略的本質主義、與國家暴力〉　中央研究院中國文哲研究所演講稿　2004 年

楊寶蓮　〈客家民間藝人洪添福之研究〉　《客家文學藝術研討會》　1998 年

楊寶蓮　〈客家民間藝人洪添福之研究〉　《客家文化》第 5 期　2003 年

楊寶蓮　〈客家民間藝人阿浪旦之研究〉　《國立台東大學語文教育學術研討會論文集》　2006 年

楊寶蓮　〈臺灣客語說唱・說恩情初探〉　《客家民間文學學術研討會論文集》　2006 年

黃榮洛　〈橡棋林頭人〉　《新竹文獻》第 1 期　2000 年

羅肇錦　〈客語的非漢語成分說略〉　《第五屆客家方言暨首屆贛方言學術研討會論文集》　江西市　江西南昌大學　2002 年

呂嵩雁　〈渡台悲歌的客家詞語考釋〉　《第五屆客家方言暨首屆贛方言學術研討會論文集》　江西市　江西南昌大學　2002 年

陳運棟　〈由客家九腔十八調談到何阿文〉　《海峽兩岸客家文學論》　香港　中國評論學術出版社　2006 年

汪家熔　〈善書・古代秩序的規範〉　《出版科學》第 15 卷第 4 期　2007 年

王　馗　〈梅州佛教香花的結構、文本與變體〉　《民俗曲藝・禮儀實踐與地方社會專輯》第 158 期　2007 年

宋光宇　〈解讀清末在臺灣撰作的善書「覺悟選新」〉　《宋光宇宗教文化論文集》　收入《雲起樓論學叢刊》（四）　宜蘭縣　佛光人文學院　2002 年

陸　有聲資料

施宗仁、鄭榮興　《華夏之音・第十三集・客家人的聲音》　臺北市　光華傳播事業　1999 年

林谷芳　《本土音樂的傳唱與欣賞》　宜蘭縣　傳藝中心　2000 年

江武昌等　《聽到臺灣歷史的聲音》　宜蘭縣　傳藝中心　2000 年

臺北市客家事務委員會　《臺北市客家戲劇音樂主題館・客家音樂奇幻之旅紀念
　　　雙 CD》　臺北市　臺北市客家事務委員會　2004 年

柒　工具書

高樹藩編纂、高明等訂正　《國民常用標準字典》　臺北市　正中書局　1985 年

臺灣商務印書館編審委員會　《增修詞源》（上冊）　臺北市　臺灣商務印書館
　　　1989 年

姜　彬　《中國民間文學大辭典》　上海市　上海文藝出版社　1992 年

許寶華、宮田一郎主編　《漢語方言大詞典》（第 1 卷）　上海市　中華書局
　　　1996 年

段玉裁　《說文解字註》　臺北市　藝文印書館　1999 年

王力編　《王力古漢語字典》　北京市　中華書局　2000 年

商務印書館辭書研究中心編　《古今漢語詞典》　北京市　商務印書館　2004 年

何石松、劉醇鑫　《現代客語詞彙彙編》（續篇）　臺北市　臺北市客家事務委
　　　員會　2004 年

淩紹雯等纂修，高樹藩重修　《正中形音義綜合大字典》　臺北市　啟業書局
　　　2005 年

漢語大辭典編纂處整理　《康熙字典》（標點整理本）　上海市　漢語大辭典出
　　　版社　2006 年

捌　網路資料

國家圖書館電子資料庫　http：//dblink.ncl.tw

《古今圖書集成》　〈經濟彙編食貨典第 36 卷〉　農桑部　第 679 冊

《古今圖書集成》　〈博物彙編藝術典第 11 卷〉　農部　第 423 冊

《古今圖書集成》　〈經濟彙編食貨典第 37 卷〉　農桑部　第 680 冊

《古今圖書集成》　〈經濟彙編食貨典第 95 卷〉　荒政部　第 684 冊

《古今圖書集成》　〈理學彙編學行典第 293 卷〉　君子小人部・總論　第 620 冊

《古今圖書集成》　〈理學彙編字學典第 89 卷〉　書法部　第 650 冊

《古今圖書集成》　〈理學彙編學行典第 226 卷〉　孝弟部　第 615 冊

《古今圖書集成》　〈明倫彙編人事典第 83 卷〉　禍福部

王志宇　〈台灣鸞書的收集、分析與研究〉　《國立中央大學客家學院電子報》
　　　　第 46 期　中壢市　中央大學客家學院　2005 年 12 月 6 日

海陵廉政網　〈李九我建相府〉　http://jw.tzhl.gov　2008 年 7 月 1 日。

佚名　〈羅狀元醒世詩話〉　http://szjt.org　2008 年 7 月 3 日

維基百科　http://zh.wikipedia.org/wiki　2009 年 2 月 12 日

王順隆　「客家俗曲資料庫」　http://www32.ocn.ne.jp/~sunliong/hakka.htm

文化生活叢書·藝文采風　1306009

概說臺灣客家勸世文

作　　　者　楊寶蓮

責任編輯　邱詩倫

特約校稿　李奇璋

發 行 人　陳滿銘

總 經 理　梁錦興

總 編 輯　陳滿銘

副總編輯　張晏瑞

編 輯 所　萬卷樓圖書股份有限公司

排　　版　菩薩蠻數位文化有限公司

印　　刷　百通科技股份有限公司

封面設計　耶麗米工作室

發　　行　萬卷樓圖書股份有限公司

　　　　　地址　臺北市羅斯福路二段 41 號 6
　　　　　樓之 3

　　　　　電話　(02)23216565

　　　　　傳真　(02)23218698

　　　　　電郵　SERVICE@WANJUAN.COM.TW

大陸經銷　廈門外圖臺灣書店有限公司

　　　　　電郵　JKB188@188.COM

ISBN 978-957-739-878-9

2014 年 10 月初版

定價：新臺幣 480 元

如何購買本書：

1. 劃撥購書，請透過以下郵政劃撥帳號：

　　帳號：15624015

　　戶名：萬卷樓圖書股份有限公司

2. 轉帳購書，請透過以下帳戶

　　合作金庫銀行　古亭分行

　　戶名：萬卷樓圖書股份有限公司

　　帳號：0877717092596

3. 網路購書，請透過萬卷樓網站

　　網址 WWW.WANJUAN.COM.TW

大量購書，請直接聯繫我們，將有專人為
您服務。客服：(02)23216565 分機 10

如有缺頁、破損或裝訂錯誤，請寄回更換

國家圖書館出版品預行編目資料

概說臺灣客家勸世文 / 楊寶蓮著.
-- 初版. -- 臺北市：萬卷樓, 2014.10
　面；　　公分.

ISBN 978-957-739-878-9(平裝)

1.客語　2.讀本　3.勸善

802.52388　　　　　　　　　103013138